陕西师范大学人文社会科学高等研究院 ｜ 编

李国平 ｜ 主编

大西北
文学与文化

第 四 辑 ｜

作家出版社

大西北学人：史念海

　　史念海（1912—2001），字筱苏，山西平陆人，著名历史地理学家，现代历史地理学三大奠基人之一。1936年毕业于北平辅仁大学历史系，在大学读书期间，受顾颉刚引导，致力于沿革地理研究，1937年即与顾颉刚共同署名出版《中国疆域沿革史》。1948年后，历任西北大学、西安师范学院、陕西师范大学教授，先后担任历史系主任、历史地理研究所及唐史研究所所长、副校长，陕西省历史学会第一届会长，民进中央委员、陕西省委主任委员。1956年获全国先进生产者称号，是第五、六届全国政协委员。1989年，史念海先生被剑桥大学名人传记中心收入《英国剑桥世界名人录》。20世纪50年代出版《中国历史地理纲要》，标志着中国历史地理学的学科体系的基本建立。其主要著作还有《中国的运河》《河山集》（共9集）、《中国古都和文化》《唐代历史地理》《黄河流域诸河流的演变与治理》等。

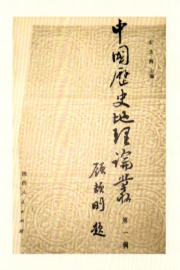

史念海先生创办的《中国历史地理论丛》和《唐史论丛》

《河山集》获全国高等学校人文社会科学研究优秀成果奖

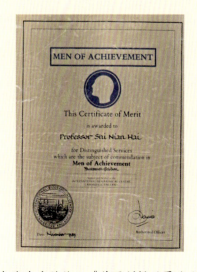
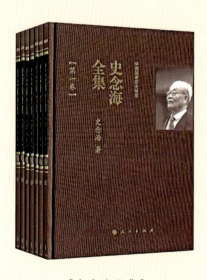

史念海先生被收入《英国剑桥世界名人录》　　　　　《史念海全集》

目　录

Contents

现实主义、本土性与当下文学

孟繁华

内容提要：现实主义这个概念大家都很清楚，耳熟能详，但是在不同的历史时期，现实主义有不同内涵。中国在接受现实主义的过程当中非常曲折。有恩格斯的经典理论；有列宁的《党的组织和党的出版物》理论；还有斯大林理论，就是"社会主义现实主义"。本土性是和所谓的世界性，和全球化这样一个概念相对而言的。重提地方性知识，重提地方性经验，或者本土性，就是对普遍性的一种质疑。这个理论我觉得在今天的语境当中特别有它的道理。

关键词：现实主义；本土性；当下文学

一、关于现实主义

现实主义这个概念大家都很清楚，耳熟能详，但是在不同的历史时期，现实主义有不同内涵。现实主义文学的原话语，或者原理论是恩格斯提出的。大家知道恩格斯有一封著名的信叫《致玛·哈克奈斯》，哈克奈斯当时创作了一部作品，这个作品叫《城市姑娘》，恩格斯在讨论《城市姑娘》这部作品时提出了现实主义的经典的概念。他怎么说呢？他说"据我看来，现实主义的意思是，除细节的真实外，还要真实地再现典型环境中的典型人物"。这是恩格斯的原话。这里面恩格斯提出了几个非常重要的概念，一个是细节，细节的真实是现实主义的重要特征，另外一个就是典型环境和典型人物。

我们都知道，现实主义是文学专业必讲的一个理论。这些年，特别是改革开放以后，我们的文学理论也好，文学创作也好，沐浴了"欧风美雨"，很多作家、理论家、批评家都在追逐西方的理论和创作潮流。如果我们从文学史的意义上来说，大家放弃了"现实主义"的理论，去追逐现代主义、后现代主义、先锋文学等等这样的创作，在特殊的历史环境里面，我觉得是合理的。大家知道很长一个历史阶段我们的文学创作，文学理论是一体化的状态。在文学批评领域里面，我们知道一种庸俗社会学的批评长期地占领着文学批评领域，这对我们的文学批评构成了严重的伤害，也为我们文学创作带来了某些弊端。特别是"文革"前后，大家知道文学作品越来越模式化、同质化、雷同化，这和庸俗社会学对于文学创作的要求是密切相关的。为了打破这种文学创作和文学理论一体化的状态，文学界接受了西方的观念，这叫二次西风东渐，"欧风美雨"二次东渐，接受了现代的西方文学、后现代文学，也包括先锋文学的理论和实践。在文学史的意义上来说有道理，有价值，使我们文学创作能够更多样，更多元，能够让我们所有的读者满足他们多样化的要求。这是有文学史价值，有文学史意义的。

但是今天我们回过头来看，我相信每一个读者对 80 年代初期，或者是整个 80 年代我们所经历的这种现代派文学、先锋文学和后现代主义文学，大概没有几个人能够讲述出某个作品。这些文学潮流使我们眼界大开，看到了西方一二百年来整个文学发展状况。我们是跟着说，接着说，但是难以对着说。特别是 70 年代末期一直到现在，现实主义培育了一代又一代作家。当年最激进的先锋文学的实验者，现在都后退 50 里下寨，都重新回到了现实主义的道路上。

我举个很简单的例子，大家很熟悉的像余华，像格非，这两个作家是先锋五虎将的作家，也就是说在先锋文学潮流里，他们是最具代表性的作家。比如像格非的《褐色鸟群》《迷舟》；比如余华的《鲜血梅花》《虚构》《现实一种》等作品。现在我们都记得这些小说，但是会记住这些小说的具体内容吗？我们能复述这些小说的内容吗？不能。先锋文学、后现代主义文学是概念性的文学，是观念性的文学，他们强调的是形式的意识形态，强调实验性。文学在一个时段里面离开了读者，离开了大众，和文学的这种实验性有极大的关系。当时很多作家强调我的作品不是给当下读者读，是给未来的读者读的。这个情况当然不是仅仅中国的文学史是这个样子。比如前一段我们接触过一个翻译作品，德国的作品，叫作《红桃J》，被称为德国最新小说选，序言是德国一个非常著名的评论家写的，他说当德国的作家们走进了实验之后，德国的作品远离了德国的当代，读者也远离了德国文学，因为德国的作家不热爱他们的当代。回过头来观照中国的先锋文学，我们可以这样评价吗？我想也可以。作家注意形式的意识形态，注意先锋，注意实验，他和读者关注的当下生活构成了距离。当作家不关心当下生活的时候，当下的读者就有资格，也有理由远离我们的文学。这是我们的一个基本看法。90年代以后，现实主义重新又在文学批评界和创作界被接受。当然，这个时候的现实主义已经不是我们50年代、60年代、70年代的现实主义。

所以我说现实主义这个概念它是一个不断吸纳的概念，不断被丰富的一个概念。我们还用余华、格非这样的作家来举例说明的话，比如格非获茅盾文学奖的江南三部曲，获得很好的评价，比如像《望春风》《隐身衣》，这个大家都读过，这些作品的创作方法是现实主义，但是这里面同时也容纳了、也包含了且融会了现代主义文学、后现代主义文学等等的修辞和技巧。所以这些作品丰富了我们现实主义的内涵，丰富了现实主义的方法。余华也一样，从《在细雨中呼喊》以后，他写了《活着》，《活着》每年大概销售近百册，像《许三观卖血记》，以及后来的《兄弟》《第七天》等作品。如果余华和格非不回到现实主义这个道路上，他们是今天的余华和格非吗？当然不是。当然我们也记得一些先锋文学作家，当回过头来用现实主义的创作方法面对当下生活的时候，他们不知道如何去书写，于是迅速被遗忘。

还有一点，前几年习总书记召开了文艺工作者座谈会，在座谈会上，习总书记也提到典型人物。这个理论当然就是恩格斯提出的理论，是原理论。我们有一段时间认为现实主义也好，典型理论也好，都是一个非常落后的，我们可以不再去谈了的理论，这是错误的，理论没有新旧，就像真理没有新旧一样。这个时候我觉得，包括总书记能够重新讨论现实主义，重新提倡作家要塑造典型环境中的典型人物，这是多么的重要。我可以问我们的在座的读者，我们读了这么多年的作品，读了这么多年的文学，我们记住多少人物呢？记不住多少人物。但是我们读过去经典作品，我们与其说记住了这部作品，毋宁说记住了这部作品的人物。比如你读《三国演义》，关张赵马黄、孔明诸葛亮、曹操等等都能记住；读《水浒传》，一百零八将都能记住；读《红楼梦》，贾宝玉、林黛玉我们都能记住；读《西游记》，师徒四人我们都能记住，记住的都是人物。写人物是一个作品的基本要素，不仅是近代的或者明清以降的小说是这样，像《史记》《左传》这样的作品不都是写人物吗？《史记》十二本纪，三十世家，七十列传，这些人物大家都能记住。但是最近几年我们人物的创造越来越贫乏，在人物创造方面我觉得还不如80年代，80年代我们记得很多文学人物，新世纪以来我们创作了多少人物？人物很重要。比如像俄罗斯文学，俄罗斯文学在一个时段里面，或者在相当长一段时间里面是我们的榜样，无论是他们的意识形态和社会制度，都是我们的榜样。这个榜样我觉得它不是没有道理，比如说在彼得堡时期，当时的伟大作家都在那里生活过，普希金、莱蒙托夫、陀思妥耶夫斯基、果戈理、契诃夫等，这些大作家都曾经在彼得堡生活过。这些伟大的作家在他们那个时代共同创造了一个人，这个人物叫"多余的人"。大家都知道，这个"多余的人"一直影响着整个文学100多年。英国的漂泊者，美国的遁世者，日本的厌世者，中国的零余者，这些人不都是多余的人吗？所以我曾经讲过俄罗斯文学如果只创造了一个人物，就是创造了这个"多余的人"，有了这个人物，俄罗斯就是一个伟大的文学强国，他们对世界文学的影响一直到今天仍然存在，这是了不起的，这就是人物形象的魅力。所以塑造典型人物是现实主义的核心要素。

但是中国在接受现实主义的过程当中非常曲折。开始当然我们也接受恩格斯关于现实主义的典型理论，但是中国在接受现实主义的过程当中我们曾经有两个来源，一个是恩格斯的理论，原理论；另外一个是列宁的理论。大家知道列宁有《党的组织和党的出版物》这样一篇文章，开始翻译的时候翻译成《党的组织和党的文学》，翻译错了，后来纠正了，是《党的组织和党的出版物》。但是里面讲什么呢？就是讲文学是整个革命机器上的齿轮和螺丝钉。就是对文学与现实的关系有特别功利要求，文学在那个时代应该成为革命的一部分。如果我们就回到具体的历史语境，这个理论没有问题。比如《在延安文艺座谈会上的讲话》，大家知道，毛泽东在1942年发表的关于文学理论的经典文献。如果回到中国的语境，1942年大家知道是什么年代，是国家民族危亡的年代，整个民族处在水深火热之中，这个时候中国共产党要求我们的文学艺术工作者能够通过文学艺术实现民族的全员动员，建立一个现代民族国家。这有错误吗？没有错误。在鸳鸯蝴蝶派面前，在张爱玲面前，在中国共产党领导的延安文艺面前，我们应该站在哪一方面，这不是很清楚嘛。这个时候毛泽东要求我们的文学艺术工作者能够走向民间，实现我们的情感方式和话语方式的"转译"。"转"是转折的转，"译"是翻译的译。所谓的"转译"就是我们不要再用"五四"那套知识分子的话语方式，老百姓听不懂，要走向民间，向民众学习，用民众的语言，学习民众的思想和情感方式，后来我们创造了延安文艺。对延安文艺现在的看法不一样。但是在我看来，回到具体的历史语境，我认为"延安文艺座谈会上的讲话"是没有问题的。要求我们的文学艺术为人民服务，要求我们要创造中国作风和中国气派的文学艺术，这有什么错误呢？没有错误。但是可能有些问题在不同的历史语境里面，我们会提出一些不同的阐释，不同的看法。尤其进入共和国时期以后，我们把和战争时期的经验全面地推广到了和平时期，把延安局部地区的经验全面地推广到全国，这时候可能会遇到一些问题。也就是说列宁当时说"文学艺术是革命机器上的齿轮和螺丝钉"，同时他还有后半句，"文学艺术应该是一个最自由广阔的天地"。我们有时候往往强调前半部分，不管后面。但是进入到社会主义历史时期的时候，延安地区的经验有没有它的合理性呢？当然也有合理性。战争时期我们要实行民族全员动员，社会主义建设，中国一穷二白这样的一个国家要建设成为一个强大的现代化国家，实现民族的全员动员仍然是必要的。

从 1949 年到 1966 年，我们当代文学把它称为"十七年"。这 17 年我们的文学创作大家知道有很重要的经典作品，当代文学史，包括批评界都叫"三红一创保山青林"，"三红"就是《红日》《红岩》《红旗谱》，"一创"就是《创业史》，"保山青林"就是《保卫延安》《山乡巨变》《青春之歌》和《林海雪原》。这八大名著为什么重要，是因为这 17 年是社会主义初期阶段，我们的文学艺术为了构建社会主义的文化空间。特别是像《创业史》这样的作品，梁生宝的道路，后来浩然的《艳阳天》的肖长春的道路，《金光大道》高大全的道路等，他们的道路就是社会主义的道路。所以与其说那个时候我们的作家在创作小说，毋宁说他们在构建社会主义的价值观。当然这些作品刚刚发表的时候也引起一些争议，现在学界普遍认为八大经典最著名的、最重要的、艺术成就最高的就是《创业史》，但恰恰是《创业史》刚刚发表的时候就引起了巨大的争议。

北大的严先生，在当时连续写了几篇文章论《创业史》。他认为《创业史》写得最好的人物不是梁生宝，是梁三老汉。梁生宝是天然的社会主义者，他代表社会主义道路，是社会主义价值观。但是在进行互助组初级社进入高级社当中，梁三老汉表现的是犹豫不决符合他的身份，更符合一个人的真实心理。面对历史巨变，他充满犹豫不决，徘徊迷茫，是符合人性的。所以严先生认为《创业史》里面写得最好的是梁三老汉。当时中国作协的党组书记叫邵荃麟，他也支持严先生的看法。后来 1962 年在大连召开的全国短篇小说座谈会上，邵荃麟先生提出来"中间人物论"，他说农村就像茅公所说，是两头小，中间大，就是先进的人物和特别落后的人物少，处于中间的人物多。这符不符合农村的现实呢？当然符合。我们不仅在《创业史》里面看到了梁三老汉，在周立波的《山乡巨变》里面看到了亭面糊，在浩然的《艳阳天》里面看到了弯弯绕，特别是赵树理的小说里面的人物，大多是中间人物。也就是说在当时的历史条件下，文学界站在了梁三老汉一边；但是社会历史的发展站在了梁生宝那边，也就是说梁生宝代表了当时的社会主义的价值观，代表了当时正在构建的社会主义文化空间。

是不是说社会历史的发展和文学作品完全是个同步关系呢？不是这样的。不是说一段历史结束之后，这些文学作品就一点价值没有了。像梁生宝这样的青年，后来的文学创作追随者络绎不绝。大家非常熟悉的，比如像路遥的《平凡的世界》，《平凡的世界》里面的孙少平、孙少安他们不就是梁生宝的子孙吗？比如河北作家协会主席关仁山，他前两年写了一部作品，叫作《金谷银山》，《金谷银山》里面有一个重要人物范少山，范少山口袋里面揣着一本书，就是《创业史》，他本来是一个北京做小生意的人，后来自己的家乡白羊峪遇到了重大的困难，白羊峪是半山腰的一个贫困的山村，不适合人居，政府花了巨资找了一个适合人居的地方建了农舍，但是农民故土难离，他们就是不走，这个时候范少山揣着《创业史》回到村里，帮着村里创业致富，发现了500年前的金谷子，金种子，苹果的种子。当然这个小说的合理性是怎样，我们姑且不谈，但是范少山是梁生宝的追随者，孙少平、孙少安是梁生宝的追随者。特别是最近一个时期，大家看扶贫的一些作品，虚构和非虚构的，那里面的很多人物都是梁生宝的传人。也就是说我们衡量或者评价一个作品的时候，络绎不绝是我们评价一部作品最重要的一个尺度。为什么这么多人追随梁生宝呢？这个不值得我们思考吗？我们能够说前期社会主义存在一些问题，我们就连像《创业史》的作品一起否定掉，这是不客观的。中国的社会主义从本质上来说就是一个试错的过程，就是一个不确定性的过程。我们的思想政策、思想路线等等，不断地发生调整，不断在发生变化，这就是中国特色社会主义在试错过程当中的调整和变化。后来洪子诚老师讲不确定性也是一种力量。这个看法我是同意的。

在我们接受现实主义过程当中，刚才讲了恩格斯的经典理论，讲了列宁的《党的组织和党的出版物》理论。那么还有一种理论是什么？就是斯大林的理论。就是说在1930年前后，当时苏维埃政权有五大常委，其中一个常委叫格隆斯基，格隆斯基是管意识形态的，他有一天到斯大林的办公室，他说斯大林同志，我们的文学创作应该有一个口号，斯大林同志说好，叫什么口号？说叫"共产主义现实主义"，斯大林在房间里走来走去，后来说不行，太早。我们应该叫"社会主义现实主义"，于是社会主义现实主义这个概念就在斯大林的办公室诞生了。

斯大林是怎么具体阐释的呢？他说社会主义现实主义就是告诫我们的作家，我们正在建构的是一座共产主义的高楼大厦，要告诫作家们，要看到共产主义未来的远景，不要让他们的脚手架底下东翻西倒。这是什么意思？就是要歌颂光明，不能够暴露黑暗。这个理论在一段时期里面我们也接受，特别是苏联的第一次代表大会上对现实主义作了定义之后，我们都重复了苏联关于现实主义的概念。它也非常深切地影响了我们当时的文学创作。

我们 50 年代有很多颂歌大家都知道,包括郭小川、贺敬之、闻捷等等,他们都写了很多歌颂现实主义的诗歌作品。比如像郭小川的《向困难进军》《闪耀吧青春的火光》,年龄大的读者都会知道,比如像贺敬之的《雷锋之歌》《十月颂歌》等等,还有闻捷的《天山牧歌》《吐鲁番情歌》。《吐鲁番情歌》非常有代表性,闻捷一方面对新生活有一种拥抱歌颂的热情,另外一方面那个时代的痕迹特别地鲜明。

对 50 年代的文学评价,很多批评家和学者的看法很不一样,有的人把 50 年代的创作完全否定掉,这个是不公平、不客观的。我举两个例子,我们年龄大一点的同志可能知道。一个是王蒙,王蒙现在还是活跃的作家,他几乎是中国文学的一个象征性人物。他在 50 年代创作了一部小说《组织部来了个年轻人》(最初发表时题目改为《组织部新来的青年人》,后又改回原名),还有一篇是宗璞的《红豆》,这两部作品在 1957 年反右斗争当中都被打成毒草。在 1980 年前后上海文艺出版社出版了一本《重放的鲜花》,把这两部作品都重新出版了,这两部作品大家都知道。一个是写反对官僚主义的,《组织部新来的青年人》中的青年人叫林震,他看到了组织部的整个生活状态,看到了组织部的这些工作人员是怎样工作的,有的非常油滑,他百思不得其解,他是用一种反对的情绪来讲述这个故事;《红豆》是一种倒叙手法,写一个年轻人当时追求革命,抛弃了爱情。后来姚文元写文章批判《红豆》,他说虽然写江玫参加革命抛弃了爱情,但是通篇是江玫对于爱情念念不忘的泪水。这两个作品为什么重要?今天回过头来看,这是那个时代有难度的写作。为什么有难度呢?一个方面作家真心地要拥抱我们这个时代,拥抱社会主义国家。另外一个方面,在文学创作上他们又不肯放弃文学创作的规律,他们尊重个人的体验,尊重个人的感受。也就是说那个时代的作家还没有学会说谎和油滑,所以那个时代的经验是重要的。

再回过头来重读一下这些作品,有些作品可能时间越久,我们越能够认识和领会这部作品的价值。所以我们阅读一定要选择文学经典,文学经典是经过历史的淘洗,留下来的真正的人类精神和情感的重要遗产。当然,文学经典有时代性,文学经典的确立是一个不断对话的过程,每一个时代由于时代性,由于时代的需要,对于经典的理解并不完全一样,所以经典作品一直处在一个不断构建和不断颠覆的过程当中。读经典作品就是能够去领略我们不同时代最优秀的文学头脑他对于人的思想、精神领域和对于人与人之间的关系的思考,对世道人心他是怎样表达的。另外一种文学史经典——这是我提出的概念,也就是说很多作品未必是文学经典,但是这些作品文学史一定要去讲述它,如果不去讲述这些作品,我们某一个时期的文学就难以讲述。最典型的例子就是新时期初期发表的两部作品，一个是卢新华的《伤痕》，一个是刘心武的《班主任》，这两部作品我们在座的很多读者都知道。这两部作品如果我们现在阅读，可能会觉得写得过于简单，也有概念化的成分。但是作为新时期文学，或者改革开放 40 年的文学你不从它讲起是不能讲清楚的。所以文学史经典和文学经典是两个概念。

回过头来说，我们现在讲文学经典的话，大家知道基本是用现实主义手法创造的。美国的耶鲁"四人帮"有一个著名的批评家，叫哈罗德·布鲁姆，他编的一个选本特别流行，这个选本叫作《西方正典》。哈罗德·布鲁姆是对先锋文学、后现代文学非常热衷的一个批评家。80 年代他有一部重要的作品，这部作品叫作《影响的焦虑》，影响了我们一代学者，是非常著名的一部学术著作。但是到了 2000 年前后，他突然峰回路转，他编了《西方正典》，这些作品几乎全是现实主义的作品。这里究竟发生了什么？也就是说一个伟大的批评家，从事了一生的文学研究，有全球影响的批评家，仍然选择了现实主义的文学方法创作作品，他没有他的道理吗？这本书是博士生、硕士研究生，包括大学生都必读的一个选本。希望大家有机会可以看看这个选本，大家可能会更好地理解什么是经典作品。

二、关于本土性

本土性我刚才也说到，这和所谓的世界性，和全球化等概念是相对而言的。在一个时期里面我们不讲本土性，不讲地方性知识，只讲全球性，讲世界性。现在我们要质疑的是，有一个所谓的世界吗？确实是有，这个世界是物理世界，它是真实的存在。但是，另外一个世界，比如欧洲的学者在《世界通史》里建构的这个世界，是真实的世界吗？我们看《世界通史》的时候看到的是什么呢？看到的是殖民扩张史，帝国主义的运动史。欠发达国家、弱小的国家，特别是东方民族没有在这个世界史的构成当中。就是说《世界通史》构筑的这个世界是虚构的，或者这个《世界通史》在某些方面是不真实的。到了今天，我们当然看得更清楚，这个世界的利益能够被世界所有人共享吗？没有。这个世界，是一个霸权领导的世界，美元领导的世界，资本主宰的世界。在这个所谓的世界上，地方性知识、本土性经验完全被遮蔽了。美国有个非常重要的学者叫吉尔兹，吉尔兹有本书叫作《地方性知识》，这是一本论文集，只有 7 篇文章，他在这本书里指出，地方性知识或者本土性是向普遍性的一种质疑和挑战。他认为不存在普遍性，如果有这个普遍性，就是把地方性，把土著经验、原著民族的经验和情感完全遮蔽，或者删除了。

重提地方性知识，重提地方性经验，或者本土性，就是对普遍性的一种质疑。这个理论我觉得在今天的语境里特别有它的道理。

我有一年到新疆去开会，新疆有一个诗人，有一个学者：这个学者韩子勇，当时是新疆文化局局长，现在到中国艺术研究院当院长去了。他当时讲了一个研究"木卡姆"的题目，这是在新疆历史非常悠久的一个说唱形式。他讲这个说唱形式作为新疆少数民族的一个文化符号，有它特殊的价值和意义。诗人沈苇讲"柔巴依"，"柔巴依" 1924 年郭沫若曾翻译为《鲁拜集》，大家都知道。它就是在波斯地区，几百年来流传的一种四行诗。韩子勇和沈苇讲述的这些地方性经验，或者地方性知识，在主流的文学史叙事里没有被讲述。在普遍性的世界通史里面，像对弱小国家、弱小民族、原著居民的文化和历史不能得到讲述是一样。

当然，本土性有一个边界，这个边界指什么？比如说在我们中国的版图里，广东就是地方，在广东的版图里面，我们深圳就是地方，在世界的版图里面，中国就是地方。地方性不是说是一个没有边界的，也变成一个普遍性的概念，它有自己的边界。

在地方性创作里面，比如我们讲广东，今年我们有一个非常重要的作者，这个作者很年轻，1982 年出生的，叫陈再见，大家都知道，他有一本《出花园记》，长篇小说，大家可以看一看，写了三个少年。出花园是什么意思？成人礼。三个 15 岁的少年出走了，离家出走，有的到深圳来闯荡，有的考上大学，后来创立自己的公司，还有的在本地做了一个打工者。三个人选择了不同的道路，后来在一次还乡的聚会上，三个人重新回到了广东，历经沧桑，归来依然少年。通过三个少年的成人礼，对我们广东沿海地区的经济发展，社会发展，几十年来的发展变化做了生动的表达和反映。这个作品很好。

深圳在广东我们说是具有地方性，有特点。我们深圳著名的作家，比如像邓一光、曹征路、南翔、蔡东、吴君等，这些作家没有一个是土著，都是外来者。外来者非常有意思，也就是说他们参与了深圳城市文化的构建过程。深圳只有 40 年的历史，建城 40 年，迅速发展成全国最大的明星城市，GDP 已经超过广州了，发展实在是太快了。深圳在取得巨大的经济成就、经济奇迹之外，在文学创作上同样取得巨大成就。

比如邓一光曾经写过 50 多篇反映深圳的小说，他要写 100 篇。他是湖北人，湖北作协的副主席，是首届鲁迅文学奖的获得者。来到深圳以后，他有一本反映深圳生活的短篇小说集，都是写深圳生活的。今年他有一个长篇小说《人，或所有的士兵》影响巨大，多次上了好书榜，在评论界有很好的反响。他写一个什么故事，写香港保卫战。大家知道 1941 年 12 月 8 日发生了一个重要的历史事件，这个历史事件就是偷袭珍珠港，偷袭珍珠港第二天日本偷袭了香港，香港的守军坚持了 18 天之后宣布投降。小说有一个人物，这个人物叫郁漱石，不幸被捕到了战俘营，度过了两年零八个月的屈辱的战俘生活。他写的是另外一种战争，就是我们过去的战争文学里没的经验，没有体验过的那种生活，那种情感和那种遭遇。这是一个稀缺题材，香港保卫战没有作品反映，所以他是我们战争文学的一个边缘经验，但是边缘经验往往能够创造奇迹。我们过去的中国战争小说都是这样，请战书像雪片般地飞向连队，这是我们经常见到的一个句式，对于反侵略战略，自卫战争充满了高昂的英雄主义，非常好。但是邓一光用他的方式表达了另外一种战争。这是非常有贡献的。

比如像南翔，南翔写过《绿皮车》等作品，今年发表了一个新作品《果蝠》，写疫情下人的生活，写世道人心的这种变化，写原生态的生活。

蔡东是深圳职业技术学院的，深圳研究中心的主任，是 80 后的作家，他去年的《星辰书》在十大好书评选当中被评为十大好书。深圳职业技术学院有好几个作家，包括黄灯，《我的二本学生》今年评上了十大好书。一个职业技术学院有几位有全国影响力的作家，这个很了不起。《星辰书》有 8 篇作品，主要是写青年男女情感问题。他的作品一个最大的特点就是爱。我在一段时间里面发现当下文学有问题，我每年编中篇年选和短篇年选，有一年编的年选里面单篇作品都很好，但是编到一个集子里面去看，完全是一个苦难的控诉书。我们的文学已经无情无义，我写了一个序言《当下中国文学的情感危机》。大家都写苦难，都是泪水涟涟。我们需要这样的文学吗？生活已经充满了苦难，有各种各样的问题和矛盾，我们的文学还要雪上加霜吗？我们不需要这样的文学。蔡东反其道而行之，作品里面充满了爱，温暖。我们需要这样的作品。

还比如像吴君，最近有一个长篇小说《万福》，写深港两地在特殊历史时期的关系，是一个大团圆的故事。这个故事很难写，大家知道正面的故事往往都难写，就像正面的人物不好塑造一样。在舞台上也一样，舞台上去演坏人，演一个成功一个，演好人大家总看着不像。故事也是一样，讲好正面的故事是很困难的事情。

这些故事和经验是不是地方性呢？是地方性。深圳的有些作家可能不是写深圳生活的，但是大家知道，是深圳的生活经验、深圳的城市之光照亮了他们过去的生活。就像沈从文一样，沈从文生活在湘西，在湘西的时候他没有写出《边城》《八骏图》这样的作品，但是他经历了上海、北京的生活之后，城市的受挫经历、城市的受挫经验照亮了过去的乡村生活，于是乡村变得田园牧歌、变成桃花源了。这些作家有的写的是深圳的生活，有的没写，但是都不能够否认的是，城市的生活经验照亮了他们过去的经验。这一点非常重要，这是我们深圳都市文学的一大特点。这和北京的作家，和上海的作家，和西安的作家都不太一样。

当然北京作家有传统，比如说老舍的传统。上海作家当然也有传统，比如像张爱玲，包括更早的新感觉派等等。像西安原先有柳青、胡采、杜鹏程等。这些经验在不同城市作家那里都得到了传承。深圳不一样，深圳是白手起家，我们过去的原著居民成为作家的很少，或者几乎没有，更多的是外来作家。外来的作家带来他们不同的经验，不同的生活来到了深圳，在深圳这座多元文化杂糅的一个城市里面重新去回顾自己的文化记忆，重新回想自己的社会生活经验的时候，就会有新的想法。这是深圳文学一个非常大的特点，在全国的文学格局当中他们也独具一格。

本土性为什么重要？大家知道80年代我们有一个非常重要的口号，这个口号讲的是什么？让中国文学走向世界。这是一个祈使句。这个口号本身大家知道，我们自己把自己排除在世界文学的整体格局之外。我们面对世界文学，我们有一种自卑的心理，我们不能承认我们已经走入世界文学格局了，让中国文学走向世界，这个祈使句表达了一种愿望，用现在时髦的话叫愿景。怎么走进世界文学的整体格局，一个标志性的事件就是获诺贝尔文学奖。2012年，莫言终于获得诺贝尔文学奖。2012年莫言获诺贝尔文学奖之后大家知道我们开了很多各种各样的会议，这个会议不是让中国文学走向世界，而是世界与中国——讲述中国的故事。我们终于可以和世界文学平等地对话了。我们获得了文学自信，我们自觉地加入了文学的联合国，这对于我们来说非常重要。

当然，莫言的创作大家各执一词，包括评论界，大家看法完全不一样，有的接受，有的不接受，有的一半肯定一半否定。但我觉得莫言还是一个伟大的作家，一个非常了不起的作家。特别是他在接受诺贝尔文学奖的讲演，做一个讲故事的人。这个讲故事的人，他讲了几个核心的观念。比如说他讲在1958年前后，或者60年代初期，那个时候还是人民公社，收麦子的时候，因为物质短缺生活困难，很多人吃不饱。母亲领着他去捡麦穗，但是这个麦穗是不许去捡的，因为那是公社的，是公家的，有人看地，不允许捡，有人捡就追。母亲是个小脚，她跑不快，然后被追赶来的人一拳打在嘴巴上，嘴就流血了。那个时候莫言很小，他没有反抗能力。10年过去之后，莫言在街上又遇到了这个人，他拎着拳头就过去了，母亲一把抓住他，知道他要干什么，说不许打，不是他，没有让年轻力壮的莫言去打那个人。这是宽容。还有一年过年了，来个乞丐要饭，莫言就拿两个馒头给要饭的人，要饭的人说你们家真不厚道，你们家都在吃饺子，就给我两个冷馍馍，然后莫言的母亲毫不犹豫把自己大半碗的饺子倒给了要饭的。这叫悲悯。

也就是说在莫言的文学观念里面，和世界文学的价值观是能够通约的。但是大家不要忘了，莫言所有的文学作品讲述的都是高密东北乡的故事，都是地地道道的中国的本土经验，本土故事。今年十大好书评选，莫言的《晚熟的人》获得十大好书，同时获得最受欢迎的作品。我前几天在北师大开《晚熟的人》研讨会，我曾经有一个想法，我说2020年我们的小说创作是个小年，就是特别惊艳的作品不多，但是有了一部莫言《晚熟的人》，就是我们创作的丰年。当时出版社有人参加研讨会，他们讲《晚熟的人》在开研讨会的时候已经发行了60万册。有一个出版界的行家，现在叫大咖，他说图书发行过了50万不用宣传，直奔100万。现在已经超过80万，100万指日可待。就是在文学日渐边缘化，我们文化和文学的交流方式越来越丰富的情形下，《晚熟的人》为什么受到读者的青睐？大家为什么选择了这个作品？那显然还是由于这个作品内在的魅力。我读完之后很快写了一篇评论，我评价莫言的变与不变，这个"不变"就是获了诺奖之后，他的写作仍然从容淡定，宠辱不惊；"变"指的是什么？他对社会现实身份的介入更为突出，也更加深入。莫言自己就是小说人物，他既是讲述者又是小说的人物。比如我看过他一个作品，这个作品叫作《地主的眼神》。村里有一个地主，这个地主叫孙敬贤，划成分的时候莫言他们家的地比孙敬贤家里的地要少，但是土地肥沃，孙敬贤家里的土地非常多，但是地薄。所以多的土地打的粮食不如莫言家少的土地打的粮食多，但是划成分是按土地划，不按收成划，于是孙敬贤就被划成地主。莫言读到小学的时候老师布置一个作业，要求写一个人。他跟老师说我写一个地主行吗？老师说可以啊。他就把这个地主写得非常坏，写完了老师非常夸奖这个作文，在广播站宣读了，读了之后村里人都知道这个人是谁，于是孙敬贤对莫言就怀恨在心。等到莫言长到少年的时候，参加生产队的劳动，割麦子。孙敬贤就不远不近地跟着莫言，莫言快他也快，莫言慢他也慢。莫言一回头，一双凶狠的眼睛看着他，莫言不寒而栗。莫言说孙敬贤不是因为地主的坏，是人性的坏，非常坏。我们知道前面铺垫的是什么？他是因为地多才被划成地主，地主是一种命名，是一种身份。但是孙敬贤无论是个什么身份的人，他都是一个坏人。小说同时写了孙敬贤的孙子，叫孙来雨，是个非常阳光的小伙子，秋天的时候他开着收割机，莫言就坐在他的收割机上，孙来雨告诉他要是土地再多一点就好了，莫言说不愧是地主的孙子，对土地如此贪婪，他说不是，大型机械只有土地广阔它的效率才能更高，跑起来不用总转来转去，把土地也破坏了，对农具也是伤害。热爱土地、热爱农村、热爱多打粮食，为社会主义做贡献，他和出身有关系吗？他是地主的孙子，但是和他的出身没有关系。他应该是梁生宝的后代。孙敬贤和孙子孙来雨、莫言人性的血缘关系，我觉得这是莫言通过文学的一大发现，人的好坏最后还是人性决定的。

《晚熟的人》最后有部作品叫作《红唇绿嘴》，写一个叫覃桂英的这么一个人。这个人"文革"期间是出风头的人，长得又高，少年时代发育得很好，就成为风云人物。后来因为什么"文革"结束之后这个人的命运就急转直下，跟一个农民结婚了。为了逃避超生的罚款跑到黑龙江，超生的风头过了之后她又回到了村里，回到村里没有土地了，她就去闹，到县政府去闹，大家没有办法，只好分给她一点土地，安顿下来了。进入到网络 2G 时代之后她有 12 部手机，还有自己各种各样的网站。她跟莫言讲，她这里有很重要的一个团队，我可以把你炒成网红。莫言说我不想当网红。她说你这样，我卖给你两个东西，不贵，我卖你两条谣言，两条谣言出去之后就是大红大紫。最后莫言也没给她回信，回信了之后就不好办了，他写了一封信刚要发出去就删除了。写这样的，和时代的生活非常地贴近。写世道人心的这样一种变化，消费主义，商品经济，物欲，欲望的一种无法满足对于人性的塑造。

《晚熟的人》，我当时读这部作品时特别想到鲁迅的《呐喊》和《彷徨》。鲁迅的《呐喊》和《彷徨》奠定了中国现代小说的基本样式，两部作品没有一个是重复的。莫言的《晚熟的人》12 部短篇小说，没有任何一部是一样的，显示了一个获得诺贝尔文学奖获奖者的创造能力。大家可以看一看这个作品。

三、现实主义、本土性和当下文学的关系

改革开放 40 年以来，大家知道我们的文学观念几经变化。西方文学进入国门后，现代派和后现代文学了解不多，有的搞得非常混乱。当时所有的作家，大家都追逐现代派的写作。很多批评家强调现代派如何重要，如果不强调它就讲你和时代离得太遥远了，你不时髦。但是他们腋下都夹着金庸的武侠小说，背后看金庸武侠小说，会上讲西方现代派和后现代文学。还有一个教授，是很著名的教授，有一个作者问他，说教授你读过《追忆似水流年》吗？他说我读过，但是没有读完。没读完你怎么在课堂上讲得头头是道啊？他说因为我知道你们根本就没读，意思是没读我讲什么都可以。也就是我们对西方的后现代主义文学研究是远远不够，非常皮毛。但是同时兴起了一个文学潮流，就是现实主义者的恢复。这些作品包括像古华的《芙蓉镇》，周克芹的《许茂和他的女儿们》。这两个作品都获了第一届的茅盾文学奖。大家知道第一届茅盾文学奖评得最好。古华的《芙蓉镇》塑造的豆腐西施胡玉音，流氓无产者王秋赦，工作队长李国香，和一个右派

分子秦书田，就这么几个人，但这几个人物把特殊的历史年代的社会风情风貌、人际关系、世道人心都表达得清清楚楚，这是一个了不起的作品，20 余万字。

现在如果我们的作品不写三卷那叫长篇小说吗？我们的网络文学不上千万字那叫长篇小说吗？大家知道我们的长篇小说也好，中篇小说也好，我们有百年的白话小说经验，有西方文学的经验，有多少话 30 万字不能把它说清楚，写得越来越长不值得提倡。二三十万字把一个故事讲清楚很好。

大家知道很多作家不愿意讲故事，说讲故事太落后，我们讲意味，讲韵味，讲形式。莫言在《晚熟的人》这本书的"后记"里面讲，"我是一个讲故事的人"，他敢于承认自己是个讲故事的人。而且通过看这些作品，我觉得发生了一些变化。看了这些故事，和我们的明清白话小说，和说书人非常相似。

大家知道我们的小说开始的时候，现代白话小说首先受到最大影响的是明清白话小说，从这里演变过来的。但是小说过去地位不高，四部不列，士人不齿。说不读诗无以言，没有说不读小说无以言的。小说是给引车卖浆者听的，小说地位极低。这个时候怎么办呢？小说就"攀高结贵"，一个是历史传统，一个是诗骚传统。比如《三国演义》讲历史，但要和诗建立关系，"滚滚长江东逝水，浪花淘尽英雄"，到最后还"有诗云，欲知后事请听下回分解"，这就是诗骚传统，小说地位提高了。但是这还不足以提高小说的地位，1902 年梁启超有一篇文章——《论小说与群治之关系》，他讲"欲新一国之民，必新一国之小说"，把小说提到同国家民族发展同等重要的地位，小说地位就更高了。现在我们的小说不是"小说"，都是大说了。

本文根据 2020 年 11 月 14 日深圳市民大讲堂演讲整理。

（作者单位：沈阳师范大学）

简论中国作家对于民族生存的人类学思考

钟海波

内容提要： 在民族生存出现严重危机的情形下，中国作家从人类学角度对本民族生存进行深刻反思。这种反思构成20世纪中国文学的一股重要思潮。这一思潮兴起于近代，五四至三四十年代达到高潮，经过30年的沉寂之后，这一思潮在新时期再度兴起，其主要内容是作家们认为中华民族原本元气淋漓、威武强悍，由于历史、文化的原因逐渐演变为身体文弱、心智愚昧、精神萎靡。从人类学人种学的角度来看，这是严重的"种的退化"现象。作家们对于这一现象高度警觉，深入剖析，对于本民族，乃至全人类也都具有警示意义。学界对该问题的研究尚属薄弱环节，但它是研究中国现代文学与文化不可或缺的审视点。

关键词： 民族生存；种的退化；启蒙；文学思潮；中国文学

晚清以来，由精英知识分子酝酿发动的思想启蒙运动在思想文化和文学领域勃然兴起。以西方文化为参照系，反思中华文化，剖析民族劣根性，倡导科学与民主成为启蒙运动的主潮，而关于中华民族生存状态的思考也构成启蒙运动大潮中一个重要支流。启蒙大潮早已落潮，但这一关于民族生存的人类学思考却在文学领域绵延百年，至今仍回响不绝。

学界对于中国文学中关于民族人类学反思的研究肇始于30年代，苏雪林在《沈从文论》中对沈从文小说关于民族退化问题作了深刻分析。90年代以来，赵歌东、颜水生、刘小敏等学人对莫言早期小说关于"种的退化"[①]主题问题进行了研究，上官政洪对贾

---

① "种的退化"概念是莫言在《红高粱》系列中提出的，但这一思想在近现代以至当代文学中广泛存在。

平凹《高老庄》主题所涉及的"种的退化"这一问题亦予以探讨。总的来看，以往的研究成绩不菲，但这些研究只是针对个别作家，个别作品，较为零散。在文学思潮大框架中系统整体研究尚属空白。本文试对这一问题作整体研究，具体论述如下。

一、思考缘起

1.晚清危局。中华民族向以勤劳智慧而著称，历史上曾创造出令人惊异的辉煌文明，与古埃及、古印度、古巴比伦文明并称。汉唐时期，经济繁荣，国力强盛，文明发展至于鼎盛。特别是盛唐时代，出现了河清海晏，万国来朝的景象，唐都城长安成为亚洲政治经济文化的中心，其文化之先进和发达领先世界。汉唐时期的中国人气概豪迈，英武狂放，文化上高度自信，鲁迅曾赞誉为：汉唐气魄。[1]17世纪以后，欧洲各国资本主义发展迅速，后来居上，而中国仍旧停滞于农耕文明时代，发展呈现出滞后状态。18世纪，清王朝的统治经过"康乾盛世"的发展，步入衰途，政治腐败，经济衰退，财政拮据，军务废弛，危机四伏，社会矛盾日益激化。[2]19世纪中叶以后，崛起的西方国家把扩展殖民地的战火由非洲、美洲燃到亚洲，自印度之后，中国等国也遭欺凌。以1840年鸦片战争为标志，中国走上沦亡之路。在遭遇一连串败仗之后，中国被迫与列强们签订了一系列丧权辱国的条约。尤其是中日甲午战争之后，西方列强掀起瓜分中国的狂潮，中华民族处于亡国灭种的危险境地。面对危局，先进的中国知识分子苦苦思索民族衰败之种种病因。

2.蔑称的刺激。"东亚病夫"译自英文 Sickman of East Asia。该词明讽国人身体衰弱，暗刺国人思想愚昧精神不振。自鸦片战争以后，体型魁硕的西方侵略军，用先进武器进攻武器原始而衰败无力的清军，轻易地夺得了大量白银、大片土地和行动自由的特权，于是他们得出结论："中国是不武之民族，孱弱之病夫。"[3]

"东亚病夫"一词，最初是"病夫"，而后是"东方病夫""东亚病夫"并称。该词最早出现在"戊戌变法"前后的中外杂志上。1895年3月，严复在天津《直报》上发表《原强》。文章道："盖一国之事，同于人身。今夫人身逸则弱，劳则强，固常理也。……今之中国非犹是病夫也耶。"严复目睹当时中国人不重视运动带来体质虚弱的现状，首先提

---

① 鲁迅：《坟·看镜有感》，《鲁迅全集》（第1卷），人民文学出版社1981年版，第198—200页。
② 郑世渠主编：《中国近代史》，北京师范大学出版社2007年版，第1页。
③ 夏晓虹编：《新民说·论尚武》，《梁启超文选》（上），中国广播电视出版社1992年版，第152页。

出了犹如"病夫"的看法。1896年10月17日，上海由英国人创办的英文报刊《字林西报》上刊登了一篇"中国实情"的文章，文章写道："夫中国——东方病夫也，其麻木不仁久矣。然病根之深，自中日交战后，地球各国始患其虚实也。西伯雷报，素以见闻确实自居，昔云中国强甲天下之说，其谁欺天乎。"1896年11月1日，该文被梁启超译成中文在《时务报》全载。1896年11月30日《字林西报》又载"天下四病人"一文，文中写道："今尚有患病四人，病势颇危，旦夕可虑，时势若此，能无忧乎！今请试言四人所患之病。一为土国，……二为波斯，……三为中国，其病情固与土国、波斯皆不相同。地广户繁，甲于天下，牵联之势，骤难分裂，立法亦未尝不善，惟官无韬略之智，民少勇敢之气，一旦强敌骤至，未有不弃甲而走矣。昔中日之役，若无人干预，听其自然，中国不为其所灭者几希。今俄、英、法、德，不论何国，果尔出师，不入中国之境则已，既入其境，则长驱直进，随意要求，无不如愿以偿者。虽然中国弱则弱矣，而其自主权，目前犹可无患！四为非洲之摩洛哥……"文中所言，当时被称为"病夫"者该有四国，中国乃其中之一。同时，对"病人"的病症作了实诊。梁启超在1897年8月11日的《时务报》的《续论变法不知本原之害》一文中也说："今日之中国，则病夫也。……中国之为俎上之肉久矣。商务之权利握于英，铁路之权利握于俄，边防之权利握于法、日及诸国……"①在《新大陆游记》中，梁启超又说："而称病态毕露之国民为东亚病夫，实在不算诬蔑。"自此以后，许多精英知识分子也称中国是"病国"，中国人为"东方病夫""东亚病夫"。"东亚病夫"这一别称极大地刺伤了国人的自尊心。

3.《天演论》的启迪。甲午海战以后，严复译介了赫胥黎的著作《天演论》，在中国宣传达尔文的生物进化论思想。严复甚至把"物竞天择，适者生存"的生物进化原理视为天下万物发展变化的共同规律，他说："天演之秘，可一言而尽也；天唯赋物以孳乳而贪生，则其种自以日上，万物莫不如是。人其一耳，进者存而传焉，不进者病而亡焉。"②他认为人类社会同生物界一样也遵循这一自然法则。《天演论》的出版震动了中国的思想界。几年之内，进化论思想在全国的传播如熊熊之火燃成燎原之势。《天演论》的观点令中国知识分子眼界大开，耳目一新。这一著作影响了一代乃至几代中国人，它使他们学会了用生物学、人种学的视角观察、思考社会问题的方法，也使他们形成了进化论的世界观。这一著作成为启蒙者反思种族退化问题的重要源头和理论依据。

---

① 郑志林：《识"东亚病夫"》，《浙江体育科学》1999年第2期。
② 严复：《天演论·导言十五》，《严复集》（第五册），中华书局1986年版，第1351页。

基于上述三点原因，作家思想家从人类学的角度反思中华民族的生存状态。

二、百年流变

1. 兴起。对于民族人类学的忧思起于严复。严复对中西民情民性进行了广泛深入的比较分析，指出双方在身体、科学文化和思想道德等素质方面存在着种种差异。他认为中国古代对体质问题是十分重视的。"是以君子小人劳心劳力之事，均非气体强健者不为功。此其理吾古人知之，故庠序校塾，不忘武事，壶勺之仪，射御之教，凡所以练民筋骸，鼓民血气者也。而孔孟二子皆有魁杰之姿。"后世礼俗其贻害民力者举不胜举，如女子缠足、吸食鸦片、早婚、近亲结婚等，这些不良习俗使人民体质渐趋羸弱。[①]

启蒙思想家梁启超也通过古今比较发现中华民族存在严重的种族退化现象。他认为这种退化表现在心理、智慧、身体素质三方面。他说近世中国人身上存在着种种文化心理疾病，他们无思想，无个性，无事业，无精神，媚上骄下，唯主子之命是听，安分守己，忍气吞声，缺乏反抗，怯懦。近世中国民众也迷信鬼神，不尚科学故而愚昧。梁启超认为和西方人相比较，中国人不尚冒险，不崇勇武，而倡导宽柔忍让，中华民族文弱柔懦之病，深入膏肓。[②]

2. 高潮。五四新文化运动期间，对人种退化问题的探讨达到高潮。鲁迅对这一探究包括物质与精神两方面，但重在精神。他认为中国人的退化首先在于性格气质的弱化。他在《略论中国人的脸》中说："人 + 兽性 = 西洋人；人 + 家畜性 = 某种人。"这里的"某种人"即指当时大部分国人。[③]鲁迅认为中国人脸上不带兽性，只剩下人性，那是一种驯顺缺少反抗性的表现。和汉唐人相比现代国人少了阳刚大气与威猛。鲁迅认为国人的退化还表现在心智的弱化，失败主义，自欺欺人，自轻自贱，麻木健忘，卑怯贪婪等一类弱点滋生蔓延，形成了"现代的国人的魂灵"——一种扭曲，变形的魂灵。

作为五四新文化运动的主帅，陈独秀对这一问题曾作过大量的思考，做出了重要的贡献。关于体质卫生方面。他说国人的体质文弱病衰，即使是青年，"白面书生，为吾国青年称美之名词。民族衰微，即坐此病。美其貌，弱其质，全国青年，悉秉蒲柳之资，绝无桓武之态……人字吾为东方病夫国，而吾人之少年青年，几无一不在病夫之列，如

---

① 严复：《原强》，《严复集》（第一册），中华书局 1986 年版，第 27—28 页。
② 夏晓虹编：《新民说·论尚武》，《梁启超文选》（上），中国广播电视出版社 1992 年版，第 152 页。
③ 鲁迅：《鲁迅全集》（第 3 卷），人民文学出版社 2005 年版，第 411—414 页。

此民族，将何以图存？"①他进一步说："一国之民，精神上、物质上如此退化，如此堕落，即人不我伐，亦有何颜面，有何权利生存于世界？"②关于精神性格方面，他说国民奴性十足，表现为丧失人格，听命他人。退缩苟安，铸为民性；厌世隐遁，相习成风；颓唐庸懦，自毁人格；置身弱昧，自署奴券。"中国人向来不承认他人的人格，所以全体没有人格。"③

胡适对种族退化的反思，也在很大程度上是以西方民族为参照进行的。他认识到和西方民族相比较，我们民族落伍了，衰落了。他说："东方人在过去的时代，也曾制造器物、做出一点利用厚生的文明。但后世的懒惰子孙得过且过，不肯用手用脑去和物质抗争，并且编出了'不以人易天'的懒人哲学……我们如果还想把这个国家整顿起来，如果还希望这个民族在世界上占一个地位，——只有一条生路，就是我们自己要认错。我们必须承认我们自己百事不如人，不但物质机械上不如人，不但政治制度不如人，并且道德不如人，知识不如人，文学不如人，音乐不如人，艺术不如人，身体不如人。"④

3. 持续发展。五四退潮后，这一思潮持续发展。老舍30年代的创作带有浓重的启蒙色彩。他的《赵子曰》《二马》《离婚》《猫城记》分析中华民族精神性格上的退化和弱化现象：受传统文化影响深厚的国人大多怯懦糊涂，自私分裂，欺软怕硬，贪婪世故，敷衍马虎。在《二马》中，作家更是从生物学的角度哀叹民族的退化，他写道："民族要是老了，人人生下来就是'出窝儿老'。出窝儿老是生下来便眼花耳聋痰喘咳嗽的！一国里要有这么四万万出窝儿老，这个老国便越来越老，直到老得爬不动，便一声不出的呜呼哀哉了！"《猫城记》是一部带科幻色彩的政治寓言小说。作品中的猫人国影射旧中国。小说曲折揭示了中国文明的退化，这表现在：精神气质上失去了勇气与血性。小说写道：猫人国一向有"外国人咳嗽一声，吓倒猫国五百兵"的谚语，猫人国士兵打仗，哪里安全往哪里躲。身心上也失去健康。他们多数体格瘦弱，胫骨疲软，浑身无力。小说以猫人国的灭亡结局来警示国人。

沈从文在他的小说中塑造了两类人，一类是乡下人，一类是城市"文明人"。他热情赞美了生活在乡下的原始边民们身上所表现出的充盈旺盛的生命活力，如《柏子》中的柏子，《边城》中的天保和傩送等，而嘲笑了所谓"文明人"被"文明"的绳索捆绑，生

①　转引自俞祖华：《深沉的民族反省》，山东人民出版社1996年版，第204页。
②　陈独秀：《今日之教育方针》，《青年杂志》1915年第1期。
③　转引自俞祖华：《深沉的民族反省》，山东人民出版社1996年版，第131页。
④　胡适：《介绍我自己的思想》，《胡适文存》（第4卷），黄山书社1996年版，第459页。

命力受到压制从而出现的种种生物学意义上的退化现象：他们营养不良，精神衰弱，繁殖力下降，像被阉割过一样。他在《如蕤》中说："民族衰老了，为本能推动而作为的野蛮事，也不会发生了。"显然，通过城里人与乡下人的对比，沈从文在思索中华民族"种族退化"以及如何浴火重生的重大问题。

曹禺指斥病态文化所塑造的人是"阉鸡似"的，他们怯弱地过着凡庸的生活。《雷雨》中的周萍，《原野》中的焦大星，《北京人》中的曾文清、曾霆，其中曾文清的性格最为典型。他"懒于动作，懒于思想，懒于用心，懒于说话，懒于举步，懒于起床"，甚至"懒于宣泄心中的苦痛"，他怯懦、颓废与懒散，已经变成"生命的空壳"。和远古祖先，那身高七尺，威风凛凛，虎背熊腰，身强力壮的"北京人"相比，曾文清们真是不肖子孙了。然而曾家仍然一代不如一代地繁衍着。如果说《北京人》中曾家暗喻中华民族，那么作家显然在感慨种族的严重退化。

4. 当代回响。新中国建立以后的几十年里，"种的退化"话题一直被搁置。直至80年代文坛出现了寻根文学思潮，这一问题再次进入作家视野。寻根文学体现出两种不同的文化价值趋向。一种否定传统文化，着意于剖析中华文化的劣根，一种肯定传统文化，极力挖掘中华文化的优根。前者以韩少功、王安忆为代表，后者以阿城、莫言为代表。韩少功的《爸爸爸》描写湘山鄂水之间的一个小村寨——鸡头寨，它原始而闭塞。小说通过对小村寨野史、巫术、传说、仪式的表现象征了传统文化落后性。小说描写一个符号化人物——丙崽，他心智不全、发育不良，长到十几岁依然不会说话，只会嘟哝"爸爸爸""×妈妈"。无疑，丙崽是这种原始文化产生的怪胎。对丙崽的描写揭示出中华文化或人种退化的现实。

与韩少功小说不同，莫言的《红高粱家族》又让我们领略到中华文化中的"方刚血气"的一面。小说体现出对纯种的带有野性和血性高密东北乡先辈的崇拜，对被"文明"浸染的丑陋、孱弱的后人表示失望。小说的"我"视死去的祖先为英雄，自觉愧对祖先，自称是他们的不肖子孙。作品中"我爷爷""我奶奶"代表了原始人性，充满了浪漫、豪放的"酒神精神"，他们敢爱、敢恨、敢于反抗，是中华民族"天行健，君子以自强不息"的缩影。他们在红高粱的养育下充满了旺盛的生命力，反抗命运、反抗礼教、反抗强敌、勇于牺牲、成就正义，而乡土的背叛者——"我"则失去了"种"的强劲，变成了一棵孱弱的温室花草。有感于祖先的叱咤风云惊世骇俗，后辈的渺小可悲懦弱无能，作者慨叹道："他们杀人越货，他们精忠报国，他们演出过一幕幕英勇悲壮的舞剧，使我们这些活着的不肖子孙相形见绌，在进步的同时，我真切地感到种的退化。"[1]

贾平凹在《高老庄》中对中国文化、人种问题进行深刻反思。高老庄地处偏远，令高姓村民自傲的是据说他们是纯种的汉人，其特征是黄面稀胡，头扁而大，大板牙，双眼皮，脚的小拇指有双趾甲。从出土文献看，高家祖先人高马大，体型魁梧，性情剽悍。他们多次打退土匪，保卫了家园，有人因剿匪有功而官至"武显将军"。高家祖上十分和睦，据家谱记载曾出现男耕女织，井然有序，五世同居的生活情景。但是，现今的高老庄人体智德均赶不上祖先。他们身量矮小，容貌丑陋，迷信愚昧，怯懦文弱。作家借小说人物之口慨叹高老庄一代不如一代，显然作品隐喻中华民族种族的退化。

从整体上看，这百年忧思，近现代作家反思"种的退化"问题，主要着眼于士大夫阶层，而当代作家则关注民间；近现代作家启蒙思想中"文化退化"与"人种退化"问题没有完全厘清，纠缠一起，而当代作家对二者的辨析比较明晰。这是一个由浅入深、由粗到精的认识过程。

三、症病与求方

1. 揭示病根。对"种的退化"的反思，从近现代到当代越来越深入，越来越具体和科学。近现代作家把病因归之于中国文化与历史自身。严复认为中国国势危弱，人民体质孱弱、愚昧和缺乏品德，除了后世礼俗贻害民力外，主要病根是在封建社会的治术与学术，是在窃国大盗以小人而凌轹苍生、六经五子以君子而束缚天下。[2]严复从社会历史文化中寻找中国国民力智德素质萎缩的病根，这就使他把反省民族文化心理与反封建主义很好地结合了起来，这样，既加深了国民性反思的思想深度，也加强了反封建主义的批判力度。

梁启超认为中华民族原本强悍。"我神祖黄帝，降自昆仑，四征八讨，削平异族，以武德贻我子孙。自兹三千余年间，东方大陆，聚族而居者，盖亦百数，而莫武于我族"，"春秋战国间，我民族所以以武闻于天下也。"[3]后世事变迁，人心不古，那种惊天地、泣鬼神、慷慨悲歌的豪侠气概和勇武人格已经湮灭了。他从历史文化的角度分析退化的主要原因：1）地理与政治。中国土地辽广，物产丰饶，人口众多，生存压力小，加之统

---

① 莫言：《红高粱家族》，上海文艺出版社 2005 年版，第 2 页。
② 严复：《原强》，《严复集》（第 1 册），中华书局 1986 年版，第 54 页。
③ 梁启超：《中国之武士道·自序》，吉林出版集团有限责任公司 2008 年版，第 18—19 页。

治者阶级重文轻武，终致国人奄奄如病夫，冉冉如弱女，温温如菩萨。2）传统文化。儒道合流构成中国传统文化主流。中国文化崇尚柔善，崇尚隐忍，反对冒险，反对任侠，由此养成国民柔脆无骨，疲惫无气的性格。3）民间习俗。国人不讲卫生，婚期过早。[1]

鲁迅从历史、现实中考察种族退化原因。他认为汉唐时代国人气概十分豪迈，精神饱满健康，但后来历遭游牧民族的蹂躏及异族统治，以致国民才变成愚弱。[2]曹禺和老舍则把"种的退化"归咎于民族文化的古老僵化失去活力。沈从文从卢梭的反智主义思想汲取营养，他从文明的负面影响出发分析"种的退化"的原因。

当代作家的分析更加科学细致，而贾平凹最深刻。在《高老庄》中，他将汉人"种的退化"归因于几个方面。1）婚俗观念。高老庄人为保持纯正汉族血统不与外族通婚。他们"都是亲戚套了亲戚"，远近亲结婚。不能获得外族优良基因是种族退化的主因。2）饮食观念。高老庄人特别看重"吃"，在饮食方面十分讲究，达到食不厌精，脍不厌细的程度，终致脾胃虚弱，体格下降。3）卫生习惯。酗酒、吸烟、随地吐痰，没有良好的卫生习惯等影响体质。4）文化素质。高老庄人受教育水平低。他们不懂科学，信仰鬼神，崇拜祖宗，讲究礼仪，影响了心理与人格的健康发展。莫言分析这一问题时说："我有时忽发奇想，以为人种的退化与越来越丰富舒适的生活条件有关……人类正在用自身的努力，消除着人类的某些优良的素质。"[3]

2. 寻找药方。为达到强国强种的目的，许多启蒙者提出极具建设性的主张。严复倡导启蒙"三民"主义："鼓民力、开民智、新民德"。他一面揭露中国国民素质的弱点，分析产生这些弱点的根源；一面致力于塑造现代国民的形象，投身提高国民素质的启蒙工作。"三民"主义的思想，在中国近代史上首次提出了人的素质的问题，是改造国民性和改良人种思想的先声。"三民"主义中的"鼓民力"，就是要提高人民的血气体力，提高人民的身体素质，以强健体魄和勇敢精神，改造"东亚病夫"的羸弱体质和萎靡不振的精神状态。他呼吁全社会重视体育、卫生，要求改变重文轻武的习尚，提倡尚武风气。要求革除贻害民力的恶风劣俗，其中，当务之急是禁止吸食鸦片、女子缠足二事。还要求改变黜力尚德、"君子劳心、小人劳力"的传统价值观念。此外，开发民智、提升道德素质也是民族再造的重要内容。梁启超提出以"尚武"解决此问题。在中国处于内忧外患的情势下，他力主学习"斯巴达"，实行军事化国民教育，以养成军人之体质、军人之

① 夏晓虹编：《新民说·论尚武》，《梁启超文选》（上），中国广播电视出版社1992年版，第152页。
② 鲁迅：《致尤炳圻》，《鲁迅全集》（第13卷），人民文学出版社2005年版，第682页。
③ 莫言：《红高粱家族》，上海文艺出版社2005年版，第336页。

精神、军人之本领。他提倡的"尚武"思想包括冒险进取的精神，强身健体，强健体魄等内涵，通过习武达到"强国保种"医治退化的目的。[①]

鲁迅认为"欧美之强"，"根柢在人"。对中国人而言"将生存两间，角逐列国是务，其首在立人，人立而后凡事举"。[②]无疑，鲁迅认为中国要在国际竞争中立于不败之地，重要的是"立人"，"立人"是指对中华民族精神面貌的重塑与民族性格的重建，以及新人格的培养。陈独秀的药方是发展全民教育。他对教育方针、教育内容、教育方法等也提出了许多设想与建议，提倡用以科学民主为精髓的西洋近代教育取代死记硬背四书五经的传统教育。他希望逐步建立健全的近代教育体系，克服国人的恶点，发展国人的美点，培育优秀民族性格，实现新民救国。沈从文在"湘西世界"中表现了乡下人勇武勃郁的生命力，纯洁高尚的精神品质，单纯执着的生活信仰。他从他们身上找到了未被"文明"阉割的生命强力。他认为乡下人的生存方式、他们身上表现出的生命活力和人情美、人性美是医治"文明人"退化的良药。曹禺在《北京人》中呼唤野性，倡导回归自然的生活。

《高老庄》文化寓言特征十分明显。子路与西夏形象既是写实的又充满隐喻。子路喻指汉文化，西夏喻指少数民族文化。小说叙述子路形象猥琐，虽是大学教授，但自卑感很强。更使他苦恼的是他与菊娃（高老庄本地妇女）结婚生不出健康儿童，生出的孩子是残疾（犹如《爸爸爸》中的丙崽）。为了"换种"另娶外表漂亮，身形高大，有外族血统的西夏。子路与西夏的结合其象征意义十分明显。小说暗示子路与西夏结合一定会生出聪明健康漂亮的孩子。对外开放与交流是文化进化的前提条件。莫言的《红高粱家族》《食草家族》通过对家族（民族）原生本性的呼唤，以求得家族（民族）在退化的困境中解脱。郑万隆、洪峰、张承志等作家试图在边地山民和少数民族身上寻找野性精神也是出于这种思路。《狼图腾》对民族性格中"狼性"的怀念与追思意味深远。

四、结语

1. 近代以来，中国作家对国人的生存状态十分关注，他们发现和祖先相比，在近人今人身上出现了生物学意义上的退化现象，概括地讲有这样一些表现：身体机能、生理机能、体格、意志品质、知觉本能等逐渐弱化。他们将之归因于多方面的原因，如历史

---

① 张曼丽：《梁启超"尚武"思想研究》，《南京体育学院学报（自然科学版）》2012年第6期。
② 鲁迅：《文化偏至论》，《鲁迅全集》（第1卷），人民文学出版社2005年版，第44页。

的（多次遭受草原民族的奴役统治、宋代以来重文轻武的国策等）、文化的（传统文化中儒释道尚柔尚忍戒斗的文化导向）、生活方式及观念（早婚早育、没有卫生习惯、好逸恶劳）、生活条件（进入现代社会人们的生活条件愈来愈优越）等等。对于怎样遏制这一现象，作家们从各自的角度提出不同设想，有人提出借鉴斯巴达方式，尚武崇力；有人呼吁文武并重，野蛮其体魄，文明其精神；有人倡导过简单亲近自然的生活，不一而足。

2. 中国文学所反映的"种的退化"的问题其实也是当下中国一个严峻的现实问题。虽然新中国建立后中国人甩掉了"东亚病夫"的帽子，但是据调查，我国公民体质近 30 年来逐渐在下滑，尤其近年来肥胖三高等富贵病屡见不鲜。随机抽取某市某街道成年人 709 人，老年人 104 人，按《2005 年全国国民体质监测工作手册》的规定对其身体形态、机能、素质各指标进行测试，结果表明各项指标均呈现下降趋势。[1]体质下降现象在我国青少年中尤为严重。调查显示中国青少年的身高、体重、胸围等形态发育指标持续增长，然而肺活量、速度、力量等体能素质却持续下滑。学生肥胖率与 5 年前相比翻了 2 至 3 倍，在全国 3 亿青少年中，肥胖或营养不良的占到 15% 以上，也就是说超过了 4500 万人，城市男生肥胖和超重占 1/4。学生的视力降低率居高不下。[2]我国青少年除了在身体形态、生理机能、身体素质方面，出现下降趋势之外，在心理素质、思维能力等方面均存在弱化现象。

3. 20 世纪中国文学对"种的退化"的探讨，不仅对本民族生存发展有重要意义，就是对全人类也是一种警示。维柯曾说："各民族人民的本性最初是粗鲁的，以后就从严峻宽和，文雅顺序一直变下去，最后变为淫逸。"[3]当下人的退化是一个全球现象，进入工业时代人类退化呈加速趋势。出现这些现象的主要原因在于生活方式和生存条件的改变。科技进步给人类生活带来极大便利，人类生活越来越舒适，但是科技的负面影响也越来越凸显。电气化信息化使人的感知能力下降，交通工具方便使得肢体退化，不吃生食、食物精细使得胃肠功能衰弱。另外，医疗水平提高使得人类退化。1996 年，伦敦大学史蒂夫·琼斯教授在英国科学周上发表报告指出，二次大战后，医疗条件的改善使得自然选择的威力逐渐在人类社会中失效，人种已开始退化。过去由于人类生活条件艰苦，医疗条件低下，导致新生儿的高死亡率，这当然是很严酷的。但自然选择是生物进化中的主要力量，经自然淘汰后幸存下来的物种一般都是较为优良的品种。人类依靠医疗水

---

① 钟伟伟：《苏州市狮山街道国民体质现状分析》，《科技信息》2014 年第 15 期。
② 王玉刚等：《我国青少年体质下降的原因及对策研究》，《贵州体育科技》2007 年第 3 期。
③ ［意］维柯：《新科学》，朱光潜译，人民文学出版社 1997 年版，第 10 页。

平的提高来降低新生儿的死亡率，当然是符合人道主义原则的；对垂危病人的竭力挽救、对弱智者的社会帮助等等，也是符合人类普遍公认的道德准则的。但是，由此而导致自然选择的威力在现代人类社会中逐步丧失，而大量因人的基因变异而产生的素质不高的基因却能够免遭自然淘汰得以遗传下去，这就导致了人种的总体退化。[①]此外，环境与食品污染也使得人类处于退化边缘。这些现象不加以遏制，人类的前途堪忧。有人预言人类将会灭绝，有人预言人类退化成怪物，这些警告并非空穴来风。懂得并遵循用进废退的规律，不要过分依赖外在条件，反对奢侈，选择简单自然的生活方式或许可以改变这种趋势。[②]

近代以来，中国作家对于"种的退化"的忧思，不仅对于本民族，即使是对于这个人类也具有警示意义。可以说对于这一问题的警觉与思考具有普遍人类学意义和价值。

（作者单位：陕西师范大学文学院）

---

① 陆培恩、徐如涓：《人种退化对策何在》，《中国人口科学》1997年第3期。

② ［美］亨利·戴维·梭罗：《瓦尔登湖》，李暮译，上海三联书店2008年版，第8页。

百年中共与现代文艺建设研究：蔚为大观的抗日救亡文艺运动

——以延安和各抗日民主根据地为中心

张志忠

内容提要： 抗战期间，中共领导文艺工作更加得心应手，在具体的举措上，一是利用国共合作的新局面，和抗日战争初期全民高涨的民族热情，主导建立了"中华全国文艺界抗敌协会"，团结全国的文艺界人士共赴国难。二是确立了鲁迅作为新民主主义文化的旗帜，产生文化建设上的榜样和向心力，将新民主主义文化的建设具象化。三是在新的战争环境下，尤其是在解放区，与旧文化争夺"文化领导权"，争夺广大农民群众，将文艺大众化推向新的高度，在表现"新的人物新的世界"上，做出开创性的努力。

关键词： 抗日救亡文艺运动；新民主主义文化；鲁迅精神的确立；文艺大众化

30 年代中期，中央红军和南方各苏区的红军部队，先后经过漫长的征途北上抗日，会师于黄土高原上的陕北地区。紧接着，1937 年 7 月 7 日，卢沟桥事件爆发，抗日战争全面展开，中国共产党和国民党结成抗日救国统一战线，中国的现代历史进入了新的阶段。中国共产党领导文艺工作，也形成新的特点，面对新的难题，就是在全民族抗战统一战线的大形势下，在国统区、沦陷区和解放区三种不同环境下，如何因地制宜地开展文艺工作，推进抗日战争和反对国民党的降日阴谋，以及推动根据地建设。

在这一时期，中共领导文艺工作更加得心应手，在具体的举措上，一是适应国共合作的新局面和抗日战争初期全民高涨的民族热情，主导建立了"中华全国文艺界抗敌协会"，团结全国的文艺界人士共赴国难。二是确立了鲁迅作为新民主主义文化的旗帜，产生文化建设上的榜样和向心力，将新民主主义文化的建设具象化。三是在新的战争环境下，尤其是在解放区，与旧文化争夺"文化领导权"，争夺广大农民群众，将文艺大众化推向新的高度，在表现"新的人物新的世界"上，做出开创性的努力。毛泽东关于新民主主义文化的理论阐述，和《在延安文艺座谈会上的讲话》的发表，则为中国共产党领导文艺工作，确定了明确的目标和路线，为革命的文艺工作者的努力，指出了明确的方向。[①]

一、从"国防文学"倡导到"文抗"和第三厅的成立

从30年代初期起，日本帝国主义侵占中国的野心就日渐膨胀，先后发生了沈阳的"九一八"事变和上海的"一·二八"事变。尤其是后者，发生在中国和远东最为重要的城市上海，发生在左翼文艺运动的中心区域，在中共领导下的左翼作家和艺术家们亲身经历了日军入侵造成的重大灾难和危机。他们做出了迅捷的反应，发出了一个民族的愤怒吼声："九一八"后的第10天，"左联"就发表了《告国际无产阶级及劳动民众的文化组织书》（注：《文学导报》第1卷第5期，1931年9月28日），呼吁全世界劳动人民共同反对日本侵略者。"左联"随即又以《告无产阶级作家革命作家及一切爱好文艺的青年》（注：《文学导报》第1卷第6、7期合刊，1931年10月23日）的公开信，号召革命文艺工作者以文艺为武器打击侵略者。在同年11月公布的《中国无产阶级革命文学的新任务》的决议中，"左联"把"在文学的领域内，加紧反帝国主义的工作""作家必须抓取反帝国主义的题材"等要求放在首要地位。鲁迅支持和资助出版萧军《八月的乡村》、萧红《生死场》，则及时地反映了东北沦陷区人民的苦难与抗争。

在长期地失去与中共中央联系的异常困难情况下，时任文艺界中共负责人周扬、夏衍等人，坚持地下斗争，依照国际形势变化，和辗转接读的第三国际、中共中央的有关文件，不失时机地提出"国防文学"的口号。围绕"国防文学"的倡导，相继出现了"国防戏剧""国防诗歌""国防音乐"等口号。在创作上也有新的收获。《文学》《光明》《文学界》等刊物上，陆续刊载和推荐了不少"国防文学"的作品，中国诗歌会还出版了"国防诗歌丛书"。此后不久，由从陕北来到上海传达中共中央关于建立抗日民族统一战线等工作的冯雪峰与鲁迅、茅盾、胡风等共同商量，提出了"民族革命战争的大众文学"的

---

① 本文即围绕这前四点展开。有关毛泽东的文艺思想的内容，笔者已经有专文论述，在此不作阐述，只论及其产生的相关影响。

口号。为此，在"左联"内部，爆发关于两个口号的激烈论争。1936年10月，鲁迅、郭沫若、茅盾、巴金、洪深、叶绍钧、谢冰心、周瘦鹃、包天笑等文艺界各方面代表人物共21人，联合签名发表《文艺界同人为团结御侮与言论自由宣言》，"主张全国文学界同人应不分新旧派别，为抗日救国而联合。……在文学上，我们不强求其相同，但在抗日救国上，我们应团结一致以求行动之更有力"。(《文学》第7卷第4期，1936年10月1日）这表明两个口号论争基本结束和文艺界抗日统一战线的初步形成。

抗战爆发之初，全民抗战的热情空前高涨，曾经出现颇为广泛的抗日文艺活动，其中最为突出的是具有普遍群众性的戏剧演出、诗歌朗诵和歌咏活动。这些活动，兴起在"八一三"抗战期间的上海，上海失守后，武汉一度成为内地的文艺活动中心。从上海、平津和东北等地来的大批文艺工作者，陆续汇集于武汉三镇，在"保卫大武汉"的战斗动员中，带着巨大热情投入抗日救亡文化运动。

1937年12月，周恩来到达武汉，代表中国共产党参加抗日民族统一战线工作，担任军委会政治部副部长，党内职务则是中共长江局负责人。在积极与国民党要员及各方人士进行统战工作的同时，他对文艺界的抗日救亡运动予以热烈关心，以睿智的头脑和强大的人格感召力引导和影响了从武汉到重庆期间的文艺界救亡运动。

1938年春，周恩来指示阳翰笙等发起组织中华全国文艺界抗敌协会（简称"文协"）。他拜访国民政府军事委员会副委员长冯玉祥，请他对"文协"给予支持，冯玉祥为此慷慨解囊为"文协"提供活动经费。周恩来亲自拜访老舍，动员老舍出面主持"文协"工作。"文协"1938年3月27日成立，周恩来在"文协"成立会上发表重要讲话。大会通过了"文协"宣言。宣言指出：对国内，我们必须喊出民族的危机，宣布日本的侵略罪状，造成民族严肃的抗战情绪生活，以求持久的抵抗，争取最后胜利。对世界，我们必须揭露日本的野心与暴行，引起人类的正义感，以共同制裁侵略者。会议选出郭沫若、茅盾、冯乃超、夏衍、胡风、田汉、丁玲、郁达夫、朱光潜、张道藩、姚蓬子、陈西滢、王平陵等代表各政治倾向的文艺界人士40余人为理事，周恩来、冯玉祥、孙科、陈立夫等为名誉理事。理事会推选老舍为总务部主任，主持"文协"日常工作。"文协"在全国组织了数十个分会及通讯处。在延安也成立了"陕甘宁边区文艺界抗敌协会"，由丁玲领导。中共党组织通过"文协"中的党员与进步作家，有力地领导与推动抗日文艺活动。这样，"文协"的成立标志着文艺界在抗日救亡的旗帜下，结成最广泛的统一战线。

设在武汉的中共长江局主办的《新华日报》发表社论《全国文艺界抗敌协会成立大会》，指出"文协"成立的意义："由于留居在武汉及散处各地的许多文艺工作者的大声号召，经过两月以上的艰苦筹备，一面全国文艺界抗敌协会的大旗终于树起在炮火和轰炸的环境中，在亲爱的祖国的怀抱里。在这面飘扬于拂拂春风中的大旗之下，20年来从没有机会相见的全国文艺家，都亲爱地共处一堂，大家紧紧地团结在一起，尽管在阶级、集团、世界观、艺术方法论上大家有着各自的特性，然而一个高于一切的共同的目标——抗敌，比什么都有力地使大家都成为亲密的战友，这是一个中国文艺史上的盛举，值得我们来欢欣鼓舞的。……我们深深地相信，由于这个空前的团结，文艺的武器必然将在民族解放的疆场上，发生出更强大的战斗力量。我们更热切地希望，由于文艺界的这个团结的开始，更能把文艺的队伍，在战斗的过程中，无限地扩大起来。"①

同时，周恩来苦口婆心地动员郭沫若担任军委会政治部专门负责宣传工作的第三厅厅长，萃集了胡愈之、田汉、洪深、范寿康、冯乃超、阳翰笙、冼星海、应云卫、张光年、马彦祥等参加第三厅工作。旋即，周恩来以军委会政治部副部长的身份亲自主持了"武汉各界第二期抗战扩大宣传周"的盛大群众文艺活动，并且在这一活动开始之际作了《怎样进行二期抗战宣传周工作》（1938年4月7日）的具体指示。宣传周共6日，每日都有主要项目：戏剧日、电影日、美术漫画日、游行日等。郭沫若领导的第三厅负责操办宣传周，恰逢李宗仁指挥的台儿庄大战捷报传来，更激发了武汉民众的抗日热情，火炬游行，歌咏大会，都是盛况空前，参加者有数万甚至数十万人。"在宣传日，艺术家们在汉口市通衢大道演出街头短剧，学生们发表演说，画家们的漫画贴满街头。入夜举行火炬游行，在长江之上，武汉三镇之间，抗日画灯火炬和几百条船组成的歌咏队，延绵数里，抗日歌声响彻云霄。人民的抗日情绪热烈高昂，为多少年来所少见。尔后通过新闻媒介将这种昂扬的情绪传遍全国各地。"②

第三厅做的另一项重要工作，将各地来武汉的救亡戏剧团体和文艺工作者，组建为10个"抗敌演剧宣传队"，还有一个孩子剧团和电影放映队，出发去全国各地巡回演出，还远行东南亚，在南洋进行抗日文艺宣传，深受民众欢迎。演剧队在武汉成立时，周恩来亲自作了形势与任务的政治报告，指示在团队中建立中国共产党地下组织，加强党的领导；在整个抗日战争和解放战争期间，他也始终关注着这支分散在全国各地，坚持抗

---

① 《新华日报》社论《全国文艺界抗敌协会成立大会》（1938年3月27日），《文学运动史料选》第4册，上海教育出版社1979年版，第12页。

② 张颖：《周恩来在抗日战争中的二三事》，见人民网"人民领袖周恩来"https://www.people.com.cn/BIG5/shizheng/252/7619/7647/20020302/677792.html。

日民主宣传的文艺队伍。演剧队的活动持续了 11 年，足迹遍及全国。[①]

二、"鲁总司令"与"革命文化的班头"

在这一时期，中共中央对文艺界的领导，一项重要举措，是确立鲁迅作为中国文艺界和思想界的旗帜地位。其后，在抗日战争中期的相持阶段，在与国民党当局的消极抗日、积极反共的斗争中，又确立郭沫若为鲁迅精神的继任者，确立郭沫若的文艺旗手地位。在文艺界和思想界，以具有典范性的人物和作品作为一种示范，引导大家追随和效仿，这一举措，充满政治智慧。

鲁迅作为五四新文化运动的标志性人物，从新文化运动的兴起，到 1936 年逝世，经常是处在风云激荡的文艺界的中心位置，他参加的文艺论争，围绕他所引发的文艺论争，以及由此形成的鲁迅评价史，成为中国现代文艺运动进程的一个重要侧面。一直分外重视思想文化建设的中国共产党人，对鲁迅的认识，也有一个从自发到自觉、从个人行为到组织论证和领袖决定的过程。

20 年代初期，身为中共创建时期的老党员、文学研究会的首席评论家沈雁冰，就曾经从文学的思想性和艺术性两个方面，高度地评价鲁迅的小说："在中国新文坛上，鲁迅君常常是创造'新形式'的先锋:《呐喊》里的十多篇小说几乎一篇有一篇新形式，而这些新形式又莫不给青年作者以极大的影响，必然有多数人跟上去试验……除了欣赏惊叹而外，我们对于鲁迅的作品，还有什么可说呢？"[②]1927 年 10 月，在大革命失败后，茅盾在生活和思想上都处于最低迷的时候，他却写出《鲁迅论》，对其时为止鲁迅的全部作品及研究状况作了高屋建瓴的评价。[③]

20 年代末期，一群年轻的共产党人组成的创造社和太阳社，掀起"革命文学"的新浪潮，却错误地将鲁迅、茅盾作为祭旗的对象，将鲁迅判定为"二重的反革命"，群起而攻之。同样是新近加入中共的冯雪峰，在滔滔者天下皆是的声浪中，写出了《革命与智

---

① 本节的有关史料及叙述，综合引用唐弢主编:《中国现代文学史》之"在民族解放旗帜下的文艺运动与思想斗争"的章节，人民文学出版社 1980 年版；张颖:《周恩来在抗日战争中的二三事》，见人民网"人民领袖周恩来"https://www.people.com.cn/BIG5/shizheng/252/7619/7647/20020302/677792.html；童小鹏:《抗战初期周恩来在武汉》，人民网"人民领袖周恩来"http://www.people.com.cn/BIG5/shizheng/252/7619/7647/2542405.html。

② 茅盾:《读〈呐喊〉》，原载 1923 年 10 月 8 日《时事新报》副刊《文学》第 91 期。《茅盾论创作》，上海文艺出版社 1980 年版，第 109 页。

③ 茅盾:《鲁迅论》，原载《小说月报》第 18 卷第 11 期，1927 年 11 月 10 日。收入《茅盾论创作》，上海文艺出版社 1980 年版。

识分子》，在事关当下文化战略的两个重点上，他表现出清醒的理性精神，纠正钱杏邨等人偏激过火的论述：其一，在对中国现实的革命斗争对象的判断上，他没有像钱杏邨等人那样，宣称当下是无产阶级对资产阶级的革命，封建主义已经死亡，进而判定作为封建阶级的代表人物的鲁迅是"二重的反革命"。其二，在革命如何对待其同盟者和同路人的问题上，他表现出应有的气度和襟怀，要求对鲁迅进行团结而不是清算。

20—30年代之交，在停止"革命文学"论争和建立"左联"的决策上，周恩来、李立三、李富春等中共重要领导人作出了正确的决断，瞿秋白的《〈鲁迅杂感选集〉序言》，第一次从思想史和文学史意义上，对鲁迅的巨大成就作出了高度评价。这也为"文委"和"左联"中的共产党人认识和评价鲁迅，予以了思想指导。在此前后，潘汉年、冯雪峰等中央文委和"左联"领导人，都和鲁迅建立了良好的友谊。

1936年10月，闻知鲁迅逝世的消息，中共中央立即发出唁电，对鲁迅进行了空前的赞扬：

上海文化界救国联合会转许广平女士鉴：

鲁迅先生逝世，噩耗传来，全国震悼。本党与苏维埃政府及全苏区人民尤为我中华民族失去最伟大的文学家、热忱追求光明的导师、献身于抗日救国的非凡的领袖、共产主义苏维埃运动之亲爱的战友而同声哀悼。谨以至诚电唁。深信全国人民及优秀之文学家必赓续鲁迅先生之事业，与一切侵略者、压迫势力作殊死的斗争，以达到中华民族及其被压迫的阶级之民族和社会的彻底解放。肃此电达。

中国共产党中央委员会

中华苏维埃中央政府

十月二十二日[1]

如何评价鲁迅，如何对待鲁迅的葬礼，不单是对这位杰出的世纪伟人的态度问题，而且，它还是共产党与国民党争夺对知识分子的号召力和领导权的重要关节。在这一时刻，中共中央表现出高度的智慧和应变能力。为纪念鲁迅逝世，中共中央特意致电正在与中共进行战争的国民党和南京国民政府，商讨有关殡葬和相关事宜。[2]同时，中共中

---

① 《追悼鲁迅先生》（唁电），原载1936年10月28日《红色中华》。汪木兰、邓家琪编：《苏区文艺运动资料》，上海文艺出版社1985年版，第124页。

② 原载1936年10月28日《红色中华》。汪木兰、邓家琪编：《苏区文艺运动资料》，上海文艺出版社1985年版，第125—126页。

央等发表《中国共产党中央委员会、中华苏维埃人民共和国中央政府为追悼鲁迅先生告全国同胞和全世界人士书》，对鲁迅与其敌人的斗争，予以更鲜明的描述："鲁迅先生一生的光荣战斗事业，做了中华民族一切忠实儿女的模范，做了一个为民族解放、社会解放，为世界和平而奋斗的文人的模范。他的笔是对于帝国主义、汉奸卖国贼、军阀官僚、土豪劣绅、法西斯蒂，以及一切无耻之徒的大炮和照妖镜，他没有一个时候不和被压迫的大众站在一起，与那些敌人作战。他的犀利的笔尖，完美的人格，正直的言论，战斗的精神，使那些害虫毒物无处躲避。他不但鼓励着大众的勇气，向着敌人冲锋；并且他的伟大，使他的死敌也不能不佩服他、尊敬他、惧怕他。……鲁迅先生在无论如何艰苦的环境中，永远与人民大众一起与人民的敌人作战，他永远站在前进的一边，永远站在革命的一边。他唤起了无数的人们走上革命的大道，他扶助着青年们使他们成为像他一样的革命战士，他在中国革命运动中，立下了超人一等的功绩。"①

出自张闻天之手的上述 3 个文件，以中共中央的名义，第一次对鲁迅作出高度的评价，将其公之于世，并且旗帜鲜明地号召全国民众尤其是文学界，学习鲁迅精神，继承鲁迅遗志。在陕北苏区，于 10 月 30 日在志丹县举办了规模盛大的纪念大会。此后，在陕北地区，先后建立了"鲁迅剧社""鲁迅图书馆""鲁迅师范学校"和"鲁迅艺术文学院"等以鲁迅命名的文艺团体和学校。在上海文化界的中共党员积极参与了鲁迅后事的处理，组织了数万市民参加的送葬大游行。在上海沦陷后的"孤岛"时期，文艺界的中共党员和进步人士勠力合作，出版了第一部《鲁迅全集》。

继瞿秋白和张闻天之后，毛泽东在运筹帷幄、指挥抗日战争的同时，多次对鲁迅精神予以阐述和高度评价。1937 年 10 月 19 日，毛泽东在陕北公学作《论鲁迅》的演讲，纪念鲁迅逝世一周年。毛泽东指出："我们今天纪念鲁迅先生，首先要认识鲁迅先生，要懂得他在中国革命史中所占的地位。我们纪念他，不仅因为他的文章写得好，是一个伟大的文学家，而且因为他是一个民族解放的急先锋，给革命以很大的助力。他并不是共产党组织中的一人，然而他的思想、行动、著作，都是马克思主义的。他是党外的布尔什维克。"②毛泽东指出鲁迅精神的三个特征：政治远见，斗争精神，牺牲精神。毛泽东指出，综合上述这几个特点，形成了一种伟大的"鲁迅精神"。"所以，他在文艺上成了一个了不起的作家，在革命队伍中是一个很优秀的很老练的先锋分子。我们纪念鲁迅，就要学习鲁迅的精神，把它带到全国各地的抗战队伍中去，为中华民族的解放而

---

① 本文收入《张闻天文集》第 2 卷时改题为《哀悼鲁迅》，中共党史出版社 1990 年版，第 191—192 页。
② 毛泽东：《论鲁迅》（1937 年 10 月 19 日）.《毛泽东文集》第 2 卷，人民出版社 2009 年版，第 42—43 页。

奋斗！"①

毛泽东说过，他和鲁迅的心是相通的。因此，他在谈话和论著中多次讲到过鲁迅。毛泽东《在延安文艺座谈会上的讲话》正式在《解放日报》上发表，也是特意选定在1943 年 10 月 19 日，鲁迅逝世纪念日，除了"师出有名"，更表现出毛泽东对鲁迅的高度推崇。

这一时期活跃在抗日民族统一战线第一线的周恩来，也有大量的讲话谈到鲁迅精神。他和毛泽东所面对的听众有所不同，他对鲁迅精神的阐述也有自己的侧重。

在《抗战中的文化工作和文化运动》中，周恩来指出鲁迅的作风之四个特点：

> 文化界所有的斗争当然要有理有利有节，但还要有鲁迅的作风。鲁迅成为文化界的主将，不但我们承认，甚至顽固派也承认，这不是偶然的。我们要学习他的整个的精神，而不是像偶像似的崇拜他。他是中国二十年来文化运动的结晶，而不是一个孤立的个人。我想，鲁迅的作风有四点：一是，对敌人是严的，是一针见血的，绝不姑息的，一贯如此的。二是，对自己也是严的，决不随便饶恕自己，决不骄傲、夸大、苟且，无论在创作上还是生活上。三是，对自己战线内的人是宽的、提携的，不随便挑剔。他总是抓住主要的敌人。不像我们有些同志轻易地伤害他，如晚年的两个口号之争，对他进行了错误的批评。我们不能责备自己的同志没有把握历史的走向。四是，对叛徒是疾恶如仇的，是主张肃清内奸的。学习鲁迅，要学习他的整体，不要只学他的一点一滴就自以为是鲁迅的门徒，这是不对的。②

这篇文字是在延安高级干部会议上的讲话的节录。面对诸多延安的高级干部，周恩来自己所讲的，主要还是学习鲁迅如何对待敌我友以及对待自己的严肃态度。

1946 年 10 月 19 日，恰值鲁迅逝世 10 周年纪念日，内战的危机爆发，国家的前景堪忧，周恩来再一次讲到纪念鲁迅的话题，语气的严峻和凝重就非前可比：

> 鲁迅先生死了十年了，整整的十年了。中国是从内战进入抗战，现在又回到了内战。内战乃鲁迅先生所诅咒的，抗战才是鲁迅先生所希望、所称颂的。他希望的

---

① 毛泽东：《论鲁迅》（1937 年 10 月 19 日）.《毛泽东文集》第 2 卷，人民出版社 2009 年版，第 44 页。

② 周恩来：《抗战中的文化工作和文化运动》（1940 年 8 月 9 日），《周恩来文化文选》，中央文献出版社 1998 年版，第 24—25 页。

事在人民大众努力下实现了，而他诅咒的内战可仍还存在，这应该是我们参加这会的每个人所难过的。人民希望民主、独立、团结、统一，而日本投降一年多了，这一个愿望还没有达到……

鲁迅先生曾说："横眉冷对千夫指，俯首甘为孺子牛"，这是鲁迅先生的方向，也是鲁迅先生之立场。在人民面前，鲁迅先生痛恨的是反动派，对于反动派所谓之千夫指，我们是只有横眉冷对的，不怕的。我们要以眼还眼，以牙还牙。假如是对人民，我们要如对孺子一样地为他们做牛的。要诚诚恳恳、老老实实为人民服务。我们要有所恨，有所怒，有所爱，有所为。①

相异于毛泽东的高屋建瓴、原则指导，周恩来经常是处在具体实施的第一线的。1941 年 11 月 16 日，他将鲁迅精神和正活跃在重庆文坛的郭沫若的精神加以相互阐释，作出一篇精彩的讲话《我要说的话——论鲁迅与郭沫若》。这正是"皖南事变"发生不久，大后方重庆的政治形势非常压抑，文化人也受到很多打压。在此危难时刻，周恩来的这篇讲话，代表中共中央，将郭沫若树立为新的文化旗帜，为进步文化人确立主心骨，意味深长。

周恩来指出，郭沫若比鲁迅小十几岁，与鲁迅的清代官僚家庭不同，郭沫若出生在半商半读的家庭，一出场就已经在"五四"前后。他的创作生活，是同着新文化运动一道起来的，他的事业发端，是从"五四"运动中孕育出来的。对郭沫若的精神特征，周恩来概括为三点：第一是丰富的革命热情。郭沫若既是革命的诗人，同时又是革命的战士。他心中笔下充满着革命的愤火，也充满着对于人类的热爱。第二是深邃的研究精神。他将学术家与革命行动家兼而为之，不但在革命高潮时挺身而出，站在革命行列的前头，他还懂得在革命退潮时怎样保存活力，埋头研究，补充自己，也就是为革命作了新的贡献，准备了新的力量。他的海外十年，译著之富，人所难及。他精研古代社会，甲骨文字，殷周青铜器铭文，两周金文以及历代铭刻等等，用科学的方法，做出很大的成就。第三是勇敢的战斗生活。郭沫若是富于战斗性的，不仅在北伐和抗战两个伟大时代，他站在战斗的前线，号召全国军民，反对北洋军阀，反对日本强盗和逆伪，在 25 年的文化生活中，郭沫若也常常以斗士的姿态出现。

周恩来阐述鲁迅与郭沫若的文化地位说："郭沫若创作生活二十五年，也就是新文化

---

① 周恩来:《在鲁迅逝世十周年纪念会上的演说》，李准、丁振海主编:《毛泽东文艺思想全书》，吉林人民出版社 1992 年版，第 419 页。

运动的二十五年。鲁迅自称是'革命军马前卒'，郭沫若就是革命队伍中人。鲁迅是新文化运动的导师，郭沫若便是新文化运动的主将。鲁迅如果是将没有路的路开辟出来的先锋，郭沫若便是带着大家一道前进的向导。鲁迅先生已不在世了，他的遗范尚存，我们会愈感觉到在新文化战线上，郭先生带着我们一道奋斗的亲切，而且我们也永远祝福他带着我们奋斗到底的。"[①]

周恩来的这篇文章，是为纪念郭沫若创作生活 25 年，和庆祝他的 50 岁寿辰而作，同时又是传达中共中央对文化界的一个重要决定，继鲁迅之后，确立郭沫若在文化界的领袖地位；周恩来还有一个提法，郭沫若是"今日革命文化的班头"。经过实践验证，这是一个成功的决策。在 40 年代前半期，在国际国内局势都非常困难和微妙的时候，郭沫若以其《屈原》《虎符》《孔雀胆》等历史剧，坚持了抗战到底的坚定信念，抨击了分裂和投降的危险倾向，在雾都重庆张扬了鲜明的民族气节和浩然正气。他的《甲申三百年祭》，传到解放区，成为毛泽东教育全党的重要教材。新中国建立之后，郭沫若同样为时代做出了积极的贡献，发挥了极大的表率作用。

三、走向广大乡村的新文化新启蒙

这一时期，中共领导文艺工作的一大创举，是将新文化和新启蒙推广到了广大的乡村，实现了革命文艺与广大农民的相互融合，实现了文艺的大众化。

刊行于晋西北根据地的《抗战日报》，在谈到晋西北的文化状况时这样写道："晋西北在抗战前就是偏僻山区，山多，交通不便，所以文化较为落后。抗战以来建成了根据地，大批地方的和外来的知识分子，以及文化工作者，都集结到这里来，成立了各种文化组织，在部队中，群众中，广泛开展了文学、戏剧、美术、音乐等活动，各种的报纸、刊物，也陆续创办，真像雨后春笋般，蓬勃生长，成为晋西北空前的现象。"[②]

新文化与广大乡村和农民的结合，具有多重的可能性和必要性。抗日战争的全面展开，将救亡运动推向广阔田野的同时，也催生出新文化运动的大众启蒙，将民族意识和现代国家的理念，传播到了最广大的农民之中：科学取代迷信，民主取代专制，现代观

① 周恩来：《我要说的话——论鲁迅与郭沫若》，李准、丁振海主编：《毛泽东文艺思想全书》，吉林人民出版社 1992 年版，第 417 页。

② 《抗战日报》社论：《论"根据地文社"的建立》（1942 年 10 月 27 日），胡采主编：《中国解放区文学书系·文学运动·理论编（一）》，重庆出版社 1992 年版，第 227 页。

念取代封建意识，婚姻自由取代"父母之命""媒妁之言"。救亡运动也推动了中国的启蒙进程，把民族民主意识灌输到广大的乡野，把现代民族国家的组织方式灌输到最基层的村落。

早在抗日战争初期，在陕甘宁边区文化界救亡协会（该协会于 1937 年 11 月 14 日成立，初称"特区文化界救亡协会"，先后由艾思奇、吴玉章、柯仲平任主任，柯仲平、艾思奇、丁玲任副主任）1938 年 5 月发表的《我们关于目前文化运动的意见》中，就写下了这样的文字：

> 近代中国文化运动，本来是和救国运动不可分开的，文化运动是救国运动在意识上的表现，而文化运动最优秀的先驱者，时常就是救国运动中最具忠肝热血的先驱者。戊戌启蒙运动的先驱者谭嗣同，因维新救国的事业而身被斩首；五四启蒙运动的先驱者李大钊，因革命救国的事业而身受绞刑；十余年来，更有无数的一身兼事文化启蒙运动和救国运动，而遭际颠沛和不幸捐躯之士；近代中国文化的巨人，号称中国民族文化的灵魂——鲁迅，就是对于救国运动一个最具忠肝热血的代表者。不仅近代中国如此，就是旧时代的中国，最优秀的文化上的圣贤，也都是最热爱自己的祖国而亲与救国事业，身经无数忧患或百死而无悔的。[1]

关于开展新启蒙运动和建立新文化，这份文件也有明确的自觉："我们要求全国文化界人士能够言行一致，在抗战前面更广大地动员起来，善于利用十年来和数十年来文化运动的成果，组织成千成万的干部到火线中去，到民间去，为保卫祖国和开发民智而服务，展开新启蒙运动，发挥科学文化的教养，创造三民主义的文化，创造中华民族的新文化。[2]

将抗战文化建设与新启蒙运动结合在一起，可以说是独具慧眼，却并非偶然。陕甘宁边区文化界救亡协会担任负责人的艾思奇，在 30 年代中期与陈伯达等人一道发起过新启蒙运动，只是因为抗日战争的爆发，将新启蒙运动推进的过程中断了。在新的战争环境下，新启蒙的种子并没有被灭杀。

中共党内高层领导人，也对新启蒙运动记忆犹新，并且表现出明确的认同。时为中共中央华中局主要负责人的刘少奇，在《苏北文化协会的任务》（1941 年 4 月 16 日）一

---

① 陕甘宁边区文化界救亡协会：《我们关于目前文化运动的意见》（1938 年 5 月 4 日），刘增杰等编：《抗日战争时期延安及各抗日民主根据地文学运动史料》（上），山西人民出版社 1993 年版，第 14—15 页。

② 同上，第 20 页。

文中，就明确将苏北抗日根据地的新文化建设与新启蒙合二而一，要求两者齐头并进：

> 目前在苏北所要开展的文化运动，应该是一个新文化运动，应该是一个普遍的深入的新的启蒙运动。
>
> 为什么应该是一个新文化运动呢？因为它反对敌寇汉奸殖民地化中国的旧文化，反对中国半封建性的愚昧、黑暗、倒退、盲从的旧文化，建立民族的科学的新文化。
>
> 为什么应该是一个普遍深入的新启蒙运动呢？因为它与过去中国许多次文化运动均有不同点，均更加普遍与深入，如过去"五四"后的新文化运动，一般来说，还只在中国知识分子中尽了启蒙的作用，但今天我们就不只要在知识分子中进行启蒙运动，而且主要的是要在一般的人民中，特别是劳动人民中，农夫农妇中，进行启蒙运动。应该吸收一切的人民，连农村中的老太婆、厨娘及小孩子等等，均参加到这个新文化运动中来！都要使他从黑暗、愚昧、盲从和迷信中解放出来，使他们具有新的人生观与世界观，使他们对于现实，对于前途，对于国家民族，都有新的希望与新的理解，使他们从历来不与闻政治，不与闻国际国内事变的状态中，积极起来，参加目前伟大的民族解放战争，参加目前的抗日民主运动，参加改造世界的伟大斗争，并具有高度的自觉性，使他们对于社会问题，政治问题，国际事变，各地劳动人民战斗的胜利与失败，均有高度的兴趣与密切的关心。使他们从长期受人奴役欺压驯服的状况中挺着胸膛站起来，第一次的感到自己是创造世界的一分子，是新世界与新中国的建设者之一分子，参加到目前的抗日民主运动中来，成为各方面的活动的积极的因素！并以很大的决心和信心，英勇的姿态和气概，为了国家民族与人类社会的解放和进化而牺牲奋斗，为了人类的公共事业而牺牲奋斗。这就是我们的新文化运动所要达到的目的。自然，这是比中国历史上任何一次文化运动，都应该是更加普遍和深入的，因为他要创造新中国的整个一代的新的人民，这些人民要具有相当的政治文化水平，有新的观点，用新的方法组织起来，是用新的方法思想着，斗争着，生活着……这就是独立自由幸福的新中国最可靠的胜利的保障。[1]

将根据地的文化建设与新启蒙结合在一起，因此成为这一时期中共领导根据地建设的重要内容。让那先前足不出乡里、见闻止于耳目的农民，理解自己的真实处境，打破

---

[1]　刘少奇：《苏北文化协会的任务》（1941 年 4 月 16 日），胡采主编：《中国解放区文学书系·文学运动·理论编（一）》，重庆出版社 1992 年版，第 63—64 页。

蒙昧封闭的生存状况，改变愚昧、保守、盲从和奴隶主义的精神状态，获得民族意识和政治自觉，这当然是一次更为普及和广泛的、意义更为深广的全民启蒙运动。

四、乡村文化领导权问题的提出

在战争环境下，原先的文化中心所在的城市，北平、上海、南京、武汉、广州、长沙、桂林等，先后沦陷。在乡村中建立起新民主主义文化的领导权，成为当务之急。

1942年1月，八路军129师政治部和中共太行山北区党委联合举行了一个大规模的文化界人士座谈会，出席者400余人[①]。会议的背景意味深长：1941年，在太行山根据地的山西黎城县出现了一个由汉奸操纵的迷信组织"离卦道"，很快发展到数千人，还成立了秘密武装组织。同年10月，"离卦道"动员五六百名无知的道徒发动暴动，攻打黎城县政府，造成很大损失。有关领导人敏锐地觉察到根据地文化建设的刻不容缓，本来应该在根据地文化建设中承担起自己的责任的文化界，却反应迟缓。时为中共中央北方局秘书长的杨献珍，回顾这次会议时说："文化人（连我自己也在内）的最大弱点，是理论与实际脱节，因此，在问题的看法上，往往与领导实际斗争的人距离甚远。譬如我们文化工作中所存在的严重现象，我们文化工作者自己未感觉到，而师政治部与区党委却深刻地感觉到了。召集文化人座谈会讨论对敌文化斗争及根据地文化建设问题，应是我们文化工作者自己的事情，可是我们自己未召集，而由师政治部与区党委在百忙中来召集……"[②]在这次座谈会上，朱德总司令沉痛地指出，在军事上我们的武器比敌人差，但我们却打了胜仗；在政治上，我们掌握着真理，但我们却打了败仗。129师政委邓小平在开幕式致辞时指出：在文化战线上，比起敌人，我们是占了下风。因此，要认真动员根据地和敌占区一切新旧老少文化人、知识分子到抗日文化战线上来。太行山区党委的李雪峰也严肃指出，在对敌斗争上计算文化的出入口，我们是入超的，新文化远远没有能够取代旧文化，甚至根本无法与旧文化相抗衡。[③]

反动会道门在根据地内部裹挟信徒发动相当规模的暴乱，这也许是一个比较极端的

---

① 参加这次会议的人员构成是：根据地22个文化团体和附近敌占区的开明士绅，八路军总部、129师师部、太行军分区、冀南军分区、边区政府、太行区6个专署、28个县、新华日报社、华北新华社、太行抗战学院、鲁迅艺术学院等机关的代表。戴光中《赵树理传》，北京十月文艺出版社1993年版，第143页。

② 杨献珍：《数一数我们的家当》，胡采主编：《中国解放区文学书系·文学运动·理论编（一）》，重庆出版社1992年版，第439页。

③ 同上，第440页。

例子。但是，在广大的乡村，在抗日根据地的文化建设中，需要向敌伪和国民党顽固派争夺文化领导权，需要进行新文化运动的启蒙，却是毋庸置疑的。1941年4月，时任皖东津浦路东省委书记的方毅在一次讲话中，这样描述抗日政权未建立之前，江苏省路东一带的文化工作状况说："路东是处在敌人铁路河流据点的包围封锁中。这个地区位于南京的背后，其对敌人的威胁是可以想见的。因此，敌人必然不仅会以政治、军事、经济的力量来镇压，来血腥地谋杀，以便来伪化这个地区，而且会以文化方面来侵略，来欺骗，来麻醉，以便造成奴隶顺民的思想。在舆论上与心理上造成其军事、政治进攻的有利的前提；更巧妙的是敌人善于利用汉奸伪类来进行奴化教育，善于利用一般民众的落后心理，善于利用旧形式以便在不知不觉之中输入实际上是奴隶顺民的内容。在我军尚未进入鲁东的时候，曾经有个时期日寇的伪化政策相当收到效果，而当时路东的许多县长如秦庆霖、洪家骝、李自成等人不是暗通敌人，任其伪化，和敌人和平共居，相安无事，便是实行反共反抗战的文化教育，摧残进步的文化团体，逮捕进步的革命青年。……这一个现象，一直到新四军过路东来才开始初步的打破。"[①]

应用各种文艺方式，以新民主主义文化教育农民，是夺取乡村文化领导权的关键所在。毛泽东在《新民主主义论》中指出："这种新民主主义的文化是大众的，因而即是民主的。它应为全民族中百分之九十以上的工农劳苦民众服务，并逐渐成为他们的文化。要把教育革命干部的知识和教育革命大众的知识在程度上互相区别又互相联结起来，把提高和普及互相区别又互相联结起来。革命文化，对于人民大众，是革命的有力武器。革命文化，在革命前，是革命的思想准备；在革命中，是革命总战线中的一条必要和重要的战线。"[②]在这样的意义上，新民主主义文化的规定性之一就是大众化，就是和人民大众，尤其是广大农民相结合，将新文化的内涵，灌输到最普遍的农民之中。

五、"文协"和鲁艺的组建

进入抗日战争时期，随着中国共产党和人民军队取得了合法存在的地位，随着大批具有抗日救国热情的进步青年和一批著名作家艺术家（如丁玲、艾青、欧阳山、何其芳、周立波、冼星海、阿甲、郑律成、古元等）的到来，建立以文学创作为主体的专业创作

---

① 方毅：《我对于开展路东新文化工作的意见——在文抗代表大会上的发言》（1941年4月），胡采主编：《中国解放区文学书系·文学运动·理论编（一）》，重庆出版社，1992年，第138—139页。

② 毛泽东：《新民主主义论》，《毛泽东选集》第2卷，人民出版社1991年版，第708页。

队伍，以便向广大农民宣传新民主主义文化，就具有了相当的可能性和必要性。

1936 年秋冬之交，逃出国民党特务软禁的丁玲来到陕北。她也是中央红军抵达陕北根据地后第一位到达此间的中国著名作家。随即，由丁玲、伍修权、徐特立、成仿吾、陆定一、李克农、李伯钊等 34 人发起组织"中国文艺工作者协会"。11 月 22 日，在陕北保安召开了"中国文艺工作者协会"成立大会。到会的会员及来宾百余人。大会主席李伯钊报告了"中国文艺工作者协会"成立的意图，丁玲报告了成立的经过。由毛泽东提出，全体会员通过，定名为"中国文艺协会（简称'文协'）"。毛泽东、张闻天、博古、林伯渠、凯丰等均以来宾的身份先后在会上演讲。毛泽东在演讲中，阐述了文艺工作者组织起来的重要使命：

> 发扬苏维埃的工农大众文艺，发扬民族革命战争的抗日文艺，这是你们伟大的光荣任务。①

11 月 30 日，由"文协"主编的《红色中华报》特设的《红中副刊》创刊号面世。在创刊号上发表了《"中国文艺协会"的发起》一文。这篇文章阐明了"文协"的宗旨和任务："在苏区是训练苏维埃政权下的文艺工作人才，收集整理红军和群众的斗争生活各方面材料，创作工农大众的文艺小说、戏剧、诗歌等等；在全国则联络团结各种派别的作家与文艺工作者巩固抗日统一战线的力量，扩大无产阶级文学的思想领导。"②

从"中国文艺协会"（后改称中华全国文艺界抗敌协会陕甘宁边区分会）的建立，西北战地服务团的建立，到各个抗日民主根据地，当地的文艺工作者纷纷组织起来，先后建立陕甘宁边区文化界救亡协会、晋察冀边区文化界抗日救国会、中会全国文艺界抗敌协会晋察冀边区分会、中华全国文艺界抗敌协会晋东南分会、中会全国戏剧界抗敌协会晋察冀边区分会、中华戏剧界抗敌协会太行山区分会、胶东文化界救国协会、苏北文化协会等，各个根据地的文艺活动都被组织起来。

在抗日根据地，这种组织化程度是相当高的。刘少奇在《苏北文化协会的任务》一文中就指出，"苏北文协应该是苏北文化界全体的组织，它是文化界自己的保护文化界利益，开展文化教育工作的组织，凡是在苏北文化教育事业机关服务的人员及从事文化教

---

① 毛泽东：《在中国文艺协会成立大会上的讲话》（1936 年 11 月 22 日），《毛泽东文集》第 1 卷，人民出版社 1991 年版，第 462 页。

② 《苏区文艺运动大事记》，汪木兰、邓家琪编：《苏区文艺运动资料》，上海文艺出版社 1985 年版，第 398 页。

育事业的人员，不论他的年龄、性别、信仰、立场是什么，也不论他所从事的文化工作是新式的旧式的，是官办的民间的，都可以加入文协，即使是如旧戏班子、打花鼓或莲花落的人们，也有在我们文协之下成立附属的组织，在事业上改进他们，充实他们新的内容，并在生活上保护他们的必要。"①

于是，那些民间的草台班子、说唱艺人，先前都是自生自灭的，是民间的最卑贱的人群的一种，在新的政权之下，他们得到了空前的重视，获得了文艺工作者的称号，而且被列入行政化管理的行列，在政治地位、经济收入上，都产生了巨大变化。相应地，他们所表演的节目内容，也受到管理。在陕北，有著名的说唱艺术家韩起祥，曾经受到毛泽东的赞扬和接见，在太行山区，把流落在民间演出的盲艺人组织起来，为抗日救亡奉献艺术的力量。最典型的例子是左权盲艺人，他们世代行走在太行山上。1938 年，抗日根据地建立之初，就将他们组建成盲艺人宣传队，既参与了红色太行的塑造，同时还成为一些红色经典的媒介——《小二黑结婚》的故事据考证就是先从他们口中传唱起来的②。

在抗战初期的延安，建立了鲁迅艺术学院。在毛泽东、周恩来领衔的《鲁迅艺术学院创立缘起》中，这样写道：

> 艺术——戏剧、音乐、美术、文学是宣传鼓动与组织群众最有力的武器。艺术工作者——这是对于目前抗战不可缺少的力量。因之培养抗战的艺术工作干部，在目前也是不容稍缓的工作。
>
> 我们边区对于抗战教育的实施，积极进行，已建立了许多培养适合于抗战需要的一般政治、军事干部的学校（如中国抗日军政大学、陕北公学等）。而专门关于艺术方面的学校尚付阙如；因此我们决定创立这艺术学院，并且以已故的中国最大的文豪鲁迅先生为名，这不仅是为了纪念我们这位伟大的导师，并且表示我们要向着他所开辟的道路大踏步前进。③

鲁迅艺术学院成立一年间，就取得可喜的成绩，对陕北和全国各抗日根据地的文艺工作，都产生积极的推动作用。首任鲁艺副院长沙可夫总结说：分发了两期约 200 多个

---

① 刘少奇：《苏北文化协会的任务》（1941 年 4 月 16 日），胡采主编：《中国解放区文学书系·文学运动·理论编（一）》，重庆出版社 1992 年版，第 67—68 页。

② 参见刘红庆：《向天而歌》，北京出版社 2004 年版。

③ 毛泽东、周恩来领衔的《鲁迅艺术学院创立缘起》，刘增杰等编：《抗日战争时期延安及各抗日民主根据地文学运动史料》（上），山西人民出版社 1993 年版，第 446—447 页。

戏剧、音乐、美术、文学的干部到前线部队里与后方各机关团体中去实习工作，切实地去做抗战艺术工作，受到各方面的欢迎。在创作方面，出现一批比较成功的剧本，包括话剧、歌剧、戏曲改编和活报剧，例如：《大丹河》《流寇队长》《农村曲》《军民进行曲》《松花江》《松林恨》《夜袭》《还我的孩子》《矿山》等。音乐作品有民歌小调，有救亡新歌，有抗战合唱，也有外国革命歌曲的介绍。这些歌曲已经流行于全边区。举行了好几次美术作品展览会，出版木刻壁报与纪念鲁迅木刻集。在一年中组织了百次以上的公演晚会，在一两万个学生与党政军干部中起了宣传教育的作用，两次发动全体教职学员下乡工作，一方面把平日学习研究所得的东西拿到广大的边区农村群众面前，看看是否为大众接受，在大众化方面做到了如何程度，另一方面去向群众学习，体验他们的生活，听取他们的意见。[①]

鲁迅艺术学院的创建，具有示范作用，随后，山东纵队鲁迅艺术学校、鲁迅艺术学院晋东南分院、部队艺术学校、鲁迅艺术学院华中分院等纷纷成立。在延安和各根据地，还举办过各种艺术类的短训班，培养大批活跃在斗争第一线的文艺骨干。

从战争年代，到新中国建立后的许多年头，从鲁迅艺术学院土窑洞里走出来的大批艺术人才，成为新中国的文艺家和文艺工作领导者。这不能不令人感叹中共中央决策者的远见卓识，在抗日战争的艰难环境里，能够为文学艺术的专门化，建立一所特殊的艺术学院，并且将其坚持下去，推广开来。诚如论者所言，"20 年代，中国共产党人参与过上海大学的办学工作，瞿秋白和邓中夏担任过社会科学系负责人，茅盾、陈望道等共产党员曾在文学系任教。30 年代，中央苏区曾经开办培训俱乐部、剧团干部和戏剧人才的高尔基戏剧学校，李伯钊担任过校长，瞿秋白、沙可夫等讲过课。但是，像鲁艺这样一所包括文学、戏剧、音乐、美术等各种文艺专业的，中国共产党一手创办并领导的文艺学院不仅在中国共产党的历史上没有过，而且在中国的文艺教育史上也是一个创举"。[②]

六、人民大众的战争　人民大众的文艺

抗日战争的爆发，将文艺大众化的重要性提升到了新的高度。"左联"时期的文艺大众化，它的注意力集中在城市的学生、知识分子和青年市民，是一批经过新文化洗礼的、

---

　　① 沙可夫：《鲁迅艺术学院创建一周年》，刘增杰等编：《抗日战争时期延安及各抗日民主根据地文学运动史料》（上），山西人民出版社 1993 年版，第 448—449 页。

　　② 王培元：《延安鲁艺风云录》，广西师范大学出版社 2004 年版，第 8 页。

和新文化一道成长起来的青年人。抗日战争时期，最广大的中国农民成为抗战的主力。建立乡村政权，动员农民参战，这一进程都是需要文艺大众化的推助的。

实现文艺大众化，是文艺界的当务之急，也成为文艺界的共识。萃集了各党各派、各种文艺倾向的文艺家同心抗日的中华全国文艺界抗敌协会，在其"发起旨趣"中这样写道："半年来抗战的经验，给我们宝贵的教训，一个弱国抵抗强国的侵略，要彻底打击武器兵力优势的敌人，唯有广大的激励人民的敌忾，发动大众的潜力。文艺者是人类心灵的技师，文艺正是激励人民发动大众最有力的武器。"①《新华日报》为全国文艺界抗敌协会成立发表的社论，就将文艺大众化的重要意义，予以更为明确的阐发，"文艺的大众化，应该是全国文艺界抗敌协会的最主要的任务"：

> 由于敌人的冒险深入，战争已普遍于全中国，再没有一个人不直接和间接的遭受着血火的洗礼，作家的生活，与大众的生活，因抗战而有打成一片之势；因此这个新的阶段，也正是大众化问题有可能尽量展开与彻底解决的阶段，文艺工作者再不应该也再不可能局守于所谓"艺术之宫"，徘徊于狭窄的知识分子的小圈子中，无论阶级，集团，世界观，艺术方法论如何不同的作家，已必须而必然地要接触到血赤淋漓的生活的现实，只有向这现实中深入进去，才有民族的出路也是文艺的出路。②

文艺大众化的自觉意识，在客观上，是与文艺家们的生存处境的变化相应和的。文艺大众化，还有一个更为重要的意义。文艺家走向战争走向大众，是为了抗日救亡的现实需要，同时，争取抗战胜利，也是为了保存和发展五四以来的新文化新文艺自身。在后来人的评述中，往往忽略一个基本的命题，忽略抗战时期文艺家对人民大众的巨大力量的倚重。在战争年代，与和平时期不同，文艺家的生命安全和创作环境，都是需要在前线作战的士兵和民众加以保护的，在精神层面的启蒙者—被启蒙者、教育者—被教育者的关系之外，又增添了非常重要的保护者—被保护者的关系。对于聚集在大中城市的文艺家来说，北平的陷落，天津的陷落，上海的陷落，武汉的陷落，广州的陷落，迫使他们走上了一次再一次的流亡之旅，饱受颠沛流离之苦。走向战争前线的文艺家，亲身

---

① 《中华全国文艺界抗敌协会发起旨趣》，《文学运动史料选》第4册，上海教育出版社1979年版，第15—16页。
② 《新华日报》社论《全国文艺界抗敌协会成立大会》（1938年3月27日），《文学运动史料选》第4册，上海教育出版社1979年版，第12—14页。

经历了生死的考验，更多的则是耳闻目睹前线将士和民众的壮烈牺牲，不能不产生对战士和民众的敬佩感激之情。在战争状态下，执干戈以卫社稷，并非文艺家所长，那需要强悍的体力，粗粝的情感，吃苦耐劳的意志，源自生活底层的诸多民众，在这一点上表现出更强的适应能力。这也会使文艺家相形见绌。这种对比，使得一向具有优越感的文艺家们，在广大战士和民众面前，感到自己的缺憾，感到自己的软弱，感到向战士和民众学习的必要性。

在抗战初期的武汉，在抗战中期的重庆、桂林、昆明，在中共领导下的延安和各抗日根据地，文艺大众化的努力都取得了积极的成果。即以陕甘宁边区和各抗日民主根据地为例，群众性的文艺运动得到蓬勃发展，《文艺战线》《战歌》《诗建设》《草叶》《谷雨》等文艺刊物纷纷创办，抗日的街头诗、传单诗、枪杆诗以及抗战歌曲在延安和一些根据地十分流行。在西北战地服务团、延安鲁艺、太行山剧团、抗敌剧社、冀中火线剧社等专业团体的帮助指导下，根据地广大农村的戏剧演出和文艺宣传极为活跃。何洛所作《四年来华北抗日根据地的文艺运动概观》中讲到"街头诗"运动：

> 在晋察冀，1938年11月，《海燕》（抗敌报副刊）12期上，正式提出了街头诗运动的号召。同时又出版《诗建设》和街头诗集《粮食》，又得着反应，于是街头诗运动推广到整个晋察冀了。单就街头诗零星的集子，就有这些：
>
> 1.《战士万岁》（田间），2.《在太行山上》（徐明），3.《文化的民众》（邵子南），4.《街头》（曼晴），5.《力量》（魏巍、邵子南、钱丹辉等），6.《在晋察冀》（力军），7.《选举》（邵子南、方冰、周巍峙、谷扬），8.《可不沾》（魏巍），9.《持久战歌》（史轮）。此外，还有边区选委会出版的关于民主的街头诗。①

田间、邵子南、方冰、魏巍和周巍峙等，都是抗战以来直到其后数十年间非常活跃的文艺家，他们的创作形成了晋察冀诗歌的繁荣气象，田间更是成为街头诗歌的代表人物。其诗作《假使我们不去打仗》简洁明快鼓动性极强，迅即传遍全国，被闻一多称为"擂鼓诗人""时代的鼓手"。

从延安来到晋察冀领导文艺工作的沙可夫，在《回顾1941年，展望1942年晋察冀边区文艺》中，则讲到晋察冀边区的秧歌舞运动及其发展方向：

---

① 何洛：《四年来华北抗日根据地的文艺运动概观》（1941年7月），胡采主编：《中国解放区文学书系·文学运动·理论编（一）》，重庆出版社1992年版，第684—685页。

秧歌舞本质上是一种群众的集体的土风舞，它不能发展成为歌舞剧或舞剧，是可想而知的事。当然，新创造的歌舞剧或舞剧，可以吸收秧歌舞的成分，但前者并不是后者的发展。正像今天我们在快板剧或活报中加上秧歌舞而称之为秧歌快板剧或秧歌活报，但这只是两者的混合物，而不是秧歌舞新的发展。那么秧歌舞的发展究竟成为什么呢？我们的回答：还是"舞"而不是"剧"。不过，这新的秧歌舞将是更丰富、有力，更新鲜活泼，民众更喜见乐舞的东西。[1]

七、从"大戏热"到秧歌剧的兴替

但是，毛泽东《在延安文艺座谈会上的讲话》中所批评的文艺脱离大众的倾向，确实相当严重。杨献珍在《数一数我们的家当》的报告中，就提到太行山根据地的一组数字："就这个区域说，去年出版物中，大众读物只占全出版物的2%，对270篇投稿的统计中，只有3篇是通俗文。戏剧运动中，风行演大戏，而士兵没有可看的戏。彭副总司令说：'愿文化人到群众中观察一下群众的要求。'希望文化人听取这种诚恳的呼声，以决定我们文化工作的努力方向。说到下边的文化饥荒，更是厉害。有些小学教员读的是《济公活佛》《七侠五义》之类。小学生问机械化部队吃不吃饭，教员竟然答不出来。中学生看报载破坏铁路，抬回铁轨若干条，便问：'铁路上的铁轨只有两条，怎么抬回这么多条？'可是我们文化工作者就很少有人肯注意到救济这些文化饥荒。"[2]

杨献珍所列举的文艺脱离大众的现象，具有相当的普遍性。对"演大戏"的批评和争论，就在延安和晋察冀根据地都发生过。1942年4月，江布的《剧运二三问题》，这样叙述延安的"演大戏"与群众的接受问题：曹禺的《雷雨》《日出》，奥尔夫的《新木马计》，让农民乃至边区议员都连呼看不懂，没有热烈的观众。[3]毋庸置疑，《雷雨》《日出》等，都是戏剧舞台上的杰作，但是，它们的受众却是非常有限的。要长期看惯了传统剧目秦腔、郿户剧和秧歌剧的陕北农民，了解和欣赏这些发生在几乎是遥不可及的大

① 沙可夫：《回顾1941年，展望1942年晋察冀边区文艺》，原载1942年1月7日《晋察冀日报》，标题为《回顾1941年展望1942年边区文艺》，1942年7月24日《解放日报》转载时改为现题。《文学运动史料选》第4册，上海文艺出版社1979年版，第200页。

② 杨献珍：《数一数我们的家当》，胡采主编：《中国解放区文学书系・文学运动・理论编（一）》，重庆出版社1992年版，第443—445页。

③ 江布：《剧运二三问题》，刘增杰等主编：《抗日战争时期延安及各抗日民主根据地文学运动资料》（上），山西人民出版社1993年版，第124页。

都市中封建大家庭和豪华大饭店中的悲剧冲突，谈何容易？这篇文章叙述了延安"演大戏"的始末和担忧：从《日出》起，延安舞台开始了竞演大戏的风尚。随着是《雷雨》的上演。大戏便这样"驾轻就熟"地接连演出来了。演大戏和大戏本身都不是坏事，但目的却应该认清。在这荒山瘠土贫困的境域上，动辄花万千元，购置堂皇的布景，这种技术上的炫耀，是提高了观众的眼光呢，还是提高了戏剧工作的本领？有时不能不感到有些惶惑了。如果认为这工作本身便是技术上的"提高"，那么这提高的水准，离国际化还十二分的遥远，但与我们目前所要求的"民族化""大众化"又何补于实际？[①]

前引沙可夫的文章中也讲到晋察冀边区戏剧界关于"演大戏"的争论：

今年正月间在庆祝边区政府成立三周年纪念的连续演出《母亲》《婚事》《日出》等剧以后，发生了所谓"演大戏"问题。剧协当时曾召开了一次座谈会，提出了这个问题，希望边区戏剧工作者注意防止"演大戏"的倾向。

不错，"演大戏"本身并没有什么坏处，相反的，只有好处，因为从中外名剧的演出中不仅可以在剧作演技等上面提高边区的戏剧工作者，而且也提高了观众鉴赏与其他方面的水准。

那么为什么在这里会成为问题而被提出呢？这是因为"大戏"不通俗，不能普及，如果个别剧团老是"演大戏"，或大家都大演其"大戏"，甚至有些剧团或剧人非演大戏不过瘾，那么这势必大大影响边区戏剧大众化的工作，使戏剧活动限止于狭小的圈子里，而脱离了广大群众。这样的"演大戏"的倾向当然是不可容许的。[②]

在延安文艺座谈会召开期间，陕甘宁边区政府文化工作委员会戏剧工作委员会召集的戏剧座谈会（1942年5月13日）对"演大戏"进行了激烈的批评和争论。关于这次会议的报道说：讨论一开始，就比较尖锐地批评了从上演《日出》以后，近一两年来延安"大戏热"的偏向，并指出了忽视广大民众和士兵观众的错误倾向，由此导出了戏剧的普及和提高问题。有了"大戏热"，有了过于强调技术，有了自觉或不自觉地把观众对

---

　　① 江布：《剧运二三问题》，刘增杰等主编：《抗日战争时期延安及各抗日民主根据地文学运动资料》（上），山西人民出版社1993年版，第133—134页。

　　② 沙可夫：《回顾1941年，展望1942年晋察冀边区文艺》，原载1942年1月7日《晋察冀日报》，标题为《回顾1941年展望1942年边区文艺》，1942年7月24日《解放日报》转载时改为现题。《文学运动史料选》第4册，上海文艺出版社1979年版，第199—200页。

象限于延安机关公务人员、学生知识分子的狭小圈子，而忽视广大的民众士兵观众的偏向。而当前政治形势所要求于戏剧运动（一般的文艺运动也一样）的，是如何启发、团结广大民众士兵，在克服困难、迎接光明的这一主题下动员起来。就40年代前期的现实而言，抗战进入相持阶段，边区和各抗日民主根据地都处于相当的困难之中，因此，如同会议的报道所言，"在日前，大家一致承认应该着重于普及工作。过去为了延安1万2千干部和对于全国剧运的影响而演出大戏自有其意义在（虽然这中间有偏向），而在目前，为了边区160万民众、10万战士而深入农村，深入部队，去教育更广大的农民士兵则更重于前者"。①请注意这非常有说服力的一组数字：1万2千名干部，10万战士，160万民众。文艺家要想真正实现大众化，他应该面对的是谁，自不待言。

下面是延安文艺座谈会前后，1941—1944年延安演出的剧目统计：

1941年度，上演剧目共26部，可以划为"大戏"的如《日出》《雷雨》《悭吝人》《驿站》《伪善者》等就接近10部。如果考虑到，在那些表现现实的斗争题材作品中，一批剧目都是短小精悍的单本剧，一次演出要演两三个以上才能组成时长完整的演出，这些大戏演给谁看的问题就更加突出了。

1942年度，是戏剧演出的小年，只有10个剧目，而且大都是在前半年上演。这些剧目中，"大戏"的比重更为突出。《太平天国》《新木马计》《阿Q正传》《北京人》《带枪的人》《骑马下海的人》等中外名剧占了大半篇幅，切近现实战斗生活的剧目却寥寥落落。

1943年度，上演剧目15部。从篇幅上讲，简短明快的小戏占了大多数，从选材上讲，反映现实斗争生活的作品占了绝大多数，从剧种上讲，《兄妹开荒》《打花鼓》这样的地方小曲，开始涌现。

1944年度，是延安戏剧运动一个新的高峰。上演剧目36个，除了新编历史剧《逼上梁山》，都是贴近现实生活的作品；新兴的秧歌剧目大量出现，使这一剧种形成气候；一批重要作品《血泪仇》《白毛女》《同志，你走错了路》《刘巧团圆》等，或者名重一时，载入史册，或者经过许多年后仍然立身在当下的舞台，风采依然，或者几经改编，逐步升华，成为当代中国文艺的经典之作。②

---

① 《当前的剧运方向和戏剧界的团结——记边区政府文化工作委员会戏剧工作委员会召集的戏剧座谈会》，刘增杰等主编：《抗日战争时期延安及各抗日民主根据地文学运动资料》（上），山西人民出版社1993年版，第152—154页。

② 《延安演出剧目（1938—1945）》，刘增杰等主编：《抗日战争时期延安及各抗日民主根据地文学运动资料》（上），山西人民出版社1993年版，第336—339页。

这些成就，都得益于延安文艺座谈会和毛泽东的重要讲话。

胡乔木的回忆文章，引述了毛泽东对秧歌剧的高度评价："毛主席对大众化的秧歌运动极为重视。在 1944 年 3 月召开的一次宣传工作会议上，他特别称赞了秧歌剧所起到的教育作用，说：'这就是我们的文化。早几年那种大戏、小说，为什么不能发生这样的力量呢？因为它没有反映边区的经济、政治，成百成千的文学家，艺术家，文化人，脱离群众。开了文艺座谈会以后，去年搞了一年，慢慢地摸到了边，一经摸到了边，就有广大的群众欢迎。所谓摸到了边，就是反映群众，真正地反映经济、政治，这就能够有指导作用。'"①

中国共产党人集体智慧的集中体现

延安时期，中国共产党对文艺的领导，一方面是予以高度重视，将其列入党的重要工作之列，一方面是取得经验，在把握现实需要的前提下，加强文艺队伍的思想建设，推动群众文艺活动的展开，规范文艺运动的发展方向。在这一过程中，毛泽东发挥了主导的作用，中共中央及有关部门的积极指导，则是中国共产党人集体智慧的集中体现。周恩来、朱德、陈云、张闻天、刘少奇、凯丰、李维汉、陆定一等，都曾经作过大量的工作。"延安时期中共中央等领导机关指导文艺大事记 1936—1945"（仅限延安地区）②，就是以最简略的方式，勾勒出这项工作的一个侧影。下面是节选其中的 1943 年记事，可见一斑。

2 月 4 日（春节），今起，延安各机关、学校、部队及农民组成数十支秧歌队在街头表演。平剧院演出《岳飞》。春节成了艺术节。毛泽东、朱德与群众一起观看《兄妹开荒》等。

3 月 10 日，中共中央文委与中央组织部，召集党的文艺工作者 50 余人开会，动员深入群众。凯丰、陈云、刘少奇在大会上讲话。此后，延安作家纷纷下乡、下部队、进工厂，与群众结合。

3 月 13 日，《在延安文艺座谈会上的讲话》的部分内容在《解放日报》刊登。

① 胡乔木：《延安文艺座谈会前后》，《胡乔木回忆毛泽东》，人民出版社 1994 年版，第 251—270 页。
② 这个"大事记"基本依据见孙国林、曹桂芳编著：《毛泽东文艺思想指引下的延安文艺》的附录《延安文艺大事记》加以删节而成。花山文艺出版社 1992 年版。

3月22日，中央文委开会讨论戏剧运动方针问题，确定为战争、生产及教育服务，肯定了近期出现的一批好节目。

4月25日，《解放日报》连载秧歌剧《兄妹开荒》。同日，《解放日报》发表社论《从春节宣传看文艺的新方向》，论述自延安文艺座谈会以来，文艺界贯彻新方向的重大变化。

10月19日，以纪念鲁迅逝世7周年的名义，毛泽东《在延安文艺座谈会上的讲话》在《解放日报》全文发表。

10月20日，中央总学委发出关于贯彻学习《讲话》的通知。

11月7日，中共中央宣传部发出《关于执行党的文艺政策的决定》，要求宣传落实《讲话》。

11月21日，西北局宣传部召集剧团负责人开会，动员下乡。

12月6日，延安大戏院落成。

在这样的大轮廓中，我们可以看到中共中央和毛泽东等人对文艺的关注和指导工作的轨迹。甫到陕北，中共中央和毛泽东首先是要确立和推行民族救亡运动中的政治方针和军事策略。从1938年开始，有关方面对文艺的关注就日渐加强，鲁艺的发起和成立，到毛泽东两次到新成立的鲁艺发表讲话，这一时期要实现的是从无到有的草创；然后是1942年前后再次形成一个密集地发表指示和文件，举行延安文艺座谈会以统一文艺界的思想，并且把有关学习毛泽东《在延安文艺座谈会上的讲话》的指示贯彻到各个抗日民主根据地，作为全党整风的重要文件。然后是抓住《兄妹开荒》和秧歌舞这样的新文艺现象，取得实践经验，加以全面推广。这一过程，体现出精湛的领导艺术和群策群力的集体智慧。

由此，表现工农兵火热的斗争生活，歌颂新的人物新的世界，如同在现实生活中工农兵占据了战争的主体一样，工农兵成为文艺作品的主人公。而且，这一时期的创作实践和理论创新，为新中国的文艺创作，奠定了坚实的基础。

（作者单位：陕西师范大学人文社会科学高等研究院　首都师范大学文学院）

战时中国文学节庆纪念叙写的意象构设[*]

战时中国文学节庆纪念叙写的意象构设[*]

高　强

内容提要：对特定意象进行精心选择和仔细打磨，是战时中国文学节庆纪念叙写的重要面向。抗日战争与解放战争两个时期的节庆纪念都被主要看作是提振民众抗争精神的时域，而旗帜、领袖像和标语口号则成为战时中国文学节庆纪念叙写动员民众的有效凭借。权力必须披着象征的外衣才能表现出来，有鉴于此，侵略者会对节庆纪念中的重要意象进行涂抹改造，进而达成"顺民制造"的目的。战时中国文学对于此类意象的描绘，是殖民话语与反殖民话语交锋的写照。节庆纪念不但受到民族国家外部敌人的干扰破坏，民族国家内部人士也存在着败坏节庆纪念真谛的情形，战时中国文学提供的诸多负面化节庆纪念意象，便是对内部缺陋的揭批。战时中国文学节庆纪念叙写的意象构设，最终反映出抗争精神、殖民压迫与内部缺陋的交织，表征了不同派别围绕节庆纪念的象征元素上演的记忆之争和权力之争。

关键词：战时中国文学；节庆纪念；意象；民族国家观念；话语争夺

抗日战争时期和解放战争时期的中国可以统称为"战时中国"，在这两个长时段的战争语境中，曾创设和上演过种类繁多的节庆纪念活动，这些节庆纪念深受战争与革命的影响，成为知识分子及各个政治派别表达民族国家观念的重要途径。而战时中国作家既曾亲身参与多姿多彩的节庆纪念活动，也对之进行了反复、深入的品咂思索，形成了独特的节庆纪念观感体验，并在他们的文学创作中有着不同程度的反映，折射出战时中

---
　　* 本文系重庆市博士研究生科研创新项目"大后方的节庆纪念与文学镜像研究（1931—1949）"（20BZW138）阶段性成果。

国文学极富意味的光谱。以节庆纪念为窗口，研究战争语境下的文学书写，不仅会敞现开来一片新的文学天地，更助促着人们深入理解战时中国繁复的民族国家观念和政治话语交锋的思想图谱，进而可以将战时中国文学与战时中国的独特历史语境密切勾连起来，取得文史互通的效果。

研究战时中国文学的节庆纪念叙写，需要采取分别论述和总体观照的思路。分别论述，侧重于细致梳理解析不同类型的节庆纪念在战时中国文学内部的斑驳投影；总体观照时，则应该将节庆纪念打乱糅合起来，进而从整体视野角度探究战时中国文学书写节庆纪念的特殊路径。战时中国的节庆纪念活动实乃民族国家观念作用下的政治仪式，对于此类仪式来说，由特殊物品组成的意象总是必不可缺的重要元素。相应的，战时中国文学的节庆纪念叙写便热衷于对特定意象进行精心选择与仔细构设，这一系列极具深意和象征性的意象，正是总体观照战时中国文学节庆纪念叙写时需要重点分析的内容。

一

虽然抗日战争与解放战争两个时期的战斗对象不同，但两个时期的节庆纪念都被主要看作是提振民众抗争精神的时域，为了更好地达成这个意图，作家文人在营造节庆纪念场景和书写节庆纪念观感时，会不约而同地诉之于对一系列象征性元素的捕捉和雕琢。

为了最大程度地调动群众的抗争精神，战时中国文学的节庆纪念叙写首先着力描写的是一浪接一浪的战斗口号。曾克的报告文学《在汤阴火线上》描写了民众在除夕夜为军人送去饺子，而后敌军来袭，军民相互配合击败敌人的壮烈除夕夜场景，其中，"我们拥护抗日军！""打倒日本帝国主义！""保卫我们的家乡！"[1]的高声呼喊，正是对中国军民英勇团结精神的强化，是对"血的除夕"之夜的高昂赞许。战时中国文学的节庆纪念场景不少是群体性的纪念大会，此时，战斗口号的震天呼喊，折射出坚强有力的战斗情绪。家为所记录的一场大雨中"民众纪念'五卅'武装保边区大会"便倾情描写了群体性纪念口号的赫赫声威：几千人共同高呼"纪念'五卅'，全边区人民团结起来！""纪念'五卅'，要检阅全边区武装抗战力量！""打倒日本帝国主义，中华民族解放万

---

① 曾克：《在汤阴火线上》，碧野主编：《中国抗日战争时期大后方文学书系·报告文学第三集》，重庆出版社1989年版，第1833页。

岁！"的战斗口号，"大众的吼声，盘旋在大操场的高空，四围的山谷被振荡着发出回声，伴着淋漓的大雨，混合成一种有力的交响。"①家为笔下这场滂沱大雨中斗志激昂的群众集会仪式，一方面彰显了民众群体的强大力量，另一方面则是对"不在场"却始终弥漫于大会始终的敌人的强烈声讨，群众口号的声浪正是"高度有效地展示出群体的政治力量"②的有效手段。同理，鲁藜正面记述一个儿童节的纪念仪式时，也主要通过口号的呼喊来彰显和揄扬中国儿童不容忽视的战斗力量："集合了，在炮声里300多个小先生们是很齐整地站在飘雨的旷场上。向党国旗行了三鞠躬后，儿童节歌就似洪流地冲破这阴云的宇宙，鼓起了各个人的血——它是向荒芜的沙漠的中国，去发垦之悲壮的进行曲。歌声停歇后，是儿童社会执行委员的宣誓，这誓语是这样的：'……誓以至诚为劳苦大众儿童努力服务从事于新村新国新世界之创造谨誓。'那铁样的小小臂拳，挥向空际，坚决，果敢，真诚的誓声里，使每个大人深深地感到荆棘纵横的前途一线曙光，是会给这些久压在封建传统堡垒下而今解放出来的赤裸的儿童创造出来。"③

　　春节是战时中国热衷描摹的重要节日，随着抗战话语的深入，战时中国文学有关春节叙写的传统民俗逐渐发生嬗变，呈现出强烈的政治味道，"大量张贴抗日春联"④的现象尤其受到作家的关注。譬如，在鲁藜笔下的边区农村春节中，便出现了诸如"节金齐心纾国难，醉酒挥刀杀寇仇"；"过年勿忘打鬼子，迎春切记开荒田"等新春联，在作者看来，这些深红的抗战春联"给年代涂上新的味道，使它们焕然一新"⑤。周立波也对他在一个村庄所见的抗战春联记忆犹新："今年的春联有些异样了，大都是'驱逐日寇'，'最后胜利'，有的是'中华万岁'的横额。"⑥这些与抗战密切相关的春联完全可以视为另一种类型的标语口号，这些富于战斗性的春联将反抗侵略的战斗话语悄无声息地传布开去，深切感染着民众心理。正是在此意义上，朱自清才力赞抗战的春节门对儿造成了一种氛围，"叫在街上走的人不忘记这个时代的这个国家"⑦，是值得鼓励提倡的。

　　与抗日战争时期类似，战争话语和革命话语的共同作用，也使得解放战争时期的文学节庆纪念叙写中聚集了大量富含抗争精神的标语口号。柳青的小说《土地的儿子》描

---

① 家为：《"五卅"在大雨中》，《五月的延安》，读书生活出版社1939年版，第14页。
② ［美］大卫·科泽：《仪式、政治与权力》，王海洲译，江苏人民出版社2015年版，第137页。
③ 张学新、吕金山、王玉树主编：《鲁藜诗文集》（第3卷），作家出版社2004年版，第83页。
④ 曾克：《过年》，《解放日报》1944年12月31日，第4版。
⑤ 鲁藜：《旧历年的夜里——边区农村素描之一》，《新中华报》1939年2月28日，第4版。
⑥ 周立波：《战场三记》，湖南人民出版社1962年版，第92—93页。
⑦ 朱自清：《蒙自杂记》，朱乔森编：《朱自清全集》（第四卷），江苏教育出版社1996年版，第399页。

写了解放区在春节期间宣扬革命精神、进行革命改造的过程。小说中的李老三在政党的帮助教育下，从一个"二流子"转变成了健康勤劳的农民，为了向群众宣传李老三的事迹并向群众植入革命意识，春节时期政府便组织演员在村里上演了根据李老三的真实事迹改编的戏剧。当"李老三翻身"一剧演完后，乡文书"我"抓紧机会向大家展示了革命为人民群众带来的巨大成绩，并对村民们进行了革命的诱导、启发："老乡们，你们有了这出戏，不要只管笑啊！我听了李老三提起他的旧事，就由不得淌眼泪。我看旧社会大家和李老三也差不多。他没地，你们有多少人家不租种旁人的地呢？你们交过租谷够吃不够？你们办红白事，过年，不朝财主借债行吗？新社会你们多少人买地了？多少人赎地了？你们过年还朝财主借债不借了？你们今年过得怎样呢？你们算过没有？"在"我"的引导下，人群中爆发了声势浩大的口号声："旧社会活不成，新社会救咱们！""共产党给咱们好日子过的！""学习李老三，务正生产吧！"[1]革命口号的生成与呼喊，不仅是对共产党的感恩戴德，更是对革命抗争行为的确证和拥护。

抗日战争时期文学春节中的战斗春联在解放战争时期被新的战斗性革命性春联取代："今年除夕，正定南岗村，呈现了一片新鲜、欢乐的景象。街头已经装饰起来，每隔十来步一串吊挂随风飘舞，两边是一对红布六角灯。与往年不同的是吊挂上有了字。那五光十色的花心中写上了：'消灭封建''平分土地''挖掉蒋根''活捉蒋贼'……"[2]

二

由于"国旗扮演了明确展现个人政治立场的角色"[3]，而民族国家受辱和危亡之际，国旗的政治象征意义特别突显，在此情况下，旗帜成了战时中国文学节庆纪念叙写的另一个旨在提振抗争精神的特殊意象。周立波描写沁州人民在春节期间举办武装大检阅时，特地提及"检阅台的正中，悬挂一面写了'武运长久'的日本旗"[4]，作为战利品的日本旗帜是对"我中华民族复仇的激越的空气"[5]的有力鼓舞。罗荪在"九一八"纪念文章里，则回忆了哈尔滨邮工守护国旗，也就是守护民族国家尊严的事迹："九一八"以后

---

① 柳青：《土地的儿子》，《柳青文集》（第4卷），人民文学出版社2005年版，第101页。

② 吴群：《除夕新景——正定南岗村年节速写》，《晋察冀日报》1948年2月19日，第2版。

③ ［日］小野寺史郎：《国旗·国歌·国庆：近代中国的国族主义与国家象征》，周俊宇译，社会科学文献出版社2014年版，第142页。

④ 周立波：《战场三记》，湖南人民出版社1962年版，第147页。

⑤ 同上。

的一年间，在东北各大城市中，邮政局和海关两个系统还未被日本人占据，在这两个机关的楼顶上，还骄傲地飘扬着青天白日满地红的旗帜，国旗的坚守，"在人们的心境上撒着希望，留着安慰"。然而，坚守的国旗成了敌人眼目中亟须拔除的一根刺。后来，邮局和海关也落入了日本人手中，悬挂伪旗的命令下达了。哈尔滨邮局被要求撤掉国旗，千百个邮工就要被"安置在奴才总管底下开始他们的新的奴役的命运"。就在此时，哈尔滨的邮工们却"一致而自愿地签署了撤退入关服务的志愿书"。伪邮政当局没有办法召回意志坚定了的千百个邮工，而邮工们必须领取护照才能走出东北，于是双方开启了新的谈判。交涉的结果是由伪邮政当局与邮工们做一次最后的个别谈话，只有都愿意走，才照发护照。"在那些汉奸的头脑中，以为这些人是可以利诱胁迫的"。结果，"每一个人的回答是同样的，所有的诱迫是归于失败了"，"千百个同一的声音，击败了敌人"。获得一个小小胜利的邮工们"带着最后的旗帜，回到祖国来了"。时逢"九一八"国耻纪念日，罗荪又一次想起了这些邮工们的故事，如今，他们散布在祖国的各个角落，虽然遭遇着流亡和灾害，但依然坚强地生活着。邮工们当初撤退之时"有着同一的声音和意志"，数年来，他们也依旧葆有着同一的声音和意志："他们愿意把带回祖国来的最后的旗帜，重新插在故乡的土地上！"[①]

以守护国旗的方式坚决抵抗敌人侵略是明确的抗争行为，而对于那些无法正面抵抗的人来说，国旗则成了他们内心寻求依靠、坚守信念的凭借。东耳在双十国庆日就以向国旗深情诉说的方式，表达自己内心坚定的国族认同和隐秘的抗争心理："我们又看见你飘扬在街头。呵，今天是双十节呢。无怪你是那么骄傲，那么的神气。你是在追怀那廿十八年前的业绩么？'青天'勾起我们的遐想。遐想那连天美丽的云霭，做着游子的乡梦。'白日'是光明的启示。启示我们防抗暴力，打破黑暗的箝押。'满地红'是胜利的象征，象征着热血的价值。敬爱的国旗，你不曾为了这里是孤岛而弃绝我们。依旧是那么关切，像母亲之于游子，你亦不曾为了这里是堕落者的寓居，而漠视这一批热诚而苦闷的大众，依旧是那么的爱护。你飘扬在街头，温切地俯望着你的孩子们欢欣地仰视你。……敬爱的国旗，我们不能时时刻刻把你挂在空际，虽则我们时时刻刻想见你。但是，国旗呀！让我们时时刻刻把你挂在心房中吧！"[②]将国旗"时时刻刻挂在心房中"，即是时时刻刻铭记民族国家耻辱，时时刻刻坚定对敌抗争的勇气。

---

① 罗荪：《最后的旗帜——九一八回忆》，《香港大公报·文艺》1940 年 9 月 18 日，第 2 张第 8 版。
② 东耳：《向国旗诉说》，《新闻报》1939 年 10 月 10 日，第 5 张。

三

国旗和领袖像，是"整合国家归属意识的象征"，它们被经常使用于庆典仪式中，"以展示国家的权威"①。所以，战时中国文学的节庆纪念叙写着力通过国旗形象来提振民众抗争精神之外，各种领袖像同样是人们重点打磨的象征元素。作为中国民间的重要传统节日，端午节在抗战时期曾被文人群体改造成"诗人节"，主要担负着颂赞屈原的爱国精神和不屈的人格力量，借助屈原纪念来振奋全民族的抗争精神的任务。老舍记述第一届诗人节的纪念场景时，如此描写道："正中，国父遗像下，悬起李可染画的屈子像，像前列案，案上有花及糖果。左壁榜曰：'庆祝第一届诗人节'；右壁题：'诅咒侵略，讴歌创造，赞扬真理'。"②屈原像被置于国父遗像之下，喻示着屈原已然被国父遗像所代表的民族国家精神统领，端午节纪念便被顺利纳入了民族抗战精神"策励"的政治策略中："民族诗人节，诗人更不忘。乃知崇纪念，用以懔危亡。"③

抗日战争和解放战争时期，共产党的一系列政治革命行为给普通民众的生活带去了翻天覆地的变化，让根据地人民获取了大量实际利益。这些实惠，催生、激发出了人们对共产党政权的由衷感佩。而春节则是人们表达对共产党的支持、拥护和感恩的大舞台。但对于大多数乡村民众而言，神灵和权威崇拜"必须具象化才行"④，"共产党""八路军"一类的形象显得抽象而宽泛，"毛主席"则是一个具体而亲切的感恩对象。在此种社会心理的作用下，"毛主席"这一"活神"便发展成了"春节拜祭仪式的主角"⑤。与之相应，战时中国文学的春节叙写中屡屡可见张贴、拜敬毛主席像的内容。穆欣的报告文学《元宵节访兴县》描写道："从年初一起老百姓都穿上新衣，年青的妇女们多穿上红袄绿裤，但吃水不忘挖井人，每个人已懂得都是靠着毛主席的好领导得来的。西关窦珍原来是个吹鼓手，过去大年初一要乞讨些窝窝头才能过年，如今有吃有穿，他请了一张毛主席的像写了副对子：'长思救星毛主席，难忘恩人八路军'。另一翻身户李汝梅，过大年时，把'杜君爷'的神位撕去，写了一张'毛主席万岁'的大红纸贴上，人民对于自己领袖的

① ［日］丸田孝志：《国旗、领袖像：中共根据地的象征（1937—1949）》，《中国社会历史评论》2009 年第 10 卷。

② 老舍：《第一届诗人节》，《宇宙风》1941 年第 120 期。

③ 刘永平编：《于右任诗集》，团结出版社 1996 年版，第 272 页。

④ 张鸣：《乡土心路八十年——中国近代化过程中农民意识的变迁》，上海三联书店 1997 年版，第 72 页。

⑤ 薛云：《华北解放区春节敬奉毛泽东现象述论》，《历史教学》2010 年第 14 期。

尊崇是这样的。"①周立波在《暴风骤雨》里也特意让革命进步的白玉山在过年时撕去了"白氏门中三代宗亲之位","在那原地方贴上毛主席的像"。作者还让白玉山对妻子进行解释，点明了张贴毛主席像的政治意味："咱们翻身都靠毛主席，毛主席是咱们的神明，咱们的亲人。要不是共产党毛主席定下大计，你把'一家之主''三代宗家'，'清晨三叩首，早晚一炉香'，供上一百年，也捞不着翻身。"在丈夫的教育感染下，白大嫂子主动将丈夫的言论拿去对屯子里的妇女进行宣传，"叫人们上街去买年画，买毛主席像，扔掉灶王爷"②。

　　标语口号、旗帜、领袖像是战时中国文学节庆纪念叙写的三大起着提振抗争精神作用的象征意象，很多时候，这些元素是交融在同一篇文学作品的同一个节庆纪念场景之中。曹白的《在明天》描写了蛰居孤岛收容所的难民们准备"九一八"纪念的过程。眼看"九一八"六周年纪念日将届，可收容所却连一片小小的旗子都没有，于是"我"便向 G 君借钱买了旗子。旗子买回来了，其面积比《七月》杂志的开本大不了多少，然而血红与碧蓝相间的色彩，"像深秋的无云的高天"，人们对旗子感到无端的"亲切"。中山像则用月份牌上的小小人像代替，虽然简单，但明天的纪念仪式"向国旗党旗及总理遗像行敬礼时，不至于对着白粉壁了！"因此，大家都露出了欣慰的笑容。接着，"我"又在一条人们捐来的沾有污渍的旧竹布上认真书写"打倒日本帝国主义！"八个大字，"我们不管它上面有着怎样的淡黄的污渍，已经决定将字泊去那些污渍了"。收容所的马灯灯光是昏黄而黯淡，一如那竹布上面的污渍。但人们就在这污渍的照耀里，默默地挂上旗子和标语。那"打倒日本帝国主义"八个字，在幽暗中"显得格外的乌黑"，旗子上的红色"也变成了沉重的暗红，仿佛是堆旧了的血迹"。一切预备妥当后，"我"独自走出房间，看到杨树浦那边满天绯红，"头上飞机在呜咽着，时而一阵机关枪，星火满天，宛如恶毒的流萤"。走在黑夜中的"我"宛若"游走在黑暗与血污"中的"憎恨的魂灵"，在明天，人们将把憎恨放在一起，痛快"燃烧起来！"③曹白虽然没有正面描绘国耻纪念的仪式场景，但人们准备国耻纪念仪式的认真严肃状态，已然无言而有力地暗示出了一场庄重热烈的国耻纪念仪式。尤其当收容所中的人们千方百计找寻国旗和中山像，认真庄重书写抗争口号之际，他们便"投身到规则化的也常常是高度情感化的社会行动中"④，深化了与国旗、领袖像、战斗口号等民族国家观念意象之间的情感联系，表现了难民们强烈的仇恨情绪和坚定的抗争精神。

---

　　① 穆欣：《元宵节访兴县》，《解放日报》1946 年 2 月 28 日，第 4 版。

　　② 周立波：《暴风骤雨》，《周立波文集》（第一卷），上海文艺出版社 1981 年版，第 373 页。

　　③ 曹白：《在明天》，《七月》1937 年第 1 期。

　　④ ［美］大卫·科泽：《仪式、政治与权力》，王海洲译，江苏人民出版社 2015 年版，第 49 页。

四

国旗、领袖像、战斗口号等象征元素，是战时中国文学节庆纪念叙写动员民众的有效方式。与此同时，侵略者也深谙"权力必须披着象征的外衣才能表现出来"，懂得"象征是支持政治统治秩序的必需品，而对于推翻这种秩序或用不同的政治制度来取代这种秩序来说，象征也是不可获取的元素"[1]的道理。结果，节庆纪念中的重要意象也会受到侵略者的重视，涂抹上侵略者建构自身合法性意图的意识形态色彩。战时中国文学的节庆纪念叙写在描写此类意象时，无一例外是将之当作殖民压迫的代表予以表现。

胡之疆曾借助国旗这一象征元素讽刺了沦陷地区的"奴才式双十节"：当汪精卫还没有向日本屈膝时，"奴才"们纷纷对"双十节"表示着冷淡，因为他们深知"日本人怕提中国革命，因此尽可能躲避这个节日的风景"。即使提及了双十节，也阿谀"日本人协力"帮助创建民国的功劳。有的人甚至列名举姓地说日本人如何在革命初期，帮助孙中山先生，批评中国现在竟和帮忙的人打仗，"是国民党的忘恩负义"。汪精卫反叛后，在"五色旗"上端"添上一块三角形的小黄布"，双十节也在"小黄旗"底下"被公开了"，可这面"小黄旗"不过是"舞台上的幌子"，满街飘的"小黄旗"像是"七月半道士在打醮"[2]。通过对"五色旗"加以改造和重置，汪伪政府的双十节纪念主动向日寇献媚，也就主动背叛了"五色旗"所代表的中华民国。汪伪汉奸会主动按照日本人的喜好改造国旗，另一方面，日本人更会禁止中国民众在节庆纪念场合使用民国国旗，转而以强烈要求中国民众在节庆纪念场合换用日本旗帜。于是在戏剧《国庆纪念中的国耻》里，面对古佩提议"今天不是国庆纪念么，我们总要有点表示才好"，白振东只能无奈地回答道："一面国旗都不准挂，还讲什么庆祝国庆纪念。"[3]小说《四世同堂》里，日本政府命令北平中小学生在双十节这天沿街大游行来"庆祝"，占领保定时，便要求所有人必须手持写有"大日本万岁"字样的小纸旗，走向天安门广场，去聆听日伪政府官员的"训令"，去"向日本旗与日本人鞠躬！"[4]署名白云的作者所描绘的双十节景象，不但外敌

---

①　[美]大卫·科泽：《仪式、政治与权力》，王海洲译，江苏人民出版社 2015 年版，第 203 页。

②　胡之疆：《沦陷的"双十"》，《中华时报》1946 年 10 月 10 日，第 10 版。

③　周玉昆：《国庆纪念中的国耻》，《郁文周报》1931 年第 19、20 期合刊。

④　老舍：《四世同堂》，《老舍全集》（第 4 卷），人民文学出版社 2008 年版，第 270 页。

旗帜占领了街道，暗藏殖民驯化的标语口号也满目皆是："我们缓步在街上，有十月的海风轻飘，此身所沾的垢污，仿佛已淡忘。当年田野战痕，依稀犹在，幸有大厦处处，散放着霓虹的光，播送着爵士的音响。到今天，再也看不见一些血光，听不见一些火药的音响，景况是十分升平，十分酣畅。而江之口海之滨，将有更多的怪舰泊起，更多的异帜飞扬——'东亚和平'的糖衣，消除了刻骨铭心的恨深。"①

侵略者对旗帜在内的特殊节庆纪念意象的置换，实际上便是通过持续不断的有意识行为来争夺赋予各种节庆纪念象征元素意义的权力，妄图使国人的节庆纪念改头换面，最终使受殖者进入一个为殖民者精心策划的"强迫性忘记的时代"②，成为了一个个合乎规格却完全不自知的"顺民"。眼看双十节就要被敌人所完全改塑，这意味着民族国家身份将要沦丧殆尽，这时被迫参与游行的学生们就采取了沉默而严肃的反抗方式来维护双十节的尊严，进而维护自身的国族身份意识。学生们虽然不能拒绝游行的命令，但他们却将敌人期望的热闹、欢快、乖巧的大游行改变成了"严肃的、悲哀的、含泪的""亡国游行"，他们"低着头，含着泪，把小的纸旗倒提着，他们排着队，像送父母的丧似的，由各处向天安门进行"③。倒提纸旗、哀怨前进的行为，是学生们对敌人加诸节庆纪念特殊意象上的殖民压迫意识有所警醒后的无言抵制，是对敌人妄图去除学生身上的民族国家记忆的顽强抗拒。

五

节庆纪念不但受到民族国家外部敌人的干扰和破坏，民族国家内部的人士也存在着无视乃至败坏节庆纪念真谛的情形，这种内部缺陋在战时中国文学的节庆叙写中同样主要依靠各种负面化的意象元素得到揭批。

节庆纪念本应成为抗战时期团结民心、提振战斗精神的重要场合，然而政府官方的节庆纪念却经常以官样文章和流于形式的举动来敷衍搪塞，各种节庆纪念仪式中冠冕堂皇的口号宣传便是这种情形的集中体现。苏知新讥刺说"做文章"和"呼口号"是中国人的两大绝技，"五九"而"五三"，"五三"而"九一八"，"九一八"而"一·二八"，每逢这些国耻纪念日，政府要员都少不了要喊上几句"经济绝交，抵制日货"；"不要五

---

① 白云：《孤岛即景》，《社会日报》1938 年 10 月 10 日，第 5 版。
② ［美］保罗·康纳顿：《社会如何记忆》，纳日碧力戈译，上海人民出版社 2000 年版，第 8 页。
③ 老舍：《四世同堂》，《老舍全集》（第 4 卷），人民文学出版社 2008 年版，第 259 页。

分钟热度"云云的豪言壮语，不过"一年一度，说说喊喊而已！而已！"①署名九鼎的作者指出"九一八"三周年纪念日临近，当局颁布了"'九一八'国难三周年纪念办法"，其中规定有"停止宴会娱乐""召开代表大会"，"商务十一点停止工作五分钟起立默念"，"追悼死亡将士及殉难同胞"……敌人真刀真枪全武行，政府却阴阳怪气"开会如仪"，这让作者愤慨不已，须知"雪耻是良心工作，岂五分钟热度的'纪念式'可以生效，这比不得'祈祷和平''请赐甘霖''班禅活佛''张天师'特建法会，热闹一阵，'收复失地'，而不谋实力准备，只知到了'九一八'那天'照例纪念'。激昂慷慨的演说词，怎能视作'班禅活佛'的经咒；五光十色的标语，如何认为'张天师'的符箓呢"。②总之，"敷衍地下旗志哀"和"虚伪地举行仪式"等政府领导下的形式化节庆纪念饱受作家们的诟病，通过对这些缺陋性意象的揭批，人们呼唤和期待的是切切实实的抗战举动，"是英勇地坚决地参加抗日救国的人民阵线的斗争"③。

　　缺陋重重的节庆纪念仪式除了暴露出官方的草率随意等问题外，还呈现出某种上级不作为、却给下级绑缚上沉重负担的弊端，战时中国文学儿童节书写的变质化意象元素便是这一点的鲜明写照。每逢儿童节，大人们总是热衷于"把那伟大的责任，训勉着未来的主人翁"。有作家反诘道，现在的主人翁们"自己为什么不先做些伟大的事实来，给后进者做个榜样？"人人喊着"壮不如人，今老矣"，然后便把全部伟大的责任推在儿童身上，"试问儿童有多大力量能够负得起？"④言外之意，儿童节的种种训词只不过成了大人们推卸自己责任的遁词。曹聚仁以一种讽刺笔墨淋漓尽致地展示了充满扭曲仪式和扭曲元素的儿童节"风景"："儿童节的恩物，还是《二十四孝图》四书五经读本，已经有某大书局用铜版纸来影印，大概，《三字经》和《千字文》又将为儿童的必修读本。自然，《大学》《中庸》早已定为'入德之门也'了！""某委员演说：'今日之儿童，将来国家之栋梁也。'听者大为鼓掌。我为转一语曰：'今日之国家栋梁，昔日之儿童也。'""儿童节过了，儿童的事跟着宣言、标语扔到字纸篓里去了。明年儿童节的风景，大概还是如此。"⑤罗洪则虚构了一场令人失望的儿童节。儿童节当天，学校召开纪念大会，种种刻板的仪式接连上演：恭读总理遗嘱、向总理遗像鞠躬，校长和老师们纷纷上台宣讲儿童节的大道理。与之相对，台下的孩子们则各怀心思，相互暗中嬉戏打闹。校

①　苏知新：《纪念"九一八"》，《天津大公报·小公园》1933年9月18日，第12版。
②　九鼎：《"九一八"和"救一般"》，《上海报》1933年9月18日，第6版。
③　徐懋庸：《"中国的一日"》，《生活知识》1936年第9期。
④　鸡晨：《儿童节成人的一点感想》，《新闻报·茶话》1937年4月4日，第5张第20版。
⑤　曹聚仁：《儿童节随写》，《社会日报》1936年4月7日，第1版。

长在演讲中，屡屡面带笑脸地亲切称呼大家为小朋友，这让许多孩子觉得今天果真是儿童节，而且"各人都觉得自己有一二分伟大，不像给老师们责骂时候的可鄙"。不过，年纪稍大一些的则记得很清楚，去年的儿童节，老师和校长们也说过儿童活动儿童教育的许多好话，可事后老师们生气起来，"还是一色的脸，一色的手段，不问清白便要打骂"。大会结束后，王老师答应晚上带孩子们到野外去采集标本，岂知临时约了女朋友，对孩子们失约了！小莹、璋儿和福生三个孩子打算结伴在下午出去，不料璋儿当老师的父母因来了外地客人要孩子也陪着，让另外两个孩子空等了大半天。福生抱怨说："老师们说起来许多好听，什么儿童节儿童节的，到头来又不许儿子跟我们玩儿。"①一个节日便在失望中度过了。小说通过一场名不相符的儿童节反刻写来抛出了儿童不被理解和尊重的社会问题，促发读者思考何谓"真儿童"，怎样培养"真儿童"的问题。

　　政府层面的节庆纪念已然是"徒具形式无补实际的空纪念"②，而民众之中更有人将这种"空纪念""发扬光大"，转而大肆利用节庆纪念日的机会来享乐和牟利，战时作家对于这种情形的批判主要诉之于对各种节庆纪念意象的指斥。苏三在"九一八"纪念日的上海街头处处看见各大商店把"九一八"的纪念口号拿来作为招徕顾客、引人眼目的商业噱头，"利用'九一八'来扩充他的营业"③。在充满戏谑语调的《妇女节散记》一文中，妇女节纪念更是沦为了一则笑话：一辆簇新的龟背形的"司蒂倍克"停在标着"妇女国货年国际妇女节联欢大会"白布额的湖社门口，车里"吐出了""鬈曲的电烫发，窄身的皮大衣，维也纳的旗袍角，银色高跟鞋，没些儿灰尘的"摩登女性，以及"银边眼镜，领子大衣，春花呢西装裤褂，油光光的黑漆皮鞋，没些儿皱纹的"富家少爷。两人挽着胳膊，黑漆皮鞋和银色高跟鞋，"并排地整齐地踏进了门框"，兜鼻子扑上来"一阵阵臭味"，兜耳朵打上来"一阵阵嘈杂的人声"。"墙上，台上，挂了好多的标语，带着国货公司广告性质的标语；台上，走道上，挤着好多人，挤着好多挂黄绸布的人。"很快台上有人演说，但台下的人兀自高谈阔论，直到全穿上了簇新服装的女职员上场表演时，台下的人们才高喊"好呀！"洋少爷看完表演后用白丝布抹一抹银边眼镜，对女伴说道："Lily！这有什么好看，空气又很浊，我们走吧！"女伴欢快应答说："好，我们到沙利文去吃一点，回头我们再上卡尔登去看电影。"于是黑漆皮鞋和银色高跟鞋，踏出了门框，重新踏上了"司蒂倍克"。④这场妇女节纪念充斥着形式化的表演，严肃的标语口号

①　罗洪：《儿童节》，《文学》1936 年第 2 号。
②　灵犀：《何必纪念九一八》，《社会日报》1932 年 9 月 18 日，第 2 版。
③　苏三：《死去的"九一八"》，《时代日报》1933 年 9 月 20 日，第 1 版。
④　秋：《妇女节散记》，《千秋》1934 年第 20 期。

在娱乐心态和享乐行为的映衬下，黯然失色。

对节庆纪念特定意象的倾心捕捉和构设，是战时中国文学节庆纪念叙写进行"国民统合及民众动员"的有效方式；与此同时，节庆纪念中的意象元素也极受侵略者的重视，通过对旗帜在内的特殊节庆纪念象征意象的置换和改造，侵略者为节庆纪念涂抹上了建构自身合法性意图的意识形态色彩，达到了殖民者制造"顺民"的目的；最后，节庆纪念仪式中冠冕堂皇的宣传口号等意象元素既暴露出官方的草率随意，又呈现出上级不作为、却给下级绑缚上沉重负担的弊病，节庆纪念的种种负面意象还成为国人享乐、牟利的掩护，凡此种种，又是对民族国家内部人士败坏节庆纪念真谛情形的揭批。最终，战时中国文学节庆纪念叙写的意象构设，折射出抗争精神、殖民压迫与内部缺陋等三重意涵的交织，其实质，则是不同派别人群对节庆纪念的不同刻写行为，是不同派别围绕着节庆纪念的象征元素上演的记忆之争和话语权力之争。

（作者单位：西南交通大学文学院）

"《神笔》传友谊，金瓜香四溢"[*]

——赵燕翼文学成就综述

刘玉忠

内容提要：上世纪 80 年代在童话界享有盛名的赵燕翼曾受到著名作家茅盾等先生的高度赞赏。赵燕翼先生从民族民间文学中汲取营养、吸收精华，用质朴幽默、充满童真、童趣的童话作品以及带有浓厚民族情怀的小说和充满丰富多样生命经验的随笔建构了一个诗情画意的文学世界，本文通过对其创作的童话、小说、随笔等作品做一梳理，以窥观他在现当代文学史上的地位及其影响。

关键词：赵燕翼；童话；小说；随笔

上世纪 80 年代童话界流行一句话"南有洪汛涛、北有葛翠琳、西有赵燕翼"，因他们是同时代作家，都是努力运用民族传统风格和民间文学形式创作童话最有成就的作家，洪汛涛先生的《神笔马良》和赵燕翼先生的《金瓜和银豆》在童话界享有盛名，可谓"《神笔》传友谊，金瓜香四溢"。

赵燕翼，原名应麒，甘肃省古浪县人，1928 年 1 月 16 日出生于城关镇一个小公务员家庭，两岁时随全家迁居到与藏族牧区毗邻的山村黄泥岗。童年就在这里度过。祖父赵元普博学多艺，能诗文，善绘画雕刻，家内藏书丰富。赵燕翼自幼受家庭影响而爱好文艺。"7 岁入本村私塾受启蒙教育，读《幼学琼林》《四书》等传统经书。9 岁时以树根雕成木马一匹，神态生动，祖父特撰铭文一篇，中有'举足凌空，不借长风鼓翼；睥睨

───────────────
* 本文为西北民族大学博士创新项目：河西宝卷与地方性知识的人类学研究（课题编号：Yxm2020001）的阶段性成果。

骀驽，等闲志在万里'之句，深表赞赏。10 岁改入县城青云小学，于 1941 年毕业。其时正当抗日战争中期，因家境困难，无力入中学深造，遂离家远去大马营草原，在国营山丹军马场学习畜牧兽医，并在那里工作多年。同时利用业余时间，刻苦自修文学和美术。抗战胜利后辗转去兰州，曾在书店和报社工作，并以雁翼的笔名发表很多具有进步倾向的木刻和文学作品。"（摘自《赵燕翼小传》）

赵燕翼生前曾担任中国作家协会甘肃分会副主席，甘肃省人大常委会委员，中国民主同盟中央委员会委员、民盟甘肃省委员会副主任委员，甘肃省作家协会常务理事兼文学专业创作组长，儿童文学委员会主任等职。赵燕翼同志是我省具有全国影响的著名小说家、儿童文学家。他早在新中国成立前即从事进步文艺活动，1947 年去兰州，从事教育工作及木刻、文学创作，写出第一篇儿童文学作品《地震》，收入上海书店出版的少年征文集《忘不了的往事》一书中。自 1948 年上海开明书店征文集发表了他的第一篇小说《地震》起，已有 40 余年创作资历。1949 年新中国成立后，先后在中国人民解放军第一中文工作团，甘肃省文联，甘肃省人民出版社从事专业创作和文栏编辑工作。新中国成立后，他自觉接受党的领导，以饱满的政治热情为工农兵服务，为社会主义建设服务，曾经被授予"甘肃省各界人士为社会主义做贡献先进个人"荣誉称号。这期间，写了许多戏曲、曲艺、故事、渔唱等各种形式的通俗文字作品，并利用民间文学素材，改写了很多童话作品。

赵燕翼同志数十年如一日，严格坚持深入生活，刻苦进行创作劳动，先后出版了文学著作 14 部，上演大型剧本 2 部。其中短中篇小说集《草原新传奇》《冬布拉之歌》《驼铃和鹰笛》；童话故事集《金瓜和银豆》；在艺术创作中已形成个人鲜明的风格。《中国文学家辞典》《简明中国当代文学辞典》《中国现代文学辞典》《儿童文学辞典》以及《当代文学概观》《中国当代文学研究资料》等文学辞书和文学史料专著中，均收入他个人辞条和专章论述。赵燕翼同志在文学创作上取得的成就，曾得到茅盾、阎纲、雷达、方仁工、刘建军等著名作家、文艺理论家的肯定评价。现概括其主要贡献如下：

一、童话

赵燕翼在儿童文学方面的创作成绩斐然，已经成书出版的有童话故事集《金瓜和银豆》（1962 年，上海文艺出版社）、《花木碗的故事》（1980 年，甘肃人民出版社）、《夏毛寻宝记》（1981 年，甘肃人民出版社）；儿童文学短篇小说集《驼铃与鹰笛》（1979 年上海少年儿童出版社）、《远方少年》（1986 年，上海少年儿童出版社）、《阿尔太·哈里》（1979 年，甘肃人民出版社）、童话《金瓜和银豆》一书，1980 年由日本翻译在东京出版，其中反映哈萨克族少年生活的中篇小说《阿尔太·哈里》获第二次全国少年儿童文学创作奖及第一次甘肃文学艺术一等奖，童话《小燕子和它的三邻居》（原载《儿童文学》1983 年第 10 期），《儿童文学选刊》1984 年第 2 期转载，获甘肃省 1985 年优秀文学奖。

其中相当数量的儿童文学以流传于甘肃各民族中间的传说故事为素材，他出色地改写和创作了许多童话作品，获得儿童文学界好评。童话《五个女儿》首发于 1960 年 2 月号上海《少年文艺》，系一篇经过改写和再度创作的民间童话。它反映了旧时代人民生活的艰难困窘，男主人公——一个货郎客想极力摆脱家庭负累，而抛弃了五个女儿；作品同时歌颂了以自己的智慧和劳动战胜邪恶、征服自然、创造财富、追求美好生活的理想和愿望；三个女儿终于在深山老林里生存下来，犹如流落荒岛的鲁滨逊，为少年儿童提供了一个"人能胜天"的榜样。茅盾于 1961 年 8 月号《上海文学》上发表的评论《六〇年儿童文学漫谈》一文中称童话《五个女儿》的特点"在于故事的结构和文字的生动、鲜艳、音节铿锵。通篇应用重叠的句法或前后一样的重叠句子，有些句子像诗句一个样押了韵。所有这一切的表现方法，使这篇作品成为别具风格的难得的佳作"。①童话理论家方仁工在《一篇优美的诗》一文中对本篇艺术技巧作了高度评价（见《名家名篇析赏》一书，1987 年广西人民出版社）。

《金瓜和银豆》这是一篇根据民间传说素材改写的低幼童话。叙述铁柜山下孤独无依的老两口幸运地从自己菜园里种植的瓜壳豆荚中收获了一双可爱的儿女，老两口依靠儿女——金瓜和银豆辛勤劳动，过上好日子。并与压迫他们的邪恶势力展开针锋相对的斗争，终于在神奇的"冬瓜王子"和"雄鸡将军"帮助下，战胜了贪婪愚蠢的恶霸，伸张了正义。本篇于 1962 年由著名画家杨永青作彩色配画，中国少年儿童出版社出版。之后，被各种童选本选用。1979 年另请画家柯明配画，转上海少年儿童出版社再版，第一次即印行 30 万册。1979 年 12 月 15 日，少年儿童出版社与日本曙光株式会社签订合作出版《宝船》（老舍）、《神笔》（洪汛涛）、《渔童》（张士杰）、《金瓜和银豆》（赵燕翼）、《哪吒》（鲁兵）等五种图书日文版的协议。这套书于 1980 年 8 月到 1981 年 7 月在日本陆续出版，总印数达 6 万多册，开创了少年儿童出版社与国外合作出版少儿读物的先例。以后，这套图书又被译成英、法、德、西班牙文在国外出版。人们称赞这是"《宝船》通

---

① 赵燕翼：《赵燕翼文学精品集》，敦煌文艺出版社 2008 年版，第 42 页。

四海，《神笔》传友谊"。从此，我国和国外出版界在儿童读物方面的合作日益频繁起来。1985年又由上海少儿出版社译为英文出版，交中国出版外贸公司向海外各地发行。评论家对本篇语言的优美和富于音乐节奏感一致给予很高评价。

童话集《金瓜银豆·小精灵》一书收录中短篇童话26篇，系作者童话创作的佳作自选集。卷首载有代序长文《三十五年话童话》，详尽地叙述了作者从事童话创作的里程，并对我国新童话的发展，阐述了自己的理论观点，主张童话也应继承优秀文化传统，并赞成"让生活扑进童话"。同时鼓励探索创新，但应保持童话的个性特征等。本书收录作品主要有两大部分：一部分取材于民族民间传说，经作者二度创作，故带有浓厚的民间文学色调，如《金瓜和银豆》《米拉尕黑》等；另一部分则纯属创作的新童话，语言自然，内容更贴近生活。如《铁马》《鸟语学家》《小燕子和它的三邻居》等。本书出版后反映良好，在很短时期内重印了3次。《兰州晚报》先后于1990年4月26日及8月3日两次刊出评价文章（《童话新成果含香带露花》《愿你喜欢这份"厚礼"》）。1989年第244期《少年文史报》刊出牟万钟对本书出版的指导；1990年3月第2期《甘肃书讯》及3月1日《中国西部发展报》都进行了推荐报道。1990年11月17日《文艺报》刊出许文郁的文章《把美给孩子们》，对本书艺术特色给予了高度评价。选入本书的作品《小燕子和它的三邻居》，获中国作家协会第一届优秀儿童文学奖；《铁马》获陈伯吹儿童文学奖第10届优秀作品奖；《白鼻梁骆驼》获1986年《儿童文学》优秀作品奖。《金瓜和银豆》《铃铛儿》《米拉尕黑》被译为日文、英文、俄文在国外出版。

二、中短篇小说

"广义的'原创文学'必然是和民族文化有着生生不息的联系，必然是立足于民族文化和民族思维方式，并且融合了现代性和世界性文学作品，其兼收并蓄、博采众长，却又生于斯，养于斯，深深打上民族文化的印记。"[1]从这个层面上说，赵燕翼多次深入少数民族地区进行调研和学习，其原创的儿童文学作品得益于先生对民族民间文学资源的充分发掘和利用。甘肃是一个多民族聚集地区，由于生活环境及工作关系，赵燕翼自幼就和藏、回、蒙古、裕固、东乡、哈萨克等少数民族人民有密切联系，他从50年代中期开始，除了草原牧区生活的题材，创作了大量短篇小说，已出版的中短篇小说集有：《草

---

① 李学斌：《原型结构及其文学意义——洪汛涛经典童话〈神笔马良〉的当代解读》，《兰州学刊》2011年第2期。

原新传奇》《驼铃与鹰笛》《冬不拉之歌》《阿尔太·哈里》《远方少年》等。中篇小说《阿尔太·哈里》获第二次全国少年儿童文学创作二等奖及甘肃省第一次文学评奖一等奖。作品被翻译成英、法、日、俄、越南等国文字在国外出版发行。

　　第一篇小说《地震》，被收入 1948 年上海开明书店征文集《忘不了的事》。《桑金兰错》（短篇小说）这是一篇描绘草原普通劳动人民日常生活的小说，作品以高度的艺术技巧生动鲜明地刻画一位身怀绝技而又大智若愚的藏族女儿的优美形象。小说背景放置于龙腾虎跃的"斗牛"场上，趾高气扬的队长松巴视桑金兰错为无足轻重的多余人物而派她为他当下手，姑娘愉快地干着"打杂"活儿，丝毫不露声色；当危急时刻抛出的绳套治服一头凶顽牦牛时，人们发现了这是一位了不起的英雄。本篇于 1962 年 10 月号《人民文学》发表后，先后被全国多种小说选本采用。北大中文系还曾一度将其作为短篇小说范本在课堂讲授。当年人民文学小说组组长、资深编辑涂光群先生，从艺术层面对《桑金兰错》进行过精细的评析："赵燕翼这篇堪称艺术精品的力作，具有多方面属于作者创作个性的非常独特的想象力和表现力。比如，在长达万字的小说中，主人公只说了六次话，每次只说了一个字，而这六个字都是重复的；实际上她通篇只说了一个字——'哑'！在藏语中，'哑'是礼貌而谦逊地表示赞同的词语，包含着'是的''好''对啊'这样的意思。作者以其淋漓酣畅的笔墨，层层渲染，再加上这个'一字千金'的'哑'字，就把主人公的性格特征，刻画得活灵活现、栩栩如生。"[①]（《五十年文坛亲历记》）《人民创利四十周年的总结文章——《合订本作证》一文中将《桑金兰错》作为 60 年代初最能体现文学创造、活跃情景、反映现实更接近于日常生活、更多描写平凡人物的主要小说作品之一予以列举。另外，该作品还先后被翻译为英文、日文及越南文在国外出版发行。

　　中篇小说《阿尔太·哈里》在《简明中国当代文学辞典》内《阿尔太·哈里》专条介绍说，这部小说"在富有传奇色彩的情节中，描述了哈萨克少年阿尔太·哈里如何从流浪儿成长为哈萨克族第一代汽车司机的故事。在美与丑、善与恶的强烈对照中真实地反映了三年困难时期新疆地区的严峻现实。作品题材鲜明，民族生活气息浓郁，敢于写儿童命运的悲欢离合，这些特点都为儿童文学创作提供了经验。这一介绍和评价是比较客观准确的。1980 年，雷达发表过一篇长文：《赵燕翼和他的阿尔太·哈里》。该文引论中提到，"他创造过那么热烈动人的藏族牧女桑金兰错的形象，也惟妙惟肖地刻画了机智幽默的

---

　　① 赵燕翼：《赵燕翼文学精品集》，敦煌文艺出版社 2008 年版，第 2 页。

老官布性格，他还以喜剧色彩描绘过草原上人们新的道德面貌（《三头牦牛的下落》）……这些，相信读过的人难以忘却。"①《阿尔太·哈里——戈壁井场上的奇遇》更是"以血肉丰满的人物形象和动人心弦的艺术意境；是以审美的力量、情感的力量、精神的力量、语言的力量打动人、感染人、影响人"②；再加上它少头无尾的"残缺美"，以及主人公前途命运的不可捉摸，读之，足以令人掩卷三叹，回味无穷。本书荣获第二次全国少年儿童文学创作（1954—1978）二等奖及 1986 年 3 月由中共甘肃省委、甘肃省人民政府发的优秀图书奖。评论文章有如山的《生动曲折·新鲜有趣》（1979 年 1 月号《甘肃文艺》），肖飞的《曲折幽默·趣味横生》（1980 年 7 月 17 日《甘肃日报》），柯君的《向少年儿童推荐一本好书》（1980 年 7 月 12 日《兰州报》），雷达的《赵燕翼和他的阿尔太·哈里》（1980 年 9 月号《甘肃文艺》）。甘肃人民广播电台并于 1980 年 8 月开始连续播出全文，受到少年儿童听众的欢迎。小说创作善于描绘少数民族人物和风俗，作品具有很浓的传奇色彩（见《简明中国当代文学辞典》）；"为我国少数民族文学增添了瑰丽的花朵"（见《中国文学家辞典》）。本书不仅仅在国内反响强烈，而且在国外也产生了很大影响，作者多次收到国外读者热情来信，反映良好。作者也曾经提及说日本有个普通的读者大桥重夫，当他读完了阿尔太·哈里后竟把艺术形象当作真人，从遥远的东京都给作者来信，特向书中人物发出热情欢呼："……我感动你的勇敢和智慧。我落泪了。你现在不是乱发污垢的孩子，是光荣的英雄。万岁，阿尔太·哈里！"③足见其作品的影响力，文学作品的传播和影响并不受国界的影响。后在 1989 年，以赵燕翼同志为团长的中国作家代表团赴埃及、阿尔及利亚，进行为期三周的友好访问，不仅对促进我国与埃、阿两国之间的文化交流与友好合作做出贡献，而且也将其作品带到这些国家并对其国内文学爱好者产生重大影响。

短篇小说集《草原新传奇》收入短篇小说 11 篇，题材皆取自河西走廊祁连山草原藏族牧区现实生活。因作者家乡毗邻天祝草原。青少年时期，又曾去山丹军马场学习、工作多年。新中国成立后，复以记者身份多次到故地重游，看见了两个不同时代给草原带来的巨大变化。从 50 年代后期开始，作者饱含对藏族人民的热爱之情，以富有浪漫色彩的传奇故事，描绘出一幅洋溢着诗情画意的草原风俗画卷并塑造出众多性格鲜明的人物形象，如《桑金兰错》《老官布小传》《三头牦牛的下落》都是独具特色之作。正如北京

---

① 赵燕翼：《赵燕翼文学精品集》，敦煌文艺出版社 2008 年版，第 2 页。
② 同上。
③ 同上。

语言学院编纂的《中国文学家辞典·赵燕翼》条目所说：他的创作为我国少数民族的文学艺术，增添了瑰丽的花朵。本书所收作品，受到读者和评论界广泛赞誉。上海文艺出版社先后重印 5 次，累计印数 20 万册。1964 年 7 月 9 日上海《解放日报》吴明的评介《草原新传奇》，1962 年 4 月号《迎河》李培坤的《新花浅尝录》，1963 年 6 月号《甘肃文艺》唐再兴、郑乃藏长文《谈赵燕翼的小说》，1981 年 2 月号《陇苗》刘建军的《草原风情和人物的实录》等评论文章都对本书中的作品作了肯定的评价。其中的代表作《桑金兰错》《老官布小传》在 1963 年第 6 期《文艺报》曾有专文评论。北京大学中文系编著的《当代文学概观》（1980 年北大出版社）将这两篇作品肯定为"优秀之作"，并先后译为英、法、日、越南等国文本。由甘肃师大中文系编辑的《中国当代文学研究资料：武王笑、赵燕翼、高平研究合集》（1986 年甘肃人民出版社），以及由西部文学研究所编辑的《西部风情与多民族色彩》（1991 红旗出版社）等专著中对《草原新传奇》一书皆有评论。总之正如有学者所评赵燕翼的作品："那种严肃的社会责任感，那鲜明的爱憎之情，那两极对立的艺术构思，扬善惩恶的内涵意蕴，传奇性的故事情节和对比等手法的应用，加之简洁优美的语言风格和全篇作品的诗意倾向，使他的作品更倾向于传统。所以他的小说或童话在发表之初也许难以激起一时的轰动，获得个满堂彩，却经得起岁月的淘洗，把一片温馨，一片甜美，一片至情留给人们。"①

三、随笔

作者创作的宗旨是：高雅、精致、生动，有情趣，这种追求也表现在其随笔当中，他自谦说"我是杂家，'随笔'出自我手，五花八门。读者试看目录，就知我视野宽阔，兴趣广泛。逸闻闲趣，皆成文章；我旁门画苑，客串郎中。月旦文尊大师，投枪文坛'剽客'，'咬嚼'文化超女……哪怕老虎的屁股，也敢摸一摸。我从事随笔写作，特别在意可读性，笔锋很少触及枯燥乏味题材。现从我多篇同类文章中，反复筛选，去芜存菁，仅留 44 篇，且多为短章小制，便于读者浏览，犹如兰州风味小吃'牛肉面'，雅俗共赏，适合大众口味。综上所述，我对我作品的精益求精，曾自制十四字联语，曰'舆轮大匠劳绳墨；锦绣神工费剪裁'以此自勉，信守不渝！"②《关于王蒙走西口》交代了

① 李学斌：《原型结构及其文学意义——洪汛涛经典童话〈神笔马良〉的当代解读》，《兰州学刊》2011 年第 2 期。

② 赵燕翼：《赵燕翼文学精品集》，敦煌文艺出版社 2008 年版，第 4 页。

作家王蒙鲜为人知的走新疆的故事。"笔者于 60 年代初，在一次偶然的集会场合，亲自听到决定王蒙'走西口'的一点'内幕'消息，现如实写出，以飨读者。……茅盾、叶圣陶、邵荃麟、周立波、吴组缃、林默涵、张天翼、叶君健、侯金镜……诸先辈，都来作过长篇报告，有的还讲了又讲；其诲人不倦的精神，真令人感动！当临结业那天，特邀时任中宣部副部长的周扬，前来与学员会见，……后来不知由谁引发，话题忽然转到王蒙身上。周扬关切地问：王蒙今在何处？李季回答：现在北京师范学院中文系任教师。于是，周扬、邵荃麟等几位权威人士，都认为让王蒙教书，会把一个创作人才糟蹋了，那是很可惜的；应该设法安排他到广阔的生活中去，还可以鼓起劲来，继续写嘛！……为时不久，我听到王蒙果然'西出阳关'……直到 1979 年，王蒙才被'落实政策'，调回北京。"① 还有的随笔具有重要的史学价值，其意义不会逊于那些严谨的史学资料。如对哥舒翰碑文的记载："哥舒翰千秋功罪，任由后人评说；而当时边民为他竖立的记功碑，却是一件极其珍贵的历史文物。……此碑最早记载于南宋郑樵《通志·金石略》，但详录原碑拓片残文者，则为清乾隆时王昶所撰《金石萃编》一书，约存 100 多字，可辨认者 95 字……"② 这对研究历史人物哥舒翰具有一定的参考价值。另外在其所著《古浪有座甘酒石》一文提到的史有明文记载的"昌松瑞石"与唐太宗李世民当政晚期更换太子的历史事件之间的联系，"贞观十七年（643 年）八月四日，凉州刺使李表上疏太宗说，凉州昌松县洪池谷天降瑞石，青质白文内有'高皇海出多子李元王八十年太平天子李世民千年太子李治……'等 88 字，太宗览表极为重视，……在那'人权神授'迷信观念根深蒂固的封建时代，这刻在石头上的一篇鬼话，就连以'圣明睿智'著称的唐太宗，也被轻易迷惑，遂罢更换太子之议。贞观二十三年（649 年），太宗卧病不起，即召长孙无忌、褚遂良等顾命老臣'托孤'，将皇位正式传给太子李治。这位唐王朝第三代皇帝高宗，其所以能够顺利登上皇帝宝座，实在应该感谢古浪峡这块白石头！"③ 除此之外对古浪地名的考证对我们认识多民族文化之间的交融具有积极意义。"'古浪'确实是一个藏语地名。它的本义是'黄羊沟'。正如水登县的'庄浪'是'野牛沟'一样，它们都是古老的吐蕃民族于千百年前遗留下来的历史的陈迹。……吐蕃是主要从事游牧的民族。属于凉州辖区的苍松故地，山高水长，林草丰茂，是最好的牧场。当战乱频繁的时候，汉族农垦移民大部分都逃亡了，吐蕃族便在这块土地上纵横驰骋，成为这里的主人。所

---

① 赵燕翼：《赵燕翼文学精品集》，敦煌文艺出版社 2008 年版，第 42 页。

② 同上，第 245 页。

③ 同上，第 42 页。

谓'吐蕃六谷'，是一个游牧大部落的总称。最初的首领叫潘罗支，在他统治下的'六谷'，是六个分支部落，也可以说是六个辖区。'谷'就是'山沟'。就是'浪哇'，当时由于地广人稀，水草丰美，苍松故地必然有成群的黄羊出没（至今古浪、武威还有黄羊川、黄羊河的地名可证）；而藏语把'黄羊'叫作'古尔'，'古尔浪哇'（黄羊沟）也就是'六谷'中的一谷，吐蕃牧民把它当作这一地区的部落名称和地域名称，自然是顺理成章的了。按藏语习惯，将'古尔浪哇'连读，可以将'尔'和'哇'音读轻声或省略，就变成了'古浪'。"①

　　本篇文章对研究古浪的地域文化尤其是对认识河西走廊民族之间的文化交流具有重要意义。赵燕翼不仅仅在文学方面具有卓越的成就，由于从小受家庭的熏陶和私塾的浸染，他在方言研究方面也取得一定的成就。比如在《古浪方言寻根》一文对"垃圾"称呼的考证。"古浪民间，将污秽废弃物叫作'物索'，即我们现在所称的'垃圾'。其实'垃圾'不读'拉及'。我上小学时的三十年代，在中华书局编辑出版的《公民》课本中的'垃圾'一词，其注音符号读为'勒塞'，也就是古浪民间方言的'物索'，不过发音稍转而已。但不知什么原因，在近半个多世纪以来，中国内地亿万群众，却异口同声把'垃圾'（勒塞）读成了'垃圾'……古浪人的'物索'，那是老祖宗留下来的遗产。至少在宋代文献中已有'垃圾'一词出现。南宋吴自牧所撰《梦粱录》卷十二'河舟'条云：'更有载垃圾粪土之船，成群搬运而去。'吴自牧是南宋都城临安（杭州）人，我不知道近代老一辈的江南人是否曾经把'垃圾'读为'勒塞'，或近似谐音如'物索'者？但我却了解大多是闽南籍的台湾人，以及由他们主办的影视、广播等媒体，至今仍然把'垃圾'读作'勒塞'。那么，这就是说，台湾的中国人对'垃圾'一词，坚持了传统的正确读音；而大陆的中国人却把'垃圾'的正音读歪，事实如此，却又不然。因为语言文字的演变，自古至今就有个约定俗成的惯例。既然十二亿人民众口一词，都将'垃圾'读成'拉及'；而且大陆出版的辞典、字典都肯定了这个读法，它也就自然地有了它的'合法'性。"②这方面的例子很多，这充分说明他在语言方面的天赋及深厚的功底。

四、文艺理论方面

　　赵燕翼同志在文艺理论方面亦有较深的造诣，他历年撰写的论文和文艺随笔10余

---

① 赵燕翼：《赵燕翼文学精品集》，敦煌文艺出版社2008年版，第255页。
② 同上，第299—300页。

篇，均能联系创作实际，内容充实，颇受读者好评。其中如《民族形式琐谈》《生活·情节·语言》《我怎样记文学笔记》等篇，被收入几种重要的文学论集中。

五、绘画等

除上述的成就之外 50 年代初，赵燕翼还编写了大量戏曲、曲艺、说唱、故事等通俗文艺作品，而且在书法、绘画领域也是成就卓著。在随笔中提到的几件与绘画有关的事件均可见证时代的特点。在《学画拾趣》一文说道："1948 年初夏，南京召开全国代表大会选举国家首脑，蒋介石当然是总统，无人敢与竞争。但副总统宝座，却有国民党多位政要展开激烈角逐，一时舆论沸沸扬扬，炒作得非常热闹。有一天，《和平日报》编辑黎树基急匆匆登门拜访并神秘地拿出一张显然是从一本杂志插页上撕下来的多人合影印刷照片，指定其中小指甲盖大小的一个人头，请我放大刻成一寸见方的肖像，报纸急用，并许诺将付给优厚稿酬。我不敢怠慢，连夜加班做好送去。第二天，该报头版通栏大字标题曰：《元首辅佐得人，李宗仁先生当选副总统》。我刻的那幅肖像，就赫然呈现于此条新闻之中。"①

这段描写尽管是随笔的形式，但揭露了国民党内部为了"竞选"党派林立、钩心斗角的丑幕，带有鲁迅杂文的犀利。

以毛驴题材作画的著名画家黄胄先生对赵燕翼先生很青睐，先后在兰州赠赵燕翼维吾尔姑娘舞蹈图，为他的童话《白羽飞衣》作了两幅插图。1963 年在北京，黄胄又赠他毛驴图一幅。后在"文革"期间由于黄胄的"牵连"被抄家时，造反派将这些资料通通席卷而去，而且追查他与"毛驴贩子"黄胄的关系。"斯时，黄胄从北京被押解到天水步校，脖项上挂着他自绘的毛驴大牌子，经受着残酷的批斗。当然，查来查去，黄胄并不'反动'，我和他也只是朋友关系，'毛驴专案'不了了之。那两幅被抄的宝贵画作，事后在我严正交涉下，才得以完璧归'赵'。"②后又提及"1968 年春天，我从牛棚获释。外面武斗激烈，躲在家中无聊，便在废旧杂纸上，胡乱涂抹一些马、驴、骆驼之类的动物图画，随画随丢，完全是为了消磨时间而已。想不到 30 余年后，我的文友张弛先生，偶然从我保存文字原稿的包皮废纸中，发现了几幅'墨驼图'竟吸引他把玩不已，并要求我题款签名，说要拿去装入镜框，悬诸写字楼中，借以'蓬荜生辉'云。……'文革'

---

① 赵燕翼:《赵燕翼文学精品集》，敦煌文艺出版社 2008 年版，第 273 页。
② 同上，第 274 页。

后期，又曾以剧团编剧名义，多次去哈萨克牧区深入生活。在'搬场'途中的大漠戈壁，在碧树芳草的高山牧场，我对情有独钟的骆驼，进行过细致观察，故留有深刻印象。于是，就从头练习，画起骆驼来。"[②]

赵燕翼同志还多年从事文学编辑和组织工作，一贯热心扶植文学新人，曾多次主持文学学习班，为业余作者阅稿、改稿、讲课、编书，并撰写文章，评价他们的作品…不惜倾注心血，培育艺术新苗，为文学界所公认。尤其现今活跃于中国文坛的西北知名作家雪漠、闫强国、高凯、汪泉等都与赵燕翼先生的培养有关。

赵燕翼先生的作品自始至终保持了与中华民族文化传统的血缘关系，以深厚的民族情怀作为底蕴将其文学作品尤其是童话推向了世界的舞台。而"民族化是一个国家的儿童文学屹立于世界之林不可或缺的标尺之一。也就是说，在这一点上，中国原创儿童文学同样需要把定民族性和世界性的纵横坐标。……只有在现实的儿童文学实践中不断寻求与民族文化、民间文学传统的精神对接，神话、民间文学等民族文学资源在新的历史条件下才有可能重新焕发生机，才有可能真正成为中国原创儿童文学高高飘扬旗帜上灿烂而持久的底色"。[③]

（作者单位：西北民族大学　甘肃民族师范学院）

②　赵燕翼：《赵燕翼文学精品集》，敦煌文艺出版社 2008 年版，第 274 页。

③　李学斌：《原型结构及其文学意义——洪汛涛经典童话〈神笔马良〉的当代解读》，《兰州学刊》2011 年第 2 期。

回族诗人沙蕾"西北寻踪"（1939—1946）[*]

——兼及抗战时期兰州地区的"西北文化运动"

贾东方　吴双芹

内容提要：1939 年，回族诗人沙蕾远离重庆抵达兰州，直至 1946 年方才乘机离兰至上海。其间，沙蕾一直致力于改变西北文学的冷清境况，组织举办文艺沙龙、编辑文艺副刊，大力提携青年作家，推动着西北文化运动的展开。沙蕾此时的诗文创作，不仅保留了回族现代文学的特质，也在很大程度上完成了家国危难中民族身份融合的历史使命，并且使得中国现代文学中的"唯美—颓废主义"文学思潮在遥远的西北绽放出一朵奇诡之花。

关键词：沙蕾；西北文化运动；抗战诗篇；唯美—颓废主义

回族诗人沙蕾是一个文学创作历程贯穿现当代文学史的作家。作为回族现代文学史中最重要的诗人之一，无论是他早年的诗集《心跳进行曲》《夜巡者》、抗战时期的诗歌创作，抑或新中国建立后以少数民族民间传说为题材创作的长篇叙事诗《木头姑娘》《日月潭》《蝴蝶泉》等，都一再为人称道，可谓成绩斐然。对于沙蕾其人其文的研究，不仅是"重构回族现代文学版图"^①中不可或缺的重要拼块，而且在少数民族文学、中国新诗学等研究领域，都是颇为重要的课题。

---

　　* 本文系教育部人文社科一般项目"1940 年代西北地区现代文学文献整理与研究"（项目编号：20YJC751009）、兰州市社科规划项目一般项目"民国时期兰州文学及新文化传播研究"（项目编号：19-045E）、甘肃省社科项目"甘肃优秀传统文化资源的整合应用与传承研究"（项目编号：YB065）阶段性成果。

　　① 李存光：《回族现代文学史研究二题——再谈重构回族现代文学版图》，《现代中国文化与文学》2016 年第 1 期。

学界既往的研究业已取得丰硕成果①，然而对于沙蕾在西北地区时期的文学活动的表述仍然语焉不详；由于种种缘由，诗人沙蕾自己也刻意回避这一段过往岁月②。当然，对于沙蕾的研究，也存在其他一些问题，李存光先生曾指出回族现代文学研究中的重要问题之一是："在一些现当代合书的少数民族文学史著中，为便于展开当代叙述，用当代的成就筛选甚至替代现代，导致罔顾事实，或颠倒主次。在现当代分叙的通史性著作中，将现当代连续写作的白平阶、沙蕾、郭风等悉数划入当代叙述，不仅使现代部分留下巨大空洞，也造成了书写体例的混乱。"③

因此，将回族诗人沙蕾放置于具体的时代语境、生存环境之中加以考察研究，就显得尤为必要了。事实上，对于1939—1946年间沙蕾在西北地区的"边地言行"的研究，不仅有助于我们更全面地认知、评价沙蕾之于西北地区乃至整个现代文学的价值与意义，而且借此亦可探寻与省思抗战时期少数民族作家在民族性与国家性之间的融合问题以及历经战争灾难、地域变迁之后现代文学在西北地区所呈现出的发展趋向。

一、沙蕾的"边地言行"与抗战时期兰州地区"西北文化运动"的推进

1939年，沙蕾"在重庆任'国民精神总动员会'设计委员，但因和当时的显贵陈氏兄弟意见不合，就只身去了兰州"④。1940年夏，与沙蕾结为连理的女诗人陈敬容因怀有身孕，亦随夫辗转至兰州寓居⑤。抗战时期的兰州属于大后方城市，较少受到战火侵袭，又是连通西部各省的重要中转站，因而吸纳了不少流亡作家在此聚合。笔者曾经论及："基于时代对于文艺作家团结的呼吁和作家内在的'向群'需求，流徙西北地区的文人自发地聚合起来，形成多种形式的文学群落，以集体之力推动文艺运动的开展。"⑥

---

① 沙蕾其人其诗的相关研究，主要集中在友人的怀念、评论文章以及少数民族文学史的相关章节论述中，详参看李存光编：《回族现代文学文献题录初编》，社会科学文献出版社2017年11月版。

② 研究者白草亦云："沙蕾对此只字不提，在为一本收录少数民族作家传略的书提供的一份自传中，沙蕾写了他于抗战时期所做的社会工作，然后跳跃至抗战胜利，中间在兰州的那一段生活情状，是一个空白，看来他是有意识地回避或忽略。"可参看白草：《陈敬容〈牺牲节〉关于回族节日的描写》，《回族研究》2008年第4期。

③ 李存光：《回族现代文学文献题录初编·前言》，社会科学文献出版社2017年版，第31页。

④ 沙凤寰、朱征骅：《诗人沙蕾》，《宜兴文史资料》第18辑，1990年，第244页。

⑤ 《陈敬容诗文集·陈敬容生平及创作年表》中"1941年年底，大女儿沙灵娜在兰州出世"的判断在时间上有误，至迟在1940年11月，沙灵娜已然在兰州出生。可参阅沙蕾在《甘肃民国日报·生路》1940年11月27日第183号发表的《生命的诞生》一文及同期发表的陈敬容为女儿翻译的儿童诗《颜色》《熟睡》。

⑥ 贾东方：《流徙者的英雄情结和精神原乡——抗战时期西北流徙文学论》，《兰州大学学报》2018年第3期。

翻阅所有现存抗战时期兰州地区的重要报刊，笔者认为，第一次公开明确提出西北文艺要和抗战文艺以及西北地域相结合的，应该是在萧军主编的《甘肃民国日报》"西北文艺"副刊于1938年6月3日发表的《西北文坛的珍品》一文，该文呼吁："西北无疑地要产生伟大的文艺作品，因为有着万里长城，有九曲黄河，有五千年不断的民族斗争史。便是春风玉门，夜月金塔，饮马临洮，骑鹤崆峒，也应该有名著出现……我希望西北的人们，别忘却了自己的家珍。东来开发西北的人们，别忽略了历史的珍贵，地埋的神奇。西北原是龙虎斗争之场，不少抗战的资料，开拓我们的胸襟，激荡抗战的情怀。我们似乎要抓住西北的特点，才容易呈现真的新的西北文艺。"①令人叹息的是，这样的理念却被淹没在抗战初期的口号式战斗文艺大潮中，未能真正在创作上展开实践。

此后，迟至1938年11月20日，一平、唐鸟等人才在《关于西北文化运动诸问题》一文中对于抗战中"西北文化运动"的重要性意义进行了阐述，以坚定西北人士对于文化运动的信念——"（1）阐扬抗战意义，指示抗战前途。（2）提高战斗情绪，巩固团结力量。（3）批判一切错误的理念，建立正确的理论。（4）扩大国际宣传，揭发敌人阴谋。"②当然，他们还分析了"西北文化运动"成为潮流化运动的多重原因：（1）东南城市沦陷，西北地区的文化人不断增加，文化运动随之活跃起来。（2）文化人到西北以后，第一步工作，就是成立各种文化团体。（3）文化运动在西北具体的表现，是刊物杂志的发行，已出者就有《现代评坛》《抗敌》《西北青年》等十数种。（4）救亡团体的活跃，其中最活跃的就是救亡话剧不断地演出，如西北抗战剧团、血花剧团、平津学生剧团等。同时，他们还指出西北文化运动存在的"缺乏统一的组织""缺乏建议批评的精神""大众文化工作的不够"等问题，并进行了"建立西北文化中心""沟通中苏文化""联合西北各民族"的未来展望。③

抗战时期兰州地区的"西北文化运动"从来不是故步自封的区域性现象，而是全国文化运动的一部分，并得到了萧军、茅盾、老舍等知名人士的关注与支持。茅盾来兰州时，曾对访问的记者谈及"中国文艺作家的大团结问题"，并且希望把西北文艺联结起来。针对兰州没有"文协"分会及其他统一组织的境况，茅盾曾委托"文协"云南分会的负责人楚图南，联系帮助兰州的文艺工作者，和战地文化服务团的同志一起，筹备发起并成立"文协"的甘肃分会。

---

① 宜中：《西北文坛的珍品》，《甘肃民国日报》1938年6月3日。
② 一平、唐鸟等：《关于西北文化运动诸问题》，《现代评坛》第4卷第4、5、6合期（1938年5月20日）。
③ 同上。

老舍也非常热心地帮助西北地区的文艺界人士开展相关的文学活动，并给予指导。老舍在兰州时讲过："以兰州来说，物质条件不够，人力不够，一切和重庆、成都差不多，当前的急务，是能做到精神上的联合就很好了。"①老舍认为，迫切的工作是在甘肃的文学中心兰州成立通讯处，和文协总会取得联系，否则无人帮援，将无法取得成就。同时，他还建议"文协"把各地图书的供给，飞速寄达西北各地，加强联系，增进感情。②

1939—1941 年间，《现代评坛》针对西北地区的文艺，以专刊的方式进行了"文章下乡与文章入伍""街头诗与诗歌朗诵化、通俗化""通俗文艺与大众化、民族化、地方化"等问题的专题讨论。随后，《甘肃民国日报》《西北日报》也参与其中，陆陆续续发表了推进"西北诗运""西北剧运""西北民歌搜集"活动的系列文章，掀起了一场规模较大的"西北文化运动"。可见，抗战时期兰州地区的"西北文化运动"，是一场从散落到聚合的、有全国性视野的、政治人士与知识群体共同参与的运动。

在这场风起云涌的"西北文化运动"之中，沙蕾虽然并非是首倡者，但却是重要的推动者之一。初到兰州，沙蕾就感受到了抗战带给西北地区的变化——首长们积极倡导"开发西北""建设西北"、民众们幡然醒悟家国命运与自身的关联性、各方面的优秀分子陆续走向西北等诸多因素，使得短短几年间西北地区就形成了军民合作、民族谐和、学校林立、刊物蜂拥等活泼的崭新的面目。饱吸着西北文艺氛氲的沙蕾，禁不住感喟："于如此密布着文艺气息的西北，文艺运动的展开是那么必要而急切……一切的迈进都须文化作为先导，而文艺在一切文化中又有着最热烈的气质，我们要积极地展开西北的文艺运动。"③

沙蕾认为"所有的运动都须有着集团的力量，整齐的步伐方能显著收效是早成定论了，自然文艺运动不在例外，抗战以来全国文艺界抗敌协会早经成立，且有着许多炫缦的功绩，在西北，文艺运动在这个体系上展开而具体化是正确且必要的"④。沙蕾呼吁西北的文艺工作同志携手合作，一起来建立全国文艺的西北组织，"首先在西北中心的兰州，渐次扩向西北的每一角落。当西北的文艺青年有着自己的组织，再有自己的刊物，于互相观摩，互相砥砺的影响下，以西北的□□□⑤调而完成的□时西北文艺，一定能

① 老舍：《两年来抗战中的文艺运动》，《现代评坛》第 5 卷第 4 期（1939 年 10 月 20 日）。
② 参看《现代评坛》1940 年第 5 卷第 4 期"文化动态"。
③ 沙蕾：《建立西北文艺组织的必要》，《现代评坛》第 6 卷第 5 期（1940 年 11 月 20 日）。
④ 同上。
⑤ 本文中"□"系因原始报刊文字漶漫不清，难以辨认所致，下不赘述。

蔚为大观。"①

彼时的兰州文艺界，经常有一些私人的文学沙龙、山居雅集活动。陈敬容、沙蕾夫妇的家中，经常以咖啡招待友人，陈敬容还有时即兴朗诵一些法国象征作者的诗，抑或发表一些关于诗歌创作的理论观点。诗人王亚平于1940年到兰州出差时，兰州诗歌界的朋友在沙蕾、陈敬容夫妇家里，举办了一个诗歌晚会欢迎他，出席的有丘琴、红薇、冯振乾、禾丰等，大家不仅尽兴地朗诵了自己的诗，还探讨了抗战诗歌问题②。沙蕾还经常在兰州五泉山聚集一些诗友如李泊、李白林、燕声、舒映槐等谈文论艺，聊至深夜方才尽兴而散。沙蕾主持《西北日报》的"绿洲"文艺副刊期间，还发表了不少他们彼此之间酬答送别的诗文，如李泊《灯——赠沙蕾》、映槐《读诗夜》（读沙蕾诗归来写于深夜之五泉山）、沙蕾《送李泊》、李白林《夜歌——给沙蕾》、舒映槐《送李泊》、李泊《留别——赠沙蕾、映槐》、燕声《送李泊》、新民《送李泊》等，可谓之"五泉山诗人群"。

可以看出，沙蕾是抗战时期兰州文艺界非常活跃的一位作家，创作时间也较长，同时在西北地区文艺事业的推动方面也有自己的贡献，他大力提携青年作家，不断改变着西北地区现代文学的冷清寥落面貌。当然，沙蕾本人在西北地区的诗文创作，也颇具特色——不仅有投身于民族大业的"抗战诗歌"，也有纯艺术的唯美篇章以及浮世颓文，可谓是"唯美—颓废主义"文学思潮在抗战大后方所绽放的一朵奇诡之花。

二、激越的"抗战诗篇"：家国危难中的民族身份融合

沙蕾是"回族文化运动"所产生的第二批作家之一，也是回族现代文学中最为重要的诗人。回族现代文学，由于"回教文化运动"的普及、回族学子海外留学、现代回民学校的兴办等多重原因，在"五四"新文化运动所触发的时代风潮中，就陆续创办了《清真周刊》《中国回教学会月刊》《伊斯兰青年》等大量白话汉语报刊，文学创作人数之多，作品题材、体裁的丰富程度，在整个现代少数民族文化史上可谓是独领风骚。

早有学者论及，回族现代文学在肇始时受"五四"新文化运动影响，更多表现的是民族自觉的现代意识，立足于个体民族本位，以教育启蒙为己任，表现出强烈的现实针

---

① 沙蕾：《建立西北文艺组织的必要》，《现代评坛》第6卷第5期（1940年11月20日）。
② 王谓：《王亚平诗史》，《诗探索》2007年第1期。

对性，已经有着与新文学接轨的倾向[1]。在这种情境之下，第二批回族文学作家如沙蕾等人开始创作的时候，汉语白话的运用已经相当娴熟，他们不一定直接表现回族的信仰、生活、习惯、感情，但眼界和交往却因之而扩大，思想艺术也得到了更好的锤炼，体现了汉族文学与回族文学的密切交流与天然融合。沙蕾等第二批回族作家更为人所熟知的机缘，正在于他们超越了民族自身的局限，开始在生存环境、时代主潮影响下，表现中国人的普遍情怀。

抗战爆发以后，整个中国的国民都被席卷到这一时代洪流之中，作为中华民族成员的回族也是如此，他们的命运和国家的存亡紧密地联合在一起。作为回族代言人的回族现代作家，也开始融合到抗战时期"救亡图存"的宏大合唱之中，创作了大量充满战斗精神、高昂热切的抗敌诗篇。恰如一首诗中所写："我们信回教，／我们是中国人：／说中国话，／写中国字，／脉道里流着中国人的血，／这块土地上有我们祖宗的坟！／我们不是客，／我们是主人！……假如中国不幸灭亡，／我们逃到天涯海角也是亡国奴！敌人的炮弹毒瓦斯，／并不认得谁是穆斯霖！"[2]沙蕾于重庆主编《回教大众》时，也明确地在创刊号宣告"我们是中国的教徒，同时也是中国的国民"[3]，以"中华国民"的姿态而非单一的回族民族意识介入其中，呈现出民族性与时代性融通的面貌。

抗战初期，沙蕾参加了"文协"，在《抗战文艺》《大公报》《新华日报》等各大报刊发表了大量抗战诗歌，以愤懑的笔触，控诉日寇对华侵略行径，号召国人奋起抗战。此外，作为"文协"的发起人之一，沙蕾还和胡风、老舍、茅盾等人一起组织和参加了"诗歌晚会"，讨论抗战诗歌的特征、诗与歌的关系、诗歌的语言等问题，检讨了抗战以来诗歌发展的成败得失，并积极推动着抗战诗歌运动的开展。

沙蕾对现实的积极介入姿态，直接来自于家国危难中的时代感召，他的创作心理、姿态以及作品题材、风格，都受到这场民族解放战争的直接影响，正如沙蕾一首诗题所云——《在火药味中，我们诞生了》："我们将汹涌的热血／奔腾的生命／注射于垂毙的家邦。"[4]沙蕾不断抒写着郁积于胸腔的愤慨之火，在他看来，敌人是"纵火者"，用蔓延的火焰，将祖国的土地烧成枯焦，变成断垣废墟，然后尽情狞笑；"我们"曾在火中哭泣，但我们更应在火中觉醒，给予纵火者以火，让这些侵略之"狼"听到他们自己的哭泣，

---

① 苏涛：《民族表达与家国认同——现代回族文学的话语演变》，《民族文学研究》2016年第3期。

② 益岂：《起来穆斯霖！》，《晨熹》第3卷第1期（1937年1月15日）。

③ 沙蕾：《发刊的意义》，《回教大众》创刊号（1938年2月25日）。

④ 转引自李佩伦：《绿野沉思：李佩伦文集》，山西古籍出版社1994年版，第257页。

完成以眼还眼、以牙还牙、以火还火的复仇——"火 / 延烧着—— / 枯焦的禾, / 断垣, / 废墟, / 狞笑的火! / 我们在火中 / 哭泣, / 又从火中 / 退出。/ 但今日, / 火在我们的 / 胸中, / 颊际 / 喷出。我们予纵火者 / 以火 / 我们听到 / 火的呼号, / 狼的哭泣。更高地举起, / 火!"①

受到抗战的感召, 彼时不少的回族青年组织成"铁骑军", "骑着最威武的骏马 / 持着最新式的武器 / 背着明煌煌的大刀 / 兴高采烈地 / 走向民族解放的战场"②。"七月派"诗人牛汉就曾热情地歌咏着这些回族的勇士——"他们是爱武的民族 / 骑上骆驼 / 迎着扑面的风沙 / 舞起进火的长剑 / 去追踪当年 / 穆罕默德不朽的灵魂 / 像血的太阳 / 像血的心 / 燃烧 / 舞踊…… / 用敌人的血 / 去痛浴洗净礼 / 让仇敌在长剑下 / 泣血而忏悔"。③

沙蕾也歌咏着这些民族解放的先头兵, 但却明显凝聚了自己独特的抒情诗学角度, "当白日 / 吐着火, / 当黑夜 / 吐着烟, / 我通过火, / 通过烟, / 向□林, / 椰子林, / 草原, / 白杨林和枣林 / 驰去! / 我和我的棕色马, / 吐着火 / 吐着烟 / 再会啰 / 我的姑娘 / 宽□帽, / 宽□, / 白色围裙, / 眼睛, / 眼睛…… / 你的祝福 / 我渴意的 / 胸口, / 你的怨艾 / 你的叮咛…… / 白日 / 舞着, / 黑夜 / 歌着, / 我的旗帜 / 和光在前面 / 招展! / 我属于□里年轻的 / 轻骑队, / 我是火! / 我是烟!"④这种基调, "寥寥数语, 既包含了战争年代的英雄主义情绪, 也展现了青年恋情的微妙缠绵, 发掘了特定环境中的人情之美, 清新优美"⑤, 是"战争抒情文学"中的优秀作品。

此外, 沙蕾在"抗战诗歌"的书写中, 还以超越民族的眼光, 尽情赞美着全世界爱好和平的人们——他致敬曾至重庆祝愿新中国胜利的尼赫鲁, 认为他的"棕色的微笑, / 宣示未来国土的光明", "中印的愉快的交流 / 将是世界的新的乐曲; 战斗, 自由, 和平, / 从古老的弦上飞进"⑥; 他热情呼吁着人们共同在古老的琴弦上弹奏战斗、自由、和平的世界新乐章, 东方、西方互献和平的友谊之花, 黎明的曙光在新的世界冉冉上升: "中国, 印度, 英国, / 如太平洋, 印度洋, 大西洋 / 密密地联系着, / 且激起新宇宙的主潮。/ 往日的锁链必须解去, / 此后, 东方与西方 / 互献的是和平的 / 友情之花。/ 让欧洲与远东的大盗 / 在我们的合唱下沉沦; / 长江, 恒河, 泰晤士河畔, / 黎明冉冉地

① 沙蕾:《火》,《西北日报》1942年3月11日。
② 沙蕾:《年轻的轻骑兵》,《甘肃民国日报》1943年7月2日。
③ 牛汉:《西中国的长剑》,《现代评坛》第6卷第12至17合期（1941年5月5日）。
④ 沙蕾:《年轻的轻骑兵》,《甘肃民国日报》1943年7月2日。
⑤ 邵宁宁:《星空的呼喊》, 甘肃教育出版社1997年版, 第89页。
⑥ 沙蕾:《致尼赫鲁同志》,《西北日报》1942年3月5日。

上升。"①

　　或许在沙蕾等回族现代作家的意识中，表达世界和平的愿景，书写"中国人"的悲欢离合、爱憎情仇，与表达回族民众的生活、情感之间是相通的命题，这或许也是抗战时期回族文学的一个特征，正如一位学者所言，"启蒙于'五四'的现代回族文学在经过革命文学的洗礼后，终于在抗战的时代大势下与主流文坛完成了对接，从'五四'到抗战，现代回族文学完成了从民族想象到家国叙事的历史转身"②。诚然，作为回族现代文学的第二代作家，沙蕾在参与书写中华民族共同心理、情感的过程中，已然完成了民族身份与家国归属的融合，寻求并演变了回族文学的"现代意义"。

　　然而，或许是太过于专注与时代主潮融合的缘故，沙蕾等回族青年作家也一时无暇顾及笔下对于自身少数民族特色的描绘，"凸显了文学关照社会人生的普遍性而有意无意地遮蔽了作品的民族特质"③的现象，同样明显地存在于沙蕾等回族作者身上，这也不能不说是一种遗憾。

三、"唯美—颓废之花"：偏寓西北的抒情篇章与浮世颓文

　　在晚年时，诗人沙蕾曾写信给后辈友人喟叹："诗当然是要写的，可我实在写不过三四十年代的水平，怎么办？"④止庵曾评价道："我觉得他写于四十年代的那些诗，可以说是完全独出心裁，无论在表现情感的深度上还是在对于美的追求上，都是新诗史上少有的杰作。沙蕾之为沙蕾，差不多就因为这些诗；这些诗别人很少写得出来，对于沙蕾来说也是如此——他晚年虽然竭力要写出好诗，毕竟今非昔比。但他有这些诗，一生也就够了；对这一点他自己也知道，在给我的信中说过：'我一直有这样的想法：我已写了不少可以流传的诗，对己对世，都可以交代了。'"⑤可见，回族诗人沙蕾最为看重的，还是他在1940年代所创作的诗歌，特别是1939—1946年间侨居西北时期的诗作。这些诗作，虽然有少数几首曾被收录在一些诗歌选本，且1984年在《新月》上以"诗十九首"为题刊出过一部分，但以更全面的形态留存的，还是1940年代西北地区文艺报刊所刊载的篇目。

---

① 沙蕾：《献诗》，《甘肃民国日报》1942年2月28日。
② 苏涛：《民族表达与家国认同——现代回族文学的话语演变》，《民族文学研究》2016年第3期。
③ 李存光：《回族现代文学文献题录初编·前言》，社会科学文献出版社2017年版，第15页。
④ 止庵：《插花地册子》，新星出版社2016年版，第46页。
⑤ 止庵：《雨脚集》，上海辞书出版社2016年版，第37页。

就沙蕾的文学历程而言，流徙西北并侨居兰州是一次重要的转型时期，或许因为兰州是大后方城市，很少直接受到战争的侵袭，再加上沙蕾正沉浸在新婚的甜蜜、喜悦之中，这时的沙蕾很大程度上把精力投入到"浪漫的抒情诗作"之中，吟咏着诗与生命的美丽光华。

诗人的抒情诗作，淋漓尽致地表达着新婚的甜蜜与欣悦之情，幻想着如诗般的美妙生活——"我们将驾着云彩远扬""我们将筑室于水中""绿荷覆盖屋顶""紫檀四壁闪光""满堂兰椒香草""门庭蒸腾着馨香"，生命如斯，夫复何求，诗人感慨着："啊，生命将如流般消亡，/让我们无忧地逍遥、徜徉！"①

当大女儿沙灵娜于兰州诞生，甜蜜的情感有了生命的结晶时，沙蕾也礼赞着生命本身的奇迹："生命与生命的融合，另一生命的诞生。"这是多么的神奇呀，这真是人生的大秘密！""一个生命诞降了，如此精纯的啼声，如此欢愉的欠伸……风雨已褪去，剩下的只有生命的欢呼，微笑，只有感赞。"②

沙蕾在私下里，曾自命为"世界第一抒情诗人"③。彼时一些兰州文艺界圈内人士也不无恭维地说："再没有一个有如我们'沙蕾'先生这个名字，再像诗人名字的了。事实上，在兰州圈内。'沙蕾'和'诗人'两者，也始终分不开，读过沙蕾先生诗的读者们，自然看得出沙诗的内容重在抒情，沙诗的形式欢喜叠韵，没有半点八股味儿。沙先生也常以抒情诗人自豪。"④

沙蕾借雪莱的诗论来表达着自己所认同的抒情诗学理念，"诗是表现于永恒真实中的人生之形象。诗向来是和快乐结伴的！诗给予人心一个储藏所，成千的未被理解的思想都在那里配合起来，因此就唤醒人心并且扩大人心的领域。世上本有着隐藏着的美，诗却揭开它的面纱。诗灵之火，仿佛是一种更神圣的本质深入了我们自己的本质。"⑤

沙蕾所理解的"诗人"的使命，要"能用这个世界中缥缈无定的颜色，来渲染他们所综合的一切，他可以拨动那着迷的心弦，而在那些曾经体验过这些情绪的人们中重新激起甜睡的，冷却的，或埋藏了的过去的影像"⑥。

因此，沙蕾的诗作，多着意于生命中的一景、一事、一感、一悟式的碎片，连缀拼

①　沙蕾：《湘夫人》，《甘肃民国日报》1940 年 10 月 31 日。
②　沙蕾：《生命的诞生》，《甘肃民国日报》1940 年 11 月 27 日。
③　佚名：《四十九个——兰州圈内画像（九）》，《甘肃民国日报》1943 年 5 月 30 日。
④　佚名：《四十九个——兰州圈内画像（五）》，《甘肃民国日报》1943 年 5 月 16 日。
⑤　沙蕾：《雪莱诗论》，《现代评坛》第 6 卷第 5 期（1940 年 11 月 12 日）。
⑥　同上。

接起来，构建完成一幅属于自我的生命图景——在月琴之夜，聆听歌者轻轻撩拨琴弦，化成心头开放的一朵茉莉；在深秋时节，凝视"一双哀怨的眼"，在"声声苦雨"中闪动着"迷途者的泪"；在黄昏时分薄暮的光中，看着姗姗离去的倩影与片片枫叶的凋零；在深暗的一角，带着寒冷与空寞的心绪，等待雨中的足音；在深冬之际，沐着晨光送别友人，悬念着海面的帆和云端的翼；在漆黑的阴影里，聆听吹箫人的苦情叹息，眼泪如潮；对于生命本身的爱与悲伤，诗人把它们转化为默默的诗绪："日月老去，星辰流徙/阴暗的火炬在天际/于是在闹市，在林野/我夜夜倾听溪水的幽咽。"④

这一时期沙蕾的创作，很难再看到抗战初期的"家国"主题，反而更多的是对于生命、世界的审视与感喟，在某种程度上也为现代诗带来了沉思吟味的创作格调，诗人的每一首诗几乎都是灵感源泉自然流淌出来的，即兴抒怀，带着淡淡的感伤，"用极自然的短句，流利的写法，表达出深沉的情绪"②，"如此美而深刻，美而新奇，实在很是罕见"③。可以说，正是在对于生命魅力的感悟和对诗歌艺术执着的探索中，沙蕾完成了对于呐喊式抗战诗歌的超越，也实现了从外在的国家民族到内在的自我生命的回归。

当然，沙蕾并没有完全停留于这种浪漫抒情诗学，而是在这一时期出现了向"唯美—颓废主义"转变的倾向，他写出了波德莱尔式的诗作："倾圮的世纪；/俗尘，血腥，妖灵；/黄雾升起，/诗篇凋零！/鸦群扑开/噩梦的网，/飞翔又哀号，哀号又飞翔！/在辽远的荒郊，/石像的唇角，/挂着一滴/荒凉的笑！"④

在一个战争的时代，逃避到个人的艺术世界里，本身就是苟存全身的理想所在，更何况战争期间的悲惨景象又会直接促使敏感的诗人去体悟个体生命的短暂、有限性。既然命运如斯，难以摆脱永恒的困境，诗人对于人生的虚妄体验也就被加以放大了。"人生是怎样寥落的歌"，"我们有意地汹涌/散发着生命，也遗去了生命/水的意义，火的意义/生生不息的土的意义/终于，透明地，消失了形体"⑤，"在人世的海洋里/扬着帆，唱着歌，/闪□着灵魂和肉体；/憔悴的花冠，憔悴的眼波/□□□我的怀里"⑥，或许正如解志熙先生所言，"当人自觉到颓废乃是人生以至文化和历史的宿命并因而成为颓废主

---

① 沙蕾：《默默的河》，《甘肃民国日报》1945 年 10 月 21 日。
② 吴重阳、陶立璠：《中国少数民族现代作家传略》（续集），青海人民出版社 1982 年版，第 186 页。
③ 止庵：《插花地册子》，新星出版社 2016 年版，第 46 页。
④ 沙蕾：《石像的笑》，《现代评坛》第 6 卷第 3、4 合期（1940 年 10 月 26 日）。
⑤ 沙蕾：《生命（外一章）》，《甘肃民国日报》1945 年 10 月 21 日。
⑥ 沙蕾：《航海》，《西北日报》1945 年 12 月 9 日。

义者以后，那么如何在日趋颓废的有限人生中获得最大的个人享乐便成了他们最为关心的问题"[1]。

既然享乐是最有效的麻醉剂，那么何妨玩世不恭？放眼世界文学，一战和二战以后的文学，都曾经在一段时间内，呈现出衰颓时代的"玩世主义"倾向，特别是在青年群体之中。沙蕾也是其中一员，玩世不恭、为人随性的沙蕾，在日常生活中也很随意，有钱任意花个痛快，没钱也甘之如饴[2]。或许正如沙蕾的女儿沙灵娜所言，沙蕾是一个"热情洋溢的诗人"，"但一生从不曾脚踏实地，仿佛是一位梦游者"，把"梦境看作真境，真境也看作梦境"[3]，沉溺于俗世的情欲之中无法自拔，最终迷失在浮世的繁华之中。

沙蕾同样把这种性情融合到他的创作之中，他眷恋着多情的女子"在薄暮的光中 / 你姗姗地走去 / 如倦于自己的花纹的蛇 / 懒懒地游去 / 金链在你的裸着的脚踝上 / 放射着夕照"[4]；掬饮着如蓝宝石、红宝石般结晶的生命之酒，纵情地狂欢，让欢爱与忧心在天际流；甚至沙蕾还在《尤物》[5]一文中追记于夜间在鹤色场所的相遇，洋洋自得，几乎完全褪却了抒情的脉脉面纱，呈献给读者的是"恐怖与佚荡交织的夜""蛇样的魅惑""高耸的胸部""圆软的胴体""神秘的妖冶"与"赤裸裸的肉感欲望"，没有任何的高雅和优美，几乎完全是宣泄生命苦闷和官能快感的内容。当然，比起单纯地对诗人沙蕾进行道德审视更为重要的是，沙蕾的此种创作反馈出来的是在西北文艺中所涌现出来的、现代文学中一批抒情作家、诗人曾共同心慕的"唯美—颓废主义"文学倾向。

当然，沉湎于人生和艺术的颓废之境，本身也是和"现代性的迷惘"有关，这也是中国现代诗歌发展的"现代主义倾向"之一。在回族诗人沙蕾的身上，一度为抗战时期民族风潮所遮蔽的声色眩惑、迷情趣味，再一次浮出历史的地表。我们似乎看到了郁达夫、郭沫若、邵洵美、叶灵凤……中国现代文学中的"唯美—颓废主义"文学思潮，于1940年代后期，在遥远的西北大地，绽放出一朵奇诡之花。

（作者单位：兰州理工大学文学院）

---

① 解志熙：《美的偏至：中国现代唯美·颓废主义文学思潮研究》，上海文艺出版社1997年版，第184页。
② 佚名：《四十九个——兰州圈内画像（五）》，《甘肃民国日报》1943年5月16日。
③ 沙灵娜：《怀念妈妈》，《诗探索》2000年第1期。
④ 沙蕾：《生命（外一章）》，《甘肃民国日报》1945年10月21日。
⑤ 按：原文见拙文《陈敬容的"忏悔"之音——早期佚文与离兰事件》，《新文学史料》2016年第2期。

开风气之先　树研究之示范

——纪念史念海先生逝世 20 周年

张伟然

各位师友、各位来宾：

时间过得飞快，不知不觉间，敬爱的史念海先生离开我们已经 20 年了。得知西安的师友们聚集一堂，重温先生的谆谆教海，缅怀先生的高贵品格，追思先生的创业历程，景仰先生的大家风范，我和中国地理学会历史地理专业委员会主任吴松弟教授，虽然因为防疫形势而不能与会，但从内心里感到十分激动。

史念海先生是中国历史地理学这个学科最重要的奠基人和开创者之一。他和谭其骧、侯仁之两位先生精诚团结，和衷共济，共同开创了历史地理学今天的这个局面。我们常说，中国现代的历史地理学是从传统的沿革地理发展而来的，创建于 1934 年的"禹贡学会"是中国历史地理学出现的标志。这是从学术共同体发展的角度来说的。如果我们着眼于科学内涵、研究范式，那么毫无疑问，从沿革地理到历史地理的转变是在上世纪 50 年代才真正实现的。在这一过程中，史先生起到了极为关键的作用。

史先生对于中国历史地理学的贡献是全方位的。学科理论方面，他从青年时代开始，就不断地在实证研究的基础上，对历史地理的学科性质、研究对象、研究方法加以探索。他关于历史地理学的理论阐述，迄今对我们仍具有指导意义。在研究实践方面，从历史自然地理到历史经济地理、历史聚落地理、历史城市地理、历史政治地理、历史军事地理、历史文化地理、历史人口地理等等，历史地理学每一个重要分支他都给我们留下了探索性的范例。其中要特别指出的是，历史经济地理，本来是沿革地理里面完全没有的内容，现在这一分支在历史地理学当中蔚然大观，已经又分出历史农业地理、历史交通地理、历史商业地理等分支，这个领域可以说完全是他开辟出来的。历史军事地理，在他之前几乎没有人研究，他的工作到现在仍然堪称独步。历史文化地理，在80年代以前被中断了30年，是他，率先为改革开放后的学术界开了一个新风气。

要逐一枚举史先生的贡献，在今天这样的场合，是一件不太必要的事。我想着重强调的是，我们今天用到的历史地理学的经典研究方法，有很多是史先生教我们的。他作为一位杰出的史学家，走出书斋，将实地考察等地理学方法与历史文献分析相结合，为历史地理学的研究方法做出了开拓性、示范性的贡献。他的这些创获，让谭其骧先生非常羡慕、佩服。

更重要的是，史先生广种桃李，培养了一大批历史地理学专业人才。现如今，史门弟子遍天下，不仅在西安以陕西师大为大本营形成一个历史地理学人才高地，而且从京城到各省，几乎每一省市都有史先生的亲炙学生和再传弟子。历史地理学能有今天这样的学科规模和人才队伍，应该说史先生的杰出贡献是无与伦比的。

为了培养人才，积累成果，史先生早在改革开放之初就以一己之力创办了《中国历史地理论丛》，并早早地将它转为期刊。到目前为止，它仍然是中国历史地理领域唯一的C刊，在学界享有崇高的声誉（有些学校将它列为A类期刊）。进入新世纪后，复旦史地所想为专委会主办的《历史地理》申请刊号，付出种种艰苦努力，直到三年前才如愿以偿。由此更不能不让人佩服史先生的高瞻远瞩。

很多事，无论做学问、做事还是做人，要过去很多年我们才认识到史先生的高明。我很庆幸，在1990年曾立雪史门，得到先生的教诲。虽然为时不永，但受用终生。因为这一缘分，每次看到史先生的名字，看到他的照片和手泽，我都从内心里感到亲切。

前两年，我有一次做梦梦见他。梦中是一次全国性的历史地理学活动，几十个人聚在一个大屋子里，史先生走了进来。就像我在学生时代见到他的那个样子。我跟他说："史先生，我饿了，请您给我炒一份年糕好吧？"这个要求现在想来简直很奇怪，而史先生居然满口答应，真的给我炒了一盘。我得意洋洋，端着那盘年糕满屋子显摆，请同人们分享。转了一圈，很多人都分享到了。

醒来之后，我非常感动。年糕，按中国传统的说法就是年年高啊。谁说史先生走了？他不是一直还活在我们心里吗？不还在我们的精神世界给我们提供源源不断的指导吗？有他英灵护佑，我相信，我们的历史地理一定会一年更比一年高的。

我深信。

（作者单位：复旦大学历史地理研究中心）

有用于世与整体观念：史念海先生
对黄河流域的历史地理研究和当代价值

王社教

内容提要：史念海先生秉持治学应"有用于世"的理念，一生中将绝大部分精力都放在黄河流域的历史地理研究上，做出了许多开创性的贡献，其在黄河流域历史地理研究中贯穿着一个核心理念，即整体观念。其研究成果无论是在学术研究领域，还是对于黄河流域的生态保护和高质量发展，至今仍然具有重要的价值。

关键词：史念海；黄河流域；历史地理；当代价值

史念海（1912—2001），字筱苏，山西平陆人，中国民主促进会会员，曾任中国民主促进会中央委员、陕西省委员会主委，是我国著名历史学家，中国现代历史地理学三大奠基人之一。史念海先生秉持治学应"有用于世"的理念，一生中将绝大部分精力都放在黄河流域的历史地理研究上，做出了许多开创性的贡献，其研究成果无论是在学术研究领域，还是对于黄河流域的生态保护和高质量发展，至今仍然具有重要的价值。

一、有用于世：史念海先生黄河流域历史地理研究的出发点

史念海先生的学术历程，从研究对象、领域、旨趣和方法看，有过几次重要的变化。但无论如何变化，"有用于世"一直是史念海先生治学的宗旨，从先生的第一部历史

地理著作《中国疆域沿革史》^①出版，到稍后不久《中国的运河》的撰写，再到新中国建立后黄河流域历史地理的研究，以及上世纪80年代号召相关学科的学者创立中国古都学会，无不体现出先生对历史地理学有用于世作用的思考。可以说，史念海先生每一次研究领域的转换，都是为了更好地服务社会经济发展的需要。

《中国疆域沿革史》写于上世纪30年代日本全面侵略中国之时，在"绪论"中，史念海先生这样介绍本书撰述的缘起：

> 吾人处于今世，深感外侮之凌逼，国力之衰弱，不惟汉唐盛业难期再现，即先民遗土亦岌岌莫保，衷心忡忡，无任忧惧！窃不自量，思欲检讨历代疆域之盈亏，使知先民扩土之不易，虽一寸山河，亦不当轻轻付诸敌人，爰有是书之作。^②

正是因为日本的侵略和深感国家民族到了危亡的时刻，激发了先生此书的撰写。

稍后不久，史先生又出版《中国的运河》，该书之作则是源于先生对历史地理学有用于世的作用更进一步的思考，他在1988年陕西人民出版社修订版出版时记述本书撰写的动机时说：

> 作为沿革地理学就容易引起这样的问题：其一，沿革地理学的研究是以探索地理的建置沿革为主，如何能够说明历史时期地理现象的变迁？其二，沿革地理学如何能够为世所用？……那时，我所能够探索到的，也只有下列两点：其一，沿革地理学诚然在历史地理学中居有一定的地位，从事历史地理学的研究却不应仅限于沿革地理学的范围。如何才能超出这样的局限？由于当时对历史地理学的学科性质和有关的范畴尚未有明确的论定，还难说得具体。好在已经注意到事物的变化，应该据以说明变化的缘由及其过程和影响。这样就可以稍稍轶出沿革地理学的旧规。其二，我逐渐体会到像历史地理学这样一门学科不仅应该为世所用，而且还应该争取能够应用到更多的方面。一门学科如果不为世所用，那它是否能够存在下去，就成了问题了。历史上曾经有过若干绝学，最后终于泯灭无闻。沦为绝学自各有其因素，不能为世所用可能是其中一个重要原因。^③

① 顾颉刚、史念海合著，商务印书馆1938年出版。
② 顾颉刚、史念海：《中国疆域沿革史》，商务印书馆1999年版，第3页。
③ 史念海：《中国的运河》，陕西人民出版社1988年版，第1—3页。

1992 年，史念海先生发表《发挥中国历史地理学有用于世的作用》专文，对历史地理学有用于世的作用进行了系统的阐述。他在对历史自然地理和历史人文地理各个部分一一举例说明其具有有用于世的作用之后，强调说：

> 作为一门学科，是应该为世所用的。如果不能为世所用，就难得存在下去。自来有些学问被称为绝学。绝学有两种解释：一种是宏伟独到的学问，一种是失传的学问。宏伟独到的学问当然应该继续发扬，使之更显得光辉。至于失传的学问，失传的原因可能不一，其中一条应该是不为世所用。既然不为世所用，失传了也不会使人感到可惜。可以想见，为世所用是一门学科能否长期存在并且发扬光大的关键所在。中国历史地理学本来就是一门为世所用的学科，问题是如何发扬光大，使它更易为世所用，使它更能发挥出为世所用的作用。

> 当前我国正处于改革开放时期，全国上下皆在努力建设，无论物质文明还是精神文明，都是日新月异，节节升高，确是难得的盛世。从事中国历史地理学研治的学者，恭逢盛世，对当前的建设添砖加瓦，是不容再事稍缓的了。中国历史地理学是一门有用于世的学科，应该使它发挥出更多更大的作用，永葆青春，永盛不衰！[①]

史念海先生对黄河流域历史地理进行专门的研究可以追溯到 1941 年于《西北资源》上发表的《关中水利与西北盛衰史之研究》[②]，该文主要论述历史上关中水利事业对于西北盛衰的重要性。而对于黄河流域历史地理进行系统的研究则是在 1949 年中华人民共和国成立以后。1958 年先生发表了《释〈史记·货殖列传〉所说的"陶为天下之中"兼论战国时代的经济都会》[③]，1959 年发表了《开元天宝之间黄河流域及其附近地区农业的发展》[④]，1960 年发表了《三门峡与古代漕运》[⑤]，1962 年发表了《战国至唐初太行山东经济地区的发展》[⑥]，1963 年发表了《古代的关中》《黄河流域蚕桑事业盛衰的变

①　史念海：《发挥中国历史地理学有用于世的作用》，《中国历史地理论丛》1992 年第 3 期。
②　史念海：《关中水利与西北盛衰史之研究》，《西北资源》第 2 卷第 1 期，1941 年。
③　史念海：《释〈史记·货殖列传〉所说的"陶为天下之中"兼论战国时代的经济都会》，《人文杂志》1958 年第 2 期。
④　史念海：《开元天宝之间黄河流域及其附近地区农业的发展》，《人文杂志》1959 年第 6 期。
⑤　史念海：《三门峡与古代漕运》，《人文杂志》1960 年第 4 期。
⑥　史念海：《战国至唐初太行山东经济地区的发展》，《北京师范大学学报（社会科学版）》1962 年第 3 期。

迁》①。进入 20 世纪 70 年代，先生更是发表了《周原的变迁》《历史时期黄河在中游的下切》《历史时期黄河流域的侵蚀与堆积》《历史时期黄河在中游的侧蚀》《论泾渭清浊的变迁》《历史时期黄河中游的森林》《论两周时期黄河流域的地理特征》等一系列鸿篇巨著②，并在此基础上发表了《黄土高原的历史变迁与当前的治理方针》③《黄河中游森林的变迁及其经验教训》④《由历史时期黄河的变迁探讨今后治河的方略》⑤《论黄土高原的治沟和治水》⑥等与国家重大战略有密切关系的政策建议，体现了先生一贯的现实关怀和开展黄河流域历史地理研究的出发点。

史念海先生在《黄土高原历史地理研究·前言》中曾明确说到为什么坚持不懈对黄河流域的历史地理进行研究：

"1972 年，陕北榆林及其附近地区遭遇灾荒，中央几路运粮接济，其中一路经过柳林、吴堡。我在宋家川黄河桥上停立许久，亲眼看到每隔几分钟即有一辆运粮车通过，所运输的粮食应该是很不少的，可是还不够用。这也显示当地人口的增多。灾荒之年如此，就是非灾荒之年，当地的粮食也还是欠缺的。粮食显得缺乏，当地的农民却是非常勤劳的。也是在 1972 年，我到绥德的九里山。承乡政府的盛意，派了引路的人员，登上山头，我看到对面的沟边岸边，有两排新修成的梯田，每排 22 层，梯田面积都不很宽阔，费力都不在少数。我问引路的人员，是哪一个村庄修成这样好的梯田？引路人说，就是他的村庄。这个村庄全劳力半劳力都算上，只有 76 个人，用了一个冬天，就修成这 44 层梯田。听到这样的述说，使我十分感动，感动得都流下泪来。就是这样的勤劳，每年所收获的还是不够食用。这能说不是一个严重的问题？""这样严重的问题应该得到解决，而且必须得到解决。为了想方设法解决这样的问题，应该更多更细致地了解具体情况。这就使我继续在黄土高原奔波跋涉。……我是从事历史地理研究的，只能从这一方面着力。"⑦

①　史念海：《古代的关中》《黄河流域蚕桑事业盛衰的变迁》，《河山集》，生活·读书·新知三联书店 1963 年版。
②　史念海：《河山集·二集》，生活·读书·新知三联书店 1981 年版。
③　史念海：《黄土高原的历史变迁与当前的治理方针》，《黄土高原水土保持农林牧综合发展科研工作讨论会资料选编》，1979 年。
④　史念海：《黄河中游森林的变迁及其经验教训》，《红旗》1981 年第 5、6 期。
⑤　史念海：《由历史时期黄河的变迁探讨今后治河的方略》，《河山集·二集》，生活·读书·新知三联书店 1981 年版。
⑥　史念海：《论黄土高原的治沟和治水》，《中国历史地理论丛》1985 年第 2 辑。
⑦　史念海：《黄土高原历史地理研究》，黄河水利出版社 2001 年版。

二、开创奠基：史念海先生黄河流域历史地理研究的主要成就

史念海先生对黄河流域历史地理研究的成果丰硕，涉及的内容十分广泛，先后发表专篇论文数十篇，出版《黄土高原森林与草原的变迁》①《黄河流域诸河流的演变与治理》②《黄土高原历史地理研究》③等专著多部，研究领域包含黄河流域河流水系的变化和河流流量的演变、黄河流域植被的变迁、黄土高原原面的变化和沟壑演变、黄河流域农牧业生产兴衰、交通道路、城市地理、军事地理、黄土高原的水土流失和生态保护等多个方面，在很多领域都做出了开创性的贡献。邹逸麟先生曾在《黄河流域环境变迁研究中的重大贡献——恭贺史念海先生 80 华诞》一文中说："我个人认为史念海先生在黄河流域环境变迁方面的研究大大超过了前人的水平，有着十分重要的学术意义和现实意义"，"因为没有人做过具体的调查研究，对历史时期黄河中游环境的变化、水土流失程度，大家头脑里还都是一片空白，没有形成具体形象的概念。70 年代以来史先生在历史时期黄河中游侵蚀问题上的探索，填补了这个空白，开创了研究黄河的新局面、新路子，对整个黄河流域环境变迁研究，做出了卓越的贡献。""他在黄河流域历史地理研究的贡献，概之如下：（1）从着重研究黄河下游河道变迁的传统，转到着重研究黄河中游的环境变迁，抓住了黄河流域历史地理问题的关键，将黄河研究提到了一个更深层次的水平。（2）将历史时期黄河流域作为一个整体来研究，将黄河中游的侵蚀与下游堆积联系起来研究，于是黄河流域的环境变迁的前因后果就由此十分清楚，并成为一个完整的课题，引导有志于此者做进一步的深入，使黄河研究进入了一个新的阶段。（3）在侵蚀和堆积方面计量的研究，将历史时期黄河流域环境的变迁具体化、数量化，为今天认识黄河流域环境形成提供了重要素材，同时也为治理和改造黄河流域环境提供了极为重要的参考资料。因此，不仅有着重要的学术意义，也同样有着重要的现实意义。"④

总体而言，史念海先生对黄河流域历史地理研究的成就主要体现在以下 3 个方面：

1.详细复原了黄河流域历史自然地理和历史人文地理的变迁过程

黄河流域是中华文明的重要发祥地，直到南宋以前，我国的政治、经济和文化重心

①　史念海、曹尔琴、朱士光：《黄土高原森林与草原的变迁》，陕西人民出版社 1985 年版。

②　史念海：《黄河流域诸河流的演变与治理》，陕西人民出版社 1999 年版。

③　史念海：《黄土高原历史地理研究》，黄河水利出版社 2001 年版。

④　邹逸麟：《黄河流域环境变迁研究中的重大贡献——恭贺史念海先生 80 华诞》，上官鸿南、朱士光主编：《史念海先生八十寿辰学术文集》，陕西师范大学出版社 1996 年版，第 23—29 页。

都在黄河流域。南宋以后，我国的经济重心虽然南移到长江流域，但黄河流域的重要性并未下降。历史上，黄河是一条灾害极为严重的河流，黄河在下游地区频繁地决溢改道，对当地的自然环境、社会经济和人民生活产生过巨大的影响。因此关于黄河下游的变迁和治理研究，代有其人，积累了大量的研究成果。以往的研究虽然也认识到黄河下游频繁地决溢改道是因为河水含沙量太高，但治理黄河的着眼点一直放在下游。直到近代水利学者李仪祉、张含英等人才提出了黄河上中下游全面治理的方略，认为黄河泥沙量高的根本原因是中游黄土高原的水土流失，主张在上中游广修水利，植树造林，建拦洪水库，在下游整治河槽，淤滩冲槽，开辟减河排泄。这一观点迅速成为学界和社会共识，1955 年第一届全国人民代表大会通过了《关于根治黄河水害和开发黄河水利的综合规划的决议》，提出要采取综合治理措施，缓解黄河下游洪水威胁；防治水土流失，逐步减少输入黄河的泥沙，改善黄土高原生态环境；合理利用水沙和水能资源，促进工农业生产的发展。历史地理学者也在上世纪 60 年代对黄河下游决溢改道和中游土地利用的关系提出了重要看法[①]，引起了各方面学者的注意。但对于历史时期黄河流域环境如何变化、水土流失的过程和程度、环境变化与农牧业生产的关系以及对社会经济的影响，还没有人做过系统具体的研究，特别是缺少长时段的比较研究。因此对于上述问题，大家脑子里还没有形成具体形象的概念。

史念海先生对黄河流域历史自然地理和历史人文地理变迁过程的各个环节开展了详细的复原研究。史念海先生首先对历史时期黄河流域上中下游各区域的农业开发过程和黄土高原农牧分界线的推移情况进行了复原，接着考察了黄河流域森林植被的变化情况，详细研究了黄土高原的变迁过程、黄河在中游的下切和侧蚀过程、黄河在下游的堆积速度、黄河流域重要河流河道和水文的演变情况，以及黄河流域长城、交通道路的演变和文化发展的情况。这些研究通过许多具体的事例分析和量化计算，使得黄土高原水土流失的过程及其驱动力和对于下游泥沙淤积、河道变迁的影响，进而对于黄河流域社会经济和文化产生的影响，清晰地展现出来，其中关于黄土高原的变迁过程、黄河在中游的下切和侧蚀过程、黄河在下游的堆积速度等研究，都是前人未曾注意和开展过的。通过史念海先生的系列研究，黄河流域人类社会经济活动和环境变化相互作用的动态图景，从未有过如此系统完整，如此细致清晰，如此生动形象。

---

① 谭其骧：《何以黄河在东汉以后会出现一个长期安流的局面——从历史上论证黄河中游的土地合理利用是消弭下游水害的决定性因素》，《学术月刊》1962 年第 2 期。

2. 总结形成了黄河流域历史地理研究行之有效的方法

史念海先生对于黄河流域历史地理研究取得如此巨大成就，一方面是因为史先生特别强调历史地理学研究要有用于世，始终注意发掘中国历史地理学的社会功能，另一方面得益于史先生在 20 世纪 70 年代承担的兰州军区司令员皮定均将军交给的《陕西历史军事地理》编写任务①。因为要编写一部高质量的、对现实的军事需要具有真正的战略参考价值的《陕西历史军事地理》，"就不能完全撷取于文献记载，而需要亲履其境，实地考察"。这实际上就是我们经常说的文献记载和实地考察相结合的研究方法。但如何将文献记载和实地考察真正结合起来，在具体研究中能够切切实实地解决问题，却并非易事。史念海先生通过自己的研究实践，针对不同的研究问题，总结形成了一整套行之有效的研究方法。如关于历史时期黄河在中游下切的研究，史念海先生通过明清之际靖远县引黄河水入城渠道的湮塞、北魏初年青铜峡北旧渠口的下移、内蒙古中南部黄河沿岸的新石器时代文化遗址与河水的高差、府谷县城宋代的水门与明清时期东门外控远门的位置、壶口位置的推移、潼关古城的迁徙、旧陕县城与陕县故城北的河岸等事例，计算出了黄河在中游各个河段的下切进度②。又如关于黄土高原的变迁，史念海先生通过历史文献的有关记载，结合实地考察，特别是对照大比例尺地形图，对周原、董志原等的切割过程及其驱动因素进行了详尽的描述，论明周原原是一片平野宽广、环境优越的农耕区，由于 2000 多年来河流的下切与侧蚀，增加了河流的深度与宽度以及沟壑的密度，周原不断破碎，被切割成若干小原③。等等。

概括而言，史念海先生的研究方法主要是在实地考察中，通过对历史文献记载、历史时期人类活动遗迹的具体位置、当时的自然环境状况和现今大比例尺地形图进行综合分析。而在此之前，"必须充分准备，不仅尽量掌握有关各种资料，还须提出所欲解决的问题，待到现场，再仔细琢磨，互相对勘，始能明了究竟"④。这就使得历史文献记载和实地考察相结合的方法得到具体落实，后人能够得以很容易地学习、掌握和遵循，对于推动历史地理学的深入研究，促进历史地理学的发展，具有里程碑意义。著名历史地理学家谭其骧先生对此极为夸奖，他说：史念海先生"近三四十年来，既掌握了历史唯物主义的观点方法，又能广泛利用考古文物方面的新发现与史料相印证。70 年代起，更以花甲之年，对黄河流域中下游，以及淮河下游、太湖周围，做了 10 年以上有目的的深

---

① 史念海：《我与中国历史地理学的不解之缘》，《学林春秋：著名学者自序集》，中华书局 1998 年版。
② 史念海：《历史时期黄河在中游的下切》，《河山集·二集》，生活·读书·新知三联书店 1981 年版。
③ 史念海：《周原的变迁》，《河山集·二集》，生活·读书·新知三联书店 1981 年版。
④ 史念海：《我与中国历史地理学的不解之缘》，《学林春秋：著名学者自序集》，中华书局 1998 年版。

入而细致的实地考察。治学方法的突破前规使《河山集》的风貌跟着显著改变。初集所收论文，基本上还和包括我在内的一般老历史地理学工作者一样，都是利用历史文献写成的。从第二集起，就一变而为一部全用历史资料（包括文献与遗址遗物）与实地考察密切结合的研究成果，这就使中国历史地理学开辟了一个新的阶段，其意义之重大，不言而喻"。①

历史文献和实地考察相结合，说起来简单，实践起来并不容易，必须慎之又慎。史念海先生对于历史文献和实地考察相结合方法的运用是极为严谨的。"虽然有这样一些情况，但总不能因噎废食，就轻易将所有的文献记载都诿弃而不加以运用。根据多年来在黄土高原上奔波考察，我认为只有以文献记载和实地考察相结合，才能获得确实的论证。正是由于实地考察，确实论证以永乐村为宋夏永乐城之战的永乐城为诬罔，也由以文献记载和实际地形相参证，核实了永乐城乃在现在米脂县的马湖峪。不见于文献记载，就未敢以意为之。黄土高原，特别是陕北陇东和鄂尔多斯高原，雨水不多，土地干燥，古城遗址不时显现荒烟蔓草之中，以未见诸文献记载，又不曾经过考古发掘，虽亲莅其地，仔细琢磨，终不敢妄为定名，自欺欺人。""这些具体的情况和积累的经验，使我深深感到探索并进而研究黄土高原，应该采用实地考察和文献记载相结合的方法。仅仅依据文献记载，前人诬罔之处就难得一一匡正。只求实际考察，而不以之与文献记载相参证，就难尽得其实况，如果进而任意攀比，曲为解说，其为诬罔，更有甚焉。这样一点经验，不仅用之于探索考察黄土高原，也将用于历史地理学的其他研究课题。"②

3. 科学回答了黄河流域生态保护和经济发展的路径

在上述系列实证研究的基础上，史念海先生对黄河流域生态保护和经济发展的路径进行了科学回答。史念海先生认为：黄河流域在历史早期是中华文明的中心，社会、经济、文化一直很发达，但宋以后逐渐衰落了；黄河流域之所以成为中华文明的发源地，与黄河流域在历史早期优越的地理环境有关；由于人口的增加和不合理的农业开发，导致黄河中游黄土高原森林草原植被的破坏，加剧了黄土高原的水土流失和下游的泥沙淤积；因为中游水土流失的加剧和原面的破碎，农业生产条件愈来愈差，只能采取广种薄收的生产方式，因为下游泥沙淤积的加剧和频繁的决溢改道，农业生产难以恢复，从而形成环境破坏和农业生产衰退的恶性循环；从历史发展过程来看，黄河流域特别是黄河中游黄土高原地区是存在过大量的森林和草原植被的，这些森林和草原植被对黄土高原的水土保

① 史念海：《谭其骧教授序》，《河山集·四集》，陕西师范大学出版社 1991 年版。
② 史念海：《黄土高原历史地理研究》，黄河水利出版社 2001 年版。

持具有重要的作用，在黄土高原地区退耕还林草是有历史依据的；要提高黄河流域的社会经济发展水平，就要做好黄河流域的生态保护工作，而要做好黄河流域的生态保护，就应"一切都要按自然规律办事，宜农则农，宜牧则牧，宜林则林，不能粗率办理，更不能一刀横切，统归一律"，"改变耕作方式，停止粗放经营，尽量精耕细作"①。"黄土高原这样繁多的沟壑，其形成的时期相应也有早晚的区别。个别大沟的渊源甚至可以和黄土高原的形成过程同时存在。这显示自有黄土高原之时就有侵蚀的作用。不过，绝大部分的沟壑其形成的时期却都在近五六百年之间，这样的情形，应当引起人们的注意。所以，欲求治理黄土高原，这一点是不应忽略的。"②史念海先生提出的这一路径无疑是符合历史事实的，为黄河流域的治理和黄土高原水土保持工作提供了坚实的历史依据，被新中国成立以来黄土高原地区退耕还林草和水土保持实践证明是科学的、正确的、可行的。

三、整体观念：史念海先生黄河流域历史地理研究的重要启示

2019 年 9 月 18 日，习近平总书记在郑州主持召开黄河流域生态保护和高质量发展座谈会，在会上发表重要讲话，黄河流域生态保护和高质量发展正式纳入国家发展战略，各级政府部门、有关高校和科研机构纷纷组织召开座谈会、研讨会和高峰论坛，讨论黄河流域生态保护和高质量发展的路径。大家的讨论虽然都注意到了黄河流域的生态保护和高质量发展要因地制宜，分类施策，上下游、干支流、左右岸统筹规划，共同抓好大保护，协同推进大治理，但对如何因地制宜、分类施策，如何统筹上下游、干支流、左右岸，还没有形成具体的实施方案，特别是对前人的有关研究成果没有进行系统的总结和梳理，黄河流域环境变化、经济发展、生态治理的一些历史经验和教训并没有引起重视。史念海先生对黄河流域历史地理曾经做过系统的研究，提出过很多真知灼见，在今天仍然具有重要的价值，值得总结思考。

史念海先生黄河流域历史地理研究最重要的当代价值，是他所树立的整体观念。史念海先生对于黄河流域历史地理研究能够取得如此巨大的成就，并能清楚而又科学地提出黄河流域生态保护和经济发展的路径，在于其在黄河流域历史地理研究中贯穿着一个核心理念，即整体观念。史先生的整体观念，可以从三个层面来理解。1. 从时间上来说，

---

① 史念海：《由历史时期黄河的变迁探讨今后的治河方略》，《河山集·二集》，生活·读书·新知三联书店1981 年版。
② 史念海：《黄土高原历史地理研究》，黄河水利出版社 2001 年版。

黄河流域的生态保护和高质量发展要古今贯穿起来看，要进行长时段的考察，只有通过长时段的比较分析，才能真正认识黄河流域地理环境变化的规律，才能真正理解黄河流域生态环境变化和经济盛衰过程中哪些是自然因素在起作用，哪些是人文因素在起作用。2. 从流域生态系统来说，要将黄河流域上中下游和干支流结合起来分析，只看到下游的泥沙淤积和频繁的决溢改道，把治理的重点放在下游主河道的泥沙淤积和决溢改道上，而不明白问题的症结在于中游黄土高原土地利用方式的不合理而导致水土流失的加剧，就只能是治标不治本，不可能真正地解决问题。3. 从人地关系的相互作用来说，要对黄河流域生态环境的变化和黄河流域的政治、经济、文化进行全方位的综合研究，一方面，黄河流域生态环境的变化与人类的生产和生活活动分不开，包含有人类文明的影响因素；另一方面，黄河流域政治、经济、文化的演进受到区域地理环境的制约，具有生态环境变化的烙印。今天，我们要实现黄河流域生态保护和高质量发展，更要树立整体观念，全面地、整体地看问题，施决策。

树立整体观念，是黄河流域生态保护和高质量发展的必然要求。黄河流域的高质量发展不能仅仅理解为经济的高质量发展，而应是生态、经济、政治、社会和人类自身等方面的全面高质量发展。判定黄河流域高质量发展的唯一标准是可持续发展，具体包括生态环境和经济社会的协调发展、上中下游和左右岸的平衡发展、各民族各阶层及城市和乡村的共同发展、政治经济社会和人类自身的全面发展。黄河流域每一个省、每一个地方、每一个部门，在制定本省、本地方、本部门的生态保护和发展的规划，采取生态保护和发展的措施时，都要有全域观念，既不能各自为阵，也不能只看到问题的某一个方面。

史念海先生黄河流域历史地理研究的另一当代价值，是他的研究成果为今天黄河流域生态保护和高质量发展提供了许多具体的案例和路径线索。史念海先生几乎走遍了黄河流域的山山水水，在长期的深入研究中涉及许多具体的区域和历史地理景观、历史遗迹、历史事件。对于这些具体区域的研究，史念海先生详细复原了它的环境变化过程及其和人类活动之间的关系，为小区域的生态保护和发展提供了丰富的历史信息。史念海先生在研究中所涉及的历史地理景观、历史遗迹和历史事件，则为今天我们对黄河文明的认识提供了有价值的思考，也为今天备受各地重视的文旅创新提供了有价值的资源。如壶口瀑布是黄河中游一处闻名中外的旅游景点，亲临现场的人无不惊叹于它的气势磅礴。史念海先生则不仅仅看到这一点，而是通过对《水经注》和《元和郡县图志》记载的分析，推测出由《水经注》时期到唐代元和年间，壶口向上推移为1475米，平均每年向上推移 5.1 米;由《水经注》时期到现代,壶口向上推移 5000 米,平均每年向上推移 3.3 米①。将壶口位置的推移当作黄河在中游下切的重要标志。如果我们在今天的壶口以下,将《水经注》时期的壶口和唐代元和年间的壶口位置找出并予以开发,形成三个时期壶口位置的对照,是不是可以有助于加深游客对历史时期黄河流域环境变化的了解,培养游客的生态保护意识? 又如开封因为是著名古都,因历史上多次受到黄河洪水的淹没而形成城摞城的奇观,从而成为研究历史时期黄河下游堆积程度的一个重要指标和旅游目的地。但黄河下游这样的城池还有很多,如河北的巨鹿,河南的濮阳、商丘、淮阳,山东的定陶、巨野和江苏的徐州等市县。不仅是城池的淹没,还有丘陵的沉沦。史念海先生在考察黄河下游的堆积时就提到山东临清县东南一处叫贝丘的丘陵。根据《太平寰宇记》的记载,10 世纪后期,这个贝丘犹高 5 丈,折合今制为 14.75 米,而现今高度只有 1.2 米,说明当地堆积已有 13.55 米②。像这样的遗址和遗迹,能否规划成新的旅游景点或公园,作为培养公众环境保护意识的场所?

总而言之,史念海先生对黄河流域的历史地理研究,对于黄河流域生态保护和高质量发展战略的实施,无论是在思想上,还是实践上,都具有重大的价值。就思想方面而言,先生所树立的整体观念我们需要时刻牢记在心。就实践方面而言,先生在研究中提供的具体的研究成果为因地制宜、分类施策提供了丰富的历史信息。

（作者单位：陕西师范大学西北历史环境与经济社会发展研究院）

---

① 史念海:《历史时期黄河在中游的下切》,《河山集·二集》,生活·读书·新知三联书店 1981 年版。
② 史念海:《历史时期黄河流域的侵蚀与堆积》,《河山集·二集》,生活·读书·新知三联书店 1981 年版。

史坛蜡炬相映红

王双怀

内容提要：史念海先生是我国著名的历史地理学家，继承了顾颉刚先生的禹贡之学，并在陕西师范大学开创了历史地理研究领域的一片天地。本文梳理了史念海先生青年时期从事历史教育，宣传进步思想的拳拳爱国之心以及在陕西师范大学教书育人、培养人才、学术研究方面的成就，为史念海先生研究提供相应史料，也希望能追溯、彰显陕西师范大学的人文传承。

关键词：史念海；牛致功；陕西师范大学

中国共产党是领导全国人民奋勇前进的核心力量。在近 100 年的历史岁月中，党的无数优秀儿女抛头颅、洒热血，奋力拼搏，为中国革命和建设做出了不可磨灭的贡献。他们是名副其实的时代楷模。其中有些楷模离我们并不遥远，有的就在我们身边。史念海先生和牛致功先生就是我们陕西师范大学历史学科优秀共产党员的代表。

史念海先生 1912 年出生于山西平陆县，早年在辅仁大学读书，成为禹贡学会的重要成员。当时正值国难当头，日本帝国主义的侵略日甚一日，东北三省早已失去，其锋芒已入山海关内。北京（当时称为北平）几同前线，一日数惊。在这样严峻而又恶劣的形势下，史先生与他的老师顾颉刚先生撰写了《中国疆域沿革史》，"突出抵御外侮的民族精神，并检讨历代疆域的损益盈亏。使国人备知先民经营祖国版图的不易，虽一寸山河亦不当轻易付诸敌人"，呼吁民众奋起抗战，保家卫国，表现出极大的爱国热情。卢沟桥事变后，北平沦陷，史先生追随顾先生辗转来到重庆，在国立编译馆编制历史地图，并写下了《保卫大西北的外围的地理形势》《推进大西北的义务教育》《发展西北交通与建设西北农村》《晋永嘉乱后中原流人及江左居民》《晋永嘉流人及其所建的壁坞》《敌寇套取法币之检讨》《关中水利与西北盛衰之史的研究》《秦汉时代的民族精神》《晁错及其边防政策》等文章，继续宣传抗日。抗日战争胜利后，国民党反动派发动了全面内战。史先生离开重庆，到兰州大学从事历史教育，宣传进步思想，拳拳爱国之心，溢于言表。

全国解放后，史念海先生应邀加入中国民主促进会，在西北大学、西安师范学院和陕西师范大学担任历史系主任。他把顾颉刚先生的名言"宁可劳而不获，不可不劳而获"作为自己的座右铭，一方面教书育人，努力从事学科建设，另一方面积极研究中国历史地理研究，向党和政府建言献策。由于成绩非常突出，他被评为全国先进生产工作者，先后当选为第三届全国人大代表，第五、六、七届全国政协委员，成为教育界民主党派的代表性人物之一。

作为民主党派的重要人物，史念海先生信仰马克思主义，拥护党的领导，积极要求加入中国共产党。1961年，在国家的困难时期，他毅然向党组织递交了入党申请书，表明了他的政治倾向和社会担当。陕西师范大学党委就史念海入党问题向省委统战部打了报告。省委统战部回复认为史念海入党须报请中共陕西省委批准，并将材料退回。因此，他的入党之事就此搁浅。"文革"爆发后，史念海先生被当作反动学术权威关进牛棚，多次遭到毒打，但他对党的信仰没有改变。1978年，他再次向党组织递交了入党申请书。陕西师大党委向中共陕西省委递交了《关于史念海入党问题的报告》。省委向中央请示，经中央组织部宋任穷和中央统战部孙楠批示，光荣地加入了中国共产党。当时他已经68岁了。史先生认为入党是他人生的大事，从此，他对自己提出了更高的要求，在担任历史系主任和副校长期间，创建了唐史研究所和历史地理研究所，创办了《唐史论丛》和《中国历史地理论丛》，把自己的全部精力都用在了培养人才和学术研究方面。

史念海先生是西北大学和陕西师范大学历史学科的创始人。数十年间为本科生和研究生授课，教书育人，无私奉献，是名副其实的"西部红烛"，成为德高望重的一代师表。他曾荣获省部级奖励20余项，其中包括两项教育部一等奖及柏宁顿"孺子牛"奖和曾宪梓教育奖。这是非常难能可贵的。在70多年的学术生涯中，史念海先生对中国历史学特别是历史地理学进行了独到的研究，出版了近30部著作，撰写了360多篇重要论文（其中30多篇为遗稿），主编了多种重要的学术刊物，为中国历史地理学的发展做出了杰出的贡献，成为历史地理学的一代宗师。他曾被评为优秀共产党员、优秀博士生导师，全国先进生产工作者，他获得的省部级以上奖励达20余项，其中《河山集》和《西安历史地图集》曾连续两次被评为教育部人文社会科学优秀成果一等奖，这是前所未有的。但他把这些荣誉看得很淡，在耄耋之年每天仍坚持给研究生讲课，坚持每天撰写二三千字的文稿，坚持工作十五六个小时，直到89岁病重住院为止。大家想一想，这是什么精神？这是共产党员的奉献精神，是典型的西部红烛精神。

在史念海先生的影响下，牛致功先生脱颖而出，成为我校历史学科的领军人物。牛致功先生1928年生于河南偃师，幼时家境贫寒，成为孤儿，在日寇侵华之际备受煎熬。抗日战争胜利以后，他变卖了父母留下的家产继续读书。1951年参加了中国人民解放军。不久，奉命到西北大学历史系读书。他在大学期间积极要求进步，加入了中国共产党。由于他学习特别刻苦，成绩非常突出，因而受到史念海先生的称赞。大学毕业后，他在西安师范学院历史系和陕西师范大学历史文化学院任教，曾担任陕西师大历史系主任，兼任西安唐代文化史学会会长、陕西省历史学会副会长、中国唐史学会副会长等职。数十年如一日，严于律己，宽以待人，处处起模范带头作用，道德文章受到师生的一致好评。

牛致功先生非常热爱教育事业，非常喜爱隋唐史研究。他在退休之后继续坚持学习与研究。他的座右铭是"发愤忘食，乐以忘忧，不知老之将至"。他所撰定的《唐高祖传》《唐代的史学与通鉴》《唐代史学与墓志研究》等著作新见迭出，在学术界反响很大，但他从不骄傲自满。他认为个人的生命是有限的，教书育人的事业是无穷的。为了提携后进，为了培养新人，他在90岁的时候，作出了一个惊人的决定：捐出自己毕生的积蓄100万元人民币，设置"隋唐史研究传承奖"。也就是说，他不仅把自己的一生献给了我国的教育事业，而且把自己一生的劳动所得也全部献了出去。大家想一想，这是什么精神？这是共产党员的奉献精神，是西部红烛精神。

如果说史念海先生是我们陕西师范大学的第一代红烛，那么牛致功先生就是第二代红烛。他们是我校优秀共产党员的代表，是我们陕西师范大学的骄傲。我们所处的时代是竞争激烈的信息化时代，也是中华民族伟大复兴的时代。这个时代机遇与挑战并存，需要我们创新，也需要我们奉献。让我们向近百年来涌现出的时代楷模致敬，发奋学习，努力工作，乐于奉献，把西部红烛精神传承下去！

（作者单位：陕西师范大学历史文化学院）

史念海先生与陕西师范大学
唐史研究所的成立

胡耀飞

内容提要：1981 年 5 月 30 日，陕西师范大学召开唐史研究所成立大会，正式开启这一教育部批准的当时全国范围内唐史研究领域第一个学术机构。对于唐史研究所的创办而言，有两位先生的功劳不可磨灭，即时任陕西师范大学副校长、历史系主任史念海（1912—2001）先生和唐史研究所最早的研究人员黄永年（1925—2007）先生。虽然史先生主要是历史地理学家，黄先生主要以古籍整理知名，但他们的研究领域与唐史都有密切关系。关于唐史研究所的发展历程，拜根兴先生已有四十年回顾的大作在前，本文即就拜文未能详述的唐史研究所创办情况，特别是史念海先生的功劳略述一二，用以致敬前辈筚路蓝缕之功。

关键词：史念海；陕西师范大学；唐史研究所

史念海先生是我国著名的历史地理学家，与谭其骧（1911—1992）、侯仁之（1911—2013）共同继承了顾颉刚（1893—1980）先生的禹贡之学，并在陕西师范大学开创了历史地理研究领域的一片天地。不过，20 世纪 80 年代先后从陕西师范大学历史系分设的唐史研究所（1981 年成立）、古籍整理研究所（1983 年成立）和历史地理研究所（1987年成立）这三家单位，历史地理研究所是最后独立的一家。事实上，在 70 年代末和 80年代早期，史先生更多考虑的是陕西师范大学唐史学科的发展。

由于史念海先生在历史地理学方面的成就过于丰硕，故而学界对其在唐史研究方面的贡献较少关注。大体而言，史先生对唐史研究的贡献体现在三个方面：第一，对唐代历史地理的研究，史先生在这方面的成就集中展示于他的《唐代历史地理研究》（中国社会科学出版社，1998 年）一书中，笔者也曾就史先生对藩镇时代研究的贡献略作梳理①；第二，首倡重建中国唐史学会，史先生的这一贡献，武汉大学朱雷先生已有专文《首倡重建唐史学会的史念海先生》②予以阐扬，此不赘述；第三，就是创办陕西师范大学唐史研究所并创刊《唐史论丛》。

《唐史论丛》的创刊，依托于唐史研究所。而唐史研究所的创办，一方面得益于改革开放大环境下，学术研究活动的逐步恢复之潮；另一方面，更来自于时任副校长的史念海先生的积极促成。正如唐史研究所第二任副主任马驰（1941—2019）先生所说："应该特别指出的是，为了繁荣唐史研究，他曾做了大量的组织工作，全国第一个唐史研究所，由他申报教育部批准成立。中国大陆首批民间学术团体之一的中国唐史研究会（后改名为中国唐史学会），首先由史先生倡议兼筹建。成立大会和首届年会就在史先生任副校长的陕西师大召开。学会的常设机构秘书处就挂靠在史先生任所长的陕西师大唐史研究所。"③

史先生对于在陕西师范大学设立唐史研究所的想法早已有之，根据一份 1980 年代初史先生写的《筱苏自述》：

> 近来还有一点设想，我是在陕西师范大学工作的，陕西师范大学设在西安，西安就是过去的长安，曾经是十几个王朝建都之地。这些王朝中最重要的是唐朝。唐朝的文化丰富多彩，唐朝强盛时长安是世界有名的都城，至少是亚洲文化的中心。对于唐代的历史做系统的研究，已列为陕西师范大学的重要工作项目。我作为这个学校以及历史系的负责人，应该分出一定的精力从事这方面的研究。当然，重点还是放在唐代的地理方面。④

---

① 胡耀飞：《论史念海先生对藩镇研究的学术贡献——兼论"藩镇时代"研究的历史地理视角》，李勇先主编：《历史地理学的继承与创新暨中国西部边疆安全与历代治理研究——2014 年中国地理学会历史地理专业委员会学术研讨会论文集》，四川大学出版社 2015 年版，第 174—190 页。

② 朱雷：《首倡重建唐史学会的史念海先生》，张世林主编：《想念史念海》，新世界出版社 2012 年版，第 163—164 页。

③ 马驰：《"天行健，君子以自强不息"——浅说一代宗师史念海先生的治学》，陕西师范大学西北环发中心编：《史念海教授纪念文集》，三秦出版社 2006 年版，第 25 页。不过，马驰先生所说中国唐史研究会首届年会，其实是在扬州召开的。

④ 史念海：《筱苏自述》，原载高增德、丁东编：《世纪学人自述》，第 4 卷，北京十月文艺出版社 2000 年版，第 293—304 页；收入《河山之恋：史念海先生百年诞辰纪念册》，陕西师范大学西北历史环境与经济社会发展研究院，2012 年，第 9 页。

根据史念海先生 1998 年对此自述的追忆，可知此自述在 1980 年代初写就后未曾发表，至 1990 年代末，方才整理之后，供稿《世纪学人自述》公布。

从这篇自述中可以看到，史先生对于自己供职的陕西师范大学，生活的西安，有很强的责任感。在写这篇自述时，史先生不仅担任历史系主任，更是陕西师范大学副校长，所以才有"我作为这个学校以及历史系的负责人"一语。但自述中并未提及唐史研究所，可见当时应该还没有成立，即这篇自述很可能写于 1981 年 5 月之前。但正是在这篇自述中，史先生已经有了想要重视唐史研究的想法，以及对唐代地理研究的展望。

此外，根据史念海先生的大女儿史先义女士的回忆，史先生对唐史研究的重视还与日本学者对唐史的研究有关：

> 父亲培养的学生有日本人，也被请去日本大学讲过学，在和日本人交往中，父亲发现日本学者对中国唐史的研究非常重视，他马上有了紧迫感。父亲曾经对我说：如果日本学者对我们的历史研究超过我们，那将是我们的耻辱。怎样加强唐史研究，父亲想出一个办法，就是成立中国唐史学会（当时叫唐史研究会），并请武汉大学的唐长孺教授做会长。听了父亲的想法，我感到父亲的责任心太强了。其实，在"文革"前，父亲还不是中国史学会的会员，他认为做研究写文章是最重要的。由于日本学者的触动，他改变了过去的想法，决心效仿顾颉刚先生，积极创造学术研究的团体平台，联合各方的力量，促进中国唐史研究的新突破。他不但申请召开唐史学术会议，还把学会的秘书处挂靠在陕西师大，并亲自主编不定期的《唐史论丛》。甚至利用当副校长的影响，把唐史研究专家黄永年、周景濂、马驰等先生调进学校，成立唐史研究所。[1]

可见，史先生对中国唐史学会的创建和陕西师范大学唐史研究所的成立，部分出于面对日本学者所产生的紧迫感。当然，史先生是 1993 年才第一次到访日本[2]，故史先义女士的意思大概是史先生在 1980 年代以前跟来华访问的日本人交往中已有此紧迫感，并

---

[1] 史先义：《回忆父亲史念海先生二三事》，张世林主编：《想念史念海》，新世界出版社 2012 年版，第 34—35 页。

[2] 关于这次访日情况，参见当时在日本陪同史先生的石晓军先生回忆文章《先师史念海先生癸酉访日记事》，收入《河山之恋：史念海先生百年诞辰纪念册》，第 253—259 页。石先生本人则是陕西师范大学历史系胡锡年（1913—1996）教授的硕士，毕业后赴日留学并留日任教。

在之后与日本学者的交往及赴日访问的时候，加深了这种紧迫感促成的责任感。

虽然就中国唐史学会的成立而言，不仅是史先生有此想法，即唐长孺（1911—1994）等先生与史先生是不谋而合。但唐史研究所的成立，可以说确实是史先生个人之力所促成的。正如史先义所说，史念海先生是"利用当副校长的影响"，成立了唐史研究所。一个印证是，根据笔者在陕西师范大学档案馆进行的调查，1981年4月，时任教育部部长蒋南翔（1913—1988）正在陕西师范大学调研，史先生作为副校长，与当时的校长李绵（1912—2007）一起接待，留下了一些合影。大约就是这一时间之前，史先生得到教育部的首肯，建立了唐史研究所。在1981年5月30日的成立大会上，不仅由李绵校长宣读了教育部关于批准成立唐史研究所的覆文，还有当时陕西省副省长谈维煦（1911—1992）等省领导出席并讲话。①不过目前未能找到教育部的批文，故而无法获知具体时间。但根据下文所要引用的黄永年先生与相关师友的信件往复，大约在1981年3月，即已有教育部批文成立唐史研究所，只是成立大会放在了5月30日。

唐史研究所的成立，不仅开创了陕西师范大学唐史研究新阶段，更为古籍整理研究所和历史地理研究所的相继成立提供了借鉴。在唐史研究所的基础上，陕西师范大学的唐史研究，中国唐史学会秘书处的业务展开，也陆续走上了正轨。根据成立时的报道，唐史研究所的主要工作有六项内容：

  1. 搜集考释唐墓志，每年拟出刊《唐志考释》两辑，每辑约二十五万字；

  2. 做好资料整理工作，为注释《旧唐书》打好基础，先整理现有唐代史籍。目前先着手《安禄山史迹》《高力士外传》等书的注释；

  3. 继续做好培养研究生工作，为国家输送合格人才；

  4. 继续承担历史系本科的教学工作；

  5. 全国唐史研究会设在我校，我们有责任把唐史研究的各种学术会议组织好，及时将会刊出版，并准备第一届年会论文；

  6. 配合图书馆做好搜集唐史资料工作。②

以上六项内容，当然只是计划，日后会有具体的变动，但大致上确定了唐史研究所的主要任务，之后也基本按照这一计划完成了大部分任务。

---

① 唐史所：《我校唐史研究所成立》，《陕西师大》第3期第1版，1981年6月16日。
② 同上。

唐史研究所成员除了专注自己的科研之外，还积极与国内外同仁交流。1981年11月11—17日，唐史研究所所长史念海先生、研究人员黄永年、牛致功先生，一起参加了在扬州举行的中国唐史研究会第一届年会，是为唐史研究所成员的第一次集体亮相。[①] 1983年，史念海先生再次带领唐史研究所黄永年、牛致功，以及兼职研究人员曹尔琴赴成都四川大学参加中国唐史学会第二届年会，并与日本学者座谈。[②]

在科研方面，史念海先生在历史地理研究所成立之前，撰写了多篇以唐史研究所为署名单位的唐代历史地理论文。根据笔者在孔夫子旧书网检索，就有《我国古代都城建立的地理因素》（1984年）、《我国古代都城建都期间对于自然环境的利用和改造及其影响》（1985年），以及两篇史先生以唐史研究所为署名单位的论文油印本。更详细的目录，可以参考陕西师范大学科研处在1984年编的《陕西师范大学科学研究成果选编（1952—1983）》，其中单列了唐史研究所成员史念海、黄永年、牛致功、周景濂（1925—2012）从1965年到1983年公开发表的文章目录，共计68篇。[③]值得一提的是，1981年11月，陕西师范大学图书馆资料阅览组的同仁编就了一部《四种唐代地理书地名综合索引》，请史念海先生作了序，也正好契合了史先生欲研究唐代历史地理的想法。可惜这部索引只有油印本，没有正式出版。此外，史先生还指导研究生，其中1984年毕业了辛德勇、郭声波、费省等三人，即史先生以唐史研究所为单位所指导的唯一一届研究生。[④]

史念海先生创办唐史研究所的另一项重要成就便是创刊了《唐史论丛》，虽然直到1987和1988年才正式出版前三辑。但是根据笔者在下文所引用的黄永年先生与诸位先生的往复信函可知，早在1981年唐史研究所创办之初，就有编集学术刊物《唐史论丛》的计划。史先生在《唐史论丛》第一辑《前言》中表示：

　　《唐史论丛》现在出版问世，这是陕西师范大学唐史研究所内工作人员及所联

————————

　　① 不著撰人：《全国唐史研究会首届年会在扬州举行，重点研究中晚唐历史若干问题》，《江苏社联通讯》，1981年第18期，第11—12页。

　　② 不著撰人：《唐史研究会第二届年会简况》《唐史研究会第二届年会论文简介》，并载《中国唐史学会会刊》，第1期，1984年，第4—5、15—33页。

　　③ 陕西师范大学科研处编：《陕西师范大学科学研究成果选编（1952—1983）》，1984年，第55—58页。其中史念海先生20篇，黄永年先生24篇，牛致功先生22篇，周景濂先生2篇。

　　④ 三人毕业论文分别是：辛德勇《汉唐之间以长安为中心的交通结构》，郭声波《隋唐长安水利》，费省《汉唐间长安地区物产的分布及其演变》。论文摘要参见《陕西师范大学研究生论文摘要选编（1984—1985届）》，陕西师范大学学位评定委员会办公室，1985年，第23—24页。关于史念海先生的学生名单，参见《1982年以来史念海先生指导研究生的情况》，《河山之恋：史念海先生百年诞辰纪念册》，第373页。只是名单中误将辛德勇的硕士论文题目写成吴宏岐的硕士论文题目。

系的同志研究成果的汇集。当前从事唐史研究的同志相当众多，集体的研究成果以唐史命名结集出版的尚不多见。除过中国唐史学会年度论文集外，这个《唐史论丛》大概可以说还是第一次。……

陕西师范大学校址就在西安南郊大雁塔下。既然位于唐京旧地，近水楼台，应该重视唐史的研究，因之就创设唐史研究所。唐史研究所的创立，不仅促进所内及其所联系的同志对于唐代史事的研究，而且还要多方收藏有关唐史的资料，为国内外学人提供研究唐史的条件。由于是新近才创设的，机构还不很健全，人员也显得较少。好在以此为中心，联系各方有关的同志，共同致力，一定会取得更多的成就。这个《唐史论丛》就是以唐史研究所的研究人员及其所联系的同志的研究成果为基础而结集的。研究成果不断取得，这个《唐史论丛》也将陆续发刊。各方同志如乐于协力赞助，更所欢迎。①

这篇"前言"的具体撰写时间未知，但从《唐史论丛》在唐史研究所创办之初即有计划，以及"前言"行文中"新近才创设的"等语句来看，应该是在唐史研究所最初几年间所撰，只是由于出版因素稍有拖延。更重要的是，史先生在"前言"中一以贯之地强调了陕西师范大学地理区位优势对于唐史研究义不容辞的责任，以及《唐史论丛》的创刊在国内唐史学界所具有的开创性意义。

唐史研究所的创办，还深刻影响了当时历史系本科生的专业方向选择。根据当时历史系1980级本科生，现历史文化学院教授薛平拴先生的回忆：

次年5月，学校举行唐史研究所成立大会，我们八零级全班同学幸运地参加了这个大会。唐史所由教育部下文批准设立，史先生被任命为所长。当天下午进行学术报告，史先生和黄永年、牛致功先生先后作了学术报告。这是我第二次聆听史先生的教诲。我当时对学术研究所知甚少，对史先生和诸位先生的学术报告虽然并未完全理解，但此次经历对我和许多同学都产生了很大影响。此后，我对隋唐史兴趣日渐浓厚，并准备报考隋唐史研究生。②

---

① 史念海主编：《唐史论丛》，第1辑，陕西人民出版社1988年版，前言第1—2页。
② 薛平拴：《师恩难忘，河山永存——追忆恩师史筱苏先生》，《河山之恋：史念海先生百年诞辰纪念册》，第328—329页。

可见，正是在史先生和诸位先生的感召下，当时的本科生薛平拴先生最终走上了隋唐史研究的道路。当薛先生本科毕业后，即留在唐史研究所做行政工作，日后进一步读研、读博，从而在隋唐史领域颇有成就。

唐史研究所成立之后，史念海先生以副校长、历史系主任的身份兼任所长，具体事务由副所长上官鸿南、秘书周景濂负责。上官先生和周先生虽然也做一些唐史研究，但并不专职从事研究工作。①真正的研究人员只有黄永年先生、牛致功先生等。在史念海先生信任，黄永年先生努力之下，陕西师范大学唐史研究所逐渐扩大规模。到 1988 年时，"唐史研究所现有专职人员 8 人，其中高级职称 5 人；兼职研究人员 18 人，均为高级职称"。②

不过，1983 年，古籍整理研究所成立，黄永年先生任副所长，并于 1987 年出任所长，从而专门在古籍整理研究领域工作。与此同时，1985 年，牛致功先生辞任历史系主任，来到唐史研究所专职从事唐史研究。1987 年，史念海先生又创建了历史地理研究所，唐史研究所的历史地理学者分流过去。此后，便开启了唐史研究所的一个新阶段，牛致功、牛志平、马驰、拜根兴、薛平拴、杜文玉等学者各擅其场。这方面的情况，拜根兴先生的文章已有综述，颇可参考。

总之，回顾陕西师范大学唐史研究所的创办，史念海先生功不可没。值此唐史研究所成立 40 周年之际，梳理先生对唐史研究所的贡献，不仅能丰富我们对于先生学术人生的认识，更期望我们唐史研究所能够继承前辈精神，将其风范发扬光大。

附：史念海先生唐史相关成果目录

史念海：《河山集》二集，三联书店，1981 年。（按：《河山集》一集出版于 1963 年；《河山集》三集出版于 1988 年，此时已有历史地理研究所，故三集及以后各集不再列入）

史念海、曹尔琴、朱士光：《黄土高原森林与草原的变迁》，陕西人民出版社，

---

① 根据笔者与拜根兴先生 2021 年 5 月 11 日赴上官鸿南先生府上进行的访谈，上官先生表示，他当时主要协助研究所行政事务，后又兼任历史地理研究所的副所长，在教学方面则给研究生开过一门逻辑学的课程。周景濂先生主要协助史念海先生在历史地理方面的史地考察，自身的兴趣在于唐陵石刻研究，拍摄了近 4000 幅照片，撰写有《唐陵石刻研究》一文。该文在孔夫子旧书网有 1985 年的油印本，田有前已予以整理，刊于《西部考古》，第 15 辑，科学出版社 2018 年版，第 119—156 页。

② 不著撰人：《陕西师范大学唐史研究所》，《陕西师大学报（哲学社会科学版）》1988 年第 1 期。

1985 年。

史念海主编：《西安历史地图集》，西安地图出版社，1996 年。

史念海主编：《中国通史》第六卷《隋唐五代史》上册，上海人民出版社，1997 年。

郭琦、史念海、张岂之主编：《陕西通史》全十四卷，陕西师范大学出版社，1998 年。（按：史念海先生除了主编整个通史，还主编其中《隋唐卷》，由牛致功、马驰、牛志平、史先智分撰；又与萧正洪、王双怀合撰《历史地理卷》）

史念海：《唐代历史地理研究》，中国社会科学出版社，1998 年。

史念海主编：《唐史论丛》，第 1—7 辑，陕西人民出版社、三秦出版社、陕西师范大学出版社，1987—1998 年。

（作者单位：陕西师范大学历史文化学院）

路遥研究

作为"现象"的路遥：中国当代文学研究中的"路遥现象"[*]

杜学敏

内容提要：路遥小说文学接受与评价中同时出现的截然对立的一热一冷的冰火两重天状况，被路遥研究者称为"路遥现象"或《平凡的世界》现象"。论文从了解路遥开始，探究了当代中国文学研究中"路遥现象"论域的形成，综述了相关学者关于此现象的内涵界定、具体表现、形成原因及其价值意义的代表性观点。结语指出，"路遥现象"不仅仅是一个如何评估路遥及其作品的"文学史问题"，而且一定程度上更深刻地昭示了诸多文学要素之间的复杂纠葛与互动博弈关系，进而牵扯到文学以及文学审美何谓何为之类更为根本的文学本体论问题。个别文学史家对路遥的"冷遇"并不必然代表整个文学史和文学界对路遥的"冷遇"，过分纠缠于个别文学史著述是否"冷遇"路遥，在某种意义上也会对"路遥现象"所彰显的更为关键而重要的"路遥问题"与"文学问题"视而不见。

关键词：路遥现象；《平凡的世界》现象；路遥；《平凡的世界》；中国当代文学

中国当代文学研究中的"路遥现象"于本世纪初被发现，既跟作家路遥及其长篇小说《平凡的世界》息息相关——为此它又被称为《平凡的世界》现象"，又同所有关注此现象的文学研究者及其文献密不可分。"路遥现象"是怎样一个论域，如何界定它，以及它究竟是何现象、有何成因、显何价值、本质为何，这些问题既是进入此论域学者的

＊ 本文系陕西省社会科学基金项目（10K082）成果。

若干关注点，也是本文目标之所在。本着"知人论世"的原则，这里先从了解核心"当事人"路遥开始。

"路遥现象"之路遥①

路遥（1949—1992），原名王卫国，大学学历，中共党员，历任农民、县革命委员会副主任、小学教师、编辑、专业作家，曾任中国作协陕西分会党组书记、副主席。笔名"路遥"始用于1970年发表《车过南京桥》一诗时，诗载于延川县文化馆编油印小报《延川文化》。

1949年12月3日②，路遥生于陕西省榆林市清涧县石咀驿镇王家堡村一贫困农民家庭，父亲王玉宽给他起名"卫"。1957年冬被过继给百里之外、同市延川县城关乡郭家沟村伯父王玉德为子。次年春开始上学，班主任赐他学名"王卫国"。1961年入延川县城关小学读三年级。1963年秋考入延川中学初中部66级乙班，1966年夏毕业。同年10月参加"红卫兵运动"③，串联到北京，曾在天安门广场接受毛泽东第七次检阅。因组织能力出众，被延川县一群众组织推举为"红四野军""军长"。1968年9月15日，作为群众代表被推任为延川县革命委员会副主任，一个月后被停职。11月，以返乡知青名义被遣回郭家沟村务农。1969年春成为延川县马家店小学"民办教师"，11月加入中国共产党。1970年被抽调参加延川县革命委员会培训，不久被调入县"毛泽东文艺宣传队"，专职从事文艺工作。1972年，有诗歌作品见诸"延川县工农兵创作组"创办的文艺小报《山花》，并被1973年陕西省作协主办文艺刊物《陕西文艺》（后改名《延河》）创刊号刊载。1973—1976年以工农兵学员身份被推荐到延安大学中文系学习，1975年曾被《陕西文艺》"开门办刊"借调做见习编辑，有若干散文等作品发表于该刊。大学毕业后留《陕西文艺》做文学编辑，任小说散文组负责人，结识了柳青、杜鹏程、王汶石等著名

---

① 除其他注释说明外，本部分写作主要参考了下述文献：（1）路遥：《〈路遥小说选〉自序》《路遥自传》，载《路遥全集·早晨从中午开始》，北京十月文艺出版社2010年版，第38—39页、第71—72页；（2）清涧县人民政府网·路遥纪念馆：《路遥大事年纪》，http://www.qjzhf.gov.cn/Item/214.aspx，2014年5月29日发布，2018年5月30日访问；（3）陈泽顺：《路遥的生平与创作》，《延安大学学报（社会科学版）》2003年第1期；（4）王刚：《平凡的人生——路遥生平与创作考释》，《延安文学》2013年第6期；（5）中国作协中国作家网：《会员辞典·路遥》，http://www.chinawriter.com.cn/n1/2016/0627/c404939-28489887.html，无发布日期，2018年5月30日访问。

② 据《路遥自传》。《〈路遥小说选〉自序》则说生于12月2日，参阅《路遥全集·早晨从中午开始》，北京十月文艺出版社2010年版，第71页、第38页。

③ 关于路遥的红卫兵经历及其对路遥文学创作之影响，可参阅张红秋：《路遥：文学战场上的"红卫兵"》，载《兰州大学学报（社会科学版）》2007年第2期。

作家。1978 年 1 月，与延川插队北京女知青林达（笔名程远）在延川县结婚；次年 11 月女儿出生，据两人笔名为之取名"路远"。1982 年加入中国作家协会；同年脱离《延河》编辑部，成为中国作协西安分会专业作家。1987 年 3 月曾随中国作家访问团访问联邦德国。1992 年 11 月 17 日上午 8 时 20 分，因肝硬化腹水医治无效逝世于西京医院，年仅 43 岁。1992 年 11 月 21 日，路遥遗体告别仪式在西安三兆公墓举行，陕西省作家协会副主席陈忠实致悼词《告别路遥》。路遥生前曾获"陕西省劳动模范"（1988）、"陕西省有突出贡献的专家"（1991）、"国家突出贡献专家"（1991）和"陕西省优秀共产党员"（1992）等称号。在 2018 年 12 月 18 日中国国务院庆祝改革开放 40 周年大会上，路遥以"鼓舞亿万农村青年投身改革开放的优秀作家"名义，跻身于 100 人"改革先锋"行列①。

　　路遥于 1969 年开始文学创作②，1972 年正式发表作品。起初写现代诗歌，后主攻小说，兼写散文。其重要小说作品均发表于 1980 年代。其中，《惊心动魄的一幕》（1980）③、《人生》（1982）④分获全国第一、二届优秀中篇小说奖，长篇小说《平凡的世界》（共三部，1986，1988，1989）⑤于 1991 年 3 月获第三届茅盾文学奖。路遥逝世后，其作品先后被结集为五卷本《路遥文集》（陕西人民出版社 1993 年 1 月版，人民文学出版社 2005 年 5 月版）和六卷本《路遥全集》（广州出版社、太白文艺出版社 2002 年 7 月版，北京十月文艺出版社 2010 年 1 月版）出版。

　　路遥曾就自己生活与创作的关系有一段意味深长的陈述："我的生活经历中最重要的一段就是从农村到城市的这样一个漫长而复杂的过程。这个过程的种种情态与感受，在

　　①　进入百人名单的作家仅两位，另一位是"'改革文学'作家的代表"蒋子龙。参阅求是网：《改革先锋名单（100 名）》，http://www.qstheory.cn/yaowen/2018-12/18/c_1123868993.htm，2018 年 12 月 18 日发布，2020 年 4 月 21 日访问。

　　②　1969 年冬，路遥创作处女作诗歌《我老汉走着就想跑》，由诗人、路遥师友和路遥文学研究会副会长、《路遥研究》主编曹谷溪抄写在延川县张家河公社新胜古大队黑板报发表，后入选诗集《延安山花》（陕西人民出版社出版 1972 年版）。

　　③　《惊心动魄的一幕》初载《当代》1980 年第 3 期，后分别荣获"1979—1981 年度"《当代》文学荣誉奖、《文艺报》评选的中篇小说奖。关于此小说的发表情况及其之于路遥的意义，可参阅梁向阳：《路遥〈惊心动魄的一幕〉的发表过程及其意义》，载《文艺争鸣》2015 年第 4 期。

　　④　《人生》初稿创作于 1981 年夏，修改完成于同年冬天。初载《收获》1982 年第 3 期，中国青年出版社 1982 年 11 月出版单行本。问世后，"火爆程度超出想象。出版社首次印刷 13 万册，很快脱销。第二版 12.5 万册，一年后加印 7200 册，总数超过 26 万册"。杨敏：《路遥：倒在干渴的路上》，《文学教育（下）》2015 第 4 期。1984 年，吴天明任导演、路遥任编剧的电影《人生》在全国公映，次年获"第八届电影百花奖最佳故事片奖"。

　　⑤　《平凡的世界》第一部始作于 1985 年秋，第三部完成于 1988 年夏。第一部，载《花城》1986 年第 6 期，中国文联出版公司 1986 年 12 月出版单行本；第二部，中国文联出版公司 1988 年 4 月出版单行本；第三部，载《黄河》1989 年第 3 期，中国文联出版公司 1989 年 10 月出版单行本。小说曾在中央人民广播电台第一套节目《长篇连播》1988 年 3 月 27 日至 8 月 2 日以音频形式全文播出，影响巨大。参阅厚夫（梁向阳）：《〈平凡的世界〉，曾乘中央人民广播电台翅膀飞翔》，《北京青年报》2015 年 3 月 22 日第 A11 版。

我的身上和心上都留下了深深的印记，因此也明显地影响了我的创作活动。我的作品的题材范围，大都是我称为'城乡交叉地带'的生活。这是一个充满矛盾的、五光十色的世界。无疑，起初我在表现这个领域的生活时，并没有充分理性地认识到它在我们整个社会生活中所具有的深刻而巨大的意义，而只是像通常所说的，写自己最熟悉的生活。这无疑影响了一些作品的深度。后来只是由于在同一块土地上的反复耕耘，才逐渐对这块生活的土壤有了一些较深层次的理解。"[1]

"路遥现象"之论域

"'《平凡的世界》现象'在上世纪 80 年代即产生，其最初的特征是：评论家对《平凡的世界》的较多赞扬、普通读者对《平凡的世界》的普遍欢迎态度以及文学史家对路遥的'遗忘'和'忽略'。"不过，"自 1985 年第一卷问世以来，……虽然学界早已注意到《平凡的世界》在接受过程中多方意见的巨大反差，但直到本世纪才把它冠之以'现象'加以梳理、讨论和研究。"[2]

当代中国文学研究中为数甚多的路遥研究文献中，较早论及"路遥现象"的两篇均发表于 2003 年初。一是梁向阳的《路遥研究述评》（《延安大学学报（社会科学版）》2003 年第 1 期），此文结束部分胪列"今后路遥研究应注意的几个问题"时，提出"关于路遥在中国当代文学史的定位问题"，并指出"路遥在中国当代文学史的位置，似乎是出现了文学史家与评论家、读者评价相背离的尴尬局面"：一方面"路遥的作品在发表之时，评论界就给予很高的评价。就读者方面而言，路遥逝世后这些年里，其作品因为具有积极向上和催人奋进的内在精神气质，在广大普通读者心目中产生了广泛而深远的影响"；"可是另一方面，当代文学史研究者对路遥在当代文学史的地位问题，基本采取一种漠视态度"。二是邵燕君的《〈平凡的世界〉不平凡："现实主义长销书"生产模式分析》（《小说评论》2003 年第 1 期），该文以遵循"传统现实主义"写作原则的《平凡的世界》的不同反响为关注对象，不仅分别以"几份令人震动的调查报告"数据材料和几部"被公认学术成就高、影响大"的"文学史论著"中的写作内容，揭示了《平凡的世界》在广大读者群中的"长销书的魅力"和"不平凡的力量"、在"学院派""文学精英

① 路遥:《〈路遥小说选〉自序》青海人民出版社 1985 年版。引自《路遥全集·早晨从中午开始》，北京十月文艺出版社 2010 年版，第 38—39 页。
② 万秀凤:《"〈平凡的世界〉现象"的历史考察及研究》，《当代文坛》2010 年第 2 期。

集团"文学史家那里遭受的"淡漠"待遇，而且从"'审美领导权'的较量"之"文学生产场域"与"经典现实主义的'未了情结'"的心理背景视角，深入分析了上述现象产生的原因。两文均未把"路遥现象"或《平凡的世界》现象"概念作为关键词与核心问题讨论，但皆含有为路遥在中国当代文学史中的尴尬地位打抱不平的情感指向，其分别以作者路遥和《平凡的世界》为核心、共同关涉路遥作品价值重估问题的研究方法，既圈定了"路遥现象"所针对的基本问题域，也奠定了进入此论域的两种研究模式与格局。

　　最先明确以"《平凡的世界》现象"和"路遥现象"概念进入此论域，因而可谓明确宣告上述"现象"存在的文章，是贺仲明的《"〈平凡的世界〉现象"透析》（《文艺争鸣》2005 年第 4 期）和汪德宁的《"路遥现象"的当代启示》（《文艺理论与批评》2007 年第 4 期）。前文称"中国文学的接受史上，《平凡的世界》具有某个方面的代表性意义：即以研究者和文学史所代表的学术界与评论者和读者大众之间存在着巨大的观点分歧"；后文称"对读者产生如此巨大影响以至于成为一个独特的文学现象——路遥现象，却被我们研究文学史的理论家们所忽视，这不能不说是我们这些理论家的失职，更是我国文学的悲哀。如此重要的作家和文学现象都不能在我国文学史上占有一席之地，我们的理论家们应怎样面对我们的文学史呢？"

　　自 2007 年开始的十多年来从不同角度关注此问题的文献接连问世，遂使"路遥现象"成为当代中国文学研究中一个引人瞩目的热点论域。主要根据中国知网，集中讨论该问题的期刊文献大致有以下 25 篇[①]：冯肖华的《"路遥现象"的情感牵动与当下的价值呈现》（《西安外事学院学报》2007 年第 2 期），王金城的《路遥的文学史阅读与考察——纪念路遥逝世 15 周年》（《闽江学院学报》2007 年第 6 期），李水平的《为何冰火两重天？——浅析〈平凡的世界〉》（《创作评谭》2008 第 2 期），赵学勇的《"路遥现象"与中国当代文坛》（《小说评论》2008 年第 6 期），詹歆睿的《从读者的阅读与接受看"路遥现象"的存在》《"路遥现象"形成原因解读》（《名作欣赏》2010 年第 21 期），（《商洛学院学报》2009 年第 6 期），万秀凤的《"〈平凡的世界〉现象"的历史考察及研究》（《当代文坛》2010 年第 2 期），王海军的《路遥接受史论》（四川师范大学，2010 年硕士论文），汪德宁的《作为理想和力量的文学：当代文坛的"路遥现象"》（《当代文坛》2012 年第 6 期），于丽萍的《"路遥现象"研究》（辽宁大学，2012 年硕士论文），赵学勇的《再

---

　　① 下文引用本节正文所述文献或本文重复引用其他相关研究文献，第一次引用出脚注，第二次以后不再出脚注，仅在引用之前说明或引文之后夹注作者姓名；同作者有多篇文章者，姓名后再标明文章发表年份数字以示区别。

议被文学史遮蔽的路遥》(《小说评论》2013 第 1 期)，张立群的《作家的自我认同与读者接受：解读"路遥现象"》(《海南师范大学学报（社会科学版）》2013 年第 2 期)，周景雷、胡冠男的《作为现象的路遥研究与接受》(《鸭绿江》2013 年第 2 期)，臧晴的《个人话语的犹疑与消解：论"重评路遥现象"》(《名作欣赏》2013 年第 22 期)，李雍、徐放鸣的《"〈平凡的世界〉现象"与国家形象构建问题》(《江苏师范大学学报（哲学社会科学版）》2014 年第 1 期)，吴进的《"路遥现象"探因》(《陕西师范大学学报（哲学社会科学版）》2015 第 6 期)，武菲菲的《乍暖还寒：〈平凡的世界〉现象与"重写文学史"》(《兰州大学学报（社会科学版）》2015 第 6 期)，丁敏的《当代文学创作中的"路遥现象"》(《短篇小说（原创版）》2016 年第 2 期)，侯业智、惠雁冰的《"〈平凡的世界〉现象"的传播学解读》(《小说评论》2016 年第 4 期)，肖庆国的《"真实的虚构"与"虚构的真实"：重评"路遥现象"》(《佳木斯大学社会科学学报》2017 第 1 期)，侯芊慧的《〈平凡的世界〉接受过程中的"两极化"现象》(湖北大学，2017 年硕士论文)，赵勇的《在大众阵营与"精英集团"之间——路遥"经典化"的外部考察》(《文学评论》2018 年第 3 期)，卢燕娟的《"路遥现象"与文学史中的"农民"问题》(《首都师范大学学报（社会科学版）》2018 年第 3 期)，郜元宝的《编年史和全景图——细读〈平凡的世界〉》(《小说评论》2019 年第 6 期)，刘启涛的《〈平凡的世界〉的"两极评价现象"及其经典性问题》(《文艺争鸣》2019 第 10 期)。

"路遥现象"之界定

相关文献一般均会涉及"路遥现象"的具体意涵，有的还有定义性表述。比如：（1）"所谓'路遥现象'，主要指路遥作品的广泛接受性和专家对它的冷淡形成的反差，尤其体现在对其长篇小说《平凡的世界》的反应上，所以又有人称之为《平凡的世界》现象。"[①]（2）"已故作家路遥及其作品《平凡的世界》在中国当代文学史里是一个特殊的存在：一个在读者中赢得很高声誉并引发了空前阅读热情的作家，却在批评界和文学研究界长期评价不高，甚至一度不被放到文学史中去讨论。这种'冷''热'两极对比以及争议之热烈，构成了'路遥现象'。"[②]（3）"'路遥现象'指的是'新时期'以来中国文学界的一个'怪现象'：已经凭借中篇小说《人生》确立自己在'新时期'文坛地位

---

① 吴进：《"路遥现象"探因》，《陕西师范大学学报（哲学社会科学版）》2015 第 6 期。
② 刘净植、李陀：《忽视路遥　评论界应该检讨》，《北京青年报》2015 年 3 月 13 日第 B01 版。

的路遥，呕心沥血，于 1985 年秋至 1988 年春创作出反映中国自革命年代进入改革年代后 10 年巨变的三卷本长篇小说《平凡的世界》后，在文学界和读者那里，竟然产生了截然不同的反应——普通读者十分喜爱这部小说，如果不是狂热的话；文学界则反应冷淡，如果不是冷漠的话。"①（4）"自从《平凡的世界》面世之后，路遥其人其作就两极分化，形成了极为不同的待遇：一方面，他（它）被文学圈外的广大读者热读追捧，绵延至今；另一方面，他（它）又被学术圈内的专家学者小瞧低看，置之不理。这种'冰火两重天'的景观已被文学研究界的有识之士命名为'路遥现象'。"②（5）"'《平凡的世界》现象'主要指的是路遥小说《平凡的世界》所引发的文学史叙事与读者接受之间的一种冷热反差的文学现象。"③

　　上述定义均沿袭了"路遥现象"论域的最初价值与情感倾向，也代表了绝大多数关注者对于"路遥现象"概念的基本认识：主要指路遥小说尤其是《平凡的世界》文学接受与评价中确实存在着的一冷一热的矛盾对立形态与两极分化状态。而且普遍认为，此种引人瞩目的巨大观点分歧和强烈反差现象，主要存在于由中国当代文学史家所代表的文学研究学术界及其部分专家即所谓"学院派"与由普通读者或文学爱好者（粉丝）所代表的一般文学受众之间。赵勇将两极代表分别称为"精英集团"与"大众阵营"，"路遥现象"概念实际并不限于此一种用法。有时狭义地被缩小至仅指一热一冷中的"热读"现象。比如："从《平凡的世界》获第三届茅盾文学奖至今，路遥作品著作版本之多、销售时间之久、销售量之大，在中国当代作家里实属罕见，被称为'路遥现象'。"④有时则被扩大为三方面内涵："'路遥现象'……指路遥作品阅读中的'两极阅读现象'，即文学史以及文学批评家对路遥小说的漠视与大众对路遥小说的持久阅读形成的两极对比现象。本研究以为，'路遥现象'的内涵不仅包括路遥作品自产生以来，读者对路遥作品的长期热读与不断接受而形成的读者数量大、受众面多的情况，还包括读者自路遥逝世以后对路遥长期的追随与缅怀的现象，以上三个方面都应是'路遥现象'的内涵。"（詹歆睿，2009）⑤此说值得关注的是：在"路遥现象"一般指称人们对路遥作品的两种形成鲜明对比的情感反应之外，增加了读者爱屋及乌式地对作家路遥本人"长期的追随与缅怀"

　　① 鲁太光：《现实主义：依然广阔的道路——"路遥现象"对当下长篇小说写作的启示》，鲁太光：《重建当代中国文学想象》，中国言实出版社 2016 年版，第 40 页。
　　② 赵勇：《在大众阵营与"精英集团"之间——路遥"经典化"的外部考察》，《文学评论》2018 年第 3 期。
　　③ 侯业智、惠雁冰：《"〈平凡的世界〉现象"的传播学解读》，《小说评论》2016 年第 4 期。
　　④ 王刚：《平凡的人生——路遥生平与创作考释》，《延安文学》2013 年第 6 期。
　　⑤ 又见詹歆睿：《"路遥现象"形成原因解读》，《名作欣赏》2010 年第 21 期。

这一内涵。

吴进不赞同将"路遥现象"泛化为针对路遥所有作品："路遥现象"之所以又被称为《平凡的世界》现象"，是由于"所谓'路遥现象'主要集中在《平凡的世界》上。对于路遥其他的作品，读者与专家的分歧并不明显，不会成为一种'现象'，因为在路遥的作品中，唯有《平凡的世界》才会引起读者的特殊兴趣"。此说亦可由前引五个"路遥现象"定义中均主要提到《平凡的世界》得到印证。

综上所述，"路遥现象"概念大致有以下三种内涵：其一，专指路遥《平凡的世界》在中国当代作家作品中被大量受众前所未有地持续阅读、追捧的火热现象；其二，兼指路遥《平凡的世界》在中国当代文学接受和评价中出现的、分别由广大普通读者与绝大多数文学史家所代表的冰火两重天的"两极阅读现象"；其三，指自路遥逝世后喜欢路遥作品的人们对作家路遥持续不辍的长期追随与深切缅怀。"路遥现象"概念的三种内涵显然是主次有别而又密切关联的：第二种即"两极阅读现象"是此概念的主导内涵，另两种内涵则可谓第二种内涵形成的重要原因。可以设想，如果没有相当数量读者对路遥小说作品的热爱热捧、不离不弃和深切怀恋，相对而言的部分文学史专家对路遥小说的冷遇与漠不关心根本无以彰显。

"路遥现象"之现象

关于"路遥现象"中广大读者"热读"总体情况的代表性说法分别发表于 2003 年和 2015 年："从上个世纪 80 年代到本世纪初路遥的作品一直是最受广大读者欢迎的，在中国当代小说中，读者购买最多、借阅人次最多、对读者影响最大的是《平凡的世界》。"（汪德宁，2007）"第一，他是当代文学当中对我们这个社会，对我们这个有着 13 亿人群的国家影响力最大的一个作家。第二，他是既有读者又有粉丝的一位作家，他是与他的读者形成了一个命运共同体和情感共同体的这样一位作家。"[1]上述含有一个"最"的说法并非基于关注者的情感直觉与感觉印象，而是有大量实证性材料与调查数据支撑的。用以证明路遥及其《平凡的世界》被"热读"并被后续研究广为采信的权威材料，首先来自前述邵燕君论文引用或提供的三方面"几份令人震动的调查报告"。本节在概述相关情况后也会顺便介绍邵文问世至今 10 多年间出现的可与三者相参证的个别同类材料。

---

① 郝庆军、邵燕君等：《〈平凡的世界〉：历史与现实》，《文艺理论与批评》2015 年第 5 期。

其一，康晓光等人《中国人读书透视——1978—1998年大众读书生活变迁调查》一书提供的社会学调查数据材料。距今20余年前的该研究是以北京市居民为调查对象范围，借以反映截至当时"中国人读书生活的现状及其20年来的历史变迁"。调查既有1978年以前、1979—1984年期间、1985—1989年期间、1990—1992年期间、1993年以后（截至1998年）五个分段的排名，也有1978—1998年20年区间内的"对被访者个人影响最大的书"的排名。除了第一个分段，在其他四个分段排名中，路遥的《平凡的世界》均榜上有名，得票率分别为0.5%、0.7%、1.2%、1.6%，分别排在第14位、第14位、第11位、第7位；在20年区间总榜单中，得票率为4.8%，排名第6位[1]。邵燕君就此分析指出："从以上调查可以看出，《平凡的世界》自问世起，就在读者中产生着持久的影响。这种影响不仅是稳定的，而且是逐步上升的。也就是说，随着时间的推移，它不但在读者的记忆中显示出越来越重要的意义，而且在当下读者的阅读生活中占据着越来越中心的位置。北京的读者群在全国的读者范围内属于较高的层次，从以上调查结果来看，这个读者群特别崇尚经典，经典的范围包括古今中外，《平凡的世界》可以说是唯一入选的由'新时期'以来作家创作的'当代经典'。"10年后由中国新闻出版研究院实施的连续10多年的"全国国民阅读调查"一定程度上也证实了上述调查结论。在此调查的"最受读者欢迎的图书排名"中，《平凡的世界》虽然未出现在2008年和2009年两年的图书10种榜单，却赫然出现在2010年的10种榜单，排名依次是《三国演义》《红楼梦》《水浒》《西游记》《射雕英雄传》《天龙八部》《梦里花落知多少》《钢铁是怎样炼成的》《明朝那些事儿》《平凡的世界》[2]。

其二，唐韧等人针对前四届的《茅盾文学奖获奖作品调查报告》（《广西大学学报：哲社版》1999年第5期）。同样是距今20年前的此调查范围和主体主要限于广西地区

---

[1] 参阅康晓光等：《中国人读书透视——1978—1998年大众读书生活变迁调查》，南宁市：广西教育出版社1998年版，第47—48页、第49—50页、第51—52页、第53—54页、第59页。此研究实际还有似乎为"路遥现象"研究者所忽视的、截至调查之时的最好与最反感作家、书籍排名可为佐证。在"中国最伟大的作家"榜单中，共列入鲁迅、曹雪芹等31人，路遥得票率0.4%，与金庸、李白、苏东坡等五位并列第14位，排在其后的还有沈从文、三毛、古龙等人；在"当代中国最好的作家"榜单中，共列入22人，路遥得票率3.4%，排名第8位，前7位分别是鲁迅、金庸、贾平凹、巴金、老舍、王蒙、梁晓声，排在第9位以后的是余秋雨、钱钟书、王朔、王小波、三毛、刘心武、柯云路、曹禺、陈忠实、琼瑶、毛泽东、冰心、叶永烈、北岛。在"被访者最反感的书"榜单中，共列入《废都》《红楼梦》《丰乳肥臀》等14部作品；在"被访者最反感的作家"榜单中，前10名分别是王朔、琼瑶、贾平凹、柯云路、三毛、莫言、席娟、刘心武、梁晓声、王小波，得票率均在0.5%以上。后两个榜单中均未出现路遥作品和路遥。参阅上书，第61—62页、第63页、第60页、第64页。

[2] 据说明，"实施调查过程中，在无提示的情况下请被访者列举其最喜欢的三本图书书名，然后根据图书被提及的次数进行排名"。中国新闻出版研究院全国国民阅读调查课题组编：《全国国民阅读调查报告2011》，中国书籍出版社2013年版，第100页。

的在校大学生。其结果是：在前四届 20 部获奖作品中，"读者购买最多的是《平凡的世界》（占读者总数的 30%），读者最喜欢的作品也是《平凡的世界》，324 位回答该问题的读者中，有 145 人将之列为第一喜欢的作品，列它为'最差作品'的仅 1 人。"（邵燕君）[1]相隔 14 年后的 2012 年，张学军针对前八届茅盾文学奖获奖作品接受状况的一项调查研究仍然维持了上述结论。在此调查范围涉及 10 个省份、对象兼及"城市与农村地区"和"各年龄层次、各种职业、不同的文化程度、不同的地域"的研究中，"阅读过路遥的《平凡的世界》的有 796 人，占 38.6%，位列所有作品的第一位。"[2]

其三，邵燕君自己的"一手调查"：2002 年 6 月在北京大学大一年级文学与数学专业 47 位学生中的调查结果是"超过三分之一的人（16 人）读过这本书，其中有 5 位表示'非常喜欢'"；北京大学图书馆从 1999 年 7 月到 2002 年 5 月止三个学年的图书借阅率调查，"结果显示，《平凡的世界》这部 1986 年问世的作品，其借阅率并不低于在它之后陆续出版的曾轰动一时或正在轰动的纯文学作品（《平凡的世界》平均每套的借阅人次为 21.5；《白鹿原》为 22 人次；《废都》为 31 人次；《活着》为 24.5 人次；《尘埃落定》为 19 人次；《长恨歌》为 20 人次），与正在走红的畅销小说的距离（张平的《抉择》为 23 人次；周梅森的《人间正道》为 17 人次；卫慧的《蝴蝶的尖叫》为 24.5 人次；池莉的《来来往往》为 34.5 人次）也相差不远。"邵燕君 10 多年后的 2015 年讲述的一件事是："我记得在莫言刚获诺贝尔文学奖几个月后，我在一个武警部队作报告。那是一个特别大的礼堂，我问谁看过莫言的作品，没有多少人举手，再问谁看过《平凡的世界》，满场举手，齐刷刷的，吓了我一跳。"这使她得出结论："我基本的判断是这样的，路遥的《平凡的世界》是当代小说创作当中在读者间影响最大、流传最广的，而且是不靠文学评价，是靠民间口口相传的，这个判断没有问题。"（郝庆军、邵燕君等）单就高校而言，相隔 16 年之后的 2018 年，有专业人士通过检索包括北京大学在内的全部 39 所前"985工程"高校图书馆的门户网站、微信公众号、官方微博等，获取到 2015—2017 年度所发布的图书借阅排行榜共 77 个（三年分别 20、31、26 个），据这些榜单发现："《平凡的世

---

① 被引材料的相关表述原文是："销量最大的是《平凡的世界》（占读者总数的 30%），其次是《穆斯林的葬礼》（占读者总数的 15.1%）""最受这批读者欢迎的是《平》作，喜欢它的有 177 人，列它为差作品的仅 2 人；其次是《穆》作，喜欢它的为 74 人，列为差作品的 2 人。"另，就《平凡的世界》而言，"在 324 人作出的回答中"，"最喜欢"者 145 人，"第二喜欢"者 32 人，"觉得一般"者 9 人，"认为最差"者 1 人，"认为第二差"者 1 人。唐韧等：《茅盾文学奖获奖作品调查报告》，《广西大学学报（哲学社会科学版）》1999 年第 5 期。

② 张学军：《茅盾文学奖获奖作品接受状况调查》，《中国现代文学研究丛刊》2012 年第 8 期。《平凡的世界》之后依次为：《穆斯林的葬礼》705 人占 10.2%，《白鹿原》579 人占 8.4%，《尘埃落定》519 人占 7.5%，《长恨歌》512 人占 7.4%，阅读者最少的是张洁的《无字》，仅占 3.1%。

界》和《明朝那些事儿》连续 3 年位居榜单前 2 名，属于大学生最喜爱的经典图书，前者以农村子弟高中读书为起点，易引发大学生共鸣；后者则在反复钻研《明史》的基础上，再结合其他资料，以人物心理为主线撰写，更吸引人。"①

另有研究者还指出了上述调查有可能忽略的"热读"群体："这里需要特别指出的是，这些调查的对象大多是文化层次较高、具有一定阅读欣赏能力的人，而《平凡的世界》最广泛、最虔诚、最铁杆的读者群是那些处于贫困阶层的学生和民工，他们对《平凡的世界》的'热读'远远超过了文学史家们的想象。"②

从 1988 年到今天，只要愿意找，能反映《平凡的世界》在中国当代文学受众中的巨大影响力与无可替代地位即"路遥现象"中的"热读"情况的佐证材料可谓层出不穷。当年任中央人民广播电台《小说连播》编辑叶咏梅说："有三个数字可以诠释《平凡的世界》的影响力，一是当年播出后的听众来信居上个世纪 80 年代之最——直接受众达 3 亿多；二是新千年听众点播'精品展播'居排行榜之首——20 年来节目回眸；三是今年是《小说连播》60 年，它在最具影响力的节目排行榜也位居第八……"③人民文学出版社《当代·长篇小说选刊》曾两月一期发布"市场销售排行榜"，《平凡的世界》从 2010 年第 6 期登榜起到 2017 年第 6 期的 43 次统计中，《平凡的世界》"销售量连续 23 次排名第一"，统计者为此指出："《平凡的世界》在当代读者心目中，已经成为了王冠上的明珠。"④在 2018 年 8 月 10 日由广东省举行发布的一项"改革开放四十年中国人的阅读"活动中，《平凡的世界》作为"浪潮篇 1988—1998"之一，成功入选"40 本最具影响力图书榜单"，成为 19 种"文学类""经典"之一。⑤

---

① 倪弘、吴汉华：《对我国前"985 工程"高校图书馆 2015—2017 年图书借阅排行榜的分析》，《高校图书馆工作》2020 年第 1 期。根据此文，《平凡的世界》前两年均荣登榜单第一（分别 12 次、15 次），2017 年则以 1 次之差（《明朝那些事儿》10 次）居于第二。2019 年世界图书日当天，专业从事高校数据研究和咨询服务的"软科"发文《世界读书日　北大、浙大等名校的学霸在看什么书？》（上），指出："路遥的长篇小说《平凡的世界》蝉联冠军宝座，再次成为上榜次数最多的图书，上榜次数达到 14 次，可以说是一流大学建设高校学子最爱看的书了！该书自出版以来，30 余年经久不衰，曾获得第三届茅盾文学奖。《平凡的世界》在浙江大学、兰州大学、同济大学和大连理工大学的年度图书借阅排行榜或文学类榜单中高居榜首，在北京师范大学、南开大学等多所高校借阅榜单均能看到该书的身影。"引自搜狐网 https://www.sohu.com/a/309788490_111981?spm=smpc.author.fd-d.131.1581824083828whfFoGD，2019-04-23 09:42 发布，2020-02-16 访问。
② 赵学勇：《"路遥现象"与中国当代文坛》，《小说评论》2008 年第 6 期。
③ 叶咏梅：《作家身后的文学现象——试论路遥作品的审美价值》，载马一夫等编：《路遥再解读：路遥逝世十五周年全国学术研讨会论文集》，陕西人民出版社 2008 年版，第 122 页。
④ 阎真：《路遥的影响力是从哪里来的？从〈平凡的世界〉看写与读的关系》，《文学评论》2018 年第 3 期。
⑤ 这 19 种是《哥德巴赫猜想》《围城》《傅雷家书》《随想录》《青春万岁》《鲁迅全集》《平凡的世界》《金庸作品集》《白鹿原》《文化苦旅》《挪威的森林》《哈利·波特与魔法石》《我们仨》《第一次的亲密接触》《尘埃落定》《三体》《这边风景》《百年孤独》《追风筝的人》。引自广东卫视：《向经典致敬，改革开放 40 周年 40 本最具影响力图书榜单出炉》，https://www.sohu.com/a/246601145_823803，2018-08-11 19:00 发布，2018 年 8 月 14 日访问。

关于路遥及其《平凡的世界》被文学史专家"冷遇"的代表性说法是："与评论界和读者意见截然相反，学术界始终没有给予《平凡的世界》以明确的肯定，当代文学研究者中很少有人谈论这一作品，更缺少对作品的深入研究和积极评价。以至于在20世纪90年代以来出版的各种中国当代文学史中，几乎没有一部给予《平凡的世界》以重要位置。"①

从最初几篇相关文章开始，被频繁枚举作为其例证的中国当代文学史著作有洪子诚著《中国当代文学史》（北京大学出版社1999年8月版）、陈思和主编《中国当代文学史教程》（复旦大学出版社1999年版）、杨匡汉、孟繁华主编《共和国文学50年》（中国社会科学出版社1999年版）、王庆生主编《中国当代文学》（上海文艺出版社1983—1989年三卷初版；华中师范大学出版社1999年两卷修订本）、朱栋霖等主编"面向21世纪课程教材"《中国现代文学史（1917—1997）》（高等教育出版社1999年上下册版）等等。上述著作"被公认学术成就高、影响大"（邵燕君），尤其前两部文学史著作"被学界普遍看作是'重写文学史'的代表性成果"②，"是目前大多数高校中文学科采用的教材和重要参考书，也是备研考试的重点参考书目"（赵学勇，2008）。

根据是否论及路遥及其《平凡的世界》并评价如何，包含但不限于上述的文学史大致可分为以下几种情况：第一，"只字未提"路遥及其作品或只提到路遥及其主要著作名称者。被提及最多的是洪子诚著《中国当代文学史》，另如王庆生主编《中国当代文学》（三卷初版）、杨匡汉等主编《共和国文学50年》。第二，基本只论及路遥《人生》者。如朱栋霖等主编的《中国现代文学史（1917—1997）》，孟繁华等主编《中国当代文学发展史（修订本）》。第三，既论及《人生》，也论及《平凡的世界》，但对后书要么轻描淡写，要么总体评价不高。前者如陈思和主编《中国当代文学史教程》，陈晓明著《中国当代文学主潮》（北京大学出版社2009年初版，2013年2版）；后者如董健、丁帆、王彬彬主编《中国当代文学史新稿》（人民文学出版社2005年版），丁帆主编《中国新文学史》（下册）（高等教育出版社2013年版）。③

"冷遇"一极从一开始就是作为"热读"一极的陪衬而出现的，后者及其相关研究是否对前者产生了影响无疑也是"路遥现象"论域中值得关注的问题之一。这其中，既有指出"2005年之后路遥受到文学史的关注"④"一些新版的文学史著作开始把路遥的《平

①　贺仲明：《〈平凡的世界〉现象"透析》，《文艺争鸣》2005年第4期。

②　赵学勇：《再议被文学史遮蔽的路遥》，《小说评论》2013年第1期。

③　参阅邵元宝：《编年史和全景图——细读〈平凡的世界〉》，《小说评论》2019年第6期。

④　张立群：《作家的自我认同与读者接受：解读"路遥现象"》，《海南师范大学学报（社会科学版）》2013年第2期。

凡的世界》纳入到叙述范围中，并给予了积极评价"（万秀凤）即"路遥已经走进文学史"（吴进）的情况说明，也有跟踪研究 15 年前邵燕君提到的三部重要文学史，发现"精英集团"的文学史家对路遥及其《平凡的世界》的忽视"这种局面似乎有所改观，但也依然不容乐观"的清醒把握：杨匡汉等主编的文学史已增补修订为《共和国文学 60 年》（人民出版社 2009 年版），"但'未曾提及路遥'的局面几无改观"；"陈思和与洪子诚的两本文学史虽也再版，但前者似未修订，后者虽有修订，关于路遥却并无多少改进"，《平凡的世界》仍"长期缺席当代文学史重要教材"。（赵勇）显而易见，"新版的文学史"与"文学史重要教材"的不同着眼点产生了两种不同结论，且从后者视角而论，对"路遥现象"的持续关注并未获得预期的理想效果。

"路遥现象"之成因

"路遥现象"的基本特征是自觉不自觉而形成的两大文学接受阵营对路遥及其《平凡的世界》的冷热"两极评价现象"，因而主要立足于接受美学理论与文学接受实践，并兼顾涉事主体两方面文学接受"前理解"差异与审美意识形态冲突探究其成因，是此类研究的常规操作。因为"读者的身份背景、阅读方式和历史语境等因素""从根本上决定了普通读者和专业读者间的差异"："在阅读活动开始之前，专业读者的观念里就存在着一个由专业标准和优秀作品形成的期待视野"，"更注重作品的原创性和文学史价值"；"普通读者则相反，他们大多是在一个无参照，甚至无目的的状态下完成了对一部作品的解码的。"[①]邵燕君将"路遥现象"两极对峙成因归结为两种不同文化背景"文学场"的对立及其所折射的争夺"审美领导权"之斗争："文学精英集团"遵从西方文学标准和强势理论话语支持下的强调"文学自身的原则"审美规范，"读者上帝"则遵循"市场原则"背景下能够尊重普通读者阅读口味并为与路遥产生共鸣的传统现实主义的审美规范。吴进把路遥作品的普通读者广泛接受性和专家冷淡形成的反差原因总结为两个文学接受群体的阅读策略和评价标准的差异：路遥的"巨著情结"并不必然使《平凡的世界》成为专家认可的"巨著"，但读者喜欢而产生的"长销"却"遮蔽"了它作为"失败"之作的事实；"底层个人奋斗是《平凡的世界》最使读者印象深刻之处，但故事的正面化和道德化叙述使它在不同群体的接受中产生了分歧"；"小说的艺术形式不能同时满足两个读者

---

① 刘启涛：《〈平凡的世界〉的"两极评价现象"及其经典性问题》，《文艺争鸣》2019 年第 10 期。

群体的要求"。

既然引发人们关注"路遥现象"的"导火索"是路遥的《平凡的世界》，立足文本自身特征便成为人们探讨此现象的另一或辅助性路径。毕竟"路遥现象"的产生既有冷热现象的双方当事人趣味方面的主体主观原因，也有《平凡的世界》文本自身特征及其优缺点客体客观方面的原因。在对《平凡的世界》文本人物设置特点及其所反映的中国初期改革前后城乡青年、中高领导干部、农民和基层干部群像和编年史式全景图详尽分析的基础上，郜元宝强调，"《平凡的世界》体量实在太大，其丰富的细节和总体构思都相当复杂，实在不容易一眼看透"，从而形成其"阅读上既'易'又'难'（或形'易'实'难'）的悖论"，导致"专业研究者或普通读者只见其'易'而不见其'难'，在轻视甚至藐视的心理驱使下随意取舍，各执一端，从而以偏概全，得出天悬壤隔的结论"。另有学者则指出，作为"一部充满矛盾的巨著"，《平凡的世界》在四方面是缺憾与优点并存的，即个人奋斗者形象塑造上的得失、爱情描写方式的利弊、语言上的两个极端和现实主义的不彻底性，这必然导致"学院派"对它"矫枉过正地忽略"，却也并不影响"普通读者""出于感性和内心"对它的热爱①。"解释'路遥现象'的困难之处恰恰在于《平凡的世界》是以严肃文学的身份获得了通俗文学的效应。"吴进的上述判断突出的则是作为悖论存在的"路遥现象"实乃严肃文学与通俗文学两种文学作品身份及其矛盾性呈现。

关于路遥代表作《平凡的世界》优缺点并存的情况，自述"每当看到那些令人失望甚至厌恶的文学现象的时候"就会想起著名批评家李建军的看法或许最有代表性："路遥的作品，绝非无可挑剔的完美之作，还没有达到经典作品的高度。从不足的方面看，他的写作，是道德叙事大于历史叙事的写作，是激情多于思想的写作，是宽容的同情多于无情的批判的写作，是有稳定的道德基础但缺乏成熟的信仰支撑的写作，还有，他笔下的人物大都在性格的坚定上和道德的善良上，呈现出一种绝对而单一的特点，这是不是也单调一些了呢？而像乔伯年、田福军这样的'正面人物'，则几乎完全出于作者的想象，显得苍白而无力。但是，这样的不成熟和不足，并不影响路遥作品以朴实的诗性意味和积极的道德力量打动读者，并不影响我们喜爱他的作品，记住他的名字，感念他的劳作。"②五年后李建军又写道："我经常听到一些'纯文学'批评家贬低路遥的作品，说路遥缺乏'才华'，说他的作品'文学价值'不高，不是'真正的文学'。在我看来，这种简单而诬妄的评价，是对路遥最大的无知，是对路遥作品不公的误解。固然，英年

---

①　李水平：《为何冰火两重天？——浅析〈平凡的世界〉》，《创作评谭》2008年第2期。

②　李建军：《文学写作的诸问题：为纪念路遥逝世十周年而作》，《南方文坛》2002年第6期。

早逝的路遥，还不是大师，他的作品也没有达到经典的高度——他的作品，最好的是《人生》《在困难的日子里》和《早晨从中午开始》，至于《平凡的世界》，则仿佛是一盘樱桃，一半是成熟的，一半是青涩的。那青涩的一半，很多时候，是因为他的热情稀释了他的冷静，是因为他把善良变成了无边的宽容，是因为他用自己圆满的想象置换了残缺的现实，他因此丧失了观察生活的深度，丧失了批判现实的力度，失去了分析人物心理的尖锐和准确，失去了控制文字的节制感和分寸感。然而，成熟的一半，却是那么新鲜，那么姣妍，那么令人喜爱——仅凭这一半，也足以证明他是一个值得尊敬的优秀的作家，也足以证明他的这部作品是有才华、有价值的作品。不仅如此，就整体来看，他的朴实而亲切的才华，充满一种强大的道德诗意和美感力量，乃是一种在我们这个时代非常稀缺的精神现象，因此，很值得重视和研究。"[1]事实上自从路遥作品问世以来，不论是就当代中国文学不同的批评者还是就同一个批评者而论，毁誉参半的专业文学评论就从没有停歇过。这无疑可视为以（部分）专家文学史家与广大普通读者两极对峙而标志其存在的"路遥现象"之两极对立评价的文学批评表达。

还有不少研究者时不时会从作者路遥层面分析"路遥现象"的成因。汪德宁（2007）认为，路遥在普通读者那里的"成功"缘于路遥"对文学的宗教般虔诚""对底层社会生活的深切关注，给他笔下的'小人物'以勇气和力量。他用真情感动着他笔下的人物，也感动着千千万万个普通读者"，而文学史家对路遥的"'集体'遗忘"，可能一方面同他们"文学观念的更新""对传统现实主义创作手法的厌倦"，另一方面同路遥"不能划入文学的主流，甚至都不能归入到任何一个文学流派"有关。赵学勇（2008）更简明地将路遥在"史家"那里的"尴尬处境"和"赢得了大众"的原因分别概括为路遥"方法上的不逐新"和"其真诚的人道主义关怀"。侯业智等更具体地从传播学视角指出，"路遥现象"的产生源于路遥作为传播者的传播欲求与受众预设，即其《平凡的世界》创作手法上的现实主义、文化选择上的回归传统民间、情节设置及其思想表达上的通俗文学因素三方面"编码"，决定了路遥预设的受众群体不是文学界和批评界的文化精英，而是生活在底层的普通百姓。肖庆国则将"路遥现象"的"深层形成原因"归结为路遥创作中的自我意识和写作姿态，即对"主流意识形态的题材和现实主义表现形式"的"选择依附"，"虽然其传统现实主义体现得名不副实"[2]。

---

① 李建军：《真正的文学和优秀的作家——论几种文学偏见以及路遥的经验》，载李建军编：《路遥十五年祭》，新世纪出版社 2007 年版，第 239—240 页。

② 肖庆国：《"真实的虚构"与"虚构的真实"：重评"路遥现象"》，《佳木斯大学社会科学学报》2017 年第 1 期。

在众多具体的相关研究文献中，有偏于上述三方面之一的成因分析研究，更多的实际是兼及上述两三方面的综合分析。贺仲明指出，"《平凡的世界》现象"的出现既同"以研究者和文学史所代表的学术界"与"评论者和读者大众"双方心理需要的差异有关，也同《平凡的世界》作品本身"不可忽略的优点"与"远非完美"的缺陷共存的事实紧密相关，为此才出现了下述情况：前者"文学研究中的技术化和文化化倾向"及其对《平凡的世界》优点（如"对现实生活的热切关注""对书写对象——农民强烈而真诚的爱心"等）视而不见；后者"对它一片赞美之声，却缺少必要的清醒的批评"，因而存在"接受上的缺陷"。张立群强调，现实主义创作的当代变迁、路遥的作家责任意识与自我认同、路遥作品的传播、接受与批评标准的嬗变这三方面是解读"路遥现象"的重要路径。詹歆睿（2010）认为，路遥自身人生成长、创作经历如早年过继、停职返乡、感情离异和身患绝症的代表性是"路遥现象"的接受基础；路遥小说中展现的青年人的追求、"成长的痛"及其符合普通读者阅读习惯，从而与读者的情感发生共鸣，这是"路遥现象"形成的主要原因；印刷、广播、影视三种大众传媒对路遥小说的传播也促进了"路遥现象"的形成。在肖庆国看来，从路遥小说的传播过程而论，存在先天"精神资源的局限性"的路遥作品"在一定程度上是作家、政治和读者多重建构起来的所谓的'经典'"，注重文本自身价值的文学批评家和文学史家必然会给予"冷遇"。

总括而言，人们对"路遥现象"成因或专门或顺带地追究，不外乎《平凡的世界》文本自身、此文本的不同接受差异、作者路遥的人生经历与写作动机、综合分析等四种着眼点。这其中，从分析成因的操作特点看，有侧重于"热"与"冷"其中一方（尤其是"热"方）和兼顾"冷""热"两方两种分析模式；从论者的情感倾向而言，则存在替路遥及其作品打抱不平、理性中立客观分析、对相关研究者"过分拔高"[①]路遥情况之担忧等三种情况。

"路遥现象"之价值

"在中国当代文坛上，能以一个作家的创作或其产生的影响力构成某种'现象'的并不多见"，不同于曾经出现和被讨论过"赵树理现象""柳青现象""王蒙现象""王朔现象""废都现象"，"'路遥现象'是以一种'悖论'的形态（或者说'两极'状态）出

---

① 臧晴：《个人话语的犹疑与消解：论"重评路遥现象"》，《名作欣赏》2013年第22期。

现的，这更显示了路遥的独特存在及其价值，并且给当代文坛以重要的启示"。赵学勇（2008）的上述观点总体代表了绝大多数"路遥现象"关注者们对此现象"价值"的基本认识。

"路遥现象"所彰显的"路遥的独特存在及其价值"自然关乎路遥及其作品《平凡的世界》本身的文学价值定位问题。这也是那些总体对路遥持高度肯定立场研究者的首要关注点。梁向阳认为"确认路遥在中国当代文学史上的地位问题，某种意义上也是肯定路遥对现实主义创作方法的贡献，也是肯定他积极进取的人生精神"。赵学勇（2008）指出"路遥现象"是中国当代文学"绝好的标本"，借此"看到了真正的文学应该有的深沉底色"。冯肖华则将"路遥现象"的当下价值上升到路遥人生、路遥精神、路遥文本和路遥范式高度给予全面总结：作为"一位真正的文学英雄"，路遥的人生即"苦难英雄多悲壮的坎坷书写"人生；路遥精神即彰显"贴近现实的写作方式""坚持现实主义的创作方法""坚守知识分子的立场"的文学创作精神；路遥文本即"着眼于改革转型，涉笔于苦难岁月，揭示多难的命运，以至诚激活人们的心性，以坚守高扬人文精神"的文本；路遥范式即"高度体现意识形态层面的社会和谐观，标示文学创作走向的科学发展观"①。

另外，几乎所有路遥现象的关注者都论及"路遥现象"有助于对文学史观及其写作、文学创作和文学发展的价值、意义的反思。在赵学勇（2013）看来，"路遥现象"能够对上世纪末提出"重写文学史"讨论以来"史家的方法论和文学史写作模式进行检测"。贺仲明认为：《平凡的世界》不完美但也远非一无是处，在人们对它颇为极端的褒扬和贬斥中，折射着时代文化和文学批评观念的多元格局，也蕴涵着价值取向和批评姿态上的一定问题。《平凡的世界》的评价现象不是一个孤立的事件，而是具有一定的普遍意义，对这一现象的思考，有助于我们深化对当代文学创作和文学史写作的认识。"综合起来说，《平凡的世界》的创作和评价中所折射的，是创作界、文学史界和评论界以及读者等多方面的缺失，渗透的是当代中国文学的某些精神和现实困境。"即使对"重评路遥现象"有所保留的臧晴也承认，路遥"笔下的那些努力摆脱命运束缚、倔强向着人生发起挑战的奋斗者们给了一代代青年以慰藉、勇气和希望，他对崇高、深沉、理想的执着追求也不失为文学书写的一种类型，为文坛提供了一个参照"。此种"文学书写"绝大多数研究者认为是路遥坚守的不乏价值理想性的现实主义。阎真指出，《平凡的世界》"证实了现

---

① 冯肖华：《"路遥现象"的情感牵动与当下的价值呈现》，《西安外事学院学报》2007年第2期。

实主义的艺术生命力和当下的审美主导权"，而且"对主人公命运的描述和它的价值表达，与读者之间有着生存状态和情感状态的契合"。卢燕娟则更具体地从中国当代文学史中的"农民"问题视角，揭示了路遥小说对劳动与普通劳动者或普通人主体性价值的独特关注："路遥对农民的肯定、对土地的赞美，其所依据的都绝非乡土叙事逻辑，而是革命叙事所创造的劳动尊严与劳动者主体性。"①

"路遥现象"的价值，不仅事关路遥独特性及其作品价值，即"为什么要重提路遥"、形成"路遥现象""深层原因是什么"问题，而且事关更普遍、更根本的文学作品价值、文学批评与文学史研究、作家创作及文学本质问题。比如创作方法上的现实主义与非现实主义的取舍去留问题、艺术作品本身思想深度（比如批判立场）及艺术完美性同其广泛接受性问题。比如"这一现象又说明了什么？""文学作品的价值是以什么来体现的？文学批评的标准是以什么来衡量的？文学史的'入史'又是以什么眼光来取舍的？作家创作小说是为了让读者看的呢，还是专为批评家们所品评或为史学家们所备选的？""什么是文学，文学的本质是什么，它的终极目的何在，它有哪些规律，诸如此类的问题"。（赵学勇，2008）不少研究者就此相信"路遥现象"甚至"向当前的文学理论研究提出了挑战"②。可见，路遥至少单凭其《平凡的世界》等作品接受与评价引发的"路遥现象"本身，不仅有资格在当代文学史中获得其特殊地位，而且对于反思从根本上决定文学史、文学批评、文学理论研究的文学本质这一本体论问题，提供了一个颇为特别的文学"案例"。

"路遥现象"之本质

"'路遥现象'这个概念本身也是那些不满这种现象的批评家们提出来的。"（吴进）当代中国文学研究中的"路遥现象"论域形成伊始，就有着替路遥及其代表作在中国当代文学史上的所谓尴尬地位打抱不平，并试图争得一应有席位的鲜明价值诉求。对此，吴进更为尖锐的质询是："普通读者到底从路遥的作品——尤其是《平凡的世界》——中获取了什么？他们对路遥作品的态度是否足以成为决定作家进入文学史的充分理由？不同的文学评价标准是否可以成为一个自足的系统？路遥有理由进入文学史，问题是以什么方式进入。"事实上，由冷热反差或悖论形态而标明自身存在的"路遥现象"一经明朗

①　卢燕娟：《"路遥现象"与文学史中的"农民"问题》，《首都师范大学学报（社会科学版）》2018 年第 3 期。
②　丁敏：《当代文学创作中的"路遥现象"》，《短篇小说（原创版）》2016 年第 2 期。

化，就被首先从本质上视为一个矛头直指文学史专家的"文学史问题"，即作为"热读"一极的广大普通读者对路遥作品的极度喜爱，能否影响"冷遇"一极的文学史家的专业文学评价标准，从而让路遥进入文学史的问题。

不论接受与否，是热捧还是冷遇，以自己的方式矢志钟情于"城乡交叉地带""身上背着一堆的问题"①的路遥，及其优缺点并存的《平凡的世界》，至少对于中国当代文学史和批评理论史研究而言，已经成为一个奇异特别、内涵丰富的文学史个案与理论批评分析样本。前文关于"路遥现象"价值等话题的讨论已经揭示出，"路遥现象"不仅仅是一个事关如何评估路遥及其作品在中国文学史中之地位的"文学史问题"，而且一定程度上更深刻地昭示了文学作者、文学作品、文学读者、文学传播媒介、文学批评家、文学史家和官方非官方的文学奖励机制等诸多文学要素之间的复杂纠葛与互动博弈关系，进而牵扯到文学以及文学审美何谓何为之类更为根本的文学本体论问题。

石天强指出，被视为"冷遇"路遥之代表的洪子诚著《中国当代文学史》和陈思和主编《中国当代文学史教程》"在撰写上都有一个共同的特点，就是都承认自己视野的局限性，并且强调作为一部个人主编、撰写的文学史无疑在材料的选择上、基本观点的确立上、研究的体例上追求某种个性特征的同时，必然会丧失掉一些东西"，他还观察到"一个有趣的现象是，但凡获得'茅盾文学奖'的文学作品少有能进入'个人文学史'的视野的"。②这表明：某些作家作品被洪子诚与陈思和分别主持撰写的文学史所忽略，只不过是个别文学史家个人偏好的体现，并不必然代表着整个中国当代文学史研究的重大偏颇与失误；文学史家有权利也完全可以凭借自己的独立判断来决定某个作家及其作品能否进入自己的文学史。就"路遥现象"而论，个别文学史家对路遥的"冷遇"并不必然代表整个文学史和整个文学界对路遥的"冷遇"；同时，过分纠缠于个别文学史著述是否"冷遇"路遥，在某种意义上也会对"路遥现象"所彰显的更为关键而重要的"路遥问题"与"文学问题"视而不见。

其实也不难设想，对于坚持自己立场、一直或可能还会"冷遇"路遥的文学史家而言，广大读者的热烈反响和"路遥现象"关注者的"不平则鸣"应该不会成为他们文学史写作的重要参照点。同样，对于几十年来只关注作品本身、继续阅读路遥作品的"热读"一极的广大读者，路遥能否进入文学史一般也不会成为他们关心的事情。由于"涉

---

① 李陀、程光炜等：《张承志创作三十年——当代小说国际工作坊讨论之一》，《现代中文学刊》2015 年第 3 期。

② 石天强：《断裂地带的精神流亡：路遥的文学实践及其文化意义》，北京大学出版社 2009 年版，第 162、164 页。

事"文学史家与读者双方各自安于其所好、对对方很少感兴趣，"路遥现象"之于一冷一热的"当事主体"根本就不是一个问题。如此而论，冷热对峙的"路遥现象"终将事实性地继续存在下去。而只要有"路遥现象"的关注者出现——不论是否心怀替路遥"打抱不平"的意愿，"路遥现象"研究也必将学术性地继续存在下去。问题是，关注者还能够怎样研究"路遥现象"？

（作者单位：陕西师范大学文学院）

是传承经典，还是解构经典[*]

——航宇《路遥的时间》对当代作家传记写作的启示

王云杉

内容提要：在路遥的纪念文章和传记资料中，《路遥的时间》具有较大的代表性和典型性，其在传记文学创作上的得失，对传记写作伦理的建构具有较大的启示意义。从传记文学的视野来看，此书填补了其他版本路遥传记的知识空白，认识到路遥作品在走向经典化过程中的几个重要因素，以传承路遥的文学精神为基本宗旨。不过，作者在写作技巧和价值观念上存在着诸多局限和误区，使得文本严重违背了路遥的文学观念，具有解构路遥作品经典性的巨大可能。就此而言，传记的写作既需要坚持"人学"的立场，回归日常生活，又应该注重史料考证，兼顾历史研究的客观性、主体性和叙事性，建构文史结合的写作伦理，以此推动当代文学的经典化历程。

关键词：《路遥的时间》；路遥；传记文学；经典化

至今为止，路遥及其作品的研究和评论已有将近 40 年的历史。在此期间，尽管路遥的创作曾经受到文学史家和评论界人士的轻视和质疑，但是诸多权威学术杂志近年来不断刊发相关的理论文章，使得路遥研究具有升温的趋势。与此同时，航宇出版于 2019 年的《路遥的时间》为人们阅读和理解路遥，提供了较大的便利。作为路遥最后数百天生活经历的见证人，航宇著作的史料学价值毋庸置疑。在此书出版后不久，程光炜依据航宇对路遥治病过程的回忆，以及其他旁证材料，撰写了《路遥兄弟失和原因初探》[①]一

---

　　* 本文系国家社科基金重点项目"中国新文学学术史研究"（批准号：20AZW015）阶段性成果。
　　① 程光炜：《路遥兄弟失和原因初探》，《南方文坛》2021 年第 1 期。

文，进一步填补路遥研究中的空白。路遥去世后，航宇曾经在 1993 年出版悼念长文《路遥在最后的日子》①，对路遥病中的情况进行回忆，而《路遥的时间》正是在此文基础上扩写而成的产物。应该说，《路遥的时间》不仅属于珍贵的历史资料，还是一部饱含个人情感的叙事性作品。目前，学界已有多种关于路遥生平经历的纪念文集和传记著作。我们可以从传记文学的角度，对《路遥的时间》进行解读，探究路遥的传记写作与路遥作品经典化之间的复杂关系，并对当代作家传记的写作伦理问题进行思考。

一、传记文学视野中的《路遥的时间》与推动路遥经典化的努力

《路遥的时间》虽然不属于严格意义上的传记文学，但是带有强烈的传记写作意味。一般来说，传记文学以人物完整的生命历程为叙述对象。辜也平对传记文学的概念界定是："以历史或现实中具体的人物为表现对象（传主），集中叙述其生平，或相对完整的一段生活历程的文学作品。"②这里的"生平"，主要指人物具有完整性的人生经历，而非某一阶段的生活片段。不过，辜也平对于其他学者将日记、书信、年谱、印象记、访问记等文本列入传记文学的做法，并不完全反对，而是主张分析作品的具体情况。另一位学者杨正润提倡扩大"传记文学"的概念范畴："传记必须是写人物的'生平'吗？传记的范畴在不断扩大，那些记录某个人思想的发展、感情的变化，或是记录其言论的作品，也被人们归为传记，这同人物生平显然不完全是一回事。"③在杨正润看来，回忆录一类的文字，同样属于传记写作的范畴。关于路遥的研究资料，相对于厚夫《路遥传》、张艳茜《平凡世界里的路遥》、王刚《路遥纪事》、王拥军《路遥新传》、海波《人生路遥》等严格意义上的传记而言，《路遥的时间》仅仅展现了路遥最后一年的生活际遇，似乎仅仅属于回忆录、印象记一类文章的范畴。在单行本中，作者解释了写作活动的缘起。路遥病逝后，《喜剧世界》主编金铮策划了一期纪念路遥的专号，为了"真实"地展现路遥从住院到去世的具体过程，邀约作为在场者的航宇撰写纪念文章，于是产生了《路遥的时间》的"底本"，即 6 万字的长文《路遥在最后的日子》。两部作品聚焦于路遥从获得茅盾文学奖到生命结束的最后一年，对路遥真实的"人生"片段进行详细的展现，带有传记作品的属性。应该说，《路遥的时间》具备较高的自足性、完整性和叙事性，是其他

---

① 航宇：《路遥在最后的日子》，陕西师范大学出版社 1993 年版。
② 辜也平：《中国现代传记文学史论》，人民文学出版社 2018 年版，第 9 页。
③ 杨正润：《现代传记学》，南京大学出版社 2009 年版，第 25—26 页。

版本路遥传记的历史资料来源，可以从传记文学的角度进行解读。

从传记文学的视野来看，《路遥的时间》不但对现有路遥传记未能详细介绍的空白之处进行了补充，而且说明了路遥作品的经典化的部分重要原因。航宇曾经在路遥的帮助下成为《延河》的见习编辑，其主编的报告文学集《你说黄河几道道弯》的序言由路遥亲自撰写。因此，航宇出于"江湖道义"和个人情感的考虑，主动担任路遥的"生活助理"，帮助他处理文集出版、住房装修、购置家具、接待访客等私人事务。作为路遥患病住院时期的陪伴者，航宇所作《路遥在最后的日子》成为弥足珍贵的路遥研究资料。相比而言，厚夫、海波、张艳茜等作家仅仅获得探望病中路遥的少数机会，对其性格特质和精神思想的感知程度不如航宇那样直观亲切。因此，《路遥的时间》对于路遥病中的情况进行了更加全面和详细的介绍，记录了"传主"回顾自己童年岁月、婚恋家庭等生活往事和复杂的心路历程，使其在路遥传记中具有独特的史学意义。同时，《路遥的时间》虽然仅仅描写路遥去世前一年多的生活经历，但是对路遥小说的经典化问题提出了具有新意的看法。航宇从1991年路遥获奖前后复杂多变的心理状态写起，并且详尽地介绍《平凡的世界》在1988年之后的影视改编与电台广播的情况，考察该作的媒介传播方式对路遥文学接受的影响，得出了颇有启示意义的结论："随着中央人民广播电台对路遥长篇小说《平凡的世界》的热播，人们争相阅读小说《平凡的世界》的热潮，很快席卷了祖国的大江南北。曾经不被一些学者和评论家看好的长篇小说《平凡的世界》，很快出现了逆转。"[1]航宇认为媒介促进路遥在普通读者中的接受效果，进而影响了国内一流学者对路遥作品的价值判断，这样的论述是客观准确的。从现有资料来看，《平凡的世界》（第一部）于1986年发表在《花城》后，尽管在次年受到朱寨、何西来、雷达、曾镇南、白烨等顶尖批评家的肯定，被认为是"一部具有内在魅力和激情的现实主义力作"[2]，但是作品总体上的艺术质量还是受到了较大的质疑。路遥完成《平凡的世界》第一部之后，将书稿交给雷达，期望听到肯定的评价，但作品被好友认为纵向开掘度不够，没有超越《人生》的高度。直到1991年《平凡的世界》获奖后，雷达承认《平凡的世界》曾经在读者中产生强烈的反响，并且说："现在看来是我部分地错了，我对这作品厚实、顽强的生命力，特别是它的励志价值认识不足。"[3]可以说，媒介传播、读者反响影响

---

① 航宇：《路遥的时间》，人民文学出版社2019年版，第19页。

② 一评（李国平）：《一部具有内在魅力的现实主义力作——路遥长篇小说〈平凡的世界〉（第一部）讨论会纪要》，《小说评论》1987年第2期。

③ 雷达：《我所知道的茅盾文学奖》，出自任南南编：《茅盾文学奖研究资料》，百花文艺出版社2018年版，第3页。

了批评界对路遥文学成就的判断，而茅奖作为文学界最权威的奖项，有力地确认路遥的经典化地位。其他版本的路遥传记对于《平凡的世界》的创作过程进行详细地介绍，而对于作品的媒介传播方式及其影响仅仅一笔带过。厚夫《路遥传》尽管谈及电台广播对于《平凡的世界》市场销量的影响，但是叙述重点很快转移到路遥的家庭生活和创作道路方面。相比而言，航宇《路遥的时间》对于路遥的经典化问题表达了更为清晰和深刻的认识。

新世纪以来，路遥的文学接受和经典化程度有增无减，虽然这与作品的影视改编情况有关，但路遥传记写作在其中所起到的作用也不应该被忽视。2015 年由毛卫宁执导，佟丽娅等知名艺人参演的同名电视剧《平凡的世界》在各大网站播出，意味着路遥及其作品得到社会更为广泛的认可。可以说，小说的影视改编扩大了路遥及其他作家，如刘庆邦、刘震云、余华、毕飞宇、陈彦、严歌苓等人在普通读者中的知名度和影响力，而读者群体对于某一作家的喜好，有可能影响专业学者的文学判断。以路遥为例，赵勇通过考察《平凡的世界》的读者评论、作品在高校图书馆的借阅数据、文学史教材提及情况，考察"民选经典"对于"精英集团"的经典建构活动所产生的微妙影响，认为前者打破后者对于经典的垄断，对"学院经典化"产生一定的压力[①]。在赵勇看来，读者对于《平凡的世界》的推崇，悄然改变着学院派批评家对于路遥文学价值的判断。然而，我们在承认普通读者对于当代文学经典的建构享有平等参与权的同时，也应该认识到经典作家首先是被专业学者所发现这一事实。路遥在 1992 年逝世后，文坛出现多种多样的纪念文集。最早的路遥纪念集由晓雷、李星编写，名为《星的殒落——关于路遥的回忆》（1993 年）。此后，又有马一夫、厚夫等编：《路遥纪念集》（2007 年）、申晓：《守望路遥》（2007 年）、李建军：《路遥十五年祭》（2007 年）、申沛昌：《路遥与延安大学》（2019 年）等。尽管市面上不乏路遥的纪念文章，但是这并不意味着路遥的文学成就得到学界的普遍认可。路遥研究专家厚夫指出，2002 年以前，国内还没有具备学术品格的路遥传记，而这种遗憾成为了自己创作《路遥传》的重要动因[②]。可以看出，经典作家并不是自动浮现于人们面前，而是在专业学者的阅读和批评活动中建构起来。"酒香不怕巷子深""是金子总会发光"的日常逻辑思维并不是文学经典的产生规律。专业人士的眼光和选择，对于经典作品的确立至关重要。佛克马、蚁布斯在《文学研究与文化参与》（1997 年）中考察中、西方经典建构的历史过程，认为经典并非一成不变，主张讨论"谁的经

---

① 赵勇：《在大众阵营与"精英集团"之间——路遥"经典化"的外部考察》，《文学评论》2018 年第 3 期。
② 厚夫：《路遥传》，人民文学出版社 2015 年版，第 2 页。

典"的问题。而后，在 2005 年国内举办有关文学经典建构与重构学术会议上，佛克马指出："所有的经典都是由一组知名的文本构成——一些在一个机构或者一群有影响力的个人支持下选出的文本。"①作为"知情人"和学者，厚夫无疑在路遥研究领域具有较大的影响力，其《路遥传》出版之后，在专业读者和普通大众中迅速取得强烈的反响，并引发诸多报刊媒体的关注，较大地促进了路遥文学的传播和普及。就此而言，航宇《路遥的时间》和其他多个版本的路遥传记，通过梳理路遥的生平经历和创作思想，具有推动路遥及其作品走向经典化的可能性。

从传记文学的视野来看，《路遥的时间》不仅展现了路遥晚年时期的诸多"一手材料"，还准确地指出推动路遥经典化的几个重要因素，即：大众媒介、影视改编和读者接受。该书以史料性见长，同时又具备一定的思想性，成为路遥研究领域的重要文献。航宇在弥补其他版本路遥传记知识盲区的基础上，试图推动路遥在当代文学史中的经典化过程，这属于《路遥的时间》的基本写作意图。然而，航宇的写作动机尽管是善意的，但在建构"传主"形象的同时，又存在解构路遥经典性的可能。

二、《路遥的时间》的写作视角、价值观念与解构路遥经典性的可能

在《路遥的时间中》的部分篇章，航宇以同乡、同事、朋友的视角，展现了路遥作为普通个体所拥有的多副"面孔"。在家庭生活上，路遥属于不折不扣的慈父，他对于女儿路远的任何"指示"言听计从。在文学的道路上，路遥又是追日的夸父，他渴望战胜病魔，重返生活的现场，在创作的道路上继续前行。尽管路遥及其作品都具有丰富性和矛盾性，但作者却对路遥的作家形象进行偶像化处理。可以看出，在更多的时候，作者使用追随者、崇拜者的视角写作，将路遥放置于远远高于自己和读者的位置，殊不知，这样的写作视角不但不利于展现路遥的性情特质和人格魅力，反而解构了路遥及其作品的经典性。《路遥的时间》第四节描写路遥获得茅奖之后，乘车返回清涧，受到家乡人民热烈欢迎的场景。作者写道：

> 当乡亲们看见从车里走下来的路遥，居然是这么普通的一个人，他身上穿的衣服，跟赶集的农民没什么区别，上衣是一件有点褪色的土黄色夹克，下身穿一条灰

---

① 童庆炳、陶东风主编：《文学经典的建构、解构和重构》，北京大学出版社 2007 年版，第 18 页。

不拉几的休闲裤，脚上穿的是没有光泽的皮凉鞋，这样的穿戴跟获得茅盾文学奖的著名作家头衔是多么的不协调呀！①

　　按照文中的逻辑，路遥是不是应该像当下的暴发户一样穿金戴银，才配得上"茅奖作家"的头衔？如果说路遥获奖后优渥的物质条件与勤俭节约的生活习惯所形成的反差，能够展现其人超凡脱俗的精神境界，那么，作者在"传主"的穿衣打扮与社会名誉之间画等号，则毫无道理可言。实际上，这样的描述不但无助于展现路遥的性情气质，反而体现出作者与路遥心灵世界的隔膜感。依照书中的相关叙述，路遥本人极力淡化"茅盾文学奖"对于自己的肯定，期望创作出超越《平凡的世界》的作品，他对守候在病床前的航宇说："其实《平凡的世界》对我来说，根本算不了什么，我只是练了下手。可我听到人家在背后的一些议论，说我的《平凡的世界》是我再也不可逾越的一个高度。我就不信，那是人们根本不了解我。"②然而，航宇却没有深刻地体会到路遥突破自我、超越自我的创作追求，反而对路遥"茅奖作家"的神圣光环念念不忘。《路遥的时间》在《当代》刊载时，篇幅不足单行本一半的体量，但"茅盾文学奖""著名作家"的字样却出现了14次之多。航宇以崇拜者的视角描写路遥，其背后体现的价值观同样让人质疑。

　　航宇对路遥形象进行等级化和符号化处理，文中的论述缺乏常识性和逻辑性，成为全书最为显著的败笔之一。厚夫《路遥传》曾经记录航宇和路遥到竹笆市场购买家具的历史事实，《路遥的时间》则对这一事实的具体细节进行了回忆。在航宇笔下，病中的路遥拄着一根擀面杖，"活脱脱就像一位步履蹒跚的老人了。看到他这样，我真有些好笑，这哪像是获得茅盾文学奖的作家，看他现在的样子，跟著名作家的身份一点也不相称"③。可以说，这样的论述将路遥等同于抽象的符号，违背了基本的生活常识。生老病死是人不可违背的自然定律，作家同样不可能超越世界的基本法则。同时，在《路遥的时间》中，路遥还被塑造成带有价值判断色彩的文化标签。家具市场上卖椅子的姑娘没有给予路遥热情周到的服务，被作者认为是没有文化的表现："哎呀，看把你日能的，我实话告诉你，你连那个人都不认识，还卖什么椅子？我告诉你，他是著名作家路遥，你知道不？"④作者固然可以适当展现路遥在当地读者群体中的知名度，但却没有必要突出路遥身份的特殊性，更不必以贬低普通人存在价值的方式，证明路遥的文学意义。

① 航宇：《路遥的时间》，人民文学出版社2019年版，第63页。
② 同上，第348页。
③ 同上，第159页。
④ 同上，第160页。

文中体现出明显的价值谬误，不得不说是莫大的写作缺陷。

此书的另外一大问题在于，作者有意展现路遥在生活中所拥有的一些"优先权"，对中国社会的官本位文化和特权制度表示赞许。在回忆中，路遥委托"我"以自己的名义到招待所登记一个房间，然后找相关领导结账。这件事让"我"感到比较为难，甚至抱怨路遥不理解他人。之后，路遥又委托"我"购买开往延安的火车票，"我"又找到自己在火车站工作的同事帮忙，同事通过领导出面，终于帮"我"拿到车票。作者在叙述事件的过程中，难免带有一丝自吹自擂的意味："当然，他获得茅盾文学奖，不仅仅是个人荣誉，也是给陕西争了光。那么作为宣传部门的领导，他责无旁贷地应该帮助解决路遥的这个困难。"[1]从日常生活的逻辑来看，同事和领导出于个人情感因素的考虑，才会尽力帮助航宇和路遥，但是，路遥获奖与买票两件事并没有因果式的直接关联。可以看出，航宇对于路遥"享用"特权的行为颇为赞同。在后文，航宇曾经建议路遥从延安转院到西安，他不仅考虑到西安的医疗条件更好，而且"路遥不同于这些普通病人，他在西安有着得天独厚的优势，不害怕住不了院，也不害怕治病没有医疗费。他是全国著名作家，有省上领导和朋友的帮助和关系，占足了天时地利人和"。[2]在这里，"不害怕……也不害怕……"的表述方式，把路遥塑造为特权制度的享受者，其社会等级地位远远高于普通读者。作者在后文对于路遥的描述，同样不符合作家的身份形象。本书第二十六节写道："事实上，有些事对他（路遥）来说，几乎是易如反掌，根本算不了什么，因为他是著名作家，身上有着光鲜亮丽的光环，那些看起来根本不可能的事，在他这里就变成可能了。"[3]航宇的这段叙述，本意是为了描写路遥固执、自我的性格特征，展现真实的路遥形象，但文中暗含的价值观念值得商榷。这里所说的"有些事"没有明确的所指，最有可能是指路遥帮助弟弟九娃联系工作单位的事情。当然，追问"有些事"的真实内涵并不是最重要的问题，关键之处在于，"著名作家""不可能""可能"几个词语形成的逻辑链条，表现作者对于权力的渴望和迷恋，这种价值观同样不利于塑造路遥作为经典作家的形象。

如前文所述，航宇对于路遥经典化的部分原因具有深刻的认识，但作者在塑造路遥作家形象的过程中，却解构了路遥及其作品的经典性。航宇在文中口口声声地重复"著名作家""茅盾文学奖"这类总结性、评价性的词语，似乎想给路遥确立下世界文学大师

---

① 航宇:《路遥的时间》，人民文学出版社 2019 年版，第 176 页。

② 同上，第 261 页。

③ 同上，第 313 页。

的地位，并证明其享受种种"特殊待遇"的合理性，但写作效果最后只会适得其反。虽然我们承认路遥属于"著名作家"和"经典作家"这一事实，但没有必要"强行"确立其文坛宗师的地位。对于路遥的文学价值判定，同为陕北老乡、延安大学校友的学者李建军拥有准确的认识："在文学领域，就连大师，都难免要受到别人的质疑和苛责。更何况，路遥还不是大师；更何况，路遥的作品的确存在问题。"①李建军从"为谁写""为何写""写什么""如何写"几个角度细读路遥作品之后，反对以"两极分化"的方式评价路遥，而是力求客观地分析路遥创作活动的成就与不足。对于路遥的文学成就，李建军中肯地说："路遥的作品，绝非无可挑剔的完美之作，还没有达到经典作品的高度。"②李建军虽然对于路遥的总体成就评价不是很高，但是从世界文学的语境中分析路遥的创作特色，并不反对推动路遥的经典化过程。可以说，后人在阅读路遥的过程中，准确地指出其作品的文学意义，才是纪念这位作家的正确方式。如果只是给路遥扣上"著名作家"的帽子，并且以贬低普通读者的前提来抬高路遥的存在价值，结果反而是解构路遥文学的经典性。

与此同时，航宇虽然以认真负责的态度记录了路遥晚年的生活观、创作谈一类文字，客观上为路遥研究贡献了一份宝贵的力量，但是作者却对路遥的文学精神表现出较大的陌生感和疏离感，不利于推动路遥的经典化。航宇认为晚年路遥享受读者的掌声和领导的关照，属于理所应当的事情，但路遥本人却对社会名望和物质财富侵蚀作家创造力的可能性，保持清醒的认识。路遥在1991年开始创作的随笔《早晨从中午开始》中写道："我们常常看到的一种悲剧是，高官厚禄养尊处优以及追名逐利埋葬了多少富于创造力的生命。"③可以说，路遥虽然接受当地政府提供的社会名誉，但对外在的功名利禄没有太多执念。相反，父母和家乡父老乡亲误以为路遥"著名作家"的头衔能够解决生活中的不少问题，他们时常提出种种要求，反而给路遥带来不少烦恼。从随笔来看，路遥自《人生》发表以来，将文学创作与普通劳动视为一体，并以劳动者自居："我为自己牛马般的劳动得到某种回报而感到人生的温馨。"④然而，航宇在塑造路遥形象的时候，不但严重偏离路遥的文学精神，反而还将诸多流行的社会观念不假思索地置于"传主"的人格世界中，极大地歪曲了路遥的文学形象。

---

① 李建军：《人们为什么怀念路遥（代序）》，出自李建军编：《路遥十五年祭》，新世界出版社2007年版，第1页。
② 李建军：《文学写作的诸问题——为纪念路遥逝世十周年而作》，《南方文坛》2002年第6期。
③ 路遥：《早晨从中午开始》，十月文艺出版社2009年版，第83页。
④ 同上，第79页。

路遥本人并不拒绝外界对自己的赞誉:"我不拒绝鲜花和红地毯。但是,真诚地说,我绝不可能在这种过分戏剧化的生活中长期满足。"①路遥清楚地认识到凭借《人生》带来的声誉,自己完全可以停止创作,坐享其成。正是渴望超越自我,驶向远方的心声引领着路遥走向更远的文学道路。从总体上看,《路遥的时间》没有继承路遥的精神,推动其文学创作走向经典化,而是产生相反的作用,解构路遥作品的崇高性和经典性。然而,分析《路遥的时间》在传记写作方面的得失并非本文的宗旨。怎样建构当代作家传记写作的伦理,才是真正值得思考的问题。

三、回归日常生活与重返历史现场:当代作家传记写作伦理的建构

航宇《路遥的时间》通过回顾路遥晚年的生活事迹,宣传路遥的文学精神,不仅表达作者个人的缅怀之情,而且尝试着推动路遥在中国当代文学史上的经典化历程。然而,作者在塑造路遥形象的过程中存在诸多创作局限,恰恰解构了路遥及其文学的经典性,其创作动机与作品可能产生的接受效果之间存在巨大的"断裂感",成为我们反思当代作家传记写作问题的良好契机。应该说,作者在无意间"神化"路遥的文学形象,突出路遥与普通读者的身份差别,是造成传记文本写作失误的根源所在。由此,作家传记写作需要朝向生活化和历史化的方向发展,建构一种合理的写作伦理,才能促进当代文学经典的发现。

在写作伦理方面,回归日常生活,意味着作家传记立足"人学"的立场,表现人的复杂多样性,提高传主在读者心中的接受程度。在《路遥的时间》中,面对路遥不断恶化的病情,作者认识到生命的悲凉感和无力感,而这些人生感受与"茅盾文学奖""著名作家"等先入为主的阐释框架存在冲突。作者写道:"现实对任何人都是这样,路遥也毫不例外,在医院里就不分作家不作家,著名不著名了。因此他和其他住院的病人一样,穿着医院的病号服,一副邋里邋遢的样子,此时此刻没人看出他是获得茅盾文学奖的著名作家,他就是医院的一个病人。"②可以说,人即使曾经获得辉煌的事业成就和耀眼的社会名誉,但面对生老病死的自然规律,依然是无能为力的。由此,航宇从路遥的病情,写到人生五味杂陈、百感交集的复杂体验,似乎有回归传记文学本体的迹象。遗憾的是,这样的文字片段在全文中仅仅是零星的点缀,作者把更多的笔触用于巩固路遥"著名作

---

① 路遥:《早晨从中午开始》,十月文艺出版社 2009 年版,第 79 页。
② 航宇:《路遥的时间》,人民文学出版社 2019 年版,第 230—231 页。

家”"茅奖作家"的文学地位，试图传承路遥的文学精神，推动其经典化过程，但结果适得其反。

反观《路遥的时间》最初的"底本"《路遥在最后的日子》，该作提供的历史信息固然相对较少，但作者以朋友的视角，将路遥塑造为一名普通人，写出普通个体在日常生活中的真情实感，有助于建构真实的路遥形象，扩大路遥在读者群体的接受程度。航宇对路遥生前的饮食起居、音容笑貌、言行举止等方面的细节进行描写，表现对其人深刻的怀念之情，书稿颇具感染力。在叙述过程中，作者对于路遥在病中的生活经历描写比较简练，但是展现了作家路遥作为普通个体所拥有的复杂性，诸如对女儿和亲人刻骨铭心的思念，对家乡人民未来生活命运深切的关心，对文学创作事业永不停息的探索精神。应该说，传记文学作为文学的一个分支，同样可以表现人的复杂性和多变性，并对人生和世界表达具有哲理性的反思。钱谷融基于"文学是人学"的理论命题，肯定了人道主义精神在文学作品中的重要性："一切被我们当作宝贵的遗产而继承下来的过去的文学作品，其所以到今天还能被我们所喜爱、所珍视，原因可能是很多的，但最基本的一点，却是因为其中浸润着深厚的人道主义精神，因为它们是用同一种尊重人同情人的态度来描写人、对待人的。"[1]航宇《路遥在最后的日子》从实际生活出发，把作为"著名作家"的路遥还原为普通市民，展现其平易近人、亲切随和的一面，并在追忆路遥治病往事的过程中，展现人心、人情、人性的复杂面貌，使得全文超越其他路遥纪念文章，成为一篇珍贵的路遥传记文本。

通过对比《路遥在最后的日记》和《路遥的时间》不同的写作视角和价值观念，我们还可以发现，传记文学如果避免将传主神圣化、符号化的写作方式，更多地从日常生活层面发现人物的个性特点，则有助于建构真实而生动的作家形象，推动其经典化历程。就此而言，鲁迅杂文所描述的历史案例，以及新时期以来的鲁迅传记对于鲁迅形象的重塑过程，能够提供颇多经验启示。《骂杀与捧杀》一文记录获得诺贝尔文学奖的泰戈尔于1924年的访华经历，以及这位印度诗人在青年学生中的接受状况。泰戈尔到达国内后，受到徐志摩等人的热情招待。面对徐志摩在外国人面前跑前跑后的献媚姿态，鲁迅在杂文中流露出讽刺的意味，并认为："大约他（泰戈尔）到中国来的时候，决不至于还糊涂，如果我们的诗人诸公不将他制成一个活神仙，青年们对于他是不至于如此隔膜的。"[2]在鲁迅看来，徐志摩等翻译人员与其将泰戈尔塑造成一位高高在上的"神人"，不如真实地

---

① 钱谷融：《文学是人学》，上海人民出版社 2013 年版，第 3 页。
② 鲁迅：《骂杀与捧杀》，出自《鲁迅全集》第 5 卷，人民文学出版社 2005 年版，第 616 页。

展现其精神面貌，以此促进中国读者对这位外国诗人的了解，这一实例对于我们理解作家的经典化问题提供了有益的帮助。可以说，读者更愿意接受充满人间烟火气息的经典作家。值得注意的是，随着鲁迅及其作品在国内研究程度的增加，鲁迅形象从高大的"政治人"逐渐转向为普通人，林贤治《人间鲁迅》即是见证鲁迅形象演变的传记作品。该书对于鲁迅形象的塑造兼具历史性、学术性和文学性。在《人间鲁迅》中，作者在大多数时候使用第三人称"他"，对鲁迅的生活经历进行抒情性地描述，同时又会使用第二人称"你"，与鲁迅展开平等而亲切的跨时空精神对话。此书第三部分"横站的士兵 / 内战与溃散"描写鲁迅晚年在上海的生活。作者不仅描述鲁迅与外界人士的交往活动，而且以细腻的笔触，展现鲁迅家庭生活中的一些烦恼和琐事，诸如鲁迅与许广平日常生活中的一些细小的矛盾和情感隔膜，以及二人婚姻关系出现的一些微妙变化。总体上看，林贤治通过具有诗性的语言，描写鲁迅生活中言谈举止、穿衣吃饭、看书写作等细节，塑造了生动饱满的鲁迅形象，展现鲁迅身上的"人间性"，为鲁迅的经典化贡献一份力量。从以上案例可以看出，传记作家不妨将传主与读者放置在平等的位置，从日常生活层面展现人物性格和思想中的复杂性，增加文本的可读性和趣味性。

与此同时，当代作家传记写作亦不能抛弃历史性。在路遥的传记文本中，王刚《路遥纪事》、厚夫《路遥传》（2015）、张艳茜《路遥传》（2017）三本书最为权威，出版于2019年的航宇《路遥的时间》和海波《人生路遥》也颇为翔实，参考价值较大。不过，路遥研究中的史料辨析问题近年来受到更多的关注。曾经为《平凡的世界》（第一部）研讨会做过记录的学者李国平撰文指出，部分路遥传记对于史料的考证不够充足。[①]同时，《路遥的时间》关于路遥家庭情况的描述，也被认为存在证据不足和考据失误的缺陷。[②]就此而言，当代作家的传记写作，依然需要加强对相关材料的考辨。传记不仅属于文学作品，还是历史文本。因此，作家的传记写作不妨有选择性地吸纳西方的历史理论。20世纪以来，历史写作中的主体性和叙事性因素受到西方史学界的推崇。柯林武德对于注重材料收集与考证的实证主义历史观念进行批判，并将历史视为思想史，从而主张："历史的过程不是单纯事件的过程而是行动的过程，它是一个由思想的过程所构成的内在方面；而历史学家所要寻求的正是这些思想过程。"[③]在柯林武德看来，历史学者与历史人物只有产生思想上的对话，才能真正理解历史的肌理，这种注重历史研究主体性

---

①　李国平：《路遥研究中的史料问题——兼及姜红伟的路遥考》，《当代作家评论》2020年第5期。

②　程光炜：《路遥兄弟失和原因初探》，《南方文坛》2021年第1期。

③　［英］柯林武德：《历史的观念》，何兆武，张文杰，陈新，译，北京大学出版社2010年版，第212页。

的思想在沃尔什那里得到继承。沃尔什高度肯定主观因素在历史研究中的合理性："每一部历史书都是根据某种观点写出来的，并且是只能根据那种观点才有意义。取消了一切观点，那么你就没有留下任何可以理解的东西了。"①路遥及其他中国作家的传记不乏作者的主观判断和情感色彩，但在史料的整理和考证方面还可以继续加强。应该说，在优秀的传记文学中，文学性和历史性往往能取得良好的平衡。"传记立足于历史，但同文学有着必然的联系，因为传记以人为中心，叙述传主的生平，这是传记最基本的要求。对层次更高一些的传记来说，还要写出传主丰富的个性，真切地描绘其形象，甚至写出其感情和心理世界。"②可以说，史学层面的客观准确性是检验传记文学创作质量的一把标尺。当代作家的传记写作不能脱离史学层面的真实性。

　　经典通常被认为是历史时间的积淀所留下的文化产物，而当代文学的历史化程度不断加深，为人们寻找和建构经典作家作品提供有利的学术支撑。同时，经典还具有一定的当代性，其来源于学者和民众阅读活动的建构。如果缺少了人们的阅读和批评环节，那么，经典的产生和传承则无从谈起，而在经典的建构和确立过程中，专业学者无疑承担着更多的使命感和责任感。作为一种学术研究范式，传记写作可以推动当代文学的经典化历程，并且提高经典在大众读者中的关注度和普及度。就此而言，当代作家的传记写作需要提高艺术质量，回归传记本体，协调文学叙述和历史考证的关系。在文学方面，传记写作可以从人的日常生活出发，并在哲学的高度思考人的生存处境和生命价值，从而摆脱现实世界中的功利性思维，增加自身的美学价值。从历史学的角度来说，传记写作需要重返历史的现场，对于相关的史料进行细致的考证和辨析，兼顾历史研究的客观性、主体性和叙事性。因此，当代作家的传记写作无疑是一项充满难度和挑战的工作。我们呼吁建构一套文史结合的传记写作伦理，以推动当代文学研究事业的发展。

（作者单位：南京大学中国新文学研究中心）

---

① ［英］W.H. 沃尔什：《历史哲学导论》，何兆武，张文杰，译，北京大学出版社 2008 年版，第 95 页。
② 杨正润：《现代传记学》，南京大学出版社 2009 年版，第 45 页。

陈彦评论小辑

陈彦长篇小说的辩证诗学[*]

——以新作《喜剧》为中心

关　峰

内容提要：陈彦在城乡问题上的思考延续了当代陕西长篇小说传统在人物视点的选择、故事情节的设计及因此征用的伦理叙事上的表征，又发展了对于乡村日常的揭示的特性。"辩证"既道出了喜剧演员的生存智慧，也昭示了舞台艺术的传统与日常生活的现代二者间的互证、互鉴和互动，指明了传统的现代再生之道。陈彦在戏曲的帷幔下对男女之情新作了诠释，扩大了情感指涉的范围，甚至延伸到伦理和社会领域。借对喜剧本质的阐释和命运无常的重写，陈彦揭示了中国人的生命形态。围绕着人本与物欲之争，陈彦并置了良知与现代两种喜剧观。陈彦有关文化自信的反思与他一贯推重的"生活"和"小人物"一道，塑造了《喜剧》，也重构了生活与艺术的辩证法。

关键词：陈彦；长篇小说；《喜剧》；辩证

当代陕西长篇小说历来有从生活出发的现实主义传统，即便是在厉行规训，普遍遵从政治规诫的"十七年"时期，也十分偏重现实生活被再现的程度。《保卫延安》与《创业史》之所以能够成为经典，很大程度上是因为二者的生活容量。前者最初的形式是日记。因为五个"忘不了"①，以至"寝食难安""泪如泉涌"②，杜鹏程才写出了近百万

---

　　* 本文系陕西省社会科学基金一般项目：日常生活视域下陕西长篇小说的精神谱系研究（2016J033）阶段性成果。

　　① 杜鹏程：《〈保卫延安〉1979 年版重印后记》，《杜鹏程文集 1》，陕西人民出版社 2008 年 1 版，第 498 页。

　　② 杜鹏程：《〈保卫延安〉创作的一些情况》，《杜鹏程文集 3》，陕西人民出版社 2008 年版，第 574 页。

字的长篇报告文学。后几经修改，终于"能够在一条主干上布开丰盛繁茂的革命战争生活的枝叶"①。连柳青也取经道，作者"自始至终生活在战斗中，小说是自己长期感受的总结和提炼"②。后者则是作者深入皇甫村生活六年的结晶。广为人知的"生活的学校"说更启发了路遥、陈忠实和贾平凹的现实主义创作。拿后来被删的梁生宝和徐改霞的恋爱，姚士杰和赵素芳、李翠娥的男女关系来说，就体现了"调整"时期的柳青对真实和细节的现实主义追求。三十年后的《废都》重构一男多女关系的初衷也在于此。后来的《秦腔》甚至在风骚女人白娥和黑娥的名字上，也与《平凡的世界》中的王彩娥，《白鹿原》中的田小娥一道，继承了《创业史》的衣钵。陈彦《主角》中的易青娥（忆秦娥）看似赓续了这一传统，实则大相径庭。不过，表面反差的背后仍是储量惊人的生活富矿。从不吐不快的第一部长篇小说《西京故事》，到入选"新中国七十年七十部长篇小说典藏"的《装台》，再到第十届茅盾文学奖的《主角》，以至断续十几年之久的新作《喜剧》，陈彦的成功再次证明了当代中国长篇小说的陕西经验的可贵。

一、城市与乡村

《喜剧》的主线是主人公贺加贝喜剧事业的盛衰历程。清算起来，作为罪魁祸首的欲望和辅车相依的希望实质上是可以转化为城乡问题的。整体来看，贺氏喜剧不断扩张的过程是追逐名利和放逐道义的媚俗过程。城市化进程催生并红火了贺氏喜剧，利益驱动下的贺氏喜剧反过来又成为城市经验的征候。本雅明最早区分了现代经验的两种形式："一种经验纯粹是身临其境地经历过的经验（Erlebnis），另一种经验是某种可以被收集、反思和交往的经验（Erfahrung）。"③从挂靠红石榴度假村，到独立经营"梨园春来"；从南大寿（南大臀、南擀杖）、镇上柏树（彭跃进），到"王记葫芦头泡馍馆"老板，"牙客"王廉举、大学艺术系副教授史托芬（史来风）的编剧遴选，贺氏喜剧的经营之道不外乎迎合观众，为此提供的"经验"可想而知。下半部第三十七节上演了最后的疯狂。贺加贝"把自己打扮成媒婆，给胸前装了两个灌满水的避孕套"，讨好看客的"两个假乳房，酷似两个蹦跳不已的兔子，在粉色褶子里，上下翻飞，左右摇摆，前后冲突"。如此鲜活、刺激的经验在被称为社会学的印象主义者的席美尔那里，恰是大都会心灵生活

① 冯雪峰：《论〈保卫延安〉》，《雪峰文集（第二卷）》，人民文学出版社1983年版，第262页。
② 柳青：《一个总结（节录）》，蒙万夫等编：《柳青写作生涯》，百花文艺出版社1985年版，第41页。
③ ［英］本·海默尔：《日常生活与文化理论导论》，王志宏译，商务印书馆2008年版，第111页。

或情感生活的写照。席氏的城市是匆忙杂乱的感官轰炸，由过度刺激组成的空间。身
处其中的人的日常生活被经验为方向紊乱的、攻击性的——由一系列的震惊所组成的障
碍①。源自波德莱尔的"震惊"既是本雅明的 Erlebnis，也是 Erfahrung。耐人寻味的是，
贺加贝的"假乳"奇观并没有招致现场观众的不满，反倒是一片哗然的舆论才发酵酝酿
成为新闻事件。如果没有镇上柏树率先的发难，那些所谓"耍流氓"的"轰炸"与"刺激"
的表演岂非众望所归，缓解焦虑的抚慰？陈彦设想的高妙在于：一方面表达了承受巨大
生活压力的大众期望平复和疗救的心理诉求，另一方面也展示了净化社会空气的社会管
理和监督机制的"亮剑"。两相博弈中，小说巧妙地提出了城市经验的普世性问题。用海
默尔的话说，就是"情感性反应的逐渐减弱，普遍地从质转变为量"②。王廉举打破常
规的火爆即为明证。

　　陈彦在城乡问题上的思考既有当代陕西长篇小说传统的延续一面，也有立足于长远
发展的独得之见。就"延续一面"而言，鲜明地体现在人物视点的选择、故事情节的设
计及因此征用的伦理叙事上。研读当代陕西长篇小说经典可知，在由以大唐盛世和延安
圣地为代表的双重传统主导的社会文化心理结构下，陕西作家不约而同地选取了本土化
或地方性的审美方案。如果说《保卫延安》中的李振德一家与《创业史》中在北京长辛
店铁路机车厂当铸工学徒的徐改霞从相反的方向诠释了乡村本位的国家战略，客观上却
遮蔽了地域文化策略的话，那么改革开放以来的《平凡的世界》与《白鹿原》则毫不掩
盖孙少平回到惠英嫂身边的人生抉择，及白嘉轩对城里二姐一家的反感。贾平凹的《废
都》更借"哲学牛"的意象直击城市病乱象。陈彦的长篇小说重写了乡愁主题。《西京故
事》《装台》与《主角》聚焦乡村或底层平民，厚描他们与城市的相遇。出现在三部小说
中的人物和故事被移植到《喜剧》的脉络之中，表明了作者态度上的一贯。至于"独得之
见"，则在对于乡村日常的揭示中。在城镇化潮流轰轰烈烈、势不可挡的今天，其实已不
存在典型意义上的乡村。《喜剧》中再也难觅塔云山似的山乡。无论是潘银莲的老家河口
镇，还是潘五福钉鞋的西八里村，都已弥漫了城市的气息。陈彦不仅大写了这一趋势，还
在制衡的意义上开发了乡村日常资源，重构了城乡关系。从《西京故事》中的罗甲成，到
《喜剧》中的潘上风（潘雨水），有力勾画了变异、扭曲的不平衡城乡图景。《喜剧》的突
破在于，陈彦重建了乡村高地，重塑了卡里斯玛（Christmas）人格。出身卑微，被视同"影
子"，还带有羞于启齿的身体疤痕的潘银莲并非潘金莲一流女人，而是出污泥而不染的莲

---

① ［英］本·海默尔：《日常生活与文化理论导论》，王志宏译，商务印书馆 2008 年版，第 74 页。
② 同上，第 75 页。

花。借用镇上柏树的赞语：是三月的鹅黄柳梢，六月的荷塘水莲。汲日月精华而成，保持着对鹅黄与清纯的淡持。总之，是清纯味儿、草泽香木味儿、鲜花露珠味儿的好女人。潘银莲与贺加贝的婚姻与其说是替代性的补偿，不如说是一则寓言，一种象征。更多城市背景的万大莲并不能拯救贺加贝，反倒是有难言之隐的潘银莲被寄予了救赎和更生的希望。

　　早在写作《西京故事》的2013年，陈彦已在"后记"中表明："城市与乡村，永远都是两个相互充满了神秘感的'不粘锅'营垒。"他断言："城市与乡村'二元结构'的打破与融会贯通，将是一个长久的话题。"①的确，无论是罗甲成闻到的"芳香、甜腻、油润"气味，还是罗天福感到的"一阵阵的虚空"，《西京故事》开端父子俩的西京第一印象都说明了城乡的格格不入。《喜剧》则作了更深层次的释义。作为乡村形象代言人的潘氏兄妹，更多是在对照和纠偏的意义上被描写的。有意思的是，河口镇上被调侃形似的贺加贝和潘五福，对待婚姻的态度却截然不同。碰壁后的前者始终没有放弃对几百年才出一个的美人坯子，当家花旦万大莲的追求。在致力于城市空间研究的列斐伏尔看来，城市是通过"行和不行"的发信号方式，也就是通过允许和不允许的空间而存在的②。贺加贝的情感痴迷态度未必不是平面性的"信号"。相反，即便老婆劈腿，并因此喝了老鼠药的潘五福非但不嫌弃，还竭力维护，维系与好麦穗名存实亡的婚姻。不无列斐伏尔所说"比现在的社会更加充实的社会的赋予意义行为"③的"符号"意义。此外，围绕潘五福的不同听戏场景的对比也暗示了城乡间的隔膜。潘五福酷爱苦情戏，为此还专门拿了毛巾擦泪。然而，为儿子学费上城的他却看不懂妹夫喜剧坊的谐谑，甚至在能掀翻剧场顶盖的笑声中"睡了一晚上"。他引人深思的"警句"是，"我不知道他们在笑啥"。如果说乡村是一种可共享的文化记忆的日常意象，苦情戏是一种伦理秩序和精神洗礼的仪式的话，那么城市则是震惊与奇观的策源地。贺氏喜剧无异于狂欢节。看似休闲的观众实则希望摆脱不正常生活束缚的无奈调控者。从这一意义上来说，陈彦的城市探究大有继续拓展的必要和可能。

二、传统与现代

　　陈彦的小说之所以吸引人，除有强烈戏剧性和可读性的故事情节外，很重要的原因

---

① 陈彦：《西京故事·后记》，太白文艺出版社2013年版，第432—433页。
② ［英］本·海默尔：《日常生活与文化理论导论》，王志宏译，商务印书馆2008年版，第223页。
③ 同上，第222页。

是他在所处理的传统与现代问题上的辩证立场和态度。作为流传广远的传统艺术，戏曲在现代社会中的境遇或遭际很难从某一方面来说明。《主角》的"后记"中便一再宣称："一个行业的衰败，有时并不全在外部环境的销蚀、风化。其自身血管斑块的重重累积，导致血脉流速衰减甚至壅塞、梗阻、坏死，也当是不可不内省的原因。"陈彦的"自我遣责"又一次检验了内因与外因辩证关系的效用。也许是痛定思痛罢，《喜剧》中的贺加贝借机被提炼为没有"'大匠'生命形态"的反面典型，即"跟了社会的风气，虚头巴脑，投机钻营，制造轰动，讨巧卖乖。一颦一蹙、一嗔一笑，都想利益最大化"①。来自《主角》"后记"中的这番批评完全适用于《喜剧》。换用《喜剧》"后记"中的说法，便是"小说中大儿子贺加贝在喜剧的时代列车上一路狂奔时，就没有逃脱父亲对丑行的'魔咒'"。火烧天（贺少天，小名羊蛋儿）弥留之际回光返照式的劝诫是："凡戏里做的坏事，生活中绝对要学会规避"，警告"不敢台上台下弄成了一个样儿"。同样的意思，"后记"中也重申道："演丑的，在台上流里流气、油不拉几，生活中再嘻嘻哈哈、歪七裂八、没个正形，那就没得人可做了。"②火烧天是秦腔界唯一得到过两位丑角大师——师父的"热料"和省上大剧院阎先生的"冷彩"（"冷幽默"）——真传的。他的临终教诲无疑是最可宝贵的箴言和遗产。对此，陈彦评价道："一个成熟的喜剧演员，一定具有十分辩证的哲学生存之道，否则，小丑就不仅仅是一种舞台形象了。"③这里"辩证"一语既道出了喜剧演员的生存智慧，也昭示了舞台艺术的传统与日常生活的现代二者间的互证、互鉴和互动，指明了传统的现代再生之道。

五四新文化运动反传统的激进做法恐怕是受辛亥革命失败的震动，知识阶级极度愤懑，有意反其道而行之的结果。百年后的今天，卓然屹立于世界民族之林，有信心告成复兴大业的中华民族亟待解决优秀传统文化的当代重建问题，以发扬光大古国文明，抵抗和制衡西方社会强权政治及意识形态成见。陈彦敏锐地把握住了这一时代脉搏，相继推出以《主角》为代表的四部长篇小说，目的便在强化戏曲"愉人""布道"和"修行"，及"知道'前朝后代'，懂得'礼义廉耻'"④的文化教育功能。陈彦相信，"在中华文化的躯体中，戏曲曾经是主动脉血管之一。许多公理、道义、人伦、价值，都是经由这根血管，输送进千百万生命之神经末梢的"⑤。可作参照的是，素来不喜欢京戏的周作人

---

① 陈彦:《主角·后记》，作家出版社 2018 年版，第 895 页。
② 陈彦:《喜剧是人性的热能实验室——〈喜剧〉后记》，《当代》2021 年第 2 期。
③ 同上。
④ 陈彦:《主角·后记》，作家出版社 2018 年版，第 896 页。
⑤ 同上，第 895 页。

却对禁止演戏的官厅不满，原因就在故乡海滨农人的反馈："现在衙门不准乡间做戏，那么我们从哪里去听前朝的老话呢？"周氏"翻译"为"从何处去得历史知识"①。陈彦命笔的用意也在"历史演进"和"朝代兴替"的"血脉延续的可能"，在对"偏执地将中华文化生生不息地进取精神发挥到了极致"②的秦腔的推广和讴歌。为此，他甚至称道一群排演出饱受赞誉的《杨门女将》大戏的十六岁孩子为"少年英雄"，以褒扬他们让人感动的奉献牺牲精神。陈彦具体阐释这种精神道："在官贪、商奸、民风普遍失范时，他们却以瘦弱之躯，杜鹃啼血般地演绎着公道、正义、仁厚、诚信这些社会通识，修复起《铡美案》《窦娥冤》《清风亭》《周仁回府》这些古老血管，让其汩汩流淌在现实已不大相认的土地上。"③"古老血管"里的"公道、正义、仁厚、诚信"与"现实已不大相认的土地"之间的矛盾，是陈彦长篇小说魅力、张力和动力之源。不仅体现在罗氏父子与房东郑阳娇（《西京故事》）、父亲刁顺子与大女儿菊花（《装台》），及忆秦娥与楚嘉禾（《主角》）间，也新变至《喜剧》中的潘银莲与贺加贝乃至武大富（牛二、武大）中。谈到传统与现代的主题在《喜剧》中的应用时，陈彦剖析道："贺氏父子也从最传统的秦腔舞台上退下来，融入了这场欢天喜地的喜剧热潮中。尽管'老戏母子'火烧天希望持守住一点'丑角之道'，但终是抵不过台下对喜剧'笑点''爆款'的深切期盼与忽悠，而让他们的'贺氏喜剧坊'，也进入了无尽的升腾跳跃与跌打损伤中。"④传统与现代的相遇、碰撞乃至短兵相接，生动地活现在火烧天与南大寿的理论及实践线索中。除了上述火烧天易簀前的三点"硬通货"家训外，南大寿也对不惜搬出死魂灵相恫吓，以便讨教的贺火炬补充了火烧天另外的三个三，即三不为：不唯财、不犯贱、不跪舔；三不演：脏话连篇的不演、吹捧东家的不演、狗眼看人低的不演；及三加戏：给懂戏的加戏、给爱戏的加戏、给可怜看不上戏的人加戏，薪尽火传了老艺人的气象和风骨。

　　火烧天的"师爷"，号称"西京通、关中通、三秦通"的南大寿一直坚持传统的丑角艺术观。以为现在的舞台上只有杂耍、搞怪和胡闹的丑角，没有艺术，所以舞台需要净化，目的就是高台教化，而要义则是不能让台底下的笑声掌声牵着鼻子走。但自红石榴度假村起步的贺氏喜剧之路，显然违背了传统。劁猪骗狗、盖房搪墙的匠人出身的度假村老板武大富的看法是："人都忙忙的"，来休息、娱乐的"他们就是要放松，要刺激，

　　①　周作人：《中国戏剧的三条路》，钟叔河编订：《周作人散文全集3》，广西师范大学出版社2009年版，第315页。
　　②　陈彦：《主角·后记》，作家出版社2018年版，第896—897页。
　　③　陈彦：《主角·后记》，作家出版社2018年版，第892页。
　　④　陈彦：《喜剧是人性的热能实验室——〈喜剧〉后记》，《当代》2021年第2期。

要好耍耍"。如果"没点荤腥、没点酥脆、没点时髦的玩意儿，只怕还是吸引不来年轻人"。因为"只有把更多年轻人吸引来了，才能拉动消费"。这样主张的结果不仅气走了坚守传统之道的南大寿，连心思并不在写戏，而是觊觎潘银莲美貌的镇上柏树也抱怨逾越了底线。不过，陈彦设置的有力之处，也是现实主义方法的着力之处在于，背离正道的演出背后却有巨大民众需求的现实合理性。因此，从没上台表演过的潘银莲、王廉举，甚至绰号张驴儿的流浪狗（柯基犬）也都粉墨登场，红极一时。推波助澜的结果就是打造包括贺氏喜剧大剧院和喜剧坊美食一条街的贺氏喜剧产业园区，以及贺氏喜剧坊四个剧场的喜剧帝国。构建这一帝国的史托芬甚至发展出了进一步激发观众优越感的理论，也就是让观众"在观剧中，充分享受比剧中人聪明、能干、所处地位略高或颇高的优越性"。至于价值和道德，却恬不知耻地表示，"不能靠我们来负载这么沉重的包袱"。虽然另有致命性成因，但贺氏喜剧大厦最终坍塌的诱因，显然肇端于此。小说开端和结尾的父子俩看似不同的生死结局，实则蕴含了相同的喜剧嬗变之道，那就是传统的消亡与现代的俎谢。贺加贝的自杀与其说是再度失去酷似玛丽莲·梦露和山口百惠的万大莲的结果，倒不如说是现代性的某种困境。换句话说，当贺加贝没有了心向传统的虔敬和忠诚时，作为艺术生命象征的身体也随之不复存在。事实上，贺加贝对万大莲的痴情更近于戏曲舞台上的另类传统，赋予了作者带给他重生的机缘。

三、女性与男性

男女爱情的讴歌向来是古今中外文学作品的永恒母题。20世纪以来的中国虽然经历了因五四思想解放而促成的恋爱题材热潮，但也遭遇过被指认为禁区的波折和尴尬。直到在市场经济大潮的冲击下，欲望书写及身体写作异军突起，几乎遮蔽了古典抒情的浪漫神话。似乎与众不同的是，陈彦却在戏曲的帷幔下新作了诠释。不仅几乎每部长篇都加以演绎，还赋予了全新意义，扩大了情感指涉的范围，甚至延伸到伦理和社会领域。《西京故事》中的西门金锁与罗甲秀，《装台》中的三皮与蔡素芬，《主角》中的石怀玉与忆秦娥，三种炽热情感的具体情节虽然不同，但在表现男人如痴如醉的爱恋上，却是惊人的一致。拿一直在秦岭深山中修炼绘画和书法艺术的艺术家石怀玉来说，在看了重排的《狐仙劫》后，他就被主演忆秦娥迷住。扬言若是得不到忆秦娥，不仅在书画上一事无成，还将威胁团长薛桂生，从省秦的最高楼上跳下去。至于内因，则与他野性的生活方式有关。石怀玉痛恨城市太虚伪，太讲究掩饰和装扮，故而恋慕忆秦娥的朴实自然与素面朝天。为此，他还绘制了以忆秦娥为模特的丈二画作《秦魂》。不仅自己最满意，以为最伟大，连业内人士也认为，代表了这个时代美术创作的某种高度。可惜却被忆秦娥用墨汁污损。石怀玉也因此挥剑刎颈自杀。与忆秦娥的淳朴相近，罗甲秀村姑般的腼腆、温柔，蔡素芬的体贴、善良，也都超出了漂亮美貌的范畴，升华到神祇和宗教的不凡境地。与上述情爱不同，《喜剧》中贺加贝的单相思更像是舞台与现实的错位对话。万大莲至高无上的小旦地位唯有小生廖俊卿匹配，老"摇旦"王妈的保媒拉纤可谓顺理成章。小丑贺加贝只能借万大莲的"影子"潘银莲求得安慰。颇有喜剧意味的是，尽管生活中的贺加贝一帆风顺，彻底改变了与廖俊卿对比的弱势地位，但在千钧一发的关键节点，却仍然不能摆脱成见，战胜自我。面对即将到来的销魂时刻，贺加贝"觉得对自己所爱的人，必须有一种圣洁的东西，他得像个正经角儿，而不是地痞流氓和什么采花大盗"。从另外的角度看，贺加贝最终被包装为喜剧"剧帝"，成为异化的"非人"。与不计后果的离婚一样，贺加贝让洞房花烛之夜化为最经典喜剧场面的幻想再次实证了他的狂妄和病变。一如草环的痛骂，人一半鬼一半的，十足该进精神病院的疯子。

　　陈彦十分推崇陀思妥耶夫斯基的长篇小说理论，以为首要是描绘一个绝对美好的人物[①]。看罗甲秀（《西京故事》）、顺子（《装台》）、忆秦娥（《主角》）可知，所谓"绝对美好"，在陈彦那里并非是完美的代名词，而是美好生活的奋斗者；崇高信仰的追求者；也是身在底层、处身贫困、逆来顺受、出污泥而不染的洁身自好者。《喜剧》中的潘氏兄妹，尤其是潘银莲，绝非字面意义上的"绝对美好的人物"，但在动荡而又充满挑战的现实生活面前，却能固守美德界限，坚守自我底线。两者都来自她与镇上柏树的情感纠葛中。前者表现在她对由镇上柏树创作，经武大富修改的戏文的评价上。如围绕老夜壶展开爷孙冲突的《老夜壶》（原名《老伙计》）。根据村里老辈子论戏的干干净净标准，潘银莲驳斥道："把尿壶说半天，笑是好笑，那是戏吗？那些话能拿到台上说吗？村里只有流氓，才爱当着别人家的婆娘说这些烂杆话。"再如，讲村长欺负在外打工男人留守老婆故事的《耍媳妇》（《听床》）。依据替可怜人申冤的农村人看法，潘银莲争辩道："村长这么坏，你不替那些出门打工的出出气，还嘻嘻哈哈当笑话讲。村里人没有觉得这是好笑的，都觉得没世事了。"与更多保留了传统伦理价值的乡村戏曲观相近，现实主义的批判态度也是潘银莲是非评判的砝码和利器。炮轰经镇上柏树时尚化改造的《水浒传》故事就植根于此。出于一己私利，镇上柏树将大众接受定势下的淫妇潘金莲翻案为让美妙生命充分释放的巧妇，

---

① 陈彦：《主角·后记》，作家出版社 2018 年版，第 896 页。

反倒伶牙俐齿、理直气壮起来。对此，潘银莲发挥婆婆草环的意思道："你们老同情美化潘金莲，为啥就不从武大郎的角度想想，他苦不苦，冤不冤？"如此针锋相对、善恶分明的褒贬显然佐证了陈彦的戏曲理想。而对镇上柏树纠缠的抗拒虽然不同于蔡素芬的方式，却也承载了作者的理想。借用《喜剧》"后记"中唯一对女性形象作出交代的原话就是，"一个一直都活在名角万大莲的影子当中的人物，她以她卑微的生命力量，努力走出'月全食'般的阴影，并发出了自己的光亮"。实际上，潘银莲的"阴影"不仅来自万大莲，还与隐秘的身体疤痕有关。这一"污点"的设计表征了陈彦塑造人物的辩证法。在《主角》"后记"中，作者坦言："我十分景仰从逆境中成长起来的人。"具体到忆秦娥，则"是苦难的，也是幸运的。是柔弱的，也是雄强的。"①而潘银莲却是灵与肉、城与乡、名与实的相反相成，是人间烟火气与天地间尤物的化合，也是日常生活与人文精神的融通。

　　陈彦长篇小说人物刻画上的最大特点是现实主义。众所周知，恩格斯在《致玛·哈克奈斯》中指出："现实主义的意思是，除细节的真实外，还要真实地再现典型环境中的典型人物。"在陈彦那里，性格、人物和环境三位一体，生成内力，推动了故事情节发展。《西京故事》中的郑阳娇和罗甲成，《装台》中的刁大军和顺子兄弟，菊花和韩梅姐妹之所以扣人心弦，引人入胜，关键就在"鲜明的个性描写手法"。即"每个人都是典型，但同时又是一定的单个人"②。《主角》中"光光鲜鲜、苦苦巴巴、香气四溢、臭气熏天"③的人物忆秦娥，既与她"憨痴"④的性格有关，也与"'全民言商'的生态"⑤环境相连。陈彦的"皮毛粘连、血水两掺地和盘托出"⑥式写作，意在提供"福斯泰夫式的背景"，以烛照"五光十色的平民社会"⑦。作者在总结"抡圆了写"（王蒙语）的艺术经验时坦言："想把演戏与围绕着演戏而生长出来的世俗生活，以及所牵动的社会神经，来一个混沌的裹挟与牵引。"⑧有如《红楼梦》的写法：松松软软、汤汤水水、黏黏糊糊，丁头拐脑⑨。拿《喜剧》中的好麦穗来说，虽着墨不多，却辐射了五光十色的乡村社会。

---

①　陈彦：《主角·后记》，作家出版社 2018 年版，第 897 页。
②　［德］弗里德里希·恩格斯：《致明娜·考茨基》，中国作家协会　中央编译局编：《马克思　恩格斯　列宁　斯大林论文艺》，作家出版社 2010 年版，第 135 页。
③　陈彦：《主角·后记》，作家出版社 2018 年版，第 894 页。
④　同上，第 896 页。
⑤　同上，第 891 页。
⑥　同上，第 892 页。
⑦　［德］弗里德里希·恩格斯：《致斐迪南·拉萨尔（节选）》，中国作家协会　中央编译局编：《马克思　恩格斯　列宁　斯大林论文艺》，作家出版社 2010 年版，第 114 页。
⑧　陈彦：《主角·后记》，作家出版社 2018 年版，第 893—894 页。
⑨　同上，第 898 页。

诸如在石棉厂得尘肺病的爹；塌死在山西煤窑，却没得到赔偿的公公；从另一个县塔云山走了一天，还坐了半天拖拉机，才到"小西京"河口镇的骗婚；与镇银行营业所主任张青山的婚外情；婆媳不和；孩子潘上风的心理阴影，等等。列斐伏尔曾以"一名妇女买一磅糖"为例分析资本主义社会的总体、国家及其历史，并辩证总结道："一件细小的、个体的、偶然的事情。——同时又是一个无穷复杂的事件。"①显然，好麦穗的不幸婚姻及放纵自我的悲惨离世既是"细小的、个体的、偶然的事情"，也是"无穷复杂的事件"。

四、喜剧与悲剧

在为《喜剧》所作的题记中，陈彦提醒读者注意喜剧与悲剧的紧密联系，指出二者的急速互换才是生活与生命的常态。所谓物极必反，否极泰来。借对喜剧本质的阐释和命运无常的重写，陈彦揭示了中国人的生命形态。小说中的几乎每一个人物都辗转在大起大落中。万大莲不必说了，即便是像下部第二十节，偶然提到的"手头有很大资源审批权的处长的奶奶"，也十分坎坷曲折。从小姐、窑姐到国民党情报处长的二房，再到窑姐、团长太太，老奶奶传奇的一生诠释了生命的吊诡。对喜剧本性的透视则阐发了中国文化的意蕴。下部第二十六节在征引了孟子的恻隐之心、羞恶之心、辞让之心和是非之心后，由顾教授加以引申道："喜剧的根本，恐怕还是做喜剧的人须懂得端正自己的心性和良知，在人道上着力，而不是一味地消遣、消费什么。"南大寿则在驳斥唱戏的发财论时申明："演一辈子丑，也是一辈子的修行过程。修行不好，你就演成真丑了。"火烧天也谆谆教诲："啥事都没有让你永远红火的时候。"告诫"不要把好日子，想成是千年瓦屋不漏水的事"。围绕着人本与物欲之争，陈彦并置（juxtaposition）了两种喜剧观。即以顾教授为代表的"良知"观与以史托芬为代表的所谓现代观。后者看似科学合理、与时俱进，实则变相的唯效果论，仍然背离了人性、人本和人文正道。难怪作者宣称，喜剧是人性的热能实验室，是人类生存智慧的最高表现形式，代表着一个时代的智性高度②。

在与喜剧的地位对比中，悲剧明显占据优势。这一现象的形成与自古以来的人类社会体验有关。回顾改革开放四十多年来的中国社会，相比悲剧，喜剧发展更为迅猛，形式也愈加多样。究其原因，除了循环进化的艺术自身规律外，恐怕还是上升期的当代中国社会普遍情绪与文化心理使然。从一开始的《小丑》到《喜剧》命名上的变化，反映

---

① ［英］本·海默尔：《日常生活与文化理论导论》，王志宏译，商务印书馆 2008 年版，第 238 页。
② 陈彦：《喜剧是人性的热能实验室——〈喜剧〉后记》，《当代》2021 年第 2 期。

了陈彦扩大视野和直面现实的调整，尤其是后者。所以《喜剧》"后记"中特别提到了喜剧与民间的关系，指出喜剧"必须回到民间"。据熊佛西考证，喜剧是真正民间的产物，起源于古希腊的"崇阳教曲（phallic songs）"，正如我国的山歌一般。但丁的《神曲》之所以取名《喜剧》，也是因为与先吉后凶的悲剧不同，属于后顺先逆的村歌（village song），而且文辞通俗，如出村妇走卒之口①。今天喜剧的繁盛同样离不开"会心捧场并甘愿喂养"②的民间。贺加贝的惨痛教训，既在脱离民间的过度"包装"，也因不计后果地过分迁就。喜剧一旦突破了底线，就将质变而为悲剧。譬如，造成"剧场被查封，个人演出被叫停"后果的"假乳穿帮"事故，显然是从红石榴度假村的武大富开始，中经镇上柏树和王廉举，直至史托芬喜剧坊的蜕变恶果。症结则在偏离了古往今来的唱戏是唱道，及高台教化的正路。至于性的玩笑，火烧天生前一再强调：一定得开得适当、节制。倡导"要让坐在台底下的男女老少，尤其是爷孙、父女都能一同看下去，这就是舞台上要把握好的男女玩笑标准"。自嘲从妖精打架上想出道德来的周作人认为猥亵是"一种违反习俗改变常态的事，与反穿大皮鞋或酒渣鼻有些相像"，并据英国性心理学家蔼里斯的解释，以为"呵痒原与性的悦乐相近，容易引起兴奋，但因生活上种种的障碍，不能容许性的不时的发泄，一面随起阻隔，抵牾之后阻隔随去，而余剩的力乃发散为笑乐"③。言下之意，与别的生理及社会现象并没有什么不同，一样须在人伦道德的范围内审视。作者认可潘银莲"不缺十分朴素的民间喜剧真理"④，实质上是对她坚守乡村戏曲传统，不满喜剧演出乱象的点赞。有意思的是，即便是宠物狗张驴儿，也在演出之余认识到：喜剧最好看的地方，恰恰是它的温情部分。更不必说象征了喜剧形象的火烧天对两兄弟如何做人的训诫了。按照南大寿的分析，火烧天的喜剧"有点苦涩，有点凝重，还得如履薄冰"。看似不谐调的背后实则喜剧的辩证法。对在狂热激情状态下不可理喻的贺加贝来说，孤注一掷以至走投无路的败北自是无可奈何的结果。

《喜剧》不长的"后记"中，陈彦一再提及喜剧的界定及与悲剧间的转换问题。除对一直火爆的喜剧表演经验的总结，强调喜剧"投枪"的严肃性和"后劲十足"的艺术性外，作者更重要的意图还是张力空间的营建，核心是反讽修辞的运用。按照浦安迪在《中国叙事学》中的说法，反讽就是表里不一，"目的就是要制造前后印象之间的差异，然后

① 熊佛西：《论喜剧》，季玢编：《中国现代戏剧理论经典》，苏州大学出版社 2008 年版，第 226—227 页。
② 陈彦：《喜剧是人性的热能实验室——〈喜剧〉后记》，《当代》2021 年第 2 期。
③ 周作人：《笑话论——〈苦茶庵笑话选〉序》，钟叔河编订：《周作人散文全集 6》，广西师范大学出版社 2009 年版，第 172 页。
④ 陈彦：《喜剧是人性的热能实验室——〈喜剧〉后记》，《当代》2021 年第 2 期。

再通过这类差异，大做文章"①。譬如《金瓶梅》中郑爱月的出场，就蕴含了西门庆与其他人物不同视角的反讽。为人所熟知的中国现代小说之父，鲁迅的《补天》《采薇》《非攻》《起死》等《故事新编》中小说的首尾对照，也构成巨大的反讽裂隙。《主角》结尾的"泼画"和"后浪"养女宋雨庖代的故事情节设计，显然对冲了作者用心打造的女主人公形象。到了《喜剧》的下部，柯基犬张驴儿（威廉、汤姆）的第一人称视点不仅是"一种喜剧叙事风格的书写方式"②，还是陈彦反讽叙事的最新表现形式。作为伴生的人类宠物，狗的自由出入揭秘了不为人知的真相，爆料了阳奉阴违的伪装。如王廉举与梅娜娜的偷情；武大富的策反阴谋；"日弄客""史大谝"（史托芬）的专断策划：只要没把贺老师捧疯掉，做了王廉举第二，就还得加劲捧；论定贺加贝与王廉举的异曲同工，嘲笑他并非深谙喜剧之道的艺术家；特别是结尾的两节，收束了已经展开的多条线索，并巧妙地反讽了美与丑、喜与悲的对比。新实用主义者理查德·罗蒂一度勾勒出名为"自由主义的反讽主义者"的人物。依罗蒂的定义，"反讽主义者"（ironist）必须符合下列三个条件：（一）由于她深受其他语汇——她所邂逅的人或书籍所用的终极语汇——所感动，因此，她对自己目前使用的终极语汇，抱持着彻底的、持续不断地质疑。（二）她知道以她现有语汇所构作出来的论证，既无法支持，亦无法消解这些质疑。（三）当她对她的处境作哲学思考时，她不认为她的语汇比其他语汇更接近实有，也不认为她的语汇接触到了在她之外的任何力量③。细究可知，反讽的精神实质就是质疑。也许是对让人开悟而警醒的悲剧（苦情戏）的致敬罢，陈彦的喜剧情结更多反讽的阑入。最强有力的支撑便是反讽焦点的男主人公贺加贝的双线溃败。

五、结语

在阐述小说与故事的区别时，本雅明推断："长篇小说在现代初期的兴起是讲故事走向衰微的先兆。"进而论断，与故事的"教诲"标签相比，"小说动作演绎的真正中枢"是"生活的意义"④。值得注意的是，新世纪以来中国的小说观似乎接合了二者。不过，对"生活的意义"的探寻仍是小说期待视野中的主流。从中短篇小说集《晚熟的人》（莫

---

①　［美］浦安迪：《中国叙事学》，北京大学出版社 2018 年版，第 147 页。

②　陈彦：《喜剧是人性的热能实验室——〈喜剧〉后记》，《当代》2021 年第 2 期。

③　［美］理查德·罗蒂：《偶然、反讽与团结》，商务印书馆 2003 年版，第 105—106 页。

④　［德］瓦尔特·本雅明：《讲故事的人》，汉娜·阿伦特编：《启迪：本雅明文选》，张旭东，王斑译，生活·读书·新知三联书店 2008 年版，第 99、110 页。

言），到非虚构《她们》（阎连科），再到长篇小说《吃瓜时代的儿女们》（刘震云）、《夏摩山谷》（庆山）、《月落荒寺》（格非）、《暂坐》（贾平凹）、《烟火漫卷》（迟子建）、《一把刀，千个字》（王安忆）、《文城》（余华）等，或历史，或现实；或对比，或揭秘；或宗教，或日常；或地域，或女性。五光十色的人事背后不乏读者力图探问的"生活的意义"表述。苛刻地判断，勘探民族传统矿藏，激发当下中国竞争活力的创获目下似不多见。从这一意义上来说，《喜剧》可谓有心之作。与《主角》相比，《喜剧》反思了传统的现代困境及其救赎问题。以贺加贝喜剧的兴衰为结构主线，实写了传统的断裂、落寞、补救及挣扎求生的境遇。概而言之，贺加贝串联了万大莲、武大富、镇上柏树、王廉举和史托芬的现代线与火烧天和草环夫妇、潘银莲和潘五福兄妹、南大寿及贺火炬的传统线。最终博弈的结果则关联了陈彦的忧虑和希冀。

《喜剧》中一再提及的"高台教化"传统，不仅是作者不满"娱乐至死"风气的有意矫正，更是阐发谦和、礼让、仁恕、道义文化，推送中华文明的大纛。早在韩剧《大长今》热播时，陈彦就提出："《大长今》给我们最大的启示就是民族传统文化'出击'力量的不可小视，剧中充满了汉字、中药和饮食文化这些中华民族的国粹，它的思想内核更是坚挺地表达着'抑己利他'的儒家正统价值观念，且劝善、劝学、劝做好人，从骨子里透出的都是'全盘中化'的哲学意蕴。"①在"西化"似乎仍旧强势的外鹜社会中，陈彦文化自信的反思发人深省，与他一贯推重的"生活"和"小人物"一道，塑造了《喜剧》，也重构了生活与艺术的辩证法。

（作者单位：西北大学文学院）

---

① 陈彦：《深厚的根植》，陈彦：《打开的河流》，陕西人民出版社 2020 年版，第 123 页。

陈彦小说的道德审美倾向

——以"秦腔"和"道德形而上"为参照

史鸣威

内容提要："秦腔"作为关中文化的代表之一，以其"高台教化""崇仁尚义"的特质，深刻参与了陈彦小说道德审美倾向的建构。小说人物虽然面对"俗世人生"和"秦腔世界"的重大反差，却能坚守道德信念，心向光明，充分彰显道德之美。另一方面，小说对"道德"的尊崇，赓续了儒家传统道德的宗教功能，沟通了康德"道德形而上主义"之理念，充分展现了地域文化、传统文化在新世纪文学中所具有的当下性和世界性。

关键词：陈彦；道德审美；秦腔；道德形而上

一、引言

近年来，随着陈彦在小说创作领域屡攀高峰，陈彦研究也逐渐成为陕西文学乃至西北文学的研究热点。除了有关现实主义的底层叙事、典型环境[①]、"人间趣味"[②]、总体性[③]等视角的研究范式，陈彦小说的"古典传统"也已得到评论界的重视，但是以往的

[①] 吴义勤指出"小说将人物放在具体的历史情境和日常生活中，在社会变革和时代迁移的节点上，写经济变革、体制转换中的众生面相，时可窥见时代的影子。"见吴义勤：《生命灌注的人间大音——评陈彦〈主角〉》，《小说评论》2019 年第 3 期。

[②] 李敬泽：《修行在人间——陈彦〈装台〉》，《西部大开发》2019 年第 8 期。

[③] 参见王金胜：《现实主义总体性重建与文化中国想象——论陈彦〈主角〉兼及〈白鹿原〉》以及杨辉《总体性与社会主义文学传统》，前者试图以"现实主义总体性叙述"的视域指出小说超越了"传统／现代"的对立结构，获得一种具有普遍性的丰厚饱满的中国文化主体镜像。后者则试图将陈彦小说对世道人心和时代精神的书写融入到社会主义文学之历史中去，在历史的维度上指出了从《西京故事》之罗甲成、罗甲秀，到《主角》之忆秦娥对"社会主义新人"传统的赓续。

论者多关注小说对经典文本如《金瓶梅》《红楼梦》之"奇书文体"①的继承，以及对"儒释道精义"②的融通再造，忽略了"秦腔"等地域文化在"道德审美"方面对陈彦小说的影响。陈彦小说里戏曲韵律的点染与道德精神的高扬，或被割裂，或被遮蔽，但事实上，正是在此二者的交汇融通之处，"道德审美"的节律复现成为一个重要的文本现象和叙事情结。一个鲜明的特点是，陈彦小说善于描绘这样的反差：现实生活的逼仄委屈、难堪其苦和忍辱含垢，戏曲世界对"忠孝仁义"以及美好感情的讴歌，形成了鲜明的反差。在这种反差之中，就出现了一个清晰的"受难者"的面孔，他（她）懵懵懂懂、遭人欺侮，却又勤奋精进，心存光明，深刻认同着秦腔世界里的道德伦理和人生价值。而这样的一种人物形象与"关中文化"和"秦腔文化"是分不开的。"地域文化的自然景观（山川风物、四时美景）与人文景观（民风民俗、方言土语、传统掌故）是民族化、大众化的一个重要标志，是文学作品赋有文化氛围、超越时代局限的一个重要因素。"③就秦腔文化对陈彦小说的影响而言，一方面，秦地文化孕育的痛快淋漓、悲壮朴实和粗犷豪放的"秦腔"，为小说道德审美的延伸扩展和苦难叙事的跌宕浮沉奠定了艺术的节律；另一方面，关中文化推重的"忠孝仁义"的伦理范畴，以及三秦大地"尊德性"的社会历史风气，同样集萃于秦腔的声声讴歌之中，无疑为陈彦小说的创作铺就了"崇仁尚义"的精神氛围。此两者的交织纠葛一并构成了陈彦小说"道德审美"的鲜明色彩，提供了一条从秦腔文化、关中文化体察其审美特性和存在意义的重要路径。在更深的层面上，从"秦腔"到陈彦小说，其中所贯穿的崇仁尚义的精神以及道德审美倾向，能够在康德之"道德形而上主义"那里找到逻辑自洽之处，故而"秦腔"和"道德形而上"是理解与评价陈彦小说之道德审美倾向的重要参照。

二、秦腔："道德审美"的地域文化之基

陈彦小说里有大量演戏、赏戏的情节，从最早出版的《西京故事》，到《装台》，再到《主角》，有一个明显的线索："秦腔"元素的占比不断增大。《西京故事》，"秦腔"常常出现在小村落里的边边角角，只是作为反映西京人民的普通生活，到了《装台》，秦腔就占据更高的份额，顺子是剧团的外包人员，与秦腔团有很多的联系，至于《主角》则

① 杨辉：《陈彦与古典传统——以〈装台〉〈主角〉为中心》，《小说评论》2019年第3期。
② 杨辉：《陈彦〈主角〉对"传统"的融通与再造》，《中国现代文学研究丛刊》2019年第11期。
③ 樊星：《当代文学与地域文化》，《文学评论》1996年第4期。

是全然围绕秦腔，写出了一位名角演艺道路的崎岖坎坷和悲欢离合。就实际叙事空间来说，三秦大地的人民生于斯，长于斯，对于秦腔有特殊的热爱之情。贾平凹指出了"秦腔"在三秦大地的特殊地位："秦腔在这块土地上，有着神圣不可动摇的基础……广漠旷远的八百里秦川，只有这秦腔，也只能有这秦腔，八百里秦川的劳作农民只有也只能有这秦腔使他们喜怒哀乐。"①由此可见，在小说中呈现普罗大众与秦腔的休戚与共，是展现八百里秦川风土人情、获得真实性的一种重要方式。

众所周知，"秦腔"历史悠久，源远流长，是一个在关中大地有着广泛影响力的地方剧种。不同的地理环境形塑了不同的地域文化，有关陕西文化的一个常见的分类方式是将之分为"陕北""关中"和"陕南"三个子文化圈，在这其中，"质朴深厚、古朴苍凉"的关中文化之集中代表就是"秦腔"。关中平原一马平川的黄土大地和十三朝古都的盛衰易变共同建构了秦腔"粗犷悲壮"的唱腔特点，也塑造秦腔表现战争、歌颂忠臣烈士的内容偏好。并且就其艺术表现形态来看，"秦腔最重要的品质就是具有生命的活性与率性，高亢激越处，从不注重外在的矫饰，只完整着生命呐喊的状态"②，唱腔的高亢不屈，不仅源流于秦地的险峻地理环境所塑造的生命状态，事实上也与前述秦地文化的"忠孝仁义"的道德偏好不无关联。"'老戏'对弱者的同情抚慰，对黑暗官场的指斥批判，对善良的奔走呼号，对邪恶的鞭笞棒喝，从来就不曾下过软蛋，且立场之民间更是货真价实，而非伪饰矫情"。③此两者所以能够表现为一体两面的相容自洽，其根本原因就在于，对"道德"的认可和坚持势必要面临众多坎坷和挫折，《铡美案》中的包拯想要惩治负心汉陈世美，就要面临岚萍公主和龙国太的阻拦与责难，有丢乌纱帽之虞，《赵氏孤儿》中的门客程婴为了报答知遇之恩，挽救无辜婴儿的性命，就得献出自己亲生儿子的性命，公孙杵臼等人为了心中的正义就不得不付出生命的代价。故而面对这样的坎坷挫折，善良的人民不畏强权，甚至不惜以生命的代价坚守世间的道，正是在这样对"道德"的躬行实践之中，一种刚性的正气油然而生。孟子说"我善养吾浩然之气"，浩然之气"至大至刚，以直养而无害，则塞于天地之间"④。孟子强调从对自身行为的体察掌控做起，进而用仁义道德配合辅助，最终形成由内而外散发而出的独特气质，在某种程度上，秦腔剧目中所展现的凛然正气与之如出一辙。

《主角》描绘了一代"秦腔皇后"忆秦娥的崎岖坎坷、浮沉起落的"戏剧人生"。以

---

① 贾平凹：《自在独行》，长江文艺出版社 2018 年版，第 169 页。
② 陈彦：《说秦腔》，上海文艺出版社 2017 年版，第 22 页。
③ 同上，第 23 页。
④ 金良年：《孟子译注》，上海古籍出版社 2004 年版，第 58 页。

往论者关注到了《主角》对"道"和"技"两个范畴的贯彻，从练就惊天艺之"技"的范畴，到尽悟大悲大喜之"道"的范畴，描绘艺术之"由技入道"的庖丁解牛"境界"[①]。其对《主角》的体察不无道理，但艺术之道以外，更有一个人间正道存在，而此"道"不单单是"游刃有余"的技艺和境界，而是儒道，是保存"仁心正义"的正气和刚性。非是如此，便不能理解《主角》中的"方寸行止，正大天地"，也不能理解"后记"中作者对少年演员"英雄"们的肯定以及对社会公众嘲讽弱者现象的批判。《西京故事》中，很少抱怨人世艰难的罗天福，在儿子罗甲成的眼中近于没有尊严，后者自有一套"人善被人欺"的处世逻辑，他质疑父亲为人处世的退让，并且强烈反对甲秀的拾荒行为。然而父亲罗天福并非没有做人的自尊，房东郑阳娇怀疑自己的名牌鞋子被罗家人偷走，罗天福多次为自己辩驳，甚至私下没人之时，委屈地掉下眼泪。其内在逻辑是：普通人无论遭受多少命运的磨难，只要心存良善，走正道，就能够获得生活的尊严感，而这样的普通人是写作者所推崇备至的，东方雨老人对罗天福为人处世方式的高度肯定，某种程度上可以看成作者的"夫子自道"。与之相类似的人物则是《装台》中的顺子，顺子的老师几十年讲台风雨教人无数，到了老年却只有"下苦力"的顺子一人常来探望，而朱老师对顺子的一席话不仅解答了其内心的困惑，并且肯定了顺子要坚持的处世方式，"顺子，你没有，你是钢梆硬正地活着。你靠你的脊梁，撑持了一大家子人口……你比他谁活得都硬朗周正"[②]。总而言之，陈彦小说凝结着对"道"的赞美和尊崇，此"道"不应仅仅被视为艺术境界的精进和上升，而更应从"忠孝仁义"的道德范畴描述其审美追求。进而视之，从广阔的地域文化视角审视此种"道德审美"，加上陈彦在"秦腔"界研究、编剧的几十年经历，某种程度上，此种审美趋向即是三秦大地上秦腔文化培植出的繁花硕果。质言之，"秦腔"文化之遵道崇德和生命刚性成为陈彦小说创作的起始之基，一方面，自古以来的传统道德成为小说中人物的实践和信仰，而这样的一种实践与信仰，却遭遇重重的坎坷与挫折；另一方面，在坎坷磨难中，在艰难时世里，在"大悲大苦的生存境遇"[③]里，宣泄的生命冲动是难以阻挡的，此是秦地人民看戏、听戏甚至唱戏的重要原因，就是在"秦腔"苍凉悲壮的唱腔内寻找情感宣泄的可能，得到生命的共鸣与抚慰，从而能够坚守内心的人之为人的尊严、信念和道义。如前所述，陈彦小说在秦腔文化的陶养下形成了"道德审美"的特质，那么令人深思的问题是，"道德审美"在小说中

---

① 杨辉：《"道""技"之辩：陈彦〈主角〉别解——以〈说秦腔〉为参照》，《文艺争鸣》2019 年第 3 期。
② 陈彦：《装台》，作家出版社 2015 年版，第 297 页。
③ 陈彦：《说秦腔》，上海文艺出版社 2017 年版，第 114 页。

是借由何种方式实现的，并且是如何与文学传统发生关联的。

三、审美的发生："俗世人生"与"秦腔世界"的反差

如上所述，"秦腔"文化对陈彦小说的影响在于"道德审美"的贯彻和浸润。在陈彦小说中存在一个明显的反差，在俗世人生与"秦腔"世界之间存在着一条巨大的"鸿沟"。一方面，叙述者借人物视角观察的秦腔世界是善恶终有报的光明天地。"顺子一生最佩服的就是编戏的人了，尤其'苦情'戏，他最喜欢，什么《铡美案》《窦娥冤》《赵氏孤儿》《雷打张继保》，他是百看不厌，并且每次看，眼泪还都滴滴答答擦不干。"①虽然顺子认为这些剧目是"苦情"，是写苦难，但显然，像《铡美案》这类的传统剧目很难与真正的悲剧联系起来，它们仍旧留下"恶有恶报"的光明尾巴。也就是说，所谓的苦情引动了顺子的感情浮动，虽说有个人所经历苦难的共鸣，但更多是感动于最终光明的结尾，在经历重重磨难之后，终于尘埃落定，正义战胜邪恶，因此顺子所流下的泪水，是释然的感动，是宣泄的快慰。《主角》中的忆秦娥在几十年的舞台浮沉中，所出演体悟的皆是《游西湖》这样带有人间正气的名剧、大剧。在这些秦腔剧目中，有李慧娘这样一类敢爱敢恨的痴情女子，以复仇火焰的舞台呈现，成为戏剧世界里道德和正义的最好注脚，也有贾似道这类的反面角色，以其自食恶果的结局，反面衬托了正义的光辉与可贵。

而在另一方面，叙述者所观察到的人物现实生活却常常落于艰难悲哀的困境，不得不忍辱含垢，委曲求全。刁顺子在外则为了生计不得不弯腰献媚于剧团的寇主任、靳导乃至活动举办方，在家则又要安抚蛮横刁蛮的菊花，做老板和做父亲的尊严从未得到彰显，反而面对着一地鸡毛的不堪，饱尝着辛酸苦辣的眼泪。顺子宠爱的养女韩梅被菊花赶走，曾经带来人生温暖和幸福的妻子蔡素芬也不得不远走他乡，这样的一部《装台》真是写尽了"台下人"的悲哀人生和苦难命运，真正是"花树荣枯鬼难挡，命运好赖天裁量。只道人世太吊诡，说无常时偏有常"②。然而陈彦另一部小说《主角》所揭示的却是"台上人"所要承受的诋毁和磨难。忆秦娥出身于乡野，最终能走出山沟，走出陕西，走向世界，成为举世闻名的"秦腔皇后"，不得不说是得了不可胜数的称赞和荣耀。但正是在这鲜花着锦、烈火烹油的成角之路上，忆秦娥招致了难以计数的造谣中伤和嫉妒诋毁，生活中也失去了太多珍贵的东西，经历丧子之痛的忆秦娥，却仍要面对失去主

---

① 陈彦：《装台》，作家出版社 2015 年版，第 215 页。
② 同上，第 428 页。

角地位的现实，仍要面对悉心培养的养女宋雨被亲生父母夺回的悲剧，偌大天地之中，主角的光辉落幕，只留下凄凄惨惨的"城楼悲歌"。

故此，在陈彦小说中存在着普遍的反差，共同构成了陈彦小说的慷慨悲凉的小说底色，引人深思的是，这样的"反差"之功用应当作何解？首先，"俗世人生"与"秦腔世界"的反差，提供了一种双重层次的"道德审美"，其中表层逻辑是小说人物对道德的推崇和认可，而延至深层的则是，一个"受难者"深陷囹圄，却仍然坚守心中的仁德和正义，提供了另外一种令人肃然起敬的美感，这种美感自然源于人物对道德和人格的坚守。《主角》结尾的忆秦娥成为了真正的人间"主角"，失去儿子，失去地位，失去养女之后，忆秦娥在舅舅胡三元的启示下认识到了大山褶皱中存在的人民以及秦腔存在的意义，进而完成了人格的升华："方寸行止，正大天地"[1]，忆秦娥也因其个人的道德坚守，对刘红兵的照顾，对宋雨的倾囊相授，彰显了时代"新人"的道德魅力。其次，这种反差丰富了小说叙事的多样性，使得文本具有内在的人性张力，刁顺子所坚持的"下苦力"哲学遭到了现实的磨难和女儿的质疑，菊花对顺子讨生活的方式一贯以一种鄙视的态度，她的内心始终无法释怀的是父亲在社会里的"蹬三轮"底层身份，传自父亲的丑陋相貌也成为她难以愈合的心灵伤疤，正是在对父亲的厌弃情绪里，菊花逐渐扭曲了人性的本真，由一个受难者转换为施暴者，一个只有折磨生父能力的暴君。即便是考上大学的养女韩梅仍然缺少对养父的爱与尊敬，一方面，她对养父的房产有着内心的小算盘，另一方面，在寺庙事件发生时，养父代人受过，被寇主任一脚踹倒在地，韩梅却只顾虑了个人的尊严，偷偷离开了寺庙现场。正是在"扭曲"的俗世人生和"正统"的秦腔世界的鲜明对比下，凸显了"忠孝仁义"几位师傅、单团、顺子、瞿团、靳导等人的可贵之处，展现了丰富的人性和道德之美。最后，"俗世人生"和"秦腔世界"的反差，参与了小说节律的建构。陈彦小说之可读耐读之处，恰恰在于小说主体所经历的浮沉起落和人世变幻，某种程度上，"反差"放大了跌宕起伏的效果，构成了道德审美的"律动"。

四、"道德形而上主义"：文学整理世道人心的可能

诚如陈彦所说，"秦腔"作为向来"自觉'载道'的传统戏曲"之重要代表，"从来不屑于搔首弄姿和轻薄浅唱"[1]，其核心价值取向是教化民众，而历经百年而不朽。秦

---

① 陈彦：《主角》，作家出版社 2018 年版，第 888 页。
② 陈彦：《说秦腔》，上海文艺出版社 2017 年版，第 106 页。

腔之所以能被世代传唱，其根本的精髓就在于始终坚持"高台教化"的宗旨。故此，陈彦小说在某种程度上赓续了"教化"人心的戏曲文学传统，在当代继续发挥着文学的伦理教化功能。其合理性在于，一方面，数百年的戏曲文化的陶养下，接受者在载道文艺的环境中早已经形成了固定的"期待视域"，非是注重"思想内涵"的戏曲不能得到观众的认可，因此，小说继承戏曲文学重教化、敦人伦之悠久传统，有着广泛的受众以及深远的效力；另一方面，封建道德的魅力之深和影响力之广，并不能仅仅归于一种特定历史时期的附带文化产物，"其核心秘密即在于将形而下的命题上升为形而上的终极性命题，将非理性的、外在的东西凝固为理性的、内在的东西，使其信仰化、永恒化、绝对化。一旦完成这种逻辑置换，它就具备了自足自律性，产生了自动力"①。质言之，传统道德范畴在发挥其影响力之时，其表现形态便从具体的概念转换为"道德形而上"，成为民族的"道德律"，发挥着至关重要的宗教功能。

正如康德所言"灿烂星空在我上空，道德律令在我心中"，完成信仰化转换的道德主体，就会从"有待令式"的功利维度，转换为"无待令式"②的非功利维度。忆秦娥"由技入道"，经由"忠孝仁义"四位老师以及秦八娃的提拔和点拨，技艺与日俱增，终成一代名旦，却遭受数不尽的诋毁污蔑，经历了世事变幻与众多磨难，因缘际会之下得到了佛经与师太的启悟，逐渐从一个要靠演戏改变命运走出大山的放羊娃，成为一个有悲悯之心、仁爱之心的道德主体。她走遍大江南北只为治愈傻儿子的疾病，尽心传授技艺给宋雨，力所能及地给予刘红兵生活上的帮助，即便主角的光鲜亮丽都已不再，她仍会坚守在秦腔舞台，仍会坚守那份光明与善。《装台》里的刁顺子在家庭分崩离析之后，自暴自弃地过起了遛鸟听虫的"城里人生活"，即便是老伙计的多次相邀仍不能打动顺子，但是顺子最终被大吊夫妇对女儿的爱感动了，挣扎着出来到世上继续"下苦力"，支撑起一个装台团队的运转，支撑起一个毁容女孩的未来和希望。李敬泽敏锐地指出了刁顺子在平凡人生中的神圣不凡之处："他岂止是坚韧地活着，他要善好地活着，兀自在人间。这就又不是喜剧了，这是俗世中的艰难修行，在它的深处埋伏着一个圣徒，世界戏剧背面的英雄。"③刁顺子背后所隐藏着"圣徒"，与"道德形而上主义"所具有的"自律性"和"道德美"密切关联，也正因为在苦难的背后，顺子始终坚守道德的准则，顺子的"受

① 张光芒：《道德形而上主义与百年中国新文学》，《当代作家评论》2002 年第 3 期。
② ［德］康德：《道德形上学探本》，唐钺译，商务印书馆 2012 年版，第 32—37 页。康德指出"有待令式"与"无待令式"的区别，前者指主体行为有所期待，抱有目的，后者则指一种无功利的态度践行道德准则，是康德所肯定的行为方式。
③ 李敬泽：《修行在人间——陈彦〈装台〉》，《西部大开发》2019 年第 8 期。

难"也就摆脱了阿 Q 式的喜剧感，从而拥有了令人珍视的神圣感。

事实上，文学的社会功能一直饱受争议，一方面，作为现代文论重要概念的"审美"占据了人们评价文学的主要地位，"以个体审美经验为研究对象，旨在阐释文学文本的基本构成、风格特征、修辞技巧等形式范畴以及文学的创作与接受过程的心理机制、文学的审美价值等"[1]，关注文学作品"如何写"以及"怎么样"的艺术问题。举例而言，"重写文学史"即是试图回归一个审美、艺术的研究路径中去。90 年代之后，当代文学"身体写作""欲望叙事"开始流行，"个人化"写作逐渐成为一个时期的潮流，这一切不能说与文艺界看重文学审美感受的思潮毫无关系。另一方面，对文学载道功能的质疑，对文学"功利性"的质疑并未带来应有的"硕果"，那些追求个人化的文学日益在当代文化生活中退居二线，某种程度上扮演"可有可无"的尴尬角色，反倒是被视为过时落伍的"载道"文学，如十七年的"红色经典"、新时期的《平凡的世界》以及新世纪以来的底层书写，却在当今被改编成影视剧，引起社会公众的关注和讨论。究其根源，当代文学中的"功利文学"表面上看与"无功利"的审美天然龃龉，但实际上，其内在对人物"道德"的尊崇，某种程度上建构了"红色道德形而上"[2]，"道德形而上主义"的"无待令式"恰恰与审美的无功利殊途同归，正是无功利的道德行为唤醒了无功利的审美意识，并且震撼心灵，经久难忘。而经受秦腔影响的陈彦小说恰恰以其对传统仁义道德的尊崇和实践，深深触动了"道德形而上"的审美逻辑，从而在"道德审美"的领域内赓续了千百年来"老戏"重教化敦人伦的传统，延续了"红色道德形而上主义"的审美逻辑[3]，为当代文学建构整理"世道人心"的"道德文章"指引了前进的方向。

五、结语

秦腔文化是秦地文化的一个缩影，是三秦大地孕育的文化精粹。秦地人民对秦腔的喜爱是从生命中来的，"八百里秦川尘土飞扬，三千万儿女高唱秦腔"[4]，陈彦在这一广袤开阔的平原上生活，在秦腔的高亢激昂的唱腔中工作，秦腔文化早已融进身心，那种

---

① 李春青：《论文化诗学与审美诗学的差异与关联》，《北京师范大学学报（社会科学版）》2016 年第 5 期。

② 张光芒：《道德形而上主义与百年中国新文学》，《当代作家评论》2002 年第 3 期。

③ 张光芒认为："红色道德形而上被忽视的文学史价值及其对于今天文学发展的启示主要限于形式学层面上，它的伟大意义在于从审美精神与思维逻辑上警醒我们重建道德主义维度。就其实质性内涵而言，红色道德形而上往往被政治实用主义所利用，异化为后者为达到某种目的的无往而不胜的手段。"笔者认同这样一种理性的观点。

④ 陈彦：《说秦腔》，上海文艺出版社 2017 年版，第 21 页。

对道德传统的尊崇，对粗犷悲壮之唱腔的喜爱，共同熔铸了陈彦小说"道德审美"的律动。写作者关心世道人心，关心或平凡或不凡的心灵，罗天福、刁顺子、忆秦娥这些人物身上凝结了变革时期的社会人心的变与不变，变的是社会风气的转换，是物欲的不断膨胀，不变的是内心对道德的尊崇，对本分的坚守，对"秦腔"中人间正气的赞颂。在这个层面上，陈彦小说展现了社会人生、时代精神的重要向度，表征了地域文化所滋养的可贵的民间精神。此外，小说内容大开大阖，跌宕起伏，形成了与秦腔唱腔类似的内在节奏，为道德审美之发生奠定了节奏基础。其对道德的推崇和赞美，不单是继承了老戏千百年的优良传统，而且关联了康德之"道德形而上主义"。进而视之，这无疑是在提醒每一个研究者和创作者，在民族传统的隐微深处，却隐藏着勾连古今、打通中西的世界因素。以此视角关照当代文学走向世界的实践，或许可以明晰的是，从民族走向世界的过程里，不应再执着于古今中外之差异，而是应超越这种互相对抗的思维模式，寻找一种"融通"的文化形态的可能。

（作者单位：南京大学中国新文学研究中心）

徐兆寿《鸠摩罗什》评论小辑

徐兆寿《鸠摩罗什》的
"思想演义体"创作实践[*]

张文浩

内容提要：依循《高僧传》底本，参阅大乘佛经及实地调研，徐兆寿撰成长篇传记小说《鸠摩罗什》。这部作品融通了史学考证和文学笔法，是一次"思想演义体"的创作实践。其创作法则是实录无隐和铺陈幻化，重塑传主由小乘神童升进为大乘般若学高僧的精神运动轨迹和历史新形象。作者重构那些识而不察或难以连贯的历史细部，设置了思想演义的主辅双线文本，使茫远难稽的历史情境获得丰富性和具体性，使客观历史在主体化过程中实现思想与情理的合和匹配。作为文学虚构的历史文本，《鸠摩罗什》是想象力游戏和学术考证意图的动态结合，流露出强烈的主体介入意识，贯穿了作者对传主思想的再思想，贯穿了作者对传主体验的再体验。它体现了作者以佛教"中观"思想来修补物质和精神裂缝的竭诚努力，表达一种为现实生活建立价值信仰的积极探索。

关键词：鸠摩罗什；思想演义；实录无隐；双线结构；主体介入

甘肃作家徐兆寿新撰长篇小说《鸠摩罗什》，以一种浓郁的乡土实践姿态，将作品献给其祖母、献给古老的凉州大地，献给神奇的丝绸之路。全书是在跨文体纪录片文稿的基础上，由十二万字演绎成近五十万字的长篇小说。虽说是长篇小说，但仍然糅合了历史故事、学术随笔及考证札记等多种文体要素，要把它归类于某种纯粹的文体是颇费斟

* 本文系教育部人文社会科学研究项目"中国游艺观念的审美文化史观照研究"（项目编号：19XJA751010）阶段性成果。

酌的，也是没有必要的。当然，从其归类的复杂性，预示着一个基本感觉：读者对此书的阅读绝非当前流行的"悦读"式体验活动，而是艰苦跋涉的思想运动过程。

艰苦跋涉，意味着读者要面对的，是一个关于高僧传奇故事的文学文本，是一个佛教东传的历史文本，是一个发掘丝绸之路新义的文化文本，是一个发掘资源价值的乡土教育文本，是一个面对新问题而探索精神出路的思想文本，也是一个讨论人类终极存在问题的哲学文本。如此奥义深沉的文本，在我看来，称得上是一种"思想演义体"的创作实践。

一、佛教汉传简况与"思想演义体"的文体特征

虽然徐兆寿的《鸠摩罗什》不是一部佛教断代史，也不是龙树中观教义的研究史，但还是有必要简要概览一下东晋时期佛教流布发展情形。鸠摩罗什（Kumārajīva，344—413），生活年代重叠了东晋（317—420）大部分。东晋时的北方五胡十六国先后建政，兴亡不定，生灵涂炭，黎庶苦寻庇护，故寺院遍布州郡各地。五胡统领亦因佛教地缘而对其有亲缘感。后赵石勒、石虎信任佛图澄，前秦苻坚信任释道安，后秦姚兴信任鸠摩罗什，影响甚众。何尚之在《宋文帝集朝宰论佛教》说自五胡乱华以来，冤横死亡者不可胜数，"其中设获苏息，必释教是赖"；并列举佛图澄入邺而石虎杀戮减半，渑池宝塔放光而苻健的暴虐减弱，说明恶人可因佛改善，如"蒙逊反噬无亲，虐如豺虎，末节感悟，遂成善人"。

佛图澄的弟子道安被前秦苻坚奉为国师，在长安主持大规模译经活动，大乘佛教经典即在此时大量译出；道安还综理众经目录，制定僧规戒律，统一僧尼以释为姓，培养了慧远、僧叡等优秀弟子；更确立传教纲领为"不依国主，法事难立"，有效地促成了僧人与名士交游谈玄；最终创立了"本无宗"这个僧众最广的佛学流派。南方则以竺道潜（王敦之弟）和支遁（道林）为重要代表。晋元帝、明帝都崇信佛教，宫中常有高僧进出；哀帝曾请竺道潜、支遁进宫讲解《大品般若》《道行般若》，支遁还据此著成《道行旨归》《即色游玄论》等。支遁之后，南方佛学由道安弟子慧远在庐山开创净土宗。慧远在庐山的东林寺云集当时世族和玄学名士，陶渊明、谢灵运等皆与之深交；慧远曾与北方鸠摩罗什书信来往，探讨大乘佛学问题。鸠摩罗什本为西域龟兹国贵族，系大乘佛学龙树空宗嫡传弟子，被后秦姚兴奉为国师，率弟子于弘始三年（401）入长安译成《大品般若经》《法华经》《维摩经》《阿弥陀经》《金刚经》等佛经，译成《中论》《百论》《十二门论》《大智度论》《成实论》等佛论，实开经论并译之先河，系统介绍龙树中观学派

的思想。鸠摩罗什弟子三千，其中道生、僧肇、僧叡、道融号称"什门四圣"。僧肇擅长般若学，有"法中龙象"，精于大乘经典，兼通三藏，才思幽玄；少年研读庄老犹觉未尽善，后披寻玩味《维摩经》而沟通玄佛；著作多种，以《肇论》最著名，分《物不迁论》《不真空论》《般若无知论》《涅槃无名论》四篇文章组成。《不真空论》从立处皆真谈本体，《物不迁论》依即动即静谈体用一如，《般若无知论》谈体用的关系，各篇文章义理互联，将罗什所传龙树学"缘起性空"的般若思想发挥得淋漓尽致。僧肇的"不真空义"是接着王弼、郭象而批判性地发展了玄学，其思想虽从印度佛教般若学来，却是中国哲学的重要组成部分，从王弼到郭象再到僧肇，构成中国传统哲学的一个发展圆圈①。僧肇建构般若学思想体系的同时也驳斥了玄学之贵无、崇有及独化各个派别，将佛学从玄学中剥离出来，也意味着终结了玄学，中国佛学理论自成体系并按自身逻辑独立发展也从此开始。

　　鸠摩罗什到中原传播佛教，原本派系意识淡薄的中土佛学始分界线；释迦族甘露饭王的后裔佛驮跋陀罗输入大乘学世亲系有宗，大乘佛学内部始有分歧；鸠摩罗什弟子们也独立创宗树派，其中竺道生于大乘中别立涅槃学派。僧叡于《毗摩罗诘提义经义疏序》细归为六家："自慧风东扇，法言流录以来，虽日讲肆，格义迂而乖北，六家偏而不即。"②只提六家数目却未明指具体的宗派名目及其代表人物。刘宋昙济著有《六家七宗论》，惜已失传，只在中唐元康《肇论疏》有"宋庄严寺释昙济作《六家七宗论》，论有六家，分成七宗"的记载。七宗为：1. 本无宗，代表为道安；2. 本无异宗，代表为竺法深、竺法汰；3. 即色宗，代表为支道林；4. 识含宗，代表为于法开；5. 幻化宗，代表为道壹；6. 心无宗，代表为支愍度、竺法蕴、道恒；7. 缘会宗，代表为于道邃。本无异宗是从本无宗分化而出，故合之称"六家"。此为"六家七宗"名目。论影响，僧肇在《不真空论》中批判了般若学派之本无宗、心无宗、即色宗，可见此三家影响较大，故遭集中批判，当有缘由。任继愈认为，本无、心无、即色三宗的基本思想大略对应玄学之贵无、崇有、独化三派③。这是由于"三论"（《中论》《百论》《二十门论》）尚未译出，般若经各种译本未尽达义，涉足般若学诸人仍沿用汉魏以来的"格义""合本"方法，较难确切把握般若性空思想体系；又，此期般若学僧人大多与玄学名士交往甚密，彼此兼通内外之学，尤其精通老庄，而格义主要借助老庄之书，故双方互相渗透融通。

---

① 汤一介：《郭象与魏晋玄学》，北京大学出版社 2009 年版，第 113 页。
② 僧佑：《出三藏记集（卷八）》，中华书局 1995 年版，第 412 页。
③ 任继愈：《中国佛教史》（第 2 卷），中国社会科学出版社 1985 年版，第 220 页。

　　众僧名流中，鸠摩罗什天资出尘超凡，幼年即能博览群书，七岁随母出家，曾游学天竺诸国访学众多名师，佛学修为精进，娴通梵语、汉语，博通大乘小乘；深涉经藏、律藏、论藏，与玄奘、不空、真谛并称中国佛教四大译经家，在有限生命里告示人生解脱妙门和深究生命终极价值问题。可以说，鸠摩罗什是佛学史上包摄教、理、行、证等四法的理论家和实践家，是佛教中国化进程中最重要的高僧。然而，佛教史上这位高僧，生平履历并不丰厚翔实，基本上仅存僧佑（445—518）《出三藏记集》、慧皎（497—554）《高僧传》、唐代官修《晋书》所录五千字左右的《鸠摩罗什传》，外加若干野史传说文物遗迹。这三篇传记的编撰者贴近鸠摩罗什的年代，记忆也较为新活，偶像化尚处进行时态，但由于编撰者的佛教义理观念各殊，笔下的鸠摩罗什形象也互有差别。因此，对今人来说，如何描述出清晰的鸠摩罗什形象，必然会遇到很多历史疑难悬念。

　　今人以文字形式表达对这位高僧大德的敬仰，大致也都是依循三篇传记蓝本。现代文学家施蛰存撰写的短篇小说《鸠摩罗什》从精神分析学角度编织情欲和理智的内心冲突，把鸠摩罗什的存在焦虑和忏悔意识融入文学虚构的想象世界，总体感觉是对弗洛伊德性欲原动力说法进行具体演化的趣味解读。当然，"历史学家的工作的根本目的不应该只是为了像小说家或文评家那样寻找有趣的解读，而应该是为了寻找既符合文本特点又能和产生这些文本的社会文化的氛围相吻合的解读"。①从佛教史的角度创作的鸠摩罗什传记，多是抱持力图还原历史真相的写作态度。宣建人《佛光普照——伟大的佛经翻译家鸠摩罗什传》（佛光出版社，1986年）承台湾佛光文化事业有限公司的邀约撰写而成，立意定位在佛经翻译家。如镜撰文、戈辛锷绘图的《鸠摩罗什大师画传》（上海古籍出版社，2001年）经香港福慧慈善基金会授权出版，也是从佛经翻译大师身份作传，以画传形式普及鸠摩罗什的历史形象。新疆库城县张国领、裴孝曾主编的白话文普及本《佛教大师鸠摩罗什传》（新疆人民出版社，2008年），参照台湾彭楚珩白话文《鸠摩罗什传》，予以充实润色及删汰，介绍了这位高僧传奇履历，实是现代通俗版的《高僧传》，没有体现编撰者对于传主的个人理解。尚永琪身为学者，撰写的专著《鸠摩罗什》（云南教育出版社，2009年）别开生面，将学术考证及思辨性的论文写成社会科学普及读本，以生平行迹为经，以问题意识为纬，将严肃的历史学研究与活泼泼的传记文学风格平衡调谐；其中《罗什与中原思想界的交流与隔膜》一章，对鸠摩罗什在长安十三年高处寂寞的忧郁心情作了学理分析，呈现了一位复杂深刻的高僧形象。应该说，这些关于

---

　　① 陆扬：《解读〈鸠摩罗什传〉：兼谈中国中古早期的佛教文化与史学》，《中国学术（第23辑）》，商务印书馆2005年版。

鸠摩罗什的文字书写，不管是哪种写法，均各有其特色处，在此无意鉴衡高下优劣。徐兆寿通过检阅大量文献和考访鸠摩罗什遗踪，也确定了自己重塑鸠摩罗什新形象的处理办法，体现了别样的写作风味。总的来说，以"思想演义"的笔法，双线构造了这部传记作品。

从字面上讲，演者，按《释名》说法，"延也，言蔓延而广也"；那么，演义是根据事理推广发挥，即推演和详述某种理念，兼有演迤、演法、演教、演证、演绎等延伸义项。自《三国志通俗演义》始，演义体小说大盛。此类文本里呈现的事件，是作者依傍一定的史料进行符合逻辑性假设的推想出来的事件。中国传统的史传写作通常讲究"实录"的感受效果，从题材处理和叙事结构中呈现情节发展的因果联系和规律。讲史演义在此前提下，增添文学化和艺术化的要素，用富含虚幻色彩笔法演说历史推衍规律，虽细节与史实间或不一致，但总体上遵循艺术真实，依恃情节取胜而演绎出历史辙迹。

那么，何谓"思想演义体"？就本部作品而言，它是以传主鸠摩罗什为文眼，循其行迹为线索，梳理鸠摩罗什由小乘神童升进为大乘高僧的精神运动轨迹，展示大乘般若学由西域传至中土长安的艰难过程。小说的重心不在于展现人物之间的复杂情节纠葛，不在于咏叹波澜壮阔的风土人情世变，也不在于书写宗教派别林立的事实及其斗争史，而是刻意淡化这些因素，将它们设置为叙述背景，让这些背景烘托映衬出真正的写作重心：依傍有限的史传材料，进行合情合理的逻辑悬想，对鸠摩罗什弘扬龙树中观学派思想的卓越贡献予以文学化呈现。这种文学化实践，形式采用了传统讲史演义的叙事法，当然只是取其文体精神，而非完全遵循讲史演义的体例，它的核心要旨是，突出鸠摩罗什抵达大乘般若学境界的心路历程，及在处理现实与理想的矛盾时所再现的般若学处世观。它的讲史，是文学化的史情表达，自然不避小说虚构手法，要在艺术真实的原则下推测和勾勒出佛教东传的史实细节。它的演义，则是把推测出的史实细节变成情节化的历史图像，使之形成连续运动的人物"思想"的传奇故事。同时，因它是"思想"的传奇故事，则要求依赖历史陈述达到"实录"的仿真效果，也即对"思想"内涵的理解要准确，表述要客观，经得起学理的稽考和验证，与"大话""漫说""戏说"等体式的主观窜改编造迥然有别；简言之，学术性是一个重要的尺度，却又不等同于学术评传。"思想演义"这些文体特征和叙事法度，徐兆寿在写作《鸠摩罗什》时必须且事实上已经照顾到了，这部传记小说体现了很鲜明的"思想演义体"的创作原则。

二、创作法则：实录无隐，铺陈幻化

"实录无隐"是中国传统史传写作的基本原则，为追求奇异而穿凿附会，或者偏离情理事实而褒贬失当，都是不受待见的做法。《鸠摩罗什》虽是小说文体，却严遵这个传统原则。全书近五十万字，从"神童出世"到"舌舍利出"，终传主一生，行踪履历大体与慧皎《高僧传·鸠摩罗什传》及房玄龄《晋书·鸠摩罗什传》保持一致。本书依据稀薄化约的史传线索，扩充情节，但所有情节都以鸠摩罗什的佛学思想为轴心，围绕思想的轴心展开各种文学手法和功能。比如写鸠摩罗什出生和身世，《高僧传》简要介绍其"家世国相"的显赫背景，着重描述其母怀胎之时的奇才异能："什在胎时，其母慧解倍常……什母忽自通天竺语，难问之辞，必穷渊致，众咸叹之。"所以罗汉达摩瞿沙断言："此必怀智子，为说舍利弗在胎之证。"[1]至于如何慧解倍常，哪些难问之辞，众咸叹异的具体细节怎样，达摩瞿沙的预言造成何种反响，都语焉不详。徐兆寿《鸠摩罗什》在此梗概基础上，铺赞推阐，于细微处设想增补文字。当然，作者的宗旨不在于人物形象的塑造、离奇故事性的幻化和复杂逻辑结构的配置，而是紧扣佛教义理的神奇效能，渲染出人物思想世界的佛学氛围。鸠摩罗什跟随母亲走出西域的身体旅行只是表象，在作者写来，却成了鸠摩罗什和母亲的思想旅行。

小说开篇对《高僧传》"此云童寿"四字铺展"神童出世"的故事情节：父亲鸠摩罗炎与母亲耆婆由佛学前世因缘而促成此世姻缘，共同完成宏大的佛学使命，即创造佛国的天才。"鸠摩罗炎和耆婆成婚，这也是龟兹王所渴望的。那时，龟兹国常常受到北匈奴的侵扰，龟兹王白纯为发展国力求贤若渴。鸠摩罗炎的才名在西域三十六国中人人得知，龟兹王一见鸠摩罗炎更是喜从天降，将其拜为国师。但他们哪里知道，他们的所作所为只是在成就另一个非凡之士的出现。"[2]这段叙述，是对神童出世前奏的烘云托月，是对"此云童寿"的故事化注解。所谓"童寿"者，指在童稚时已有耆寿之智，少年老成。小说写母亲在怀孕期间的种种异常表现，及如影相随的神圣力量之光，写达摩瞿沙对神奇之谜的解释，写龟兹百姓等待舍利弗第一声啼哭的虔诚姿态，表面是迎接一个奇杰婴儿的诞生，实际都是在迎接一种神性思想的普照："这些奇迹，对于鸠摩罗炎和耆婆来说，无疑是一次巨大的开悟和宗教体验。耆婆渐渐对修行就有了信念。她常常与鸠摩

---

① 慧皎：《高僧传》，中华书局1992年版，第45页。
② 徐兆寿：《鸠摩罗什》，作家出版社2017年版，第3—4页。

罗炎讨论此事，有一天，她对鸠摩罗炎说，我想到城外去。"①到城外去，是母子思想旅行的启程。

在鸠摩罗什的思想旅行过程中，凡庸俗夫该遇的艰辛劳苦，在他面前都似风淡云轻，被作者约略而过，而佛图舍弥的经书考验，藏经阁的通读诵记，天竺语的三年研习，与师父达摩瞿沙的缘聚缘散，汇集在"神通初现"章节里，仿佛验证神童非凡之处的摸底考卷。这为鸠摩罗什初入迦毕试国展示思想的光芒发布了一个预告。迦毕试国，是思想演义的初潮发生地：一场关于知识和佛法的打擂讨论。小罗什用佛法以外的外道知识挫败了狂傲的年轻僧人，引出"心相即世界""佛法非佛法"的佛学观念，"知识只是法的一端，我们执着于它的时候，它的另一端就被遮蔽了，所以就有了知识障。"②这就是老和尚不看重知识而看重法的原因。具体知识是无限量的，却又是套着预设条框的，让智慧之眼蒙上尘埃；只有佛法是通天眼的而无所挂碍。小罗什一路向东，一路思想。他在巴米扬拜师槃头达多，然后参与国王出家仪式上的佛法讨论，由如何处置猛虎的问题，牵扯出鸠摩罗什与槃头达多前世今生的师徒角色轮回的因缘造化，以及浮陀波利与猛虎的因果佛缘。"几十年之后，当罗什在夕阳中听到一声呼唤，便莫名地向着西方张望寻找时，他看到的第一个人便是母亲，然后可能是父亲，也可能是槃头达多师父，而紧接着出现的竟然不是浮陀波利和达摩瞿沙等人，而是那只猛虎。他发现，就是从那一天开始，他的心真正被佛法所降服、所感动。"③这种类似于幻觉记忆的体验，反映在书中很多处，其实应该是鸠摩罗什真正进入佛法世界的表征。

而接下来在巴米扬"舌战群僧"的经历，也是鸠摩罗什进行思想清理的自查活动。小说照样是依循了《高僧传》基本史实："什至，即崇以师礼，从受杂藏、《中》《长》二含，凡四百万言。达多每称什神俊，遂声彻于王。王即请入，集外道论师，共相攻难。言气始交，外道轻其年幼，言颇不逊，什乘隙而挫之。外道折伏，愧惋无言。"④在论道大会上，小罗什代表槃头达多出面辩论。他当场作偈子，指出跳出轮回之苦，在于破除千般执着；然后回答佛法是否会毁灭的问题；又因势讲解佛教发展的三个阶段史况；于是，外道折伏，槃头达多被委任为迦毕试国师。鸠摩罗什雄辩滔滔，但作者无意刻画辩手的丰满形象，无意渲染辩论环境，无意经营情节结构，作者抓住的是传主凭借通神记忆力和理解力，贯通各类知识，呈示内心弘扬佛法的强大愿力，这愿力广大无边，毫无门户

---

①　徐兆寿：《鸠摩罗什》，作家出版社 2017 年版，第 6 页。

②　同上，第 24 页。

③　同上，第 46—47 页。

④　慧皎：《高僧传》，中华书局 1992 年版，第 46 页。

之见，使弘法者拥有无限信心，冲破一切知识障碍。论道答疑和国师聘任只是鸠摩罗什展示佛法造诣的舞台衬景，为鸠摩罗什自我纠察、检阅和总结佛法造诣提供一套思想演义的情节模板。

此后鸠摩罗什和母亲离开迦毕试国前往沙勒国，翻阅葱岭，领略葱岭无与伦比的美丽幻境，体验佛陀的伟大启示，走向觉悟之境。这一路上，遇到了蒲犁国和乌茶国的强盗劫掠，遇到了儿狼群的围攻，还有艰苦跋涉的体肤之痛。但这些困厄，仍然是修道过程中证成正果的外在检验，某种意义上也可以说是一种想象性的因缘际会。小罗什对于地狱情形的描绘，为强盗恶业消灾，为狼群拨开回报心，其实也是自己对于因果报应、轮回业报、三世因果等佛学观念的认同确证和弘法实践。这意味着鸠摩罗什由苦修的小乘佛法过渡到大乘佛法。"什进到沙勒国，顶戴佛钵，心自念言：钵形甚大，何其轻耶？即重不可胜，失声下之。母问其故，答云：'儿心有分别，故钵有轻重耳。'遂停沙勒一年，其冬诵《阿毗昙》，于十门修智诸品，无所谘受，备达其妙。又于六足诸问，无所滞碍。"①《高僧传》只是简介事件过程和小罗什的思想升进，而并未进行细节化的叙述。而小说作者却对小罗什思想升进的关键点用墨颇多：有庭堂环境氛围的营造，有群僧的惊声反应，有小罗什动作和神态的描摹，有母亲耆婆的一番延伸释义，有住持对小罗什未来弘法果业的预言。

这个预言是："常当守护此沙弥，若至年三十五不破戒者，当大兴佛法，度无数人，与优波逸多无异。若戒不全，无能为也，心可才明儁艺法师而已。"②小说对《高僧传》记载的这个预言很看重，多处提及，而且特意设置了一些细节来讨论鸠摩罗什的破戒问题，这正是"实录无隐"原则的体现。小说把破戒问题放置在思想斗争的情节里讨论，不作简单的价值判断，这与《高僧传》里"遂亏其节"的评判语是不同的。在小说里，前秦将领吕光嗤笑地质问为何其父身为国师还要结婚生子，这时"鸠摩罗什的脸微微红了一下，说道，佛教讲究轮回，尘缘未了，便会在轮回中往复，家父与家母定然是前一世的缘分未了，故而此一世此因缘。"③他从佛理的视角来分辩，修佛的人最终是要跳出轮回，而最后的轮回往往就是红尘，能从红尘中出来的人跟佛的关系最近，自然比世俗中人的道行要高得多，世间一切，皆为幻象，如露如电，如灭如定，佛家弟子不必执着于色相。这种辩解，当然难释吕光与众将士之怀疑。作者尽量还原人物交互活动的历

---

① 慧皎：《高僧传》，中华书局 1992 年版，第 46—47 页。
② 同上，第 46 页。
③ 徐兆寿：《鸠摩罗什》，作家出版社 2017 年版，第 160—161 页。

史情境，把捉鸠摩罗什的"脸红"反应，寓示了思想的微微波动，暗指修行的高度和难度。这是佛法造诣的核验，后面还有更尴尬的佛法核验的情境描写。比如，面对舞女墨姑的诱惑挑逗，"罗什说话时声音有些颤抖，且有点干涩。""罗什赶紧闭上了眼睛。""罗什一阵眩晕，但他还是把目光硬是移向她右腿关节的上部，果然如他所说那样。""罗什能闻到她嘴里的葡萄酒味道，在她一双玉手触摸他的脖颈的刹那，他猛烈地抖了一下。他知道，在他眼前的是一个怎样的女人。他几乎是要睁开眼睛了，整个世界都在轰鸣中，但是，他拼命地默念佛经。渐渐地，他清醒了。他缓缓说道，这一世，我们之间，并非男女关系，而是……是……朋友关系吧。"①度化墨姑的过程并不轻而易举，而是颇费了一番思想斗争的努力。神情的暧昧，眼光的闪避，话语的游移，多层面的信息指向一场精神的淬火锤炼。这个思想斗争，既要说服墨姑，告诉她如何信仰佛法，如何供养诸佛；更要说服自己的信仰，破除诱惑，让自己的信仰与身体实践协同一致。作者写出了鸠摩罗什内在思想由迷惑到坚定的过程，对这段思想演义守持了"实录无隐"写作态度。

　　度化墨姑与此后吕光的"强妻以龟兹王女""或令骑牛及乘恶马，欲使堕落"相比，只能算是修行过程中的小小劫波。如何看待"破戒"，以及如何叙述"破戒"，涉及如何评价鸠摩罗什的佛法成就，更涉及如何理解般若学"缘起性空"论在俗世问题上的解释力。小说作者铺陈幻化出惊心动魄的历史细节，将鸠摩罗什遭遇这场空前的劫难放置在考验佛法解释力的问题面前。《高僧传》将"破戒"视作鸠摩罗什的节操污点，实际是有意忽略了历史事件发生的具体语境，也忽略了佛法世界的精神自由对于肉身禁锢的超越意义。《金刚经》说："若见诸相非相，即见如来。""缘起说"诠释宇宙万法生灭变异的关系与人生苦乐的来源；因缘生起，果报可能有善有恶，若逢恶的果报，积极的做法是努力改善因缘，而非执着和计较业已遭遇的厄境。正如龙树菩萨在《中论·观四谛品》所言："以有空义故，一切法得成；若无空义故，一切则不成。""有依空立"，森罗万象皆互相依傍，构成"性空"的一体多面呈现。空，不是虚无；虚空而不空，才是真正的看破和没有挂碍。鸠摩罗什是龙树菩萨的真传者，他也是依赖这种信仰去处理外在恶的因缘。徐兆寿深明此义，跳出《高僧传》的定评框架，也跳出世俗的偏见，从《维摩诘经》《金刚般若波罗蜜经》《摩诃般若波罗蜜大明经》《楞伽经》《中论》《大智度论》等大乘佛教经典教义立场，发现了真正的菩萨是要经过所有的苦难才能通往拯救众生之路，"破

---

① 徐兆寿：《鸠摩罗什》，作家出版社 2017 年版，第 172—173 页。

戒"只不过是众多苦难的一端，不经历苦海又怎能体验苦难业障从而拯救苦难者呢？"缘起性空"意味着不落入"空"和"有"的两边，应持中道观看待缘生缘灭。凡夫的我执，落入了"有"的实在界；小乘的法执，则落入"空"的幻化虚无界。从我执和法执两端去评判鸠摩罗什的"破戒"都会得出"亏节"的结论。而徐兆寿把鸠摩罗什的"破戒"看成是"深入地狱，赎救狱民"的历程，它实际上是鸠摩罗什由小乘佛法境界升进到大乘佛法境界的关键通道，是他整个生命观念和凡俗肉身脱胎换骨的质变，是对"缘起性空"不落于空有两边、不泥囿于我法两执的准确诠解。这个诠解，并非像某些学者所美之名曰的"有所藏""隐而不发"；恰恰相反，徐兆寿是直面这个千古难题，大胆设想，小心表述，经由细致入微的多层面的情节叙写，为评判鸠摩罗什"破戒"事件提供了一种客观化和学理化的价值准则。这种评判准则，应该是很有参鉴意义的。

由小乘境界升进到大乘境界，鸠摩罗什不满足于自我的解脱，他还要到东方弘法，为中土百姓宣扬和打通"生死之道"，以此普度众生。所以，鸠摩罗什与阿竭耶末帝被迫成婚的"破戒"，使他感到悲伤，但这悲伤也兴起菩萨的慈悲心，同情人之喜乐，同情人之忧苦，"无有疲厌"，由小我转向大我："他闭上眼睛，对着虚空默念道，佛祖啊，非我自愿，为了大法得以在中土传播，弟子只好一只脚踏入地狱了。"①这个转向无疑是很艰难的，"破戒"既成事实后，鸠摩罗什内心世界的煎熬状况，小说以反复的修辞法，特意强调人物精神运动的复杂和激烈。当龟兹军人嘲笑佛经荒谬；当老妇人说佛祖的信仰者也变成了魔鬼的帮凶；当墨姑悲伤着他的悲伤；当弟子劝他不必执着于自己的过失；当大山不言，众生不言……小说反复用一句话来形容鸠摩罗什的精神状态："他并不答话，悲伤而默默地离开了。"将鸠摩罗什此期的悲悯之心描画出来：他此期真正的追求是不仅修得佛法自我解脱，更要度化无量众生同离生死苦海。"直到秋天来临，秋风把一切都慢慢吹走，连同他脸上的悲伤。"经过一段时间的思想调整，鸠摩罗什已开始重视并实践着入世的佛法行持了，他已是真正的大乘佛法的信仰者了。因此，当面临后秦姚兴"以伎女十人，逼令受之"时，鸠摩罗什"常先自说譬，如臭泥中生莲花，但采莲花，勿取臭泥也"（《高僧传》）。这就是鸠摩罗什曾说的"身如污泥，心向莲花"，接纳十位歌伎，在我执或法执的角度看是破戒，但在中观角度看，此"破戒"却已非彼"破戒"，他仍然是要度化十位歌伎，"菩萨也会像他们那样过着肮脏污秽的生活，也会有肮脏污秽的行为，但他们只是通过这个方便之门去度化那些人，菩萨岂能被肮脏污秽的东西所污染？世上所

---

① 徐兆寿：《鸠摩罗什》，作家出版社 2017 年版，第 188 页。

有的地方，都会有菩萨的化身，即使在妓女的群体中，也是有菩萨的，因为菩萨若不那样，那些地狱里受苦的众生怎么能够被度化呢？"①借此"方便法门"，在逍遥寺附近多了一座妙音寺，住着十位妙龄尼姑——鸠摩罗什对歌伎的度化愿望已达成，鸠摩罗什的高僧形象也如莲花一般卓立佛教史。

三、心与理合：客观历史的主体化

高僧遗踪杳然，只留下文本的历史；这段佛教东传的完整而真实的过去，任何书写者都无法完全回归，只能依靠残存的历史文献，而残存文献必然携带着编纂者个人印记，必然经历复杂微妙的社会化过程。小说《鸠摩罗什》也是这样，深深地融入了作者徐兆寿主体化的知情意行。自序、正文、卷外卷，构成了一个有机整体的文本结构。这个结构交织着传主和作者思想对话的辩证运动，呈现出思想与情理动态平衡的逻辑关系，表露了客观历史语境与主观情境想象的自洽弥纶。所以，作者重构了那些识而不察或难以连贯的历史细部，设置了思想演义的主副双线，力求把茫远难稽的历史情境获得丰富性和具体性，使客观历史在主体化过程中实现思想与情理的合和匹配，即"心与理合"。

《鸠摩罗什》作为"思想演义体"史传小说，或者说作为文学虚构的历史文本，是想象力的游戏和学术考证意图的动态结合，其中贯穿了作者对传主思想的再思想，也贯穿了作者对传主体验的再体验。小说从演绎一个预言开始，到评断一个预言结束，沿着传主东进弘法之路展开叙述、描写、虚构、纪实、思辨和评判。以第三卷"客在凉州"为例，作者还原和重构历史图谱的意识是很强烈的。《高僧传》讲"什停凉积年，吕光父子，既不弘道，故蕴其深解，无所宣化"。②《晋书》亦同此说。综其业绩，凉州十七年顶多显示了鸠摩罗什的高超法术和高尚德行，此外没有其他更认真和更详细的解读。然而，徐兆寿要为鸠摩罗什和凉州申辩，要从正史传录所突显的人物重量和分量，考察吕光政治集团创造的文化盛况，考察凉州模式的佛教传播情况，以更宽容的历史同情心去重新评估和想象吕光与鸠摩罗什在凉州的十七年活动，借此弥补史学记录的空白处。依此信念，作者从调研到的或者真诚相信自己观察到的材料信息里，进行了恰当的文学语言重构活动。"柯林伍德认为历史学家具有观察人类情境中可能发生的不同类型的模式的敏感

---

① 徐兆寿：《鸠摩罗什》，作家出版社 2017 年版，第 395 页。
② 慧皎：《高僧传》，中华书局 1992 年版，第 51 页。

性，他们以这种敏感来对待所获得的事实。柯林伍德把历史学家的这种敏感性称为对事实中存在的'故事'或对被埋藏在'明显的'故事里面或下面的'真正的'故事的嗅觉。他得出结论，当历史学家成功地发现历史事实中隐含的故事时，他们便为历史事实提供了可行的解释。"①徐兆寿不是历史学家，却以历史学家的敏感性，嗅出了隐伏在正史里的"真正的故事"。他诘疑鸠摩罗什在凉州十七年"无所宣化"的定论，打破传统解释的认识错觉，分析和再现吕光辖治的凉州文化真面貌，让隐含的故事情节的意义浮出地表。

因此，从"从敦煌"到"学习汉学"再到"与商古论道"的诸节文字，以历史演义笔法叙写了前秦大将吕光西征东归至创建后凉王朝的峥嵘史事。当然，王朝更迭史伴随着鸠摩罗什的弘法活动史。在作者笔下，吕光取敦煌驻凉州的重要军政策略，都征询过鸠摩罗什的意见；同时，鸠摩罗什在东归路上的讲经弘法大体是自由可控的，且效果看来也是不错的。在敦煌大寺讲《华严经》《金刚经》，听众多达千人，有大场面的广角呈现，也有风土人情的显微细描。墨姑与段业的暗通款曲，慧仁法师介绍鸣沙山的神奇和当地开放的民风，乐僔拜师和商量开凿三危山佛窟，吕光对于弘法礼佛的经费支持，都显现出一幅幅祥和融融的历史画面。这些细节在正史里当然是找不到的，在小说里却是重塑吕光形象、还原凉州文化气候、新评鸠摩罗什功业的情景铺垫，深刻地体现着作者的"境遇意识"，亮出了两种可以对照的历史解释模式。

在紧张惊险的军政活动间隙，作者让传主与众多人物发生思想交互关系。吕光反复询问可以落脚的福地，段业对于河西士族文化血脉的称誉和保护，鸠摩罗什与凉州文化名流高士的交往和对话，以及其他盘旋错综的人物行动和思想碰撞，这些事件基本上是通过对话形式展开的，且在对话中体现了作者的介入意识。比如，关于"八怪之殇"的过程描述，显示了对待凉州文化士人群体命运的两种处理态度，吕光、尉佑为代表的施暴派，鸠摩罗什、段业为代表的怀柔派，两派之间的思想对话、冲突和结局，无疑映射了作者的腾褒裁贬。对于以凉州为代表的中土人伦教化之深厚与礼乐文脉之强壮，作者经由怀柔派之口，表达了作为凉州后人的赞誉和感慨。作者借助文学想象，构造了叶清商这样一位嵇康式的精神领袖，仿拟了一幕"广陵散自此绝矣"的慷慨赴难的历史影像："孤独之后，又忽然峰回路转，进入大道，于是，又无比壮阔。琴声悠扬，仿佛能看见一个人在舞台独舞。大自在，大境界。最后，琴声一唱三叹，悠扬不绝，就像一个舞蹈

---

① 张京媛主编：《新历史主义与文学批评》，北京大学出版社 1993 年版，第 163 页。

家久久不肯离开舞台一样。"①叶清商，小说中这个人物形象，从名字到行为，似乎是中土礼乐精神的化身。作者通过这个人物形象的设置，从遮蔽的一段历史时期发掘了凉州文化的心灵化石，唤醒生活在这块土地上的现代人们的乡土情感和历史创伤。

鸠摩罗什作为一个来自龟兹国的异域高僧，对于中土思想界的认识经历了从隔膜到熟悉的过程。进入中土，他由直接弘传大乘般若中观思想，改由译经方式弘传佛法，自然有语言障碍的原因。据《高僧传》记录，他深刻意识到语言障碍所导致的阐释佛法真义的困难："天竺国俗，甚重文制。其宫商体韵，以入弦为善。凡觐国王，必有赞德，见佛之仪，以歌叹为贵。经中偈颂，皆其式也。但改梵为秦，失其藻蔚，虽得大意，殊隔文体，有似嚼饭与人，非徒失味，乃令呕哕也。"②把梵文译作汉文，只能转达大体意思，音韵方面的美感是很难同步转达的；译经如同嚼饭喂人，原味多半已失，甚至令人呕吐。正史里的鸠摩罗什对于译经家的身份选择是有失落情绪的，以他绝伦天资和勃勃雄心，龙树菩萨这样的创派宗师是他的标榜，或者说，他心底的身份定位应该是佛学思想家而非佛经翻译家。《高僧传》讲鸠摩罗什雅好大乘，志存敷广，常常无奈地感叹："吾若着笔作大乘阿毗昙，非迦旃延子比也。今在秦地，深识者寡。折翮于此，将何所论！"自认为"破戒"已损思想家身份，只好"凄然而止"，否则自视造诣能逾越佛教史上著名阿罗汉迦旃延子。这也是此前有关鸠摩罗什的学术评传类著作所采信而普遍认可的评断。然而，徐兆寿独出机杼。其小说《鸠摩罗什》彰显译经成就的历史贡献，从头至尾在不同情节片断里刻意突出鸠摩罗什学习汉文的异能禀赋；刻意突出他东进弘法的远大理想在于传播大乘佛法，而非开山立派；并且刻意描述鸠摩罗什对于中土文化的认同感，而非隔膜孤立心态；刻意传达佛法与其他宗教文化或与中土儒学文化的本质相通性。作者在小说里反复提及的预言，指向的是长安译经弘法；而长安译法的前期准备工作是客居凉州时学习汉学，学习汉学当然不仅仅指汉语研习，且含括对儒家学说、道家学说的了解和吸收，含括对道教思想的求同存异式的尊重，含括对中土汉民族世俗文化生活方式的融入和体认。这是徐兆寿创造的鸠摩罗什形象，一种介入了作者自身主体意识的新型人物形象。

吕光僚属段业是鸠摩罗什在凉州时的交心朋友。在"学习汉学"一节里，段业是鸠摩罗什掌握汉语及汉文化的中介者，鸠摩罗什经段业推介，系统研习《诗经》《左传》《论语》《史记》《道德经》等经典著作，边研习边论道，这一过程里总要参照佛教义理。比

---

① 徐兆寿：《鸠摩罗什》，作家出版社 2017 年版，第 239 页。
② 慧皎：《高僧传》，中华书局 1992 年版，第 53 页。

如谈幸福，说："幸福是一种感觉，或者说，幸福是一种信仰。这是我最近从儒家的教义里发现的，所谓知足者常乐。但按我们佛家来看，幸福是超脱，超脱所有欲望、名利、假象，认识到一种真理，才会感到幸福。总之，对幸福的追求是不容易的。"①这是儒学和佛教义理之间的一场真诚对话。在"与商古论道"一节里，作者虚拟了段业与鸠摩罗什互相诘问的情节，双方讨论身体与幻象、轮回与超越、感受与存在、生理冲动的真实性与虚幻性、有限的"存在"与无限的"大存在"之类的问题，求同存异，知心互赏；也虚拟了龙树中观思想与儒家和道家的融通性，以及中观思想在凉州大受欢迎和理解的情形。

与商古论道，双方惺惺相惜，代表两种文化价值观的包容共生。"商古笑道，自佛教进入中国以来，就以道家语汇来传译，所以佛道也便自成一家。之前之所以不与法师来往，是因为那时在法师看来，佛教必然高于汉学，而我等又怎能让汉学之品格低于西学，故而避而不见。昨日听犬子说法师之见解有别于其他法师，儒道皆通，且阴阳五行易术皆学焉，所以便想会会法师，以慰平生之学。罗什道，先生之说不虚，罗什确有前后两种变化。没有十七年汉学的学习，就不知中国人心中所想，但即使如此，也只是皮毛而已。"②这些虚拟的情形，是鸠摩罗什研习汉文化过程中的快乐体验，稀释或淡化了正史记载的苦闷、焦虑、无奈、权宜。可以说，这些虚拟对话，使鸠摩罗什的凉州十七年经历清晰地浮现出存在价值，并且与后来的长安草堂译经贡献弥纶为一条完整的因果链，历史的疑点也因而有了符合情理的解释，虽然夹带着作者很鲜明的主观化认知，却仍然具备历史的客观逻辑品质。也可以说是作者对历史和现实如何合理沟通而展开的一次自我对话。所谓客观历史的主体化，就是体现在这种种思想对话之中，既有历史人物之间的思想对话，有历史多元文化之间的思想对话，也有现实的创作主体本身与历史的多重思想对话。

史传话语通过情节编排和自我解释，使传主和作者两个主体心灵交汇，古今思想对话得以施展。《鸠摩罗什》完全可见作者的精神投入和真诚性情，即如徐复观《中国文学讨论中的迷失》所说，"把自己的感情投入于对象之中，并将对象融入自己生命之内，此时感动、兴趣的主体与引起感动、兴趣的客体合而为一，要求表达出来，所以作品中必注入了作者的感情、气质乃至整个生命。这两者都可称为'内发的文学'。"③在长安译

---

① 徐兆寿：《鸠摩罗什》，作家出版社2017年版，第249页。
② 同上，第308页。
③ 徐复观：《中国文学精神》，上海书店出版社2004年版，第80页。

经余暇，后秦国主姚兴本身佛学造诣已臻高境，但仍要强送十位歌伎给鸠摩罗什以延嗣法种。其真实意图是用弘法来抵消杀戮和贪念之罪，用赠送歌伎来摆脱情欲之困；换言之，要在肉身和佛法之间找到平衡矛盾的法理依据。用鸠摩罗什的话来说，菩萨本来生病，但为了救苦，就必须去众生受苦的地方，去体验苦难，教导他们超越苦难。这就是方便法门，或者叫作不尽灯，一盏灯点燃数十万盏灯而自身不熄灭，即使身在魔界，也能以觉悟心影响众生，成为一切众生的施主。相比凉州"破戒"的沉郁悲怆，此次"破戒"似乎应对从容，波澜细微。这自然归因于鸠摩罗什对龙树中观思想理解得很圆满通透了。此种圆满通透的玄机，反映在与僧肇的思想对话里。而吞针说法的事例，更是对大乘中观思想的通透解释。这个通透解释，既面对鸠摩罗什的众弟子，也面对当代纷纭俗众，当然也是作者对鸠摩罗什两次色劫的圆融解释。作者在写作过程中持一种情感认同，文本内外的两个主体共同完成了虚构的思想对话。

四、双线对话：话语讲述的年代与讲述话语的年代

　　小说各层面的思想演义，纵切面是以主副双线结构拉伸的，横断面是以主辅文本形式铺开的。一切皆有缘起，作者在序言交代家族史、个人心灵史与写作此书的因缘际会，我们从中可见生活的佛学对于芸芸众生的精神生活有着非比寻常的重要性，三千世界对于世俗民众的召唤已成坚固的"社会惯习"（社会群体所有人都日常参与却未必虑及的某些行为之任意性惯例和规则）。作者"渐渐放下了这种惶恐，且放下了名利心"，也以龙树中观论对待自己的此次写作之旅，设立了一系列探索性的问题，诸如佛教文化能给今天的人类带来什么启示，能解决什么精神问题，为重塑鸠摩罗什新形象开掘源动力，找到一种解释的方便法门。这样，作者把话语讲述的年代与讲述话语的年代统合起来，而不像福柯特意分出两者的轩轾。虽然所谓还原历史事件只不过是凭借语言凝聚、置换、象征等方式对历史的再度修改性描述，但作者仍然是以正史为宗，努力在正史的描述内部发现裂隙、废墟或边界所蕴藏的异样的历史景观。这好比海登·怀特所言，"我们体验历史作为阐释的'虚构'力量，我们同样也体验到伟大小说是如何阐释我们与作家共同生活的世界。在这两种体验里，我们看到意识构成和征服世界所采取的模式。"[1]这种观照历史的方法和态度，本身接近于传主提倡的中观思想，它是指向当代生活的历史对话，

---

[1] 张京媛主编：《新历史主义与文学批评》，北京大学出版社 1993 年版，第 178 页。

提出的问题关乎人们的当下生活。换言之，话语讲述的年代与讲述话语的年代之间的辩证对话链条很好地衔扣起来了。

所以，在正文各卷里，鸠摩罗什在东进路上与重要人物之间讨论的问题，也基本上是当代人仍然在思考的问题，其中流露的问题意识弥散于文本内外。鸠摩罗什由上座部之说一切有部转进入大乘佛学之龙树中观学说，其中最关键的引导人是西域沙车国王子须利耶苏摩。苏摩舍国出家，专以大乘施化，为鸠摩罗什讲授中论、百论、十二门论等法，研核贯通大小乘而终归于大乘，并且委以重任要他广求精义，弘传于中土。在"与苏摩的神秘对话"里，苏摩寄予厚望："也许从小乘佛学开悟到大乘佛学，才是真正的学佛之道，因为有拨云见日之感，也能真正理解龙树菩萨的中观学说。不理解有，而直接去接触无和空，也许如坠云里雾里。知道各种有，同时又深刻体会无和空的境界，就达到了龙树菩萨所说的中观之道了。那样的话，离成佛之日也就不远了。"[1]鸠摩罗什也是经过此次开示，突然间明白了龙树菩萨所倡导的大乘佛法精义及其中观学说。佛教本无所谓大乘与小乘之别，只因要破除小乘的"有"，才产生了分别；这个分别只是权宜之策，专为破除佛教门户之见的方便法门。苏摩深知六根之缘起和诸般感受，究其实乃执着心的空的幻象，只有当明白此真理而看不到这些幻象时，心就没有挂念，没有恐怖，只剩真正的欢喜了。也正是秉承此法，鸠摩罗什在弘法历程中遇到包括生死抉择在内的所有困境，都最终能安之若素，多次吟起《金刚经》偈诵"一切有为法，如梦幻泡影，如露亦如电，应作如是观"。世界万事万物的万种遇合离散，根本上似有似无，因一切有为事相，皆是缘聚则生，缘散则灭，变化无常而执捉不住。安抚众生无论利钝皆应随顺而入，当视作寻常日用，造次颠沛弗离，恰如《论语·里仁》所云"君子无终食之间违仁，造次必于是，颠沛必于是"的人生态度。这应该也是对"序言"所提及的系列问题的间接回答，当然也是对辅文本"卷外卷"所涉人物（张志高等）的人生迷思的间接回答。或者说，佛教中观思想把历史经验和当代生活联系起来了，把人生信仰和现实境遇弥合起来，作者也真正介入了传主的思想世界。

作者流露出来的介入意识很强烈，一方面把客观历史主体化了，一方面把话语讲述的年代与讲述话语的年代互相置换了，一方面把主文本和辅文本形成了互文本关系。甚至冒着文本连续性被生硬中断的风险，以主体身份直接插叙历史事件。在"皇帝向罗什请教"里，后秦文恒帝姚兴把鸠摩罗什迎到长安，几乎每天到西明阁感受译经氛围；又

---

[1] 徐兆寿：《鸠摩罗什》，作家出版社2017年版，第95页。

传御书一封到逍遥园。作者展示完御书《通三世论——咨什法师》全文内容之后，直接转入自己的评议："一千六百多年之后，当我打开《广弘明集》，翻开姚兴写给鸠摩罗什的这封书信时，我还是禁不住对这位皇帝起了敬意。很显然，他崇扬佛教，不光是为了让百姓空虚自我，以守法纪，而且是为了解决自身的生死问题，是真正的信仰问题。他以为，过去世（前生）、现在世（今生）、未来世（来生）三世真实存在，所以才有佛教因果报应、三世轮回的理论。"①然后继续扩展自己的论说和叙事：发现小乘说一切有部"三世实有，法体恒有"的主张与犹太教、基督教、伊斯兰教等其他宗教的不同，发现大乘佛教解决人生如何跳出三世轮回痛苦的可能性，发现佛教善恶论与儒家解释的相通性。作者引入父女之间关于创世神话的对话，兼及神话衍生出来的生命哲学问题；引入了作者和朋友张志高（辅文本里最重要的思想型人物）关于重塑鸠摩罗什新形象的必要性和价值所在，引入了十部影印本资料里那篇鸠摩罗什的回信《答后秦主姚兴书》，在呈示全文内容后，叙事时间转成故事时间，作者的思想活动转成传主鸠摩罗什的思想活动。

叙事时间切换成故事时间，思想演义也回到了鸠摩罗什的长安舞台。在长安终老的十三年光阴里，鸠摩罗什译经与弘法同时进行，正史记载里的思想困惑，在这部小说里有所变化。正史记载鸠摩罗什临终感慨"因法相遇，殊未尽心，方复后世，恻怆可言"，悲伤之情何可言状！显然与他的佛学造诣有点扦格相抵。徐兆寿笔下的鸠摩罗什却是实现了精神世界与佛学造诣内在统一。当然，作者不是简单强硬地描述其合和统一，而是继续进行了思想演义的情节构造。西班牙学者乔斯·巴雷拉在其《创造历史与讲述历史》一文里说，为了建立一个关于历史学家多姿多彩的讲述实践的分类体系，有必要提出一些问题：在历史文本中是谁在诉说？历史文本中的叙述是针对谁而发的？叙述者是以何种身份来讲述历史的？叙述者所诉说的是什么？认为首先回答这些问题，然后才能弄清将创造历史与讲述历史对立起来是否依然有意义，以及用某种方法来讲述历史是否还有意义，从而建立当下叙说方式的谱系。②徐兆寿《鸠摩罗什》其实是游走在学术与小说之间的历史编撰，其撰构策略在无形之中契合了乔斯·巴雷拉提出的这些问题。其一，在这个传记小说文本中是谁在诉说？不难发现，《鸠摩罗什》主辅文本结构里交织呈现出传主和作者的声音，两种声音指向各自安身立命的价值信仰，各自的价值信仰由于主体介入历史叙述而获得同一性。其二，小说文本中的叙述是针对谁而发的？这个问题

---

① 徐兆寿：《鸠摩罗什》，作家出版社 2017 年版，第 325 页。
② 陈启能等主编：《书写历史（第一辑）》，上海三联书店 2003 年版，第 45 页。

也显而易见，它是针对古今所有在领悟生死之道的修行中仍存迷思的人们，通彻生死之道本来就是人类永恒的思想主题，不限于过去的人物还是当今的人们。其三，叙述者以何种身份来讲述历史？小说的叙述者当然不全等于小说文本的作者，但小说文本的作者总是很自觉地踏入话语讲述的年代，附身于传主或者传主身边的历史人物，所有的思想论辩都是作者的自我对话。其四，叙述者所诉说的是什么？互相参照序言、正文、卷外卷主辅文本，可知作者追寻的核心问题是人类生存的价值依据；通过鸠摩罗什的思想演义，解答当代人的自我救赎问题。从辅文本的人物思想状态来看，作者的意图似乎是得到贯彻，并获得了实践检验，曾经濒临思想崩溃的好友张志高最后处于很踏实的生活状态，亦如鸠摩罗什的通透如水。叙述者"我"最后对张志高说，"如此你不向大乘佛教过渡，你就只能是一个多余的人，一个只想着自己那点小伤感的人，就破不了我执，也摆脱不了人生的诸般苦恼，可是，你如果能向大乘佛教过渡，那么，你接下来的人生就非常精彩了。"[1]张志高应该是认同了"我"的说法，这可能也是作者重塑鸠摩罗什新形象的意义所在。

本书的写作意图，在于提供个人对于人类精神困境的思考样本。当代社会，物质和精神之间的裂痕似乎有增大趋势，就像马尔库塞在几十年前指出，"现在所发生的一切，并非是高级文化堕入大众文化，而是现实对这种文化的拒斥。现实超乎于它的文化。在今天，人类比文化英豪和半路神祇更有作为；他已经解决了许多不可能解决的问题。然而，他同时也背弃了真理，这些希望和真理曾保存在高级文化的升华中"。[2]所谓高级文化指的是精英文化，它在当代社会已被视作怪物而遭到拒斥，崇高、优雅、精致、高贵的文化品质都被平庸、扁平、低俗、丑怪的趣味形式所替代；技术理性和工具理性使人的自然属性功能得到极致发挥，但也造成人的异化困境。摆脱人的异化困境的途径，也许可以借助文学艺术实现审美超越，因为文学艺术开启了可能的解放维度。这个可能的解放维度，就是精神对于物质的升华作用，正如新儒家唐君毅所言，"人类为实现其精神价值，不能不需要相当的物质条件为基础，但是我们不能因此说，人类精神受了物质之限制。因为当物质为实现精神价值之基础时，物质已包孕了精神的意义。"[3]文学艺术焕发的审美精神之所以可贵，在于能够使物质产生精神的意义。可以揣测，《鸠摩罗什》体现了作者弥补物质和精神的裂缝的竭诚努力，一种为现实生活建立价值信仰的积极探索。

---

① 徐兆寿：《鸠摩罗什》，作家出版社 2017 年版，第 461 页。
② 马尔库塞：《审美之维》，北京三联书店 1989 年版，第 65 页。
③ 唐君毅：《人生之体验》，广西师范大学出版社 2005 年版，第 64 页。

徐复观曾在《中国文学欣赏的一个基点》一文里将接受主体与创作主体贴心相知的状态概括为"追体验"[①]；鉴赏者在"追体验"的过程中，感受和理解创作者的情感和意图，体验和融入特定的艺术情境之中。如果稍加改造此说法，那么徐兆寿也是以"追体验"方式，完成了对鸠摩罗什思想演义历程的再度把握，精微而钩深地传叙了佛教大乘中观思想的汉传历程，建立了话语讲述与讲述话语的双线对话结构。客观地说，这个"思想演义体"的创作实践很有现实参照鉴识价值。

（作者单位：长江师范学院文学院）

---

① 　徐复观：《中国文学精神》，上海书店出版社 2004 年版，第 75 页。

关西的新世界与新境界

——谈《鸠摩罗什》的知识分子写作

艾　翔

内容提要：从文体看，《鸠摩罗什》杂糅了人物传记、历史演义、传奇等写作模式，与佛教典籍多层次融合，在现实主义框架内进行了充分的创造。除去神秘色彩，小说塑造的主角从小生活在精英群体中，获得了丰富的世界知识、坚定的使命感和清晰的善恶观，可谓一个鲜明的知识分子形象，其中蕴含着作者本人对知识和知识分子乃至大历史的理解。小说体现出的平等意识冲击着等级制和本质论，这种精神特质的形成与西域、河西延伸至关中的广阔地理区域有深刻联系，由此突显西部的方法论意义，重新激活西部的活力，拓展对中华文化的理解空间。

关键词：鸠摩罗什；徐兆寿；知识分子写作；西域书写

按照今天的行政区划来说，徐兆寿是甘肃省武威市人，但有趣的是，每每自我介绍，无论是纸面或当面，他都自称"凉州人"。作为学者，徐兆寿没有必要如同有些附庸风雅者炫耀标榜，因为"武威"也是古称，汉武帝元狩二年设立武威郡而得名。揣摩其义，大约有二：首先徐兆寿对故土的历史文化着迷，并有意宣传历史上曾经大放异彩的"五凉文化"，但他并没有采取强加于人、喋喋不休的说教方式，而是巧妙地将必不可少的自述中加入"凉州"符号，引起注意；其次"武威"的定名与彰显霍去病河西之战大败匈奴浑邪王、休屠王部的武功军威有关，背后是军事干预和国家主义。河西之战数年之前，汉朝设立朔方，古雍州更名为凉州，而"凉州"为多数民众熟知的是文学史上著名的"凉州词"，王之涣、王瀚、孟浩然、陆游皆有同题诗，背后体现的是文明教化和人文精神。选"凉州"悬置"武威",正映衬了徐兆寿人文知识分子的特殊身份。这一点,对解读《鸠摩罗什》这部长篇小说的精神内核有至关重要的启示作用。

一

在人大的"联合文学课堂"对这部小说的专门研讨中,不少人纷纷对其文体复杂性发表看法,其中杨庆祥建议将其视为一种十分独特的"为人物作注释"[①]的写法,应该命中了关键。不可否认,徐兆寿为了如实反映鸠摩罗什的一生,阅读了大量佛经、史传、地方志和相关学术研究著作,对于一些不明晰的细节进行了推理论证和实地考察,但出于"走向民间"的立意,作品呈现出贯穿始终的传奇化书写。从鸠摩罗什童年起,神迹即有端倪,几个月看完藏经阁尘封多年的全部经书,过目不忘;从梵衍那国返回途经葱岭时驱退狼群、展示端钵神力;每逢讲经便有祥云笼罩;吕光攻打龟兹时梦见金象;占领龟兹全军狂欢之后,鸠摩罗什预言地震、冰雹和暴雪;吕光在凉州暴力镇压当地文人,叶清商琴曲拢云生风,曲罢则风消云散;鸠摩罗什和李致分别展示了占卜预测;在天梯山下的祈雨村和登天村连续两次诵佛经求雨成功;鸠摩罗什梦见龙树菩萨现身于真实存在但从未闻见的武威城灵钧台,次日决定在其址修建海藏寺;鸠摩罗什同吕纂对弈过程中的谈话一语成谶,预示了吕纂的杀身之祸;以及最后对罗什吞针这一著名桥段的演绎。可见徐兆寿对传主材料的处理方式并非完全采取现实主义的客观叙述,而是十分主动融入了各种虚构元素,这种虚构不仅存在于缺少史料的凉州卷,更有并非基于逻辑推理的部分。不难发现在具体写作过程中,大约由于首次碰触历史题材的谨慎,作者格外依赖对《三国演义》的借鉴。同样,"七分史实,三分虚构"的判断同样适用于《鸠摩罗什》,也就是说可以视之为历史演义小说。

《鸠摩罗什》呈现如今之貌,绝不仅仅源于《三国演义》的影响。因为题材的特殊性,徐兆寿在准备阶段进行了大量佛教史、佛教经典和佛学研究的知识储备。体现在小说中,首先是大量的佛学对话、讲演和论辩,一方面正是佛经形式的直观体现,另一方面也通过浅白的语言描写传达晦涩的佛学义理,以通达"方便法门"的创作初衷。其次是对这些储备的直接引用,与虚构的对话和叙述者论述结合,形成进入佛教世界及其思

---

① 杨庆祥等:《想象历史的方式——徐兆寿〈鸠摩罗什〉讨论》,《西湖》2018年第7期。

想体系的阶梯性架构。为了更能贴合人物，徐兆寿用《维摩诘经》解释鸠摩罗什的第二次破戒，这也是作者除"凉州卷虚构"之外又一颇为得意之处。最后其实也是对小说面貌构成重要影响的一面，即大量佛教小故事融于主干情节之中。包括佛经在内的许多宗教典籍本身就带有很强的叙事性，鸠摩罗什翻译的《金刚经》中师徒问答、宣讲法理并非占据全部篇幅，相当多的文字分配到了环境、动作等方面的描写。此外，更有《百喻经》《杂譬喻经》这样用小故事传达佛理的著作。《鸠摩罗什》无疑吸纳了这种讲述方式，甚至出现了累叠三层故事的设计，模拟了佛经，同时创造了良好的阅读效果，形成了这种传奇式的演义小说样态。但需要看到的是，佛经宣称的前世、后世，以及极乐世界、地狱等元素没有被小说呈现，只是在鸠摩罗什的自我叙述中出现了为数不多的前世描述，没有越过现实主义的大原则边界。可以说，是佛教典籍和古典小说共同塑造了《鸠摩罗什》的基本轮廓。

二

在这种携传奇色的现实主义框架内，徐兆寿从鸠摩罗什的童年开始，细致摹画了传主的生活环境，尤其屡次刻意强调其精英身份。父亲是龟兹国师，通晓梵语、吐火罗文和汉文，为了突显其在西域信仰世界的崇高地位，作者甚至有意淡化了龟兹的军事实力。母亲是龟兹公主，修佛后也是名传佛国。与鸠摩罗炎过从甚密的凉州商人张怀义，也是饱读诗书的王室成员。至于鸠摩罗什的朋友圈，有相当多的上层社会精英，包括皇帝、国王、高级将领、大学者、艺术家。这一切同鸠摩罗什本人强烈的精英意识不无关系，少时客身佛国就反复强化父亲教授的"世界知识"所向披靡。正是这种带有区隔功能的知识性，形成了鸠摩罗什独特的人物形象。

鸠摩罗什的使命感从少时就有所体现，他深信槃头达多的见解，在梵衍那国与众僧讨论佛法时重复了"心中无佛，佛便不在"的观点，认为弘法减弱将导致佛法受外道侵蚀。这里的佛和佛法都不是自在、永在、不证自明的，很大程度上是一种人为的结果。这就不仅仅是信徒的信仰体系，而是一种知识分子的信仰体系，信仰只是"学说"的一种精神体现。正是因为"深信"而非"盲信"，遇见莎车王子的大乘佛教，鸠摩罗什经历了主体性鲜明的思考之后改弦更张，并反思师父槃头达多的"门户之见"，才顺理成章。

即使寻找到了一生的精神依托，鸠摩罗什一如既往保持"学者"而不仅仅是"信徒"

的心态，虚心地讲授、倾听与思考，教导他人"一切都可读，一切又都不可执着"，切勿陷入"住相""无明"的境地，应该敞开心胸接纳、辨析新知。甚至在对龙树中观论的倡导中，闪耀着独立的怀疑精神和客观的理性精神。不仅如此，通览全书可以发现徐兆寿构建起了一座知识分子的理想国：等量级的大学者不论门派惺惺相惜、融洽交流，国之君主划拨专项钱款支持研究与教学，没有任何禁忌的大讨论，同道学者自发组成重大项目课题组，甚至吕光这样的地方割据军阀面对学术也呈现出"小政府"姿态，尊重自由，不强权约束，任其发展。当然，历史地看苻坚、吕光、姚兴以战争方式争夺道安和鸠摩罗什，不仅仅是小说中呈现的"求佛若渴"的理想状态，首先是出于维持社会稳定的需要，落实国家意识形态，其次是出于教育的需要，实现基础的扫盲和高阶的人才战略。但无论如何，都是知识分子乐见的历史舞台。

《维摩诘经》可以视为这部小说的精神蓝本，鸠摩罗什在龟兹就说过要到众生生病、受苦的地方，与众生一起生病、受苦，体验然后解救。后来多次提及此经，尤其是第二次破戒，作者郑重其事用以理解鸠摩罗什的决定。在凉州又反对学院派将众生排斥在院墙外的做法，希望能用知识拥抱大众。徐兆寿还设置了一个颇有趣味的细节，鸠摩罗什与人讨论修法成佛的目的，对方认为修法成佛就是目的，鸠摩罗什却认为真正的目的是"度众生"。在强调精英身份的同时，作者还反复强调鸠摩罗什的平民意识，一时破除了"左右"之间的藩篱。仔细推敲，小乘佛教的罗汉果位颇似为学术而学术的知识者的境界，大乘佛教的菩萨果位则接近扎根底层的左翼知识分子，鸠摩罗什恰恰学贯大小乘。

在阅读作者上一部长篇小说时，陈晓明的思考深发到了整个探寻知识与方法的历史："每逢社会转型时期，知识分子总是会向外去寻求真理，如法显、玄奘的西天取经，如鲁迅等五四时期的知识分子，但到民间和荒原上去求解的方式还是很少见的，只有中国的道家和佛教才会有这样的'出走'方式。"①从《荒原问道》到《鸠摩罗什》，从写作资源、题材、动机到方法，都有了明显的区别，但并非构成"蜕变"的证据。由于宗教题材的特殊性，促使张清华十分谨慎地谈论起作家的创作心理和文本承载的文化信息："他没有首先将自己做一个小说家，而是把自己首先设计成一个知识分子，一个肩负巨大文化使命的知识分子。"并在细致分析后进一步指出："要想真正理解这本书，必须要研究一个西部的一个知识分子的身份意识，研究他的立场、襟怀、文化抱负，强烈的使

---

① 　陈晓明：《中国知识分子的问道隐喻——评徐兆寿的〈荒原问道〉》，《当代作家评论》2017 年第 2 期。

命感，对于诸种东部偏见的反抗，都是很重要的前提。"①作者在第四卷和卷外卷中现身，先对后秦"佞佛贪利"的断论予以了反驳，并提出了自己的历史观，之后又对鸠摩罗什凉州时期遭受的历史批判进行了话语考证。尤其后一方面殊为精彩，虽然这些论述由于作者所称调整结构有残余，并且也有涣散主干情节之嫌，但部分桥段体现出的严谨周密还是引人注目。"卷外卷"的长篇议论，同《狼图腾》漫长的后记如出一辙，展示出学者小说的鲜明特征。可以说，鸠摩罗什周身的知识分子属性，恰是作者知识分子意识的直观体现。

虽然鸠摩罗什的知识分子性绵延始终，但小说还是呈现出的明显的阶段性，也就赋予了传主"成长"的印记。观其生命轨迹有三个重要节点，首先是在喀什，遇莎车王子而知大乘佛教；其次在凉州，广结各门各派学者，协助吕光治理后凉；最后是在后秦都城长安，奉皇命主持译经并主导寺院建设。历史定论高度赞扬最后阶段，认为长安经历是鸠摩罗什一生最重要的贡献，但是徐兆寿因为呈现出了完整的"前史"，就能看出前两个阶段的重要性了，在西域了解到的大乘佛教是以后全部历史的大前提，是发愿度众生的根本基础；在河西广泛接触中原百家学说，是日后圆融译经的基础，伴君如伴虎的经历让鸠摩罗什彻底脱离了之前只研习讲授、不过问政治的单纯，政治头脑的成熟正是后来译经大业完成的保障。其实从小乘到大乘再到大乘中国化的过程，也就是鸠摩罗什从精神世界逐渐向世俗世界、从一己小圈子到天地大舞台的转移。

鸠摩罗什深谙人情世故，在宗教活动中为吕光增设加冕仪式，向姚兴建议将译经与寺庙活动纳入整个国家财政和行政系统，以促进译经和佛学研究的发展。另一方面则凡心未泯，面对墨姑、阿竭耶末帝、寡妇村借宿民居中的妇人以及十歌伎都难免动心，只是有的靠念经度过，有的则破了戒，破戒之后虽然懊恼并断了两性情欲，却也延续了情感关怀。从叙述以及直接陈述中，可以看出鸠摩罗什的这种形象定位乃是徐兆寿的观点，这或许与他同时兼具教研和行政双重身份有内在关联，如此方能清晰地认识到没有世俗行政力的支持，学术很难拓展规模和深度。如果考虑到作者的知识结构，就不能忽视南怀瑾的影响："在我们平常的观念里，总认为佛走起路来一定是离地三寸，脚踩莲花，腾空而去。这本经记载的佛，却同我们一样，照样要吃饭，照样要化缘，照样光着脚走路，脚底心照样踩到泥巴。所以回来还是一样要洗脚，还是要吃饭，还是要打坐，就是这么平常。平常就是道，最平凡的时候是最高的，真正的真理是在最平凡之间；真

---

② 张清华：《从西部本位的角度看——散谈徐兆寿〈鸠摩罗什〉》，《当代作家评论》2018 年第 4 期。

正仙佛的境界，是在最平常的事物上。所以真正的人道完成，也就是出世、圣人之道的完成。"①

　　小说主干情节截至公元五世纪的后秦，但这种世俗化的视角则能引起很多历史启示。著名的"三武灭佛"即北魏太武帝、北周武帝和唐武宗三次大规模清除佛教存在的事件，唐后还有后周世宗的"灭佛"，今天看来原因不过三种，第一是意识形态之争；第二是社会变动时期独立而庞大的寺院经济和天然免税役的僧人特权影响到了政权的统治根基；第三是不事生产却占用大量资金和土地扰乱了政权的财政和土地政策。北魏的"灭佛"同之前相近的后秦大兴佛教有直接关联，而鸠摩罗什的译经活动中国化和世俗化倾向则可用来解释北魏乃至南朝的佛教盛况。当然另一方面，也正是世俗化的渲染，让原本属于精英宗教的印度佛教传入中国后成为平民宗教，避开了作为精英（准）"宗教"的儒教的强势区域。伊斯兰军事集团占据印度，通过毁坏寺庙、戮逐僧人而灭绝了印度的佛教，却无法根除广播平民间的印度教。同样，新文化运动可以从制度性和思想性一把大火烧塌精英群体的儒学，根植民间的佛教却绵延长久。可谓败也译经与世俗化，成也译经与世俗化。这一切都可追溯于鸠摩罗什，一部小说道明了千年历史发展逻辑。

三

　　正是在关乎鸠摩罗什一生命运的西域、河西时期，就体现出了真正异于旁人的天赋，不是聪慧，不是记忆，而是汲取知识的广泛性。若论佛学修养，并不一定能确保年少的鸠摩罗什完胜佛国年长高僧，恰恰是丰富的世界史储备令其一鸣惊人。徐兆寿所展示出来的佛国世界甚至超出了凡常理解的宗教，世界宗教史上对"异端"的排挤倾轧屡见不鲜，甚至不乏宗教战争和宗教屠杀这种极端事例，统一宗教内部的争斗也并不比宗教间冲突有些许缓和，但鸠摩罗什从莎车王子接受大乘佛教并一路讲授其法理奥义的过程中，没有过多的抵抗，都无一例外倾听然后接受。在梵衍那国，向师父槃头达多学习为众僧不齿的"旁门左道"西域幻术；在龟兹，大乘佛教因为鸠摩罗什的推广成为新的显学，原来的一切有部也并行不悖；在凉州，佛教和中原各家学者互相敬重，交流探讨，作为思想界领袖的鸠摩罗什主动四处学习，亲自体验中医后感叹作为他者的文化，甚至

---

　　① 南怀瑾：《金刚经说什么》，《南怀瑾选集》（第八卷），复旦大学出版社 2007 年版，第 17—18 页。

在中原被主流学说冷遇的巫术、风水也引起了他的注意。他多次反省自身，从思想体系到所属文化体系，努力摒除自我中心主义，力避"执着己见"，并以此视为佛法纷乱、不能发挥更大作用的历史教训。从弘法的意愿出发，他其实在寻找一种文明互补的路径。他的这种理念通过门徒的影响进一步扩大，僧肇、道生、道融、僧睿等一批名徒的知识储备都不限于一家一派。

能够毫无阻力地互融互通，无限制的平等是基础。有趣的是，鸠摩罗什东进道路上的几个节点都是等级论占统治地位的区域。北天竺、迦毕试国和梵衍那国流行的佛学，"佛"绝不可能靠修行到达，出现一个挑战高僧的年轻僧人也为众人所嫉恨；西域诸国虽然都是小国，但也遵照实力以龟兹为盟主，耆婆和少年鸠摩罗什游学往返时一路的境遇很能说明龟兹在西域的地位；由吕光军事集团割据而成的后凉实行的是独裁统治，迫害文人；前秦和后秦所在的中原则早已形成了"君君臣臣父父子子"的等级社会规范。就是在这样的缝隙中，鸠摩罗什所在之处都有一股流动的平等风气环绕，由于他在学术方面的修养，甚至打破了师徒、父子的绝对界限，师父反随徒弟学法，父亲为儿子弘法活动服务，但在面对毫无教育背景的墨姑时，却反被后者点破了内心真实的困境。在他怀疑过师父槃头达多的小乘学说多年之后，也被徒弟道生质疑过分强调权威而背离中观论。

作为作者的观念言说者或艺术化身，鸠摩罗什多次表态应当破除绝对的真理，破除对本质主义的沉迷，人不分贵贱，皆可成佛，学说不论高低，互相印证。在一个确凿的前现代历史阶段，鸠摩罗什似乎在宣传一种后现代的去中心化的社会构造。并且这种多元主义不是多元并陈，自说自话，而是积极沟通交流，形成多元互补融通的状态，作者借李复道之口提出，儒家之兴源于集百家之长，绝非故步自封，这也正是小说中鸠摩罗什举行儒佛、道佛全国大讨论的初衷。冯友兰论述南北朝佛学时说："或当时讲老庄之学者，受佛学之影响，故讲老庄时，特别注重于所谓有无问题欤？抑当时讲佛学者，受老庄之影响，故讲佛学时，特别注重于所谓空有问题欤？二者盖均有焉。"[1]可以说，小说呈现出的鸠摩罗什学者群体为中华文明的核心特质贡献了重要推力，天竺血统、生于西域、求学佛国、交游河西的鸠摩罗什反倒成了最具"中华"内质的人。

由此可见，陕西的西陲关陇不是文明的分界线，关陇以西不是中华文明的从属附

---

① 冯友兰：《中国哲学史》（下），重庆出版社 2009 年版，第 123 页。

庸，正如许多边疆作家和学者看到的那样，没有西部和东部边疆两条输入路径，中华文明绝非今天的样貌，甚至在撤除了防备的西域与河西广袤地域建立起的后凉，本身就具有中华文明的概貌。小说所呈现的结构、情节、人物、思想，无一不是同关陇以西的土地相关，包括其间交错的传奇性与现实感、精英性与平民心、世俗性与精神性、包容与平等和多元文化交融特性，都是源于北方游牧民族、中原文明、印度文明三大板块的缝隙中生成，呈现出斑驳而独特的色彩。徐兆寿所希望的打开"另一个西域"，实则呈现一种新型的历史观和思维方式，绝不仅仅是奇观呈现。

张未民将两个"长安"与众所周知的"西安"做陌生化处理，以三者差异推演出这个西部都城的历史文化意义。在同东都洛阳的比较中作者提出，"东"即地理中央意味着舆论优势和正统性，但必须同时要将"西"的问题提到国家发展战略高度，因为很大程度上丧失了"西"定都对解决边疆问题的能力。正因为西周、秦、汉相继西定都，西部的"中国化"才得以完成，同时动用高度君主集权力量实现秦咸阳和汉长安的城市建造蕴含了"大一统"文化真正奠基的过程，唐长安很大程度是对汉长安的追溯，由此稳固了西周秦汉奠定的中华文化。元明改称"西安"意味着"中国化"的关键转移到了江南和北境，同时意味着中华文化圈中心的东移，"西安"之"西"成为东方中心既寄希望又稍感不安的"观看"。其实作者梳理出的这种意识一直延续到了今天，整个西部都是这种"被观看"的地位，西安既是东部用于安抚西部的派出领袖，也是令东部总悬"安抚"之心的中华文化边缘地带的部落首领。作者提出"去"西安的宏愿："去除以东视西的浮表，拒绝中国时空中被动之西的强加，更要力图改变开发西部式的现实性的惯性与惰性。"[1]重新激活西之活力，也是拓展对中华文化的理解空间，意义不仅在于疏解历史，对今后的发现也大有裨益。

正如书中呈现出的，徐兆寿希望突显西域的方法论意义，但并不情愿过多强调其特殊性，或者说其特殊性必须放置在同一性的大背景下。因此小说呈现出了同《心灵史》差异显著的形态，关于宗教和文学的张弛之中，作者总是稍微偏向文学的立场，无论是鸠摩罗什、佛图澄或是其他学者，都有极具人文关怀的一面。对于佛学一代宗师，徐兆寿没有将其高奉云端，而是紧贴和跟随，大量的心理描写呈现出其"人性"而非"神性"内心。仍然是在龟兹，鸠摩罗什与墨姑的对话，可以看作宗教和文学的对话，宗师度化了舞女，舞女也感动了宗师，这正是西域。为了突出这种人文主义情

---

① 张未民：《"去"西安：呈现真实的中国史》，《光明日报》2015年10月30日。

怀，作者逢大战必略写。

　　《鸠摩罗什》或许尚不是一部完美的作品，毋庸讳言在个别细微之处不乏笔误，如刘大先所言"出得太快，还需打磨"。但其中呈现出的历史气魄、文化意图和思维价值以及艺术探索，都令人无法忽视其存在。闻听作者正在对文稿进行修订，足以期待再次宏大降临。

　　　　　　　　　　　　　　　　　　（作者单位：天津社会科学院文学研究所）

佛理·儒学·生活世界[*]

——略谈《鸠摩罗什》副文本对当代知识分子精神处境的叩问

张慧强

内容提要： 长篇小说《鸠摩罗什》，在其副文本中塑造了"失败者"张志高形象。通过这一形象，作者徐兆寿从一个新颖的角度，叩问了中国当代知识分子的精神处境。张志高的精神世界，同时承受着三种力量——佛理、儒学、生活世界的影响。在较长时期内，大乘佛学对于张志高来说，只是知识而非践履。退休之后，张志高的精神世界发生了深刻改变，儒学、生活世界对其的影响明显减弱，大乘佛学的重要性显著上升。

关键词：《鸠摩罗什》；副文本；精神处境；佛理；儒学；生活世界

2017 年，身兼学者、作家二任的徐兆寿，出版了长篇历史小说《鸠摩罗什》。对于中国当代文学而言，这堪称一件盛事。尽管中国文坛每个年度的长篇小说产量往往达到 3000 部以上，但是真正具有大情怀、大悲悯、大境界的鸿篇巨制并不多见，绝大多数作品均速生速灭，不留痕迹。然而，《鸠摩罗什》却是 2017 年度千里挑一、令人拍案的文学创获，是戛戛独造、卓尔不群的艺术存在。晚清况周颐云："作词有三要，曰：重、拙、大。"① 这是极有见地的美学论断。其实，不仅词如是，小说亦如是。《鸠摩罗什》正是一部具备"重、拙、大"品格的小说，在这部洋洋四十八万言的大书里，徐兆寿回望东

---

* 本文系长江师范学院引进人才科研启动项目"中国现代文学批评家个案研究"（编号：2017KYQD108）的阶段性成果。

① ［清］况周颐撰、屈兴国辑注：《蕙风词话辑注》，江西人民出版社 2000 年版，第 6 页。

晋，瞩目西域，重构了苍凉宏阔的历史时空，让中国佛教史上的千古宗师鸠摩罗什回到当代读者的审美视野。

一

《鸠摩罗什》的成就是多方面的，在本文中，笔者将着重讨论该书的"副文本"。所谓"副文本"，是由法国文论家热拉尔·热奈特提出的范畴。在热奈特看来，所谓"副文本"，主要是指一个文本中除正文之外的"标题、副标题、互联型标题；前言、跋、告读者、前边的话等；插图；请予刊登类插页、磁带、护封以及其他许多附属标志"[①]。在热奈特观点的基础上，中国研究者作出如下界定："如果我们把中国现代文学中那些通常被称为诗歌、小说、剧本、散文等正规作品的主体部分叫作'正文本'的话，那么，在正文本周边环绕着、穿插着或点缀着的其他文字基本上都可统称为'副文本'或'辅文本'。"[②]

《鸠摩罗什》的正文本共四卷，按照线性时间顺序，记述了鸠摩罗什从出生到圆寂的行止、从神童到高僧的修为。这部分内容是全书的主体，仅凭这四卷，小说便业已形成一个完整、自足的艺术世界，批评家和读者并不会对作者产生些许不满。然而，在创作的远征中，徐兆寿并不想在"颂圣"的叙事疆界之内鸣金收兵，他要在文本中容纳更多的思考和追问，他想展现古代思想与现代世界更深层次的对话。在这样的写作诉求的"召唤"之下，作为一种"有意味的形式"[③]的副文本，自然而然地在徐氏笔下诞生。《鸠摩罗什》的副文本主要有两个，其一是作者自序，题为《一切都有缘起》，其二是置于正文本之后的"卷外卷"，题为《对话与考辨》，分为六个小节。洋洋四卷正文本，再加上一前一后两个副文本，使得《鸠摩罗什》的艺术世界突破了完整、自足的层次，进一步达到了多维、宏大、立体化的境界。

二

《鸠摩罗什》的副文本，虽篇幅有限，却涉及多个当代人物，包括"我""我"的祖

---

① ［法］热拉尔·热奈特：《隐迹稿本（节译）》，《热奈特论文选·批评译文选》，史忠义译，河南大学出版社 2009 年版，第 58 页。

② 金宏宇等著：《文本周边——中国现代文学副文本研究》，武汉大学出版社 2014 年版，第 1 页。

③ ［英］克莱夫·贝尔：《艺术》，周金环、马钟元译，中国文联出版公司 1984 年版，第 4 页。

母、冯大业、唐季康、牛仁等，他们共同构成一幅与古代圣僧遥遥相对的《当代众生心态图》，而居于这幅长卷中心位置的人，是供职于社科院哲学所的张志高，他的故事主要呈现于"卷外卷"的《关于信仰》《一个文人的苦难》《舌舍利的真伪》三节，尤其集中于《一个文人的苦难》。如此之多的笔墨当然不会是闲笔，独具匠心的徐兆寿着力刻画了一个在儒学、佛理、生活世界[①]三股力量的交互作用下艰苦寻求心态平衡的当代知识分子形象，从而使得《鸠摩罗什》在历史小说的定位之外，更获得了"心灵史""启示录"的品格。

　　事实上，张志高初次登场，并不是在副文本之中，而是在正文本第四卷《草堂译经》的《皇帝向罗什请教》部分。在此处，徐兆寿临时跳出鸠摩罗什故事，回到现实，记叙了"我"和张志高的一次学术讨论。在该讨论中，张志高阐述了东方思想的高妙和西方文化的局限，让读者管窥了一个当代文化人的博学和深刻。除此之外，正文本基本没有透露张志高其他任何信息，只是提到他的心脏里安了一个支架，这似乎在隐喻：张志高有"心病"。而在副文本《一个文人的苦难》中，"心病"坐实了。张志高与"我"喝酒，"喝到酣处，他低下了头"，当他抬起头，"我"看见了"满脸的泪水"。[②]——原来张志高确实是一个痛苦的灵魂。

　　张志高的痛苦，并不是来自于一个文化人的内部世界的匮乏。恰恰相反，他是一个真正的文化人，其内部世界宽广而丰盈，"无论是东方的哲学、宗教与艺术，还是西方的宗教、哲学、艺术与科学，他都无不精熟"[③]，简直可谓学贯中西了。事实上，张志高的痛苦，主要来自于生活世界，来自于社会评价。因为"二十年来也没有发表过任何文章"[④]，所以他只能获得较低的社会评价，而社会评价的核心"评语"便是名为"助理研究员"的中级职称，张志高带着这样的职称过完了他退休之前的学术生涯。在现代学术体制中，职称对于知识分子的精神意义、物质意义不言而喻，职称追求的成败往往标志着学术生涯的成败，因此，在"生活世界"视域中，张志高可视为失败者，《鸠摩罗什》关于张志高的内容可视为"失败叙事"。通过书写张志高的故事，徐兆寿回应和接通了20世纪中国文学中不绝如缕的失败叙事传统，将张志高纳入到吕纬甫、魏连殳、于质夫、方罗兰、

---

　　① "生活世界"是德国哲学家胡塞尔在《欧洲科学危机与先验现象学》中创立的范畴。所谓"生活世界"，是指"人们在日常生活中直接经验的世界。"（中国百科大辞典编委会：《中国百科大辞典》，华夏出版社1990年版，第34页）

　　② 徐兆寿：《鸠摩罗什》，作家出版社2017年版，第456页。

　　③ 同上，第425页。

　　④ 同上。

汪文宣、方鸿渐、倪吾诚……所共同构成的 20 世纪颓败知识者形象谱系之中。①

张志高当然具备获取更高职称、更大学术声望的能力，因为"包括北京、上海以及那些已经去世的名人们，从学养上来讲，没有一个比得上他的"②。小说细致地叙述了他和大学教师牛仁之间的一场关于中西文化的辩论，毕业于复旦大学的牛仁博士一败涂地，这一事件足以反映张志高的学术水平和思想深度。因此，以讲师身份退休，并非能力不济，而是他主动选择的结果，小说明确告诉我们："早在十五年前他就宣布不再评定职称了。"③既然是自觉、自愿的选择，那就应当不计毁誉，心安理得，潜心去治"为己之学"④，乃至臻于"游于艺"⑤之境。这样做，虽然未必能赢得广泛的社会认同，但是至少可以获得"我"这样的精神知己的衷心认可："你是我见过学问最大、最真诚的知识分子"⑥，"你是一个有智慧有品格的人"，"你能拒绝一切庸常"，"你是世上最大的英雄"。⑦然而，对于自己的选择和自己的处境，张志高并未做到心安理得。他不但没有心安理得，而且把自己认定为"此生是极为失败的"⑧一个人。他的失败感深植于内心，流露于外部，尤其体现于"北大演讲"事件。"我"去北京大学宣讲鸠摩罗什，力邀张志高同行。这趟学术之旅颇具戏剧性甚至喜剧性。"我"发出邀请后，张志高"犹豫了一阵"才勉强答应；飞行途中，他流露了"一丝的惶恐"；飞机着陆后，"他惊慌地看着外面，一句话也没有"，"呼吸都有些急促了"，竟然执意买了返程机票，当日返家，规避了北大的学术活动。张志高给出的理由是"我就是怕"，"我适应不了现在的北京"，"我怕我会窒息"。⑨这个事件，将张志高自信缺失、自视甚低的不良心态展露无遗。

三

·让我们做一个假设：如果张志高孑然一身，他还会有明显的挫败感，还会把自己视为

---

① 《鸠摩罗什》还在卷外卷的《关于西方》一节中，以不足一页的篇幅，提到了另一个失败者——自杀身亡的著名学者兼作家叶鸣。叶鸣与张志高之间，显然存在着互文性。

② 徐兆寿：《鸠摩罗什》，作家出版社 2017 年版，第 425 页。

③ 徐兆寿：《鸠摩罗什》，作家出版社 2017 年版，第 425 页。

④ "子曰：'古之学者为己，今之学者为人。'"（金良年译注：《论语》，上海古籍出版社 2010 年版，第 169 页）

⑤ "子曰：'志于道，据于德，依于仁，游于艺。'"（金良年译注：《论语》，上海古籍出版社 2010 年版，第 68 页）

⑥ 徐兆寿：《鸠摩罗什》，作家出版社 2017 年版，第 454 页。

⑦ 同上，第 456、457 页。

⑧ 同上，第 456 页。

⑨ 同上，第 454—455 页。

失败者吗？应该不会。因为单身者只需对自己负责，不负有家庭义务，深谙佛理的张志高必定会更加从容地游弋在自己的世界之中，实现精神的和谐自足。然而，在他的生活世界里，除了他自己，还有"两个女人跟着"①他，与他"共在"②，于是他就被赋予了家庭义务。张志高承担家庭义务的效果，显然欠佳——女儿没考上大学，自学考试毕业，没有工作，还去堕胎；妻子跟着张志高"受了一辈子穷"③，又因女儿的事情借酒浇愁，导致颅内出血，撒手人寰。这种发生在生活世界中的冷峻悲凉的事实，是很难用任何一种哲学去遮蔽或"改写"的，因此，哲学研究者张志高"一旦接触现实，他就像一个泄了气的皮球一样，毫无生气了"。④在现实中，"从未显示过自己的重要"⑤是他的常态，该常态既可谓一个淡泊名利者的主动选择，亦可谓一个失败者不得不接受的寂寞命运。张志高偶尔会突破常态，这方面的典型事例是他与科班出身、自命不凡的牛博士展开思想文化的激辩，让后者输得落花流水。张志高这一颇有突兀之感的行为，其背后的心理动因或许正是生活世界中的失败者对于社会评价机制的抵抗和挑战，"是长久的压抑导致的爆发"⑥。然而，抵抗和挑战的意味越浓烈，就越凸显了绝望的基调和悲哀的色彩——无论牛博士的学养在张志高面前如何相形见绌，都不能让他俩互换"成功"和"失败"的标签；无论张志高在辩论中取得的胜利如何酣畅淋漓，都丝毫不能触动固有的社会评价机制。

小说中的"我"曾经说过："我们的很多教育都是西式的，但中国文化的传统影响实在太大了。民间生活的伦理仍然是中国的，不是西方的。"⑦这是一个不容否认的事实。同广大当代知识分子一样，张志高在很大程度上是中国古代士大夫的精神后裔，因此，要解读他的精神处境，就不能脱离中国文化和中国伦理。在古代士大夫的精神世界中，往往同时存在儒、释、道三种思想元素，该情形常被称为"三教同参"。然而，三种思想元素的地位、比例，却不可等量齐观，"在中国，外来宗教绝不能优先于中国本来的伦理信条与道德规范"⑧，在通常情况下，来自古印度的佛理不过是大多数古代文化人的"心

---

① 徐兆寿：《鸠摩罗什》，作家出版社 2017 年版，第 456 页。

② "共在"是德国哲学家马丁·海德格尔提出的范畴。海德格尔认为："此在就是相互并存的存在，与他人一道存在，与他人在此拥有这同一个世界"，"由于这种共同性的在世之故，世界向来已经是我与他人共同分有的世界。此在的世界是共同世界，'在之中'就是与他人共同存在。"（［德］马丁·海德格尔：《存在与时间》，陈嘉映、王庆节译校，熊伟校，生活·读书·新知三联书店 1987 年版，第 146 页）

③ 徐兆寿：《鸠摩罗什》，作家出版社 2017 年版，第 456 页。

④ 同上，第 459 页。

⑤ 同上，第 426 页。

⑥ 同上，第 429 页。

⑦ 同上，第 413 页。

⑧ 葛兆光：《古代中国文化讲义》，复旦大学出版社 2006 年版，第 86 页。

灵按摩器"和"精神减压阀",而源于本土的儒学才是他们的精神之本、灵魂之根。以儒为本的精神传统一旦形成,就会代代传承,不会轻易中断,即使到了 21 世纪,也难免依然入驻、影响当代知识分子的精神世界。"我"在四十岁那年深切地感到:"孔子挡在了我前面。我必须认识他。"①这种对于儒学的认同,并非"我"独有,张志高也曾明确表达对中庸之道的衷心推许:"中庸是一个非常难以抵达的为人处世境界,可以说是达到天人合一甚至人、神、鬼三界和同的一个境界。"②张志高对中庸之道抱有如此深沉的敬意,可以说明他没有完全跳出三教同参、以儒为本的传统,他的精神世界的一个有机组成部分是儒家文化,他内敛低调、谦逊退让的性格也暗合了《说文解字》对"儒"的定义:"儒,柔也。"退一步说,即便张志高对儒学的个别思想观点稍有微词(事实上,从《鸠摩罗什》文本中看不到这一点),那他仍然无法完全忽略儒家伦理对个体的要求,无法在观念上、行为上与儒家思想完全切割。

作为中国传统文化的主干,作为一种"伦理本位"特色显著的思想,儒学自其发端、形成之日起,就始终大力提倡"修身""齐家""治国""平天下"③。这四种紧贴生活世界的价值理想,始终对中国历代知识分子有强大而持久的感召力,这一点从来不以朝代更替、人事代谢为转移,毕竟"'家'和'国'是不言而喻的实在"④。对于普通文化人而言,"治国""平天下"的目标过于遥远、渺茫,基本不具备可操作性,而"修身""齐家"却是"微观"的,也是切近于每一个个体的,因此没有理由推卸。如前所述,儒家文化是张志高的精神世界的有机组成部分,因此他就会不可避免地采取儒学的立场和逻辑去审视自己,进而顺理成章地得出一个让他深感沮丧的结论:他基本完成了"修身"任务(这主要体现为他学富五车、见解深邃),却没有很好地履行"齐家"使命,因此他是一个失败者。既然他在内心深处把自己认定为失败者,那么,当他遭遇妻子的辛辣嘲笑时,就必定全然没有与哲学博士辩论时口若悬河的神采,也必定全然没有与"我"对谈东西方文化时成竹在胸的自信,而是变得讷讷然、默默然,毫无招架之力,俨然是一个有罪者、受审者。

---

① 徐兆寿:《鸠摩罗什》,作家出版社 2017 年版,第 329 页。

② 同上,第 452 页。

③ "古之欲明明德于天下者,先治其国;欲治其国者,先齐其家;欲齐其家者,先修其身;欲修其身者,先正其心;欲正其心者,先诚其意;欲诚其意者,先致其知;致知在格物。物格而后知至,知至而后意诚,意诚而后心正,心正而后身修,身修而后家齐,家齐而后国治,国治而后天下平。"(汪受宽、金良年译注:《孝经·大学·中庸》,上海古籍出版社 2010 年版,第 123 页)

④ 葛兆光:《古代中国文化讲义》,复旦大学出版社 2006 年版,第 86 页。

四

　　每一个人物、事件，每一种思想、行为，或许都应该被置于一个"参照系"之中，才能更有效地被认识和理解。《鸠摩罗什》的副文本还讲述了"我"的祖母的故事（主要体现于作者自序，以及卷外卷的《访问龟兹》一节）。祖母这个默默生活在甘肃大地上的普通农妇，可以视为文化人张志高的人生参照系，在该参照系中，更容易读懂张志高的精神处境。尽管祖母的文化素养、知识水平根本不能与张志高相比，然而她的一生却远比张志高活得心安理得，——这个有趣的事实，显然包含着巨大的生命奥义，不应轻轻放过。

　　在生活世界中，"很多人说祖母做了无数的善事"[①]，她是有口皆碑的好人。在饥荒年月，祖母选择喝汤，把稠的留给别人，她"把自己正要吃的馒头舍得给别人吃"，"把自己碗里的米给陌生人吃"，[②]她不允许儿孙们斥责上门讨饭的乞丐。祖母之所以会有这样的"菩萨心肠"，或许应当首先归因于她先天具备的"本心""自性"，但也不妨说，与她后天形成的佛教信仰不无干系——她12岁时生了一场大病，死里逃生，从此开始信佛、吃素，终生不辍。祖母的人生形态、生活样式，无疑是具有启示录意味的。作为一个没有文化的中国旧式农妇，之所以能够凭借佛教之力而实现心安理得，是因为佛学对其而言，首先不是一种知识，而是一种践履。正是在这个意义上，农妇祖母的境界远超文化人张志高。

　　张志高的心态和情形，与祖母形成了鲜明的对照。在"北大演讲"事件中，他刚刚在首都机场落地，就立刻购买返程机票仓皇遁走，这种表现其实是瓦尔特·本雅明意义上的"震惊"，是面对"一个大规模工业化的不适于人居住的令人眼花缭乱的时代"[③]之时自动、自发的心理反应。张志高的震惊体验，在类型上，与大多数现代人并无二致，而在强度上，则远超大多数人。这种震惊体验的实质，正是佛学所警惕和批判的"着相"或"住相"。当张志高震惊之时，他就同夏尔·波德莱尔在《现代生活的画家》中提到的画家居伊一样，在本质上是一个被现代性景观征服的"观光客"，区别只在于居伊更加主动，而他比较被动。当张志高着相之时，他在本质上便远非鸠摩罗什式的大乘佛教修行

---

　　① 徐兆寿：《鸠摩罗什》，作家出版社 2017 年版，第 1 页。
　　② 徐兆寿：《鸠摩罗什》，作家出版社 2017 年版，第 435 页。
　　③ ［德］本雅明：《发达资本主义时代的抒情诗人——论波德莱尔》，张旭东、魏文生译，生活·读书·新知三联书店 1989 年版，第 127 页。

者，远非"缘起性空"思想的认同者和信奉者，而仅仅是佛教文化的涉猎者、佛学思想的清谈者。如果张志高能够如同祖母那样，把佛学"内化"于心灵，落实于日常，让佛理真正成为其精神支柱、行动指针，他就不可能有如此强烈的震惊和如此深重的着相。正是因为在相当长的时期内，佛理不是张志高的信仰，更不是他的践履，而仅仅是他所把玩的知识，甚至仅仅是他所擅长的谈资，所以他既不能借助佛理去深入体悟生活世界"缘起性空"的一面，从而在很大程度上"勘破"生活世界，也不能以佛学思想去"中和"和"对冲"儒学观念，从而显著减轻"齐家"使命给他造成的心理压力，于是他就成了一个空谈佛理、有愧儒学、深陷"我执"、苦苦挣扎于生活世界的彷徨者和落败者，左右为难，进退失据。通过对张志高心灵史的书写，徐兆寿先生传神地描摹了一部分当代知识分子的精神画像，深刻地叩问了一部分中国文化人的精神处境，从而富有成效地传达了深远而诚挚的人文关怀，令《鸠摩罗什》成为一部具有大情怀、大悲悯、大境界的厚重之书。

余 论

作为小说《鸠摩罗什》中的一个"配角"，张志高的形象、性格同样有发展和变化。退休之前，他"一个字都不写"[1]，退休后，他反而进入了"忙得不可开交""精神也越来越好"[2]的上佳状态。他竟然产生了以前从未有过的学术雄心："我想写一部学术自传，把我一辈子看过的书、思考过的问题都写出来。"[3]他的转变，不可谓不惊人。关于他发生转变的原因，张志高这样向"我"解释："都是你讲的大乘佛教精神改变了我。"[4]被大乘佛教改变，同时也可以说是被高僧鸠摩罗什改变，因为鸠摩罗什是中国佛学的集大成者，是"我"和张志高长期的学术议题。张志高是被大乘佛教、鸠摩罗什所改变的，这一结论，"我"一定是认可的，甚至《鸠摩罗什》作者徐兆寿大概也是认可的。

笔者想要追问一个问题：佛学从张志高的知识、谈资变为他的践履、支柱，是单纯依靠佛学本身之力吗？在笔者看来，张志高的转变，发生在退休后、妻子去世后、女儿出嫁后，并非偶然。妻子去世、女儿出嫁，意味着原先一家三口的生活共同体消解了，

---

① 徐兆寿：《鸠摩罗什》，作家出版社 2017 年版，第 454 页。
② 同上，第 462 页。
③ 同上，第 463 页。
④ 同上。

儒家文化所规定的"齐家"使命从张志高肩头卸下了。此前，张志高对"齐家"使命的履行并不成功，此后，这一点已成往事，无法更改。另外，了解中国单位制度的人都知道，一个人退休，基本意味着他退出了原来的生活世界，大体上摆脱了生活世界的要求和束缚。总而言之，在本人退休、妻子去世、女儿出嫁之后，张志高的精神世界中的两股力量——儒学、生活世界，影响力均显著减弱，不再对他形成明显的规约和可观的压力。在此情形下，如果张志高依然把佛理置于知识、谈资的地位，他的精神世界就将面临真空、失重、荒漠化。于是，紧紧地拥抱宏深的佛理，坚定地走向大乘佛学，乃至发愿"要把佛教对世界可能的贡献性写出来"①，就成了易于理解的题中应有之义，甚至成了张志高进行精神自救的必由之路。幸运的是，张志高及时作出了正确的选择，也因这一选择，他破除了"我执"，告别了"多余人"的命运，"接下来的人生就非常精彩了。"②

　　《鸠摩罗什》副文本对于张志高形象的刻画，无疑是卓有成效的。张志高形象，对于我们认识当代知识分子精神处境，具有较大的意义。张志高不无坎坷的精神历程，似乎暗示我们：任何一种有价值的思想、哲学，要想进入现代人的精神世界并且发挥作用，可能均需要人生阅历的参证、情感体验的共鸣；有了这种参证、共鸣，思想、哲学才不会流于知识和谈资，才能成为生命大厦的坚强柱石。

（作者单位：长江师范学院文学院）

---

① 徐兆寿:《鸠摩罗什》, 作家出版社 2017 年版, 第 463 页。
② 同上, 第 461 页。

中国民间信仰研究的新进路[*]

——读濮文起先生《关羽——从人到神》

耿静波

　　中国民间信仰是与普通百姓日常生活息息相关的信仰习俗，这些信仰习俗有其独特的组织形态和逻辑，并制度化于百姓的日常生活之中，折射着最真实、最基本的中国宗教文化传统。近年来，大量的田野调查报告反映出中国的民间信仰信众人数快速增长的趋势，民间信仰及其在基层社会治理中的作用得到越来越多的关注和重视。《关羽——从人到神》一书即是濮文起先生对中国民间信仰的重要代表——关羽所作的审视与思考，也是作者数十年关羽研究的最新力作。

　　濮文起先生是民间宗教研究领域的著名学者和学术权威，他在民间信仰、民间宗教文献资料整理、民间宗教思想以及宝卷研究等诸多领域多有建树。结合笔者对中国民间信仰的理解以及对濮先生《关羽——从人到神》的拜读，认为该著在深化、拓展关公信仰乃至当代中国民间信仰研究诸方面，皆具有重要的学术价值与现实意义。从该著的体系架构以及问题视域，我们能够真切感受到作者宏大的学术视野与对关公信仰全面、系统的把握。整体来看，本书的研究特色与创新点主要体现在以下几方面。

一、从维护国家正统的视角对关公信仰进行深层次文化解读

　　中国是一个地域辽阔的国度，大一统中央集权是中国历史发展的常态。中国古代

＊　本文系国家社科基金重大项目"中国民间宗教思想史"（项目编号：18ZDA232）阶段性成果。

的中央集权制度，自其产生之日起，其组织机构就具有大一统、多民族的性质，其职能也就具有维护、推动、发展和形成大一统、多民族国家的历史任务。这种"大一统"观念，在政治上就表现为尊崇正统，让统一成为中国历史的常态。针对历代封建统治者把关帝读《左传》作为国家层面上的文化意象解读，该著从维护国家正统的视角，对历代统治者这种做法进行细致的溯源，进而对这种文化现象作了深层次剖析。儒家经典《春秋》以宗周为正，尊先王、法五帝，为天下一统。从秦汉到隋唐，《春秋》为五经之首。太史公自序曰："《春秋》者，礼义之大宗也。"二程也指出，"礼一失则为夷狄，再失则为禽兽。圣人初恐人入于禽兽也，故于春秋之法极谨严。中国而用夷狄礼，则便夷狄之。"①该著认为，《春秋》是华夏礼仪的宗旨，孔子作《春秋》以维周，关帝奉《春秋》以存汉，其义一也。尤其对于始终身处北部边患不断的赵氏王朝来说，通过祭祀关公，弘扬正统观念，也就具有了非常特殊的现实意义。正是在这种正统观念的主导下，自徽宗赵佶以来，赵宋皇帝对关羽连续敕封，宋代士人相继撰文赞赏关羽的正统精神。可以说，该著做到了把关公信仰与国家、社会、家庭联系起来，探讨关公信仰在其中所发挥的重要作用，进而通过对历代封建统治者重关公读《左传》这一文化现象的解读，详尽阐释了关公信仰的上层根基，也在很大程度上，点出了关公信仰之所以兴盛的关键所在。

二、由道德伦理层面诠释关公信仰的精神内核

明末清初以来，关帝崇拜犹如一场无声的信仰风暴迅速席卷神州大地，并随着清末民初华人不断移居海外而传播到世界各地。当今世界，诸如蒙古乌兰巴托、越南河内、美国纽约、韩国首尔等许多国家都建有各种形式的关帝庙和拥有众多的关羽信众，可以说创造了人类文明史上一个文化奇迹。造就这一文化奇迹的原因是什么？该著通过汲取、整合、提炼、概括以往的学术观点及研究成果，认为关帝信仰之所以经久不衰，其深层次的原因在于关帝信仰所折射出来的独特信仰核心与精神实质，即"护国佑民"四个大字。在古代中国，从人变神，必须具备两个先决条件：一是巨大的人格魅力，二是有口皆碑的丰功伟绩，或者说必须是一位彪炳青史的超级英雄，并承载着显示中华民族生命力的道德精神。三国时期的蜀国名将关羽正是承载着"忠、义、仁、勇"这一饱含中华

---

① （北宋）程颢、程颐：《二程集》，中华书局1981年版，第43页。

民族优秀道德传统和鲜明民族精神的道德典范。中国的民间信仰指流行在中国一般民众尤其是农民中间的神、祖先、鬼的信仰，庙祭、年度祭祀和生命周期仪式，血缘性的家族和地域性庙宇的仪式组织，世界观和宇宙观的象征体系，其归根结底是一种农民和市民的信仰。关公作为儒文化圈的首要儒神，民间信仰中的尊神，少数民族和海外华侨聚居地的保护神，最关键的就在于忠和义。关公是山西运城人，匡扶汉室，驰骋疆场，上报国家，下安黎庶，汉封侯，宋封王，明封大帝，世人称关圣帝君，集中华民族精神血脉与内在基因——忠义与担当为一身。关公信仰所蕴含的"忠、义、仁、勇"道德规范，"护国佑民"责任担当，早已嵌入中华民族的文化根脉，为传统中国社会夯实了文化根基，在当今时代仍然为塑造中华民族精神发挥着积极作用。

三、深入探讨关公信仰的广泛社会根基

民间信仰主要是指俗神信仰，即非宗教信仰，这种信仰在中国具有悠久的历史，而且比佛教、道教信仰和道德信仰更具有民间的特色。从文化形态上看，民间信仰重在实践、较少利用文本，并以地方方言形式传承；从社会力量上来讲，它受社会中多数（即农民）的支撑，并与普通百姓的日常生活息息相关。中国的民间信仰在中国宗教文化传统中占据着重要地位，并具有广泛的影响。该著基于民间信仰的本质特征指出，与中国正统宗教佛教、道教显著不同，关帝既不像佛教中的释迦牟尼那般庄严肃穆，也不像道教中的三清（玉清元始天尊、上清灵宝道君、太清太上老君）那样冷漠高远，而是时时关注和尽力满足世俗人们的种种祈求，大至国家安危，小到百姓生计，关帝皆能在关键时刻"拯民生，捍灾患，灵爽如一日"。①《重修汉寿亭侯关公祠记》亦载："吉凶祸福，类多符验，入其庙廷，睹其相貌，必为之心惕神动，洋洋如在其左右。"关羽生前并不显赫，殁后却被民众追思、敬仰，建庙奉祀；万民信仰，朝廷推崇，说明关公存在于老百姓的现实生活之中，关公信仰接地气，来自民间，源于生活，具有广泛的社会根基，表达了基层群众的意愿，没有脱离民众，不是一味地神秘莫测、高高在上。民众之所以信仰关公，或渴望一个贤明的关帝，以反对贪官；或期待一个保护神，以驱邪纳福，其中所反映的，都是作为小生产者的农民和市民最真实、最根本的意识。正因如此，关公才身兼战神、财神、科举神、治水神、司法神、送子神、移民神等多种神职，受到举国上

---

① （清）冯桂芬：《关帝觉世真经阐化编序》，见《显志堂稿》，光绪二年（1876）。

下的虔诚崇拜，产生广泛影响，成为既不分阶级，也不分民族；既超越时空，又超越国界，得到世界华人华侨信奉的中华第一大神。

四、全方位、系统的文献资料搜罗、整理及分析

在"关羽神化轨迹"部分，该著除了重点指出作为封建社会主流意识形态的儒、释、道三教在关羽由人变神过程中起到推波助澜作用，以及东大乘教等民间宗教的渲染造势之外，又鉴于碑记、楹联、史学传记与文学艺术在关羽由人变神的过程中起到了演绎铺陈的助力作用，进而对唐、宋、元、明、清等各朝代的碑记、楹联、史学传记与文学艺术中涉及关羽的部分做了细致的搜寻收集，阐释分析，多维度、全方位地展示关羽"汉封侯，宋封王，明封大帝，历朝加尊号"的历史变迁历程，尤其通过历代关庙对联中对关羽神化轨迹的描述，刻画勾勒出关羽在中国主流传统文化中的显要地位以及举世瞻仰的盛况。同时，该著将涉及"从关羽到关公到关王再到关帝"的各种文献资料、研究著作和学术论文进行全面、广泛搜罗，并按照时间顺序编成"关羽研究论著目录（1929—2019）"作为附录，为有志于从事关公文化研究的学者提供了较大方便。另外，该著还对海内外各地关庙的创建历史及发展历程进行详细探究及介绍，包括最早的关庙当阳显烈祠，"关庙之祖"解州关庙，著名的关庙荆州关庙、东山关庙、泉州关庙、济南关庙、北京关庙、台湾关庙，以及建在中国境外的韩国首尔关庙、日本横滨关庙、马来西亚槟城关庙等。

五、跨学科的广阔研究视域

在写作手法上，该著从学科交叉的角度出发，基于历史学、宗教学、社会学、民俗学、文学艺术等学科视域，将关公信仰与多学科结合起来综合讨论，对关公信仰的流变与趋势进行系统的探溯源流、考辨真伪，以及展开相关的理论研究，解析历史流传下来的从关羽到关公、关王，再到关帝的各种传说和灵验记录，总结关公信仰的特点及规律等。这种多学科交叉的研究视域，既利于我们直观、全面的探讨理解关公信仰，又满足了大众对事物以及规律综合性、全面性的把握需求。

濮文起先生数十年潜心中国民间宗教思想与民间信仰研究，造诣精深，治学严谨，学术硕果累累，其新近出版的《关羽——从人到神》一书即为作者担任首席专家的国

家社会科学基金重大项目"中国民间宗教思想史"的阶段性成果。该著内容丰富，论证严密，在中国民间信仰研究的理论反思、社会功能、信仰实践等环节皆有所创见和突破。该著的出版，无疑将为中国民间信仰研究提供新的进路，具有显微阐幽的价值意义。

（作者单位：天津社会科学院哲学研究所）

真正的理想主义者

——评刘可风《柳青传》

雷 电

我的故乡在终南山下滈河东岸的王曲，这里地处长安县中部。上世纪 50 年代初，一位作家辗转来到了这里，最终落脚在河北岸的皇甫村，直到 1968 年离开，十多年里，他不仅留下了一部著名长篇小说《创业史》，也留下了很多故事和趣闻，我的老师、乡党、朋友、同学中，很多人都在不同场合见过他，都能说出他的一些事情，他的衣着打扮穿戴形状，几乎与我故乡人无异，家乡人因此称他"老汉"。

他。就是柳青。

遗憾的是，我，却从未见过他。

今年看到的第一本书，让我与他相遇并系统地了解了他，这就是人民文学出版社的新书《柳青传》，作者刘可风，柳青长女，"文革"前在北京大学上学，后来照顾父亲期间亲炙大师数年，所以文字功力，叙事本领，结构能力等都很出色。这本 38 万字的人物传记，为读者勾画出了一个可信丰满，生动鲜活的作家形象，我从书中看到了柳青作为作家的广阔视野和令人敬仰的精神世界；看到也唤醒了我记忆里解放初期故乡的凋敝和农民生活的艰难，还看到了"柳书记"为了贫苦农民幸福生活付出的心血和劳动，更看到了他和农民、农村干部的鱼水交融关系。知道了他为文学事业所付出的艰辛和汗水，找到了驱使他完成自己使命的信仰动力和人格魅力的根源，也看到了他因时代、阶级和个人的局限所留下的困惑与遗憾。尤其是明晓了思想深度对作家创作和作品的影响。写这篇文章，是我对柳青，一个与我的故乡关系密切的作家，一个陕西文坛的标志性人物和先贤的纪念和解读。

信 仰

柳青，在陕西文坛的地位犹如文学教父，生前身后被陕西很多的成名作家和文学青年追随尊崇。该书封底醒目地印着路遥的一句话足可佐证："柳青，我的文学教父和人生导师！"究其原委，是被称为文学大省的陕西，有很多作家和柳青一样：出身农家，以农村题材农民生活作为写作内容。共同的出身尤其是共同的写作方向和题材内容，更容易让他们对柳青有高度的认同感并极容易产生亲和力，更关键是，作为作家，柳青的成功，让很多农家子弟看到了文学原来可以这样改变命运、留名青史、名利双收。这是陕西文坛的一大景观。陕西文坛的辉煌基本就是农家子弟依靠农村题材和作品建造的辉煌，这辉煌如今仍然熠熠发光，引人注目。

然而，对柳青，这如果不是误读和误解，至少也是一知半解和主观臆测的结合。

做一个有信仰的人，为了国家民族而不懈努力奋斗，这才是柳青从少至老一以贯之且令人仰止之处。

柳青确实出身农村，而其家在陕北吴堡县当地绝非普通农户，家境到底如何，试举一例：柳青的大哥刘绍华（后改名刘春元），1924 年考入北京大学，（1926 年加入共产党）是吴堡县有史以来第一个大学生。再说柳青，1916 年 7 月出生，8 岁上本村私塾，4 年后随大哥到米脂上小学，在这里，他从大哥那里最早接触到了共产主义理想，见到了《共产党宣言》，后加入中国共产主义青年团，1930 年考入绥德四师，"学校有个图书馆，蕴华（柳青）从来没有见过这么多的书，自然科学的，社会科学的，还有许多文艺书籍，连宣传马克思主义的书也立在书架上，加入了共产主义青年团的蕴华，头脑里装的都是革命，斗争，打倒土豪劣绅……所以很快被吸引了。"[1]学校被封闭，他甘冒被抓的风险带出一本《共产党宣言》……也是在这里，他看到了《西线无战事》《少年飘泊者》《反正前后》等文学作品，和文学的不解之缘肇始于此。此后辗转榆林六中、西安高中，柳青从未间断过对革命活动和文学的热爱，而且，经过刻苦学习，他的英语水平竟然能阅读原版著作、报纸等。1936 年"西安事变"中，柳青加入中国共产党，并以《学生呼声》负责人身份参加中共陕西省委临时宣传委员会工作，"西安事变"和平解决后，以《学生呼声》主编、学联会代表名义访问延安。"到达延安第二天，正是除夕下午，毛泽东接见

---

[1] 刘可风：《柳青传》，人民文学出版社 2016 年版，第 14 页。

了范长江和他，留他们一道吃了晚饭。毛主席的谈话诚挚亲切，每一句关怀、鼓励、期望教导的话都深刻地印在他的记忆里。"①

回到西安，柳青担任了西安高中党支部宣传委员直到在这里毕业。1937年7月约同学一起去北京报考北大，因卢沟桥事变爆发只好踏上返程，回西安后到杨虎城办的《西安文化日报》工作，稍后考上"西北联大"，抗日形势高涨，他不想随校去汉中，要上抗日前线，打算把前线可歌可泣的英雄写出来。1938年春重返延安，从此走上文学之路，严酷的现实背景和家国破碎民不聊生的现状，使得年轻的柳青，这个今天称作"富二代"的富家子弟，一步步走上了反抗社会不公和黑暗统治的道路，成为一名共产党员。当大哥要离开他到绥德师范工作前夕，长兄的临别嘱咐、提醒、鼓励和祝愿让柳青难抑心中的感动，说："大哥，你放心，我将为国为民，奋斗终生。"②

之所以不厌其烦地罗列这一系列过程，是因为从中能看出柳青一生信仰的基础和根由，也会找到合理解释他创作道路和代表作品的渊源。

"我是共产党员"是柳青后来一直很自豪的一个自称，在顺与逆的时候他都这样说，常用"如果这样了还是共产党员吗？"来要求自己和激励别人。越是形势困难现实严酷的时候，他越这样说。这种对信仰的坚定贯穿柳青的一生，也表现在柳青对待他所热爱的文学事业上。

正是在现实生活里，在对中国革命的认识和实践中，柳青逐步从一个懵懂少年变成了一个坚定的共产主义信仰者。人们大都知道和关注的是柳青在长安扎根农村，创作《创业史》的经历，惊叹于柳青何以能够埋头苦干与农民打成一片。却不甚了解，早在1943年，柳青就到米脂下乡"长期深入生活"，工作、创作一起进行。近三年的时间里，柳青积极投身到田间地头，窑洞内外，亲自参与领导了减租减息，变工互助，征收公粮，建立学校，试种棉花，发展党员，壮大力量等工作，见证了这个贫富悬殊民生凋敝死气沉沉的村子，如何变成一个有活力有希望，农民生活有盼头有余粮娃娃有书念的地方。"他曾写过一个关于农村变工队的经验报告《米脂县民丰区三乡领导变工队经验——三乡干部一揽子会上的总结》，米脂县委书记冯文彬上报中央，毛主席看过以后，表扬他们，说这份报告说明了他们的工作非常细致、有效，发展稳健。"③这一段生活实践不仅使他创作了小说《种谷记》，尤其让柳青充分了解和深深认识到，陕北农村里的群众思想愚昧落

---

① 刘可风：《柳青传》，人民文学出版社2016年版，第30页。
② 同上，第37页。
③ 同上，第69页。

后，贫富差别悬殊，阶级斗争情况复杂。如果没有共产党领导的减租减息变工合作等事情，农村里的穷人问题，永远也无法解决。

毛泽东的《在延安文艺座谈会上的讲话》也对柳青影响极大，他拥护《讲话》的基本精神，身体力行，终生要求自己从思想上感情上和工农群众打成一片，他认为作家要进三个学校：生活的学校，政治的学校，艺术的学校。米脂三年，对柳青日后落户陕西长安县皇甫村的创作和生活有着决定性的影响。"既然为穷苦人翻身解放我投身了革命，就绝不能半途而废！想写作、想学习、想锻炼自己，这一切都必须在把工作做好之后，而这一切也都包含在工作之中。"[①]

落实到文学创作上，柳青认为，作家大概有两类："一种是自己直接观察生活得出结论后进行创作，这就是一般所说的有独创性的作家。也就是说真正够得上作家的那种人，这样的人在任何时代都是少数几个，有时候一个也没有，因为那个时代不允许有独创性。大多数情况是作家并不直接观察生活并能得出自己的结论。他们到生活中去并不是为了观察而是为了寻找形象以便表现别人已经得出的结论。这种结论是否正确，他们并无把握，因为他们不知道这种结论是怎么得出来的。通常这种表现别人结论的作品，是模仿最受欢迎的艺术创作而粗制滥造的东西。有些则是盗窃前人或外国人的作品的思想和布局改头换面的复制品。"[②]他认为自己应当做前一类人，一定要直接观察和积极投入现实生活，从生活的本质中找到艺术的因素并把它创作成作品。这可以说是他的文学信仰，他对文学热爱来自少年时代，从青年时期开始走上文学创作之路，信仰对柳青精神世界的支撑和鼓励，作用巨大。无论是创作《种谷记》还是《铜墙铁壁》，一直到《创业史》，他都在认识中国国情和客观世界的同时，自觉地履行自己的文学信仰。并把政治信仰结合到文学信仰当中，合二为一，尽心尽力，始终不渝。从这个线索上重读柳青的代表作《创业史》，很多不解和困惑也都可能找到答案。

1952年5月底，柳青来到皇甫村，在这里，他与农民交朋友，做农民的思想工作。帮助引导穷苦翻身农民建立互助组初级社，共同发展生产过好日子，解决各种生产生活难题，这既是米脂下乡工作的经验继续，也是在新中国农村巨变中，柳青文学创作的又一次不凡实践。到1960年《创业史》出版这七八年间，柳青曾遇到多种困难，有工作中的：比如成立互助组建立初级社中遇到各种实际问题，柳青几乎都要出面帮助解决；后来的食堂化大炼钢铁"放卫星"等重大事情上，柳书记不但要既做群众工作，又要做

---

①　刘可风：《柳青传》，人民文学出版社2016年版，第61页。
②　同上，第469页。

基层干部工作。还有刚成立的中国作协西安分会的事情，身为作协副主席，《延河》创刊后分给的审稿任务要完成，还要时不时从乡下进城参加作协的许多会议，等等，这曾经一度让柳青很苦闷和不满意。当然也有创作上的：如何尽快深入熟悉当地农村生活？作品到底如何结构？以人物还是以事件为中心？还有语言问题如何解决？怎样尽快提高自己的文学修养和创作能力？尤其在《创业史》一稿、二稿都写出后，认真修改精雕细刻的一两年里，很多不知情的朋友、领导、同行，甚至连不识字的村里农民，对他没有作品出来的质疑以至风凉话不断传来。这些比工作中的困难更让作家本人难以启齿，需要自己独自面对亲自解决，因为有信仰，柳青一步步闯了过来。面对善意的怀疑和追问，他这样回答："用我的失败证明这条路走不通，也是我对别人的贡献。人类就是从多次失败中走向成功的。"①而他内心深处的信念是这样的："讥笑、讽刺，没什么可怕，不正是激励我更加努力、更加刻苦吗？如果被几句难听话压趴下，正好说明我是个没出息的人。"②

正是凭着对文学的执着热爱和坚持，凭着坚信中国农村社会主义改造事业是光明大道，最终，柳青写出了《创业史》第一部，当年一出版就引起社会巨大反响。直到今天，该书也仍然是当代文学史上最重要的作品之一。柳青也实现了他所推崇的"有独创性的作家"愿望。

操　守

柳青说，他到延安后，著名哲学家艾思奇的一句话，影响了他一辈子："他比我大，当时名气也很大，我还是个无名小辈，他对我很好，开完会，披件旧棉袄，靠在我的被子上，和我闲谈，他说：'年轻人，要搞文学，就不要搞小摊摊。'这句话，我终生受益。我就是一心一意搞创作。"③

这句话柳青不仅记了一辈子，也一辈子照着做。

大多数人不知道的是，柳青和当时在政治文化界极有影响的许多人都认识或有交往。除见过毛泽东外，还从以下名单可见：周恩来、江青、高岗、习仲勋、胡耀邦、胡乔木、周扬，刘澜涛、马文瑞……至于陕西省内干部就更多了。与文学界文化界很多人，

---

① 刘可风:《柳青传》，人民文学出版社 2016 年版，第 177 页。

② 同上。

③ 同上，第 450 页。

几乎都是在延安时期建立了"纯洁的友谊"：林默涵、马加、刘白羽、雷加、庄启东、周而复、欧阳山、魏伯、草明……毕竟，柳青是一个很早投奔延安参加革命的文学青年，与这么多人的相识交往也很自然正常。不同的是，柳青在处理和对待与这些人的关系上，有着不一般的原则和操守。首先柳青不向别人炫耀他的"朋友圈"，也不用这些关系谋私利搞圈子，有时甚至有意远离官场，"一度，陕西省委要求他到宣传部做领导工作，他坚决拒绝，明确表态要搞创作。"①他曾说"文学家不要被政治上的需要所牵连，为宦海的升迁所迷恋，哪怕人家当皇帝，咱也眼不红，心不跳，搞文艺就不要羡慕官场。"②

早在解放初期，就有柳青很受江青重视的说法。江青曾让柳青参加《铜墙铁壁》的电影剧本改编工作，柳青解释说自己不会写电影剧本，也以对电影这种艺术形式很生疏为由婉拒了，他还对江青坦率地说了自己未来的创作打算：要从互助组阶段起，把参加中国农村社会主义改造的全程，写成一部大型长篇小说，已经想好了要回陕西农村安家落户。江青听后，同意柳青不参加电影改编工作。"文革"中，姚文元、张春桥都曾对柳青有着不一般的尊重。某文艺界人士曾对柳青讲，在北京开会见到姚文元，姚对柳青评价很高。柳青对女儿也说过，张春桥在"文革"前的全国宣传工作会议上，见到柳青十分尊重和虚心。江青在1967年某次讲话中，提到她曾让柳青参与小说《铜墙铁壁》电影的改编工作，柳青不同意。这个讲话对柳青充满善意。这在当时文艺队伍广受冲击的严酷形势下，是一个明确的信号。看到登载江话的小报，柳青沉思后告诉作协同事，说，"我想过，我不表态，我不能上她的船。"③晚年的柳青曾对女儿说："我一生不与任何人结盟，不上任何'山头'，无论是政治的还是艺术的。"④

文坛上很多人求之不得的种种逐名夺利大好条件，柳青很早都具备，但柳青有自己的政治态度，有自己做人的操守和原则，"而原则的原则就是—— 一生绝不丧失原则追名逐利。"⑤

为了公家的事情，为了群众的利益，柳青却不畏高位深门，去找过那些自己认识的领导或者朋友。"四清"运动中，长安县是重灾区，面对二次"社教"极左做法带来的严重危害，柳青反对过抗争过，一度甚至被认为是本地干部的"黑后台"。为了保护辛苦培养起来的农村干部队伍，他主动找过西北局第一书记刘澜涛，书记表情严肃态度冷淡，

---

① 刘可风：《柳青传》，人民文学出版社2016年版，第173页。
② 同上，第449页。
③ 同上，第285页。
④ 同上，第348页。
⑤ 同上。

根本听不进柳青对长安干部的看法。柳青不愿沉默，接着就找时任陕西省委书记的胡耀邦，很坦诚地讲了自己对这次运动的不同看法。胡耀邦当时也受到巨大压力正在受审查批判，安慰他说，我完全同意你的看法。最后十分气愤地叹息，权大压死人啊！柳青回来对县委一个干部说："可怜的农村干部啊，要遭殃了！我是共产党员，我有保留不同意见的权利！"①

"文革"中柳青的表现更为人称道和钦佩。批斗时让他自报家门，他不抹黑自己，字字清晰地说：我是受审查的干部柳青。人家要他承认是走资派，他说，别人能，我不能。常说的一句话是"承认了就不是我柳青！"他的"顽固"，远近闻名，他的抗拒也招来更多迫害。每次批斗他都属于"从严典型"站在显著位置，接受批判，牛棚里最后解放的只剩下两个人，一个是"现行反革命"柳青，另一个"现行反革命"是留下来专门为了看着柳青。作协同事说，他自始至终没揭发过一个人没做过一件伤天害理的事情。柳青说："在这个时候，共产党员不坚持实事求是，那还算什么共产党员？不实事求是，要我这共产党员干什么？"②

做人要有操守，文学创作上也同样要有操守。

自从确定了《创业史》的写作计划以后，几年里，柳青一直没有写出东西，所有的朋友、领导，甚至妻子马葳，都对他这种状态表示了担忧以至怀疑。1957年春节，老友来看望柳青，对柳青说："省委×××让我传话给你，写不出来就不要硬写了，可以学学鲁迅写点杂文，也可以像其他作家一样，到处跑跑，收集些材料，写点小东西。"几年没有拿出新东西，有人对他说三道四认为他的乡下住所是安乐窝，世外桃源，说他革命意志消退，住着享清福。在全国作协的会议上，有领导点名批评他在皇甫村定居和大规模的写作计划，并且预言他将失败。省上主要领导也找他谈话，说，"有作品就拿出来，没有就不要待下去了。要跟上形势，……写些及时反映人民群众火热斗争的文章。"柳青知道自己的创作计划是长途跋涉，不会立竿见影；自己也不是急功近利的人，面对质疑不满和讥讽，他当然还是有压力的。甚至反躬自问：到底能不能写出满意的作品来？从上高中时发表第一篇散文，走上文学道路，他曾不止一次怀疑和反思过自己的文学创作能力：在米脂下乡时有过；1951年上海作家们对《种谷记》的品评和记录读后也有过；后来的《铜墙铁壁》的反响一般时更有过。和如今的相比，当时都是些难以接受的压力和苦闷，不也都走过来了？现在的情况好多了，至少他已经有了成熟的构思和基本框架，

---

① 刘可风：《柳青传》，人民文学出版社 2016 年版，第 245 页。
② 同上，第 289 页。

有了国内外文学作品研读借鉴后的广阔视野和不断提高的写作技巧，更有来自现实生活中自己的感悟和发现。他认为，文学创作之所以叫"创作"，就是要有自己独立的见解和独特的手法。无论成功失败，这条路都要坚持走下去。不粗制滥造，不人云亦云，坚持始终，不改初心。

其实，在很多人对他的创作能力表示怀疑和失望的时候，柳青已经悄悄完成了后来叫作《创业史》的这部长篇小说第一稿的写作，时间在1954年秋冬季节。"从内容看，这部作品要说明的是，全国解放初期，贫困农民占农村的绝大多数。如何走上发展生产，提高人民生活水平的路？通过活跃借贷的失败，说明共产党想了各种办法解决穷人生活困难的问题，但路都不通，最后只好引导穷人用互助合作的方式发展生产，这是一条改变历史轨迹的新路。紧密围绕着这条新路展开了两条道路的斗争，在斗争中出现了各种各样的矛盾，有社会上的，也有党内的。"①。第一稿写完，和过去的作品相比，柳青觉得起点高出很多，可与自己心中的目标仍相距较大。两年后开始了第二稿的写作，在第二稿写作时加入了全新的第一章，成稿中叫《题叙》。"把全书的矛盾由来做了交代，同时把中国农民在漫长的封建社会里形成的状况浓缩进去。"②方言土语也少了，陕北方言几乎找不到，为的是让更多读者能够看懂。1958年柳青开始了第三稿的写作，这一次拿起笔有脱胎换骨的感觉，写得很顺，这与他一年多来的思考，阅读，研究，再思考关系极大，"他发现好的作品一定要用人物的感觉，人物的心理表现情节和细节，就动人，不要用作者的感觉替代人物的感觉"，③第三稿没有全部重写，只把部分章节用新的手法写了一遍，其中有几张甚至写了两遍。和第二稿的第一章《题叙》一样，第三稿这一章的写作，用了8个月时间。直到1959年4月，全书写完开始在《延河》以《稻地风波》名连载。后来1960年中国青年出版社出版《创业史》第一部单行本，作品甫一出版，引起极大的社会反响。

《创业史》出版后，稿酬16000多元。柳青早已想好，《创业史》（包括以后几部）的稿酬将全部捐献给本地建设，并写信给当地政府特别强调："我希望除过负责干部知道外，这件事不要在群众中宣传，不要做任何文字的或口头的宣扬。如果有人这样做，我认为是错误的。"④有人劝他，给自己留些防备万一，他说："我写书并不是为了自己，农民把

---

① 刘可风：《柳青传》，人民文学出版社2016年版，第161页。
② 同上，第166页。
③ 同上，第179页。
④ 同上，第195页。

收获的粮食交给公家，我也应该把自己的劳动所得交给国家。"①

　　如此见识和作为，堪称高风亮节。

困　惑

　　1936 年入党的柳青，新中国建立后已是行政 10 级干部了，在新中国的干部级别里，这属高级干部。柳青本来有很多机会和条件从政的：当年到东北写完《铜墙铁壁》后，高岗曾劝他留下来做行政工作；后来回到北京，他又有可能按资排辈成为行政领导；即使后来到陕西，省委主要领导也曾让他到宣传部做领导。这一切他都婉拒，柳青自己也承认，和创作相比，他的行政工作能力更突出一些，只是由于他痴迷文学，所以才一直坚守在此，这并不等于柳青远离现实政治，相反，他的政治敏锐性和行政能力，对于他文学创作影响很大。柳青是同侪中，鲜见的结合国际背景关心国内政治的作家。在和女儿谈话里，柳青关于社会主义民主的心得，关于二战的反思，对合作化的长期研究和思考，对《讲话》的影响力和局限性，对党的领袖人物和历史进程的看法，以及对后来时代和他作品命运的预估，等等，都显示出柳青广阔视野下对现实生活敏锐深厚的思考和穿透力。然而，正如柳青所说："每一个人都受到三个局限性：时代的局限性，也就是社会的局限性；阶级的局限性，也就是经济地位和社会地位的局限性；个人的局限性。这三个局限性谁也脱不开，我也不例外。"②同样现实中柳青也有疑问和困惑。这从《柳青传》后面的"柳青和女儿的对话"中能明显看到。

　　比如对合作化速度问题，柳青一直认为应该用三个"五年计划"时间来慢慢实现农村农民走集体化道路共同富裕的远景。现实是当他所在的地方还在慢慢地搞初级社的时候，全国已经快步建立高级社了，毛泽东甚至批评农村工作部部长邓子恢是"小脚女人走路"，这一点始终令柳青不解和困惑，直到去世前他都没有改变自己这个看法。还有对大跃进大炼钢铁食堂化等做法，他的疑惑就更多。食堂化当时，他就私下给朋友说过："唉，办食堂，这真是共产党不该干的蠢事。"③作协也有人要放卫星，说一天能写 1 万字，甚至有人说多少天要出一部长篇。省委宣传部的领导曾动员他"放卫星"。翻来覆去地劝说，他最后只说了一句话："我放不了卫星。我是刻图章的，一天刻不了

---

①　刘可风：《柳青传》，人民文学出版社 2016 年版，第 194 页。
②　同上，第 466 页。
③　同上，第 221 页。

几个字。"①

对"四清"运动和"文化大革命"的认识和困惑自不当说。"四清"运动，作为省城近郊的长安县是陕西省的"试点"单位，也是社教运动的"重灾区"，西北局书记刘澜涛亲自坐镇这里，后来的"桃园经验"又推波助澜，长安的农村基层干部队伍深受祸害，给这里造成的损失无法估量，遗留的问题数不胜数。新的干部队伍在以后的思想、心理、作风都有了极大的转折性的变化，明显走了下坡路。后来他谈起这个运动时曾经有过长叹："'唉，长安县——得天独薄。剃头匠们都在这里磨刀，试刀。'他的意思是说，各级政府常把这里作'运动'和'政策'的试点，由于政策的错误，长安县受到的损害往往更大。"②

"文革"中，妻子马葳含冤离世，柳青也成了作协里著名的死硬"黑五类"，迫害最严酷的时候，他甚至有过自杀的举动。1972年，柳青曾多次对女儿谈到对"文革"的看法，他否定"文革"。认为是一场浩劫。谈到民主、法制，谈到毛泽东刘少奇周恩来，他有自己的看法。他认为毛泽东是"新民主主义革命自始至终不朽的人物"。柳青"是跟着毛泽东的革命道路一直走过来的，在相当长的历史时期，他和中国人民一样，十分崇敬毛泽东，虽然在50年代中期以后多有不同看法，但听者能感觉到，他认为毛泽东的出发点大多是为人民的，希望他能醒悟，能认识能改变，但后来，有些失望地说：'过去每次运动结束我们都要反省存在的错误和不当，这次运动，他怕是不会承认错误了。"③毛泽东逝世后，有着对他三七开的说法，柳青曾写过一段话给自己的女儿："对任何历史人物或现代人，都不能笼统地分'成'，说是三七开或二八开，而是应该分阶段来看。人是发展的行动体，而不是物体，不能拿数学上的比例来分解人的行为。"④

《创业史》中重要改动的部分点了刘少奇的名，这也是后来被评论家和读者最常訾议之处，这固然有时代的背景，但在柳青，有更实际的原因。柳青说，1948年，他从东北回陕途中经过河北遵化县，参加了这里土改纠偏工作："这次土改（晋察冀土改）就是刘少奇领导的，'左'呀！我们党的历史上多次吃'左'的亏。"⑤再就是长安的社教运动，尤其是二次清查造成的严重危害，干部群众无不痛心疾首。"桃园经验"的出台，加重了长安社教的清查力度。柳青说："十几年培养的干部队伍，不容易啊，刘少奇指导这次'社

① 刘可风：《柳青传》，人民文学出版社2016年版，第217页。
② 同上，第263页。
③ 同上，第463页。
④ 同上。
⑤ 同上，第356页。

教'残酷地打击了广大基层干部，要不是'二十三条'出来，结果比这还严重。"①两次痛心的经历和感受，他形成自己的看法自有道理。

问题和困惑在具体创作中也同样存在。柳青的《创业史》原来计划写四部，"第一部写互助组阶段，第二部写农业生产合作社的巩固和发展，第三部写合作化运动的高潮，第四部写全民整风和大跃进，至人民公社建立。"②随着合作化步伐的变快，柳青也不断调整着自己的写作计划，他说"……第一部大家已经看到了。第二部试办初级社，基本上也快完了没有多少了，第三部准备写两个初级社，梁生宝一个，郭振山一个，第四部写两个初级社，合并变成一个社，成了一个大社，而且是高级社。"③实际上，他多次讲过好几种调整方案，甚至想只写两部，到初级社成立为止。他认为快速的合作化运动是一条错误的路，他说："这两年的盲动，冒进，后来的十几年的实践充分证明了它的恶果，对以后的发展造成深远的不良影响。"④由原来打算写到人民公社成立，变成后来的只写到初级社成立。几年里不断变化的重大调整，真实反映了他的创作设想和现实发展之间的矛盾与困惑。

对《创业史》中主要人物的发展，柳青也都有构思，其中关于郭振山和梁生宝各办一个初级社的设想引人遐思。"梁生宝把他的全部精力和能力用在改造社会上，而不是争吵辩论斗嘴上；郭振山呢，人们看起来，他很英雄，似乎比梁生宝要英雄……"⑤郭振山是一个从有为革命、为人民工作的精神的党员，一步步变成了只为个人利益打算，为自己发家致富的人。"塑造这个人物的目的，我是要把共产党掌握政权以后，党内一些不好的倾向和党员身上一些不好的东西集中表现一下。"⑥郭振山和姚士杰的关系的转化也颇值得玩味："第一部里我写了郭振山和姚士杰是一对仇人。到第四部，变了，他们成了朋友。他们俩的斗争不是阶级斗争，也不是是非斗争，他们是因个人利益产生的仇恨，当利益一致的时候，他们亲热起来。"带领群众走集体化道路共同富裕的梁生宝，和为自己谋利益的郭振山的最终结局，作者虽然没有能够在作品里完成，留下了遗憾。但这么多年来，丰富的现实不是让我们见过很多"郭振山"，而鲜见"梁生宝"吗？从这个意义上，我们不得不钦佩柳青的洞察力和他冥冥中对未来的预言。

---

① 刘可风：《柳青传》，人民文学出版社 2016 年版，第 426 页。
② 同上，第 395 页。
③ 同上，第 396 页。
④ 同上，第 398 页。
⑤ 同上，第 407 页。
⑥ 同上，第 410 页。

　　当然还有更深刻的思考："这些年，包括一些运动来了就是一股风，不让人分析，不管什么事都要一边倒，所以对一些问题的看法不断地'翻饼子'，下一个时代恐怕也会表现出来，我的《创业史》肯定会被否定……五十年以后再看吧。"① "下一个时代，你们会右，也许会右得不能再右了，走不下去的时候，就会回头来再寻找正确的路，历史上这样的现象太多了。"②对他那个时代的反思未必很全面准确，对"下一个时代"的预言或者猜想，结合当下实际，让人无法平静。

　　说到底，柳青是一个真正的理想主义者，是一个愿意也甘心为自己的政治信仰贡献出自己文学才华的写作者，这基于他所处的时代背景和生活环境，也基于20世纪上半叶中国革命的实践和成果。柳青的作品，或可由人评说让时间来检验，柳青的困惑和疑问，有时代的因素和历史原因，而柳青的人品和操守，却可以穿越时空，被高尚和有良知者景仰光大。

（作者单位：陕西省作家协会）

---

① 刘可风:《柳青传》，人民文学出版社2016年版，第469页。
② 同上，第470页。

"创造社与现代中国文化——纪念创造社成立一百周年"学术研讨会综述

李书安

由中国现代文学研究会、中国郭沫若研究会、郁达夫研究会、田汉研究会主办的"创造社与现代中国文化——纪念创造社成立一百周年"学术研讨会于 2021 年 4 月 23 日至 25 日在陕西西安召开。来自中国现代文学馆、中国社会科学院郭沫若纪念馆、北京大学、南京大学、北京师范大学、华东师范大学、厦门大学、澳门大学等高校和科研机构的 70 余名专家学者参加了此次研讨会。本次会议共收到论文 40 余篇,以主题发言、分论坛和圆桌会议的方式对创造社及创造社作家与现代中国文化的互动共生作了细致而深入的探讨。

陕西师范大学副校长党怀兴、陕西师范大学文学院党委书记闫文杰、中国郭沫若研究会名誉会长郭平英、中国现代文学研究会常务副会长刘勇、中国郭沫若研究会会长蔡震及郁达夫研究会会长苏立军在研讨会开幕式上分别致辞。

一、创造社社团研究

以创造社为中心的社团研究是这次研讨会关注的重点之一。有学者着重讨论现代中国文化对创造社的产生与发展之影响,以及创造社为现代中国文化带来的独特面向。魏建(山东师范大学)着眼于创造社作为新文坛的"异军"之"异",认为创造社不仅具有与文学研究会的差异,更在于其挑战新文化主流"新青年派"之独异;创造社以其对中国传统文化的独特现代阐释和在新文学领域的独到创作,为"五四"新文坛呈现更加多元互补的格局提供了丰富的精神资源。朱寿桐(澳门大学)由创造社的文化策略入手,指出在文学研究会作为中国文坛"盟主"的时期，创造社以"边缘化"的姿态自况；这种将自我推向边缘的文化策略不仅为创造社提供了寻求变革和保持先锋地位的恰切理由，也将民粹倾向与浪漫主义的元素引入现代中国文化之中。咸立强（华南师范大学）则将现代中国革命文化作为切入点，通过梳理创造社同人的活动及创造社革命文化发展的历史轨迹，将创造社的革命追求分阶段概括为"偶像革命""国民革命"与"阶级革命"，又将创造社的革命精神归纳为"涅槃精神"与"牺牲精神"，进而提出革命者如何在其身处的环境中保持本色的问题。凌孟华（重庆师范大学）则另辟蹊径，通过梳理90年来较为重要的中国现代文学史版本中创造社的成立时间，凸显不同现代文学史书写之间存在的差异、现代文学史书写存在的问题，以及文学史撰写与学术史之间不可分割的关系。

有学者探究创造社与具体作家之间的互动。创造社与其成员之间的关系最为直接和紧密；创造社成员对社团的建构和发展有何贡献？创造社又为其成员提供了怎样的发展可能？蔡震（郭沫若纪念馆）由郭沫若之于创造社的不可忽视的贡献及创造社为郭沫若提供的发展空间谈起，进而延伸至创造社之于新文学的意义：创造社的"异军突起"为新文学带来多样丰富的表现方式，改变了现代文坛中现实主义定于一尊的局面。张勇（郭沫若纪念馆）着眼于创造社与郭沫若翻译活动之间相辅相成的关系；他指出，创造社刊物与创造社出版部为郭沫若提供了展示翻译才能的平台，郭沫若亦以其才华为创造社建立起独特的翻译原则和翻译批评体系。曾祥金（西安交通大学）则以新见材料为契机，由创造社成员张资平的个人视角窥见创造社的人事关系和其他历史细节。

创造社与社团外文人作家的互动亦为一些学者所关注：范家进（浙江工商大学）由创造社与徐志摩之间的一次诗评争鸣入手，指出徐志摩与创造社同人在诗歌抒情主张与创作实践中"小我"与"大我"之异趣。刘奎（厦门大学）以创造社"友军"袁家骅、顾绥昌、朱谦之为中心，阐述他们的"情本革命论"思想与创造社主张之源流关系和共通之处，并论及创造社活动对当时社会尤其是青年的影响。商金林（北京大学）以翔实的史料讨论闻一多与以郭沫若为中心的创造社同人之间的互动关系；王烨（厦门大学）则认为，大革命期间黄埔军校"血花剧社"的文艺实践影响了创造社的戏剧活动，更促成了创造社的文学转向。

二、创造社作家研究

创造社作家作为中国现代文坛上的一支"生力军"，其思想及活动对现代中国文化影响巨大且深远，历来受到学界的高度重视。此次会议也将创造社作家研究作为研讨的另一个重点。

郭沫若是现代文学及文化史上的重要人物，也是创造社的核心成员；在此次研讨会中，郭沫若研究成为创造社作家研究的热点。文学作品与文论不仅是郭沫若思想意识的集中体现，也是郭沫若与现代文学和现代文化产生互动关系的主要媒介。李斌（郭沫若纪念馆）提出"世纪末世界文学"的新概念；他认为，郭沫若在现代学术生产体制的规训、资本主义体制造成的流离和复杂"爱国伦理"的笼罩下产生了与世界普遍的"现代感受"相通的情绪；新诗集《女神》由此正体现出"世纪末世界文学"的书写形态，表达了郭沫若作为半殖民地子民在发达资本主义社会下的不适体验。刘海洲（商丘师范学院）着眼于郭沫若文学创作与时代政治的复杂互动，揭示出郭沫若浪漫个性与社会理想间的矛盾冲突，并提出应以知人论世的方式对郭沫若进行客观公正的历史评价。梁波（大连外国语大学）聚焦郭沫若诗论中的时空观念，认为郭沫若诗论中之"动感"节奏体现出"时间"对"空间"的冲击；这是对近代艺术特质的敏锐捕捉，体现出郭沫若诗学思想的时代性。周俊锋（西南大学）则考察郭沫若早期新诗的典故书写，揭示现代新诗书写的困顿及其体现出的现代精神文化生存困境。具体聚焦于郭沫若的文学创作解读，徐文余（贵州师范大学）认为郭沫若的早期小说创作反映出作者在个人、家庭与民族之间扮演"双重角色"而产生的身份焦虑和忧患意识；袁宇宁、冯超（陕西师范大学）以《女神之再生》《湘累》《棠棣之花》三部诗剧为中心，探究作品中人神关系的建构与作者思想个性的抒发；刘丽婷（西北民族大学）对《女神》《恢复》两部作品集中的"新词"进行统计分析和比对，发现郭沫若不同时期创作观念之异同。以文学史料作为研究的起始点，田源（四川美术学院）基于民国报刊中发现的读者批评，考察郭沫若新诗创作中颓废情绪的流向与隐显；杨华丽（重庆师范大学）探究郭沫若《替鲁迅说几句话》的生成与流变，认为这一论题有助于触碰鲁郭关系研究中饶有意味的细节。朱佳宁（西安电子科技大学）与邹佳良（西南大学）则分别以郭沫若的翻译和讲演活动为切入点，于《新时代》汉译、《三民主义与共产主义》演讲之中剖析郭沫若的思想转变。此外，涉及郭沫若的旧体诗词创作和古代历史研究，常丽洁（商丘师范学院）对郭沫若部分旧体诗笺注进行了补正；刘婧妍（中国社会科学院）与杨胜宽（乐山师范学院）分别就郭沫若的西周彝铭人物研究和郭沫若对邓析的历史评价提出了自己的观点。

郁达夫亦是诸位参会学者的关注焦点之一。随着近年来郁达夫研究的深入，郁达夫较少被关注的"左倾"思想意识引起一些参会学者的兴趣。高远东（北京大学）指出郁达夫小说中存在的批判资本主义因素:郁小说中的性苦闷、"怀乡病"和"零余者"形象,体现的正是对"世纪末"资本主义文化逻辑和政治社会现实的批判。高照成(中国社会科学院)发掘郁达夫作为政论家的一面,认为郁达夫对现实的关注与批判显示出具有传统修养的中国现代知识分子的家国情怀与责任担当。张瑞瑞(厦门大学)考察广州农民运动与郁达夫"农民文艺"思想的联系,认为郁达夫对"农民文艺"的提倡表明他转向了自觉的无产阶级意识。关于郁达夫的文学创作,李博林(大连理工大学)与潘磊(郑州大学)均着眼于郁达夫作品的特殊叙事方式:前者通过对《沉沦》空间叙事的考察,认为作品中空间场景的不断转换不仅丰富了作品的叙事层次,也凸显出特殊历史环境下留洋知识青年的坎坷命运;而后者详细探究郁达夫作品中的流散经验与病痛叙事,指出郁达夫的写作不仅是诸多"现代病"阴影下的产物,也是他意欲疗救这些症候的一种尝试。许思昶(西北民族大学)则统计分析《沉沦》中出现的"新词",认为郁达夫对"新词"的自觉使用冲击了旧文学的词汇体系、为新文学提供了全新的语言资源。在有关郁达夫的文学史料研究方面,金传胜(扬州大学)对新近发现的几篇郁达夫佚文佚简进行详细考述,并相应补正 2007 年版《郁达夫全集》的所据版本和重复收入问题;袁洪权(西南科技大学)梳考开明版《郁达夫全集》,认为此版本在编选和出版的诸多环节体现出政治环境对文学的规训。郁峻峰(浙江省杭州市富阳区文联)则以郁达夫后人的身份,参与编写《郁达夫求学年谱》并对其进行独到阐述。

与会专家学者也对其他创造社作家予以关注。樊宇婷(北京师范大学)、徐鹏飞(西南大学)、闫俊蓉(西南大学)均以田汉作为探讨中心:樊宇婷将田汉与汪宏声的两版《莎乐美》译本进行对读,认为田本在翻译中的"一字之辨"发现了原剧本中的"看"/"望"三角结构,体现出独特的艺术魅力;徐鹏飞关注《古潭的声音》之创作及二次修改的历程,认为这反映出田汉思想和艺术追求由唯美向现实的转变;闫俊蓉则以《卡门》由小说到话剧的改编为切入点,认为这一改编与其是田汉转向"左翼"的体现,毋宁说是田汉一贯的反抗精神与浪漫精神的艺术流露。

对郑伯奇予以关注的有刘竺岩(兰州大学)和路嘉玮(陕西师范大学):刘竺岩讨论郑伯奇的文学思想与批评在文学场域的剧变中表现出的相对稳定性;这种"不变"体现在郑伯奇"自我表现""立足生活"倾向的共生共存中,也表现于他在诗歌理论方面对文学形式重要性的有条件承认。路嘉玮则以民国杂志研究的思路对郑伯奇主编的《新小说》月刊进行探析,认为此刊是郑伯奇"新通俗"文艺观和"文艺大众化"理论成果的试验和实践;而刊物最终走向失败,体现出知识主体和历史主体之间难以调和的悖论关系。

在王独清研究方面，李海鹏（南京大学）聚焦王独清对但丁《新生》的翻译，揭示这部"译军编外"之作在文学与历史的双重互动演进中孕育的"新旧之辨"。刘宁（陕西省社会科学院）以王独清自传体著作《长安城下的少年》为焦点，透视辛亥革命前后西安文化空间的转型。

此外，徐臻（四川外国语大学）探究卡本特文艺思想对成仿吾转向"左翼"影响；陈思广（四川大学）着眼张资平长篇小说的长销策略，指出其为新文学长篇小说的商业化模式提供的经验和教训。苏晗（北京大学）考察穆木天在 1926 年至 1932 年间的活动轨迹，由此窥见这一特定时期左翼文化的流向。

与会学者还贡献了其他领域的讨论：巫小黎（佛山科学技术学院、温州大学）聚焦鲁迅杂文《上海文艺之一瞥》，认为此文通过对知识分子由传统转型至现代的摄录与洞见，彰显了鲁迅作为文学史家的敏锐触觉，因其学术性与文学性兼具的特质体现出独特的历史和诗学价值。

会议闭幕后，部分与会学者还参与了主题为"深入与开新：历史意识、文献整理与社团研究"的圆桌论坛，对研讨会的主题进行了富有成效的延伸与补充。

（作者单位：陕西师范大学）

图书在版编目（CIP）数据

大西北文学与文化 . 第四辑 / 陕西师范大学人文社会科学高等研究院编 .—北京：作家出版社，2021.12

ISBN 978-7-5212-1869-5

Ⅰ . ①大…　Ⅱ . ①陕…　Ⅲ . ①地方文学史—研究—西北地区②地方文化—文化研究—西北地区　Ⅳ . ① I209.94 ② G127.4

中国版本图书馆 CIP 数据核字（2022）第 054005 号

大西北文学与文化 . 第四辑

编　　者：陕西师范大学人文社会科学高等研究院

责任编辑：田一秀

装帧设计：芬　妮

出版发行：作家出版社有限公司

社　　址：北京农展馆南里 10 号　　　邮　　编：100125

电话传真：86-10-65067186（发行中心及邮购部）

　　　　　86-10-65004079（总编室）

E-mail:zuojia @ zuojia.net.cn

http://www.zuojiachubanshe.com

印　　刷：三河市紫恒印装有限公司

成品尺寸：185×260

字　　数：253 千

印　　张：14.25

版　　次：2021 年 12 月第 1 版

印　　次：2021 年 12 月第 1 次印刷

ISBN 978-7-5212-1869-5

定　　价：68.00 元